# DE BAKKERSDOCHTER

www.boekerij.nl

Sarah McCoy

# *De bakkersdochter*

BOEKERIJ

Eerste druk 2012
Elfde druk 2013

ISBN 978-90-225-6556-8
ISBN 978-94-6023-342-5 (e-boek)
NUR 302

Oorspronkelijke titel: *The Baker's Daughter*
Oorspronkelijke uitgever: Crown, Random House, Inc.
Vertaling: Mireille Vroege, Bart Gravendaal, Erik Bindervoet (Robert Frost)
Omslagontwerp: Davy van der Elsken | DPS design & prepress studio, Amsterdam
Omslagbeeld: Myles Wickham / Millennium Images Ltd.
Zetwerk: Asterisk*, Amsterdam

Voor Brian,
*Zahlen bitte, mein Schatz.*
*Ich liebe dich.*

Iedereen is een maan, en heeft een donkere kant
Die hij nooit aan iemand laat zien.

Mark Twain, *Langs de evenaar*

Het licht des hemels valt wit, niet uiteen,
Niet in schakeringen ontwricht,
Als ochtendgloren door de eeuwen heen,
De heuvels weigewijs groenverlicht.
Vol frisheid gaan de engelscharen,
Lachend zoekend waar zij weerstand vonden
En door stille sneeuw op verre baren
Die breken wordt dit al verbonden.

En van een kliftop klinkt het decreet
Dat de zielen voor de geboorte vergaart
Die de proeftijd van het leven heet,
De verduistering hier op aard.
En schuin drommen de geesten voorbij
In stromen en kruis- en tegenstromen
Luisterend naar wat die zoete kreet hun zei
Met het oproepen van al die dromen!

Robert Frost, 'De proeftijd van het leven'

# *Proloog*

GARMISCH, DUITSLAND
JULI 1945

Toen de oven beneden allang niet meer warm aanvoelde en het boven warm geworden was van in katoenen lakens gebakerde lichamen, stak ze haar voeten onder de dunne deken uit en liep ze heel stil door het donker, waarbij ze maar niet haar pantoffels aandeed, uit angst dat ze met het geklepper haar slapende echtgenoot zou wekken. Bij de kamer van haar dochter bleef ze even staan, met haar hand op de deurknop, en legde ze haar oor tegen de deur. Er trilde zacht gesnurk door het hout, en ze stemde haar eigen ademhaling erop af. Kon ze de seizoenen maar stilzetten, het verleden en het heden vergeten, de deurknop omdraaien en net als vroeger naast haar in bed stappen. Maar ze kon het niet vergeten. Haar geheim trok haar daar weg, de smalle trap af die altijd kraakte, op haar tenen, terwijl ze zich met één hand tegen de muur in evenwicht hield.

In de keuken lag het aanrecht vol met hoopjes deeg, wit en rond als baby's, waardoor het er naar melk en honing rook, vol beloften van de drukke dag van morgen. Ze streek een lucifer aan. Het zwarte kopje ontvlamde, likte aan de kaarsenpit en doofde toen in een walm. Ze had liever de brandende flarden van de kaars dan het elektrische peertje, dat hoog boven haar hing en beschuldigend zoemde. Voor hun deur patrouilleerden gewapende soldaten; ze kon het risico niet nemen dat ze hun nieuwsgierigheid aanwakkerde of haar gezin wakker maakte.

Ze ging onder het rijzende deeg door haar knieën, schoof een geblakerde pan opzij en tastte in het donker naar de kier in de vloerplank, waar ze de nieuwe brief verstopt had. Haar handen, die eeltig waren van de deegroller, bleven aan de houten planken haken. Ondiepe splinters drongen zich in haar huid, maar ze sloeg er geen acht op. Haar hart bonkte in haar oren en straalde warmte uit naar haar arm en vingertoppen, tot ze het papier dat ze eerder op de dag in de spleet had gepropt voelde en hoorde ritselen.

De brief had die dag bij de post gezeten, tussen een rekening van de molenaar uit het dorp en een allang vergeten nummer van *Signal Magazine* in: het omslag was eraf gescheurd, de bladzijden waren zo nat geweest dat ze onleesbaar waren geworden, op een smetteloze advertentie van BMW na, waarin een aluminium fiets voor de 'moderne' fietser werd aangeprezen. Naast deze saaie post vielen het verfijnde handschrift en de ouderwetse was van de brief extra op. Ze had meteen gezien van wie hij was en hem snel in de zak van haar *Dirndl* gestoken, voor iemand van het postkantoor er een argwanende blik op kon werpen.

Thuis had haar man tegen haar geroepen: 'Zat er nog wat bij de post?'

'Nee, niks. Alleen reclame en een rekening.' Ze had hem het tijdschrift en de rekening gegeven. 'Betalen, betalen, betalen – altijd hetzelfde liedje.' Ze stak haar handen in haar zakken en hield de brief stevig vast.

Haar man had wat gebromd en het uit elkaar gevallen tijdschrift in de prullenbak gegooid. Toen had hij een scherp mes langs de envelop van de molenaar laten glijden. Hij had de rekening eruit gehaald, hem vlak voor zijn neus gehouden, de bedragen in gedachten opgeteld en instemmend geknikt. 'Zolang de wereld blijft draaien, wordt de mens elke ochtend met honger wakker. Gelukkig maar. Anders hadden wij niks meer te doen, hè?'

'Dat is waar. Waar zijn de kinderen?' had ze gevraagd.

'Buiten, met hun klusjes bezig,' had hij geantwoord.

Ze had geknikt en was de lege keuken in gegaan om de brief te verstoppen, tot het veilig was.

Nu de maansikkel als een visgraat hoog aan de hemel hing, ging ze op haar hurken zitten en zette ze de kaars op de grond. Het waszegel van de brief was gebarsten doordat ze hem even daarvoor zo stevig in haar hand had geklemd. Op de tegels lagen allemaal scherfjes was. Die veegde ze zorgvuldig in de houder van de brandende kaars. Ze vouwde het papier open en las het bekende handschrift. Bij elk gewichtig woord, bij elke gelezen zin trilden haar handen. Haar ademhaling ging steeds sneller, tot ze haar hand zelfs voor haar mond moest slaan om toch vooral geen geluid te maken.

De vlam rekte zich uit en sidderde. Middenin klopte een blauwe ader. De lucht was veranderd. Terwijl ze zo op de vloer zat, luisterde ze helemaal verstijfd naar een zacht geritsel aan de andere kant van de keuken. Een muis, hoopte ze. Een zwerfhond die bij de achterdeur liep te snuffelen. Een windvlaag uit de bergen of een passerende geest. Het maakte niet uit wat, als het maar niet iemand was. Ze mocht niet ontdekt worden. Niet met deze brief in haar hand.

Ze schoof nog verder onder het aanrecht weg, verfrommelde de brief in haar schoot en sloeg haar armen om de ijzeren pan die naar de gestoofde uien van de dag ervoor stonk. Ze wachtte tot de vlam zich weer zou oprichten en rustig zou worden; ze keek er zo onafgebroken naar dat haar ogen ervan begonnen te prikken. Ze deed ze ter verlichting even dicht en zag taferelen voor zich alsof het oude foto's waren: meisjes met bijpassende strikken in hun vlechtjes, die onder een fruitboom zaten; een jongen met zulke magere armen en benen dat het wel gebogen rietstengels langs de kant van de rivier leken; een man met een door schaduwen ontsierd gezicht die chocola dronk dat uit een gat in zijn borst sijpelde; een vrouw die in een vreugdevuur danste zonder dat ze smolt; hele horden kinderen die bergen brood aten.

Toen ze haar ogen weer opendeed, was de vlam uit. Het nachtelijk zwart ging over in fluweelachtig blauw. Ze was in haar schuilplaats in slaap gevallen. Maar de ochtend gloorde, dus ze was daar niet meer veilig. Ze kroop eruit; haar botten kraakten en knakten.

Ze hield de brief bij zich, verstopt in de dunne plooien van haar nachthemd, en ze liep de trap op, wederom op haar tenen, langs de kamer van haar dochter, haar eigen slaapkamerdeur door, en weer terug onder de dekens. Haar man verkeerde in een droomloze slaap. Heel langzaam en zorgvuldig stopte ze de brief aan de zijkant van het bed onder de matras. Toen legde ze haar hand op haar borst.

Haar hart voelde vreemd; alsof daarbinnen het hart van iemand anders klopte en zich ceremonieel bewoog, terwijl de rest van haar lichaam er gevoelloos en koud bij lag. Op het nachtkastje tikte de wekker – *tik, tik, tik,* zonder de *tak* van de heen en weer zwaaiende pendule. Haar hartslag vulde het ritme aan. In gedachten las ze de woorden van de brief op het ritme van de metronoom. Plotseling barstte de wekker in kletterend gesnerp uit. Het hamertje roffelde tegen de bel.

Ze gaf geen krimp.

Haar man draaide zich om en trok de deken met zich mee, zodat zij bloot kwam te liggen. Ze bleef er stokstijf bij liggen. Hij zette de wekker uit, draaide zich om om haar een kus op haar wang te geven en stond op. Ze deed alsof ze diep in slaap was. Zo'n slaap die je, als hij echt is, een doorkijkje naar de eeuwigheid verschaft.

Zo meteen zou ze ook naar beneden gaan, en zwijgen over wat ze wist en de withete zon welkom heten zonder die ook maar enig verwijt te maken. Ze zou de kinderen verzorgen, de vaat doen, de koekoeksklok opwinden en de vloeren vegen. Ze zou brood bakken en de kadetjes met gesmolten suiker bestrijken.

# *Een*

3168 FRANKLIN RIDGE DRIVE
EL PASO, TEXAS
5 NOVEMBER 2007

Reba had Elsie's German Bakery al meer dan een week lang dagelijks geprobeerd te bellen, maar geen gehoor gekregen. Elke keer kreeg ze een nasale West-Texaanse stem op het antwoordapparaat. Ze nam een slok jus d'orange om haar stem voor de piep een zonnig en vriendelijk laagje te geven.

'Hallo, je spreekt met Reba Adams van het tijdschrift *Sun City*. Ik bel voor Elsie Meriwether. Ik heb mijn nummer al twee keer eerder ingesproken, dus als u mij terug zou kunnen bellen… graag. Bedankt.' Ze hing op en gooide de draadloze telefoon op de bank. 'Ps. Haal je kop uit de oven en neem die telefoon op, verdomme!'

'Waarom ga je er niet gewoon naartoe?' Riki trok zijn jas aan.

'Er zit niks anders op, vrees ik. Mijn deadline is over twee weken,' klaagde Reba. 'Ik dacht dat dit een gemakkelijk artikel zou worden – leuk om te schrijven. Een uur aan de telefoon, de fotograaf ernaartoe en klaar is kees. Het moet gewoon een positief portret worden.' Ze liep naar de koelkast en bekeek de karamelcheesecake die Riki voor die avond had bewaard. 'Kerstmis-over-de-hele-wereld, vanuit een regionale invalshoek.'

'Mm-mm.' Riki rammelde met zijn autosleutels. 'Nou, dat moet niet al te moeilijk zijn. We hebben Texas en Mexico – de rest doet er niet toe, toch?' Hij gniffelde.

Reba rolde met haar ogen en wilde maar dat hij een beetje opschoot en ophoepelde. Dat ze zo naar zijn vertrek uitzag, maakte haar op een verdrietige manier nostalgisch. Vroeger had zijn aanwezigheid giechelbuien aan haar ontlokt, alsof ze te veel glazen wijn had gedronken. Toen had ze zijn snedige opmerkingen aantrekkelijk gevonden, op een cowboyachtige manier; door zijn donkere looks en Spaanse accent werd alles exotisch en vlammend, schaamteloos en onweerstaanbaar.

Toen ze aan een artikel over immigratie werkte, had ze met hem meegelopen op de grenspatrouillepost waar hij werkte, amper in staat om haar pen zo stil te houden dat ze er aantekeningen mee kon maken; de vibraties van zijn stem trilden door haar wervelkolom tot haar vingertoppen door, als bij een stemvork.

De rondleiding op de grenspost en het interview eindigden waar die begonnen waren: bij de ingang. 'We doen hier ook maar gewoon ons werk,' had hij gezegd toen hij de deur voor haar openhield om haar uit te laten.

Ze had geknikt en was nog even een ongemakkelijk moment blijven staan, niet in staat haar voeten ervan te overtuigen dat ze zich van zijn donkere magnetische blik los moesten maken.

'Het kan zijn dan ik nog wat meer informatie nodig heb... Heb je straks misschien nog tijd?' had ze gevraagd, en hij had haar meteen zijn mobiele nummer gedicteerd.

Een paar weken later lag ze naakt naast hem en vroeg ze zich af wie deze vrouw was die in haar lichaam was gevaren. Niet Reba Adams. In elk geval niet de Reba Adams uit Richmond, Virginia. Die vrouw zou nooit met een man naar bed zijn gegaan die ze nog maar net kende. Schandalig! Maar deze vrouw voelde zich gloednieuw, en dat was precies wat ze wilde. Dus had ze haar lichaam om het zijne gekruld en haar kin op zijn gebruinde borst gelegd, terwijl ze wist dat ze kon opstaan en weg kon wanneer ze maar wilde. Die macht bezorgde haar een licht gevoel in haar hoofd van voldoening, maar ze wilde niet weg, en ze wilde ook niet dat hij wegging. Ze bad ter plekke dat hij zou blijven. Dat had hij dan ook gedaan en nu voelde ze zich net een trekvogel die aan een rots in de woestijn zat vastgebonden.

Ze wiebelde gespannen met haar voet. Haar maag rommelde.

'Tot straks.' Riki gaf haar een kus op haar achterhoofd.

Reba draaide zich niet om.

De deur ging open en weer dicht, en er woei een koude zucht

novemberlucht om haar blote enkels. Toen zijn wit-met-groene pick-up van de Amerikaanse douane- en grensbewaking langs het raam was gereden, pakte ze de taart uit de koelkast, en om de drie resterende punten precies symmetrisch te houden sneed ze van allemaal een piezeltje af en likte toen het botermes schoon.

Halverwege de middag zette Reba haar auto voor Elsie's German Bakery aan Trawood Drive. De winkel was kleiner dan ze gedacht had. Boven de deur hing een bewerkt houten bord: BÄCKEREI. Ondanks de gemene wind die om de Franklin Mountains joeg, rook het er naar gistbroden en honingglazuur. Reba zette haar kraag onder haar kin omhoog. Het was kil voor El Paso – zeventien graden maar.

Een vrouw met donker haar en haar zoontje kwamen wat wankel naar buiten gelopen en de bel boven de deur van de bakkerij rinkelde. De jongen had een pretzel in zijn hand, bezaaid met korrels zout en al met een hap eruit.

'Maar wanneer krijgen we dan peperkoek?' vroeg hij.

'Na het eten.' Ze pakte zijn handje.

'Wat eten we?' De jongen nam een hap uit de knoop in het midden.

'*Menudo*.' Ze schudde haar hoofd. 'Eten, eten, eten. Dat is enige waar jij aan denkt.' Ze trok de jongen langs Reba mee. Ze roken helemaal naar kaneel en allspice.

Reba liep vastberaden de winkel in; ze wilde nu haar antwoorden wel eens. Er klonk jazzachtige bigbandmuziek. In de hoek zat een man de krant te lezen met een kopje koffie en een plak kerststol. Achter de vitrine stond een slanke, maar stevige vrouw met zilverblond haar, die vakkundig een blad met knapperige broodjes in een mand liet glijden.

'Jane! Ik heb gezegd dat je er karwijzaad op moest doen, geen zonnebloempitten!' riep iemand van achter de met een gordijn afgeschermde deuropening die de winkel van de keuken scheidde.

'Ik ben met een klant bezig, mama,' zei Jane. Ze schoof een grijzende pluk ponyhaar achter haar oor.

Reba herkende haar nasale Texaanse accent van het antwoordapparaat.

'Zegt u het maar. Dit zijn de laatste *Brötchen* voor vandaag. Vers.' Ze knikte naar de mand.

'Dank u wel, maar ik... Ik ben Reba Adams.' Ze zweeg even, maar Jane gaf geen enkel teken van herkenning. 'Ik heb een paar keer een boodschap op uw antwoordapparaat ingesproken.'

'Een bestelling?'

'Nee, ik schrijf voor het tijdschrift *Sun City*. Ik wilde een interview doen met Elsie Meriwether.'

'O, neem me niet kwalijk. Ik luister de berichten meestal op zondag af, maar daar ben ik afgelopen weekend niet aan toegekomen.' Ze draaide zich om naar de keuken. 'Mam, er is iemand voor je.' Ze tikte met haar vingers op het ritme van de jazztrompetten op de kassa, en probeerde het toen nog een keer. 'Mam!'

Er kletterde een pan neer. 'Ik ben aan het kneden!'

Jane haalde verontschuldigend haar schouders op. 'Ik ben zo terug.' Ze schoof het gordijn opzij, en Reba zag even stalen keukenapparatuur en een breed eikenhouten bakkerswerkblad.

Reba bekeek de goudkleurige broden die in manden op de open planken lagen: *Roggenbrot* (roggebrood), *Bauernbrot* (boerenbrood), *Doppelback* (dubbel gebakken), *Simonsbrot* (volkoren), Schwarzwald, rogge met uien, pretzels, maanzaadbroodjes, *Brötchen* (tarwebroodjes). In een glazen vitrine lagen zoete lekkernijen in keurige rijen met een bordje erbij: marsepeintaartjes, bitterkoekjes, drie verschillende soorten *Kuche* (taart: hazelnoot, kersenkwark en kaneelboter), amandelhoningrepen, *Strudel*, *Stollen*, *Quittenspeck* (kweepeergelei), roombroodjes en *Lebkuchen* (peperkoek). Op de kassa zat een briefje geplakt met: VERJAARDAGSTAARTEN OP BESTELLING.

Reba's maag rammelde. Ze draaide zich van de vitrine om en richtte haar aandacht op de verlepte bladeren van de dilleplant die naast de kassa stond. Het mag niet, het mag niet, hield ze zichzelf voor, en haalde toen een rolletje maagzuurtabletjes met fruitsmaak uit haar tas en stak er een in haar mond. Het smaakte naar snoep en stilde even haar behoefte.

Er kletterde weer een pan, gevolgd door een stroom hakkerig Duits. Jane kwam terug met verse bloem op haar schort en onderarmen. 'Ze moet even een paar taarten afmaken. Wilt u soms een kopje koffie, mevrouw?'

Reba schudde haar hoofd. 'Nee hoor, dank u. Ik ga wel even zitten.'

Jane wees naar de cafétafeltjes, zag toen dat haar armen onder zaten en veegde het meel de lucht in. Reba nam plaats en haalde haar opschrijfblok en haar bandrecorder tevoorschijn. Ze wilde echt zorgen dat ze nu antwoorden kreeg die ze voor haar artikel kon gebruiken, zodat ze hier niet nog een keer naartoe hoefde. Jane veegde de vitrine schoon met iets wat naar lavendel rook en werkte toen de tafeltjes in de bakkerij af.

Aan de muur naast Reba hing een ingelijste zwart-witfoto. Op het eerste gezicht dacht ze dat het Jane was, naast een oudere vrouw – Elsie misschien. Maar hun kleren klopten niet. De jonge vrouw had een witte jurk aan met een lange cape eroverheen, en haar lichte haar zat opgestoken. De oudere vrouw naast haar had een traditionele Duitse Dirndl aan, geborduurd met iets wat margrieten leken. Ze hield haar handen voor zich in elkaar geslagen en keek bedeesd, terwijl de jongere vrouw een schouder naar de camera schuin hield en breed glimlachte; haar ogen straalden en keken lichtelijk verontwaardigd naar degene die achter de camera stond.

'Mijn oma en mijn moeder – Kerstmis 1944,' zei Jane.

Reba gaf een knikje naar de foto. 'Ik zie wel dat het familie is, ja.'

'Dat was in Garmisch, voor het einde van de oorlog. Ze heeft nooit veel over haar jeugd verteld. Een paar jaar later is ze met mijn vader getrouwd, zodra het militaire omgangsverbod opgeheven was. Hij is daar anderhalf jaar gestationeerd geweest, bij de medische dienst van het leger.'

'Dat klinkt als een goed verhaal,' zei Reba. 'Twee mensen uit totaal verschillende werelden, die elkaar dan zo ontmoeten.'

Jane sloeg de poetsdoek in de lucht. 'Zo gaan die dingen toch?'

'Hoe bedoelt u?'

'In de liefde.' Ze haalde haar schouders op. 'Het overkomt je gewoon – *bam*.' Ze spoot wat lavendel op de tafel en veegde hem schoon.

Als Reba het ergens niet over wilde hebben was het wel over liefde, zeker niet met een vreemde. 'Dus uw vader is Amerikaan en uw moeder is Duitse?' Ze tekende een helix in haar opschrijfblok en hoopte maar dat Jane gewoon antwoord zou geven op haar vragen en niet ook van alles van haar zou willen weten.

'Ja. Mijn vader was Texaan, geboren en getogen.' Nu Jane het over haar vader had, begonnen haar ogen te stralen. 'Na de oorlog heeft hij aangegeven dat hij op Fort Sam Houston gestationeerd wilde worden, en het leger heeft hem toen Fort Bliss gegeven.' Ze lachte. 'Maar mijn vader zei dat alles in Texas beter was dan Louisiana, Florida, of een post in het ellendige noorden, godbetert.' Ze schudde haar hoofd en keek toen op. 'U hebt toch niet toevallig familie in New York of Massachusetts, hè? Je weet het tegenwoordig niet met die accenten. Neem me niet kwalijk, hoor. Ik heb een slechte ervaring gehad met een pizzabakker uit New Jersey. Dat heeft een slechte indruk achtergelaten.'

'Ik voel me niet aangesproken, hoor,' zei Reba.

Ze had ergens een verre neef die aan de Syracuse University had gestudeerd en uiteindelijk in New York was blijven wonen. Haar familie kon zich niet voorstellen hoe iemand daar de koude winters uithield en vermoedde dat de mensen zelf ook van die ijskoude temperatuur doortrokken raakten. Reba was maar een paar keer in het noordoosten geweest, en dan nog altijd in de zomer. Ze hield meer van warme streken. De mensen daar waren bruin en glimlachten altijd – kortom, ze maakten een gelukkige indruk.

'Ik kom uit het zuiden. Uit Virginia, uit de buurt van Richmond,' zei ze.

'En wat doet een meisje uit Virginia dan hier helemaal?'

'De lokroep van het Wilde Westen.' Ze schokschouderde. 'Ik ben hiernaartoe gekomen om voor *Sun City* te gaan schrijven.'

'Dat meen je niet! Halen ze hun mensen daar helemaal vandaan?' Jane sloeg haar poetsdoek over haar schouders.

'Niet echt. Ik dacht: ik begin hier en dan van hieruit naar Californië – LA, Santa Barbara, San Francisco.' Die droom maakte haar nog steeds rusteloos hoopvol. Reba ging wat verzitten. 'Maar we zijn nu twee jaar verder en ik zit nog steeds hier.' Ze schraapte haar keel. Nu was zij aldoor aan het woord, terwijl ze juist wilde dat Jane van wal stak.

'Ik begrijp het, hoor.' Jane ging aan het cafétafeltje zitten en zette haar lavendelschoonmaakspul op de grond. 'Dit is natuurlijk een grensplaats, een doorgangsroute, een oversteekplaats, maar sommige mensen komen daar nooit aan toe. Die zitten vast tussen waar ze vandaan komen en waar ze naartoe op weg waren. En na een paar jaar weet niemand toch meer waar ze aanvankelijk naartoe wilden. Dus dan blijven ze maar hier.'

'Dat kan ik gebruiken.' Reba tikte met haar pen. 'Maar u woont hier toch al een tijd, hè?'

'Mijn hele leven. Ik ben geboren in het Beaumont Hospital in Fort Bliss.'

'Maar waar bent u dan op weg naartoe als u toch al thuis bent?'

Jane glimlachte. 'Dat je ergens geboren bent, betekent nog niet dat dat ook je thuis is. Soms kijk ik naar de treinen die hier langskomen en dan zou ik willen dat ik erin kon springen. Dan zie ik de vliegtuigen strepen trekken door het blauw en dan wilde ik dat ik erin zat. Mijn moeder heeft altijd al gezegd dat ik een dagdromer, een zwerver ben. Wat ik ook ben, ik wou dat ik niet zo was. Met dat dromen schiet ik niks op.'

# *Twee*

HET LEBENSBORN-PROGRAMMA
STEINHÖRING, DUITSLAND
20 DECEMBER 1944

Lieve Elsie,

Met het bericht dat Estland onder de voet is gelopen door het Rode Leger, schrijf ik je deze brief met stijgende bezorgdheid over onze goede Duitse strijdmacht en met een bezwaard gemoed over onze gesneuvelde soldaten. Van alle gebouwen hier op het terrein in Steinhöring en van alle woningen in de buurt zijn de ramen verduisterd. Een paar meisjes hebben familieleden verloren – vaders en broers. Verder zijn er ook nog een paar Lebensborn-vrienden om het leven gekomen, onder wie de verwekker van mijn eigen tweeling. Arme Cristof. Ik heb hem afgelopen voorjaar pas leren kennen. Hij was nog geen tweeëntwintig, zijn huid nog zo zacht als een nectarine. Veel te jong om te sterven. Het maakt me woedend – die niet-aflatende verspilling van levens, die oorlog. Ik weet wel dat je voor een goede zaak sterft als je voor ons vaderland sterft, maar ik vervloek de buitenlandse duivels die Arisch bloed hebben vergoten. Wij laten ons niet onder de voet lopen. Hierdoor zal onze gemeenschappelijke fakkel alleen maar feller gaan branden, en Duitsland zal zegevieren! Zoals de Führer al zei: 'De soldaten zullen altijd vergezeld worden door het vertrouwen van het Duitse volk.' En ons vertrouwen zal overeind blijven.
In plaats van ons in wanhoop te wentelen, wil de organisatie Kerstmis grootser vieren dan ooit. Ik help met de versieringen voor het kerstdiner. We hebben al van een aantal hooggeplaatste officieren gehoord dat ze de uitnodiging van Lebensborn hebben aangenomen. Onze soldaten hebben nu meer dan ooit kameraad-

schap en steun nodig. We stropen de dorpen in de omgeving af naar alle mogelijke vlees en groenten waar we maar de hand op weten te leggen, en ik heb me vast voorgenomen dat er brood en gebak van goede kwaliteit moet komen, zoals die uit Papa's keuken. Ik moet alleen nog een bakker zien te vinden die de recepten van Schmidt kan evenaren, en als ik de dingen gegeten heb die de bakkers van Steinhöring maken, heb ik het gevoel dat ik opgedroogde modder heb doorgeslikt. Ik heb heimwee en mis onze familie heel erg.
Sinds de geboorte van de tweeling heb ik heel weinig tijd voor Julius gehad. Ik hoop dat ik wat meer tijd met hem kan doorbrengen nu de kleintjes in de kinderkamer van Lebensborn liggen. Ik durf het alleen tegen jou te zeggen, zusje, maar ik maak we wel zorgen om hen. Ze zijn allebei kleiner dan Julius bij zijn geboorte was.
Ik hoop dat het alleen maar komt doordat ze samen in mijn buik hebben gezeten en dat ze binnenkort net zo dik en gezond zullen worden als elk Arisch kind. Ik mag niet te boek komen te staan als iemand die inferieure kinderen op de wereld zet. Het heeft toch al veel te veel jaren geduurd voordat ik weer zwanger was. De enige reden waarom ik hier toch mocht blijven was omdat ik me een trouwe dochter van het Reich had betoond.
De officieren vinden mij leuk gezelschap, maar ik kan en wil zelfs jou niet vertellen wat ik allemaal heb moeten doen om hier bij Julius te kunnen blijven. Sommige mannen zijn op het oog wel heel netjes, maar verwachten in de slaapkamer allerlei liederlijks.
Jij bent nog maagd, Elsie, jij hebt geen idee, en ik bid elke avond dat een meelevende Duitse man jou tot zijn echtgenote zal maken in plaats van je als minnares te nemen. Dat hoopten Peter en ik ook. Ik denk aan onze laatste kerst samen, toen hij me ten huwelijk vroeg door ons de koekoeksklok uit de keuken te geven en de gouden ring als een kroon op het hoofd van het houten poppetje te leggen. Wat een prachtige kerstdag was dat! De koekoeksklok sloeg en toen kwam de ring naar buiten. Mutti en Papa waren ontzettend trots. Wat was het leven toen nog eenvoudig en gelukkig.
Hoe gaat het met de voorbereidingen voor de kerst? Heeft de bakkerij nog net zo veel klanten, ondanks dat alles op rantsoen is?
Een van de meisjes hier heeft familie in Berlijn, en zij zei dat daar

bijna geen verbrande kruimel brood meer te krijgen is. Berlijners verhandelen edelstenen en goud voor ongedesemd brood en voor gedroogde varkenshuid. Ik denk dat dat leugens zijn, die verspreid worden door spionnen om de trouwe aanhangers angst aan te jagen. Hier zijn er ook tekorten, maar je kunt nog steeds wanneer je maar wilt een cake en een pul donker bier kopen. Hoe is dat in Garmisch? Hoe gaat het met Mutti en Papa? Ik zal ze binnenkort schrijven. Veel liefs voor jullie allemaal.

Heil Hitler,
Hazel

BÄCKEREI SCHMIDT
LUDWIGSTRASSE 56
GARMISCH, DUITSLAND
21 DECEMBER 1944

Lieve Hazel,

Gelukkige Sint-Thomasdag! Het is in deze tijd van het jaar vreselijk druk in de Bäckerei. We zijn maar met z'n drieën en moeten het deeg kneden, de oven bedienen, de schappen vullen en aan de kassa afrekenen, zodat ik geen moment de tijd heb om van de kerstvreugde te genieten. En dan heb je nog klanten als Frau Rattelmüller, die het bijna ondraaglijk maken. Wat een vervelend mens! Altijd maar klagen en onbeschofte opmerkingen maken over dat mijn haar niet netjes zit of dat ik lui ben, of vragen of ik het vuil van gisteren nog onder mijn nagels heb zitten. (Wat niet zo is, want ik boen ze elke avond schoon!) En dan verwijt ze Mutti en Papa dat ze me behandelen alsof ik nog een kind ben. De pot verwijt de ketel dat hij zwart ziet. Ze doet echt heel vreemd de laatste tijd.
Vroeger kwam ze altijd op het normale tijdstip, net als iedereen, maar nu niet meer. Om half zes 's ochtends staat ze bij onze achterdeur, gluurt ze naar binnen en slaat ze met haar stok tegen de

ramen, terwijl ze best weet dat we altijd pas om zes uur opengaan. Volgens mij is ze seniel aan het worden. En dan heb ik het er nog niet eens over dat twaalf Brötchen een inhalige hoeveelheid is. Ze weet toch wel dat er een tekort aan meel en melk is? Je zou de SS-rantsoenen eens moeten zien waar Papa tegenwoordig genoegen mee moet nemen. Met die poedermelk en bloem krijg je brood zo hard als een baksteen. Veel klanten hebben er al over geklaagd dat ze kiezelsteentjes in hun broodjes hebben gevonden en daarbij bijna een tand hebben gebroken. Dus nu moet ik ook nog al het meel dat we binnenkrijgen zeven. Frau Rattelmüller heeft gezegd dat als zij haar tandvlees eraan openhaalt en sterft aan een infectie, dat wij dan bloed aan onze handen hebben. Maar er is wel meer voor nodig dan alleen een kiezelsteentje om die ouwe heks kapot te krijgen. Ik denk dat ze er de volgende eeuw nog steeds is, zoals ze al ons brood wegwerkt en maar met die idiote stok staat te rammen. We komen nooit van dat mens af.
Vanochtend had ik er echt schoon genoeg van, dus ben ik samen met Papa vroeg wakker geworden en heb ik mezelf gedwongen op te staan, ondanks de kou. (Het is deze winter kouder dan vorig jaar. Zelfs zo koud dat de sneeuw op de dakrand niet eens smelt. Weet je nog die keer in december dat we ijspegels met een laagje suiker hebben gegeten? Jij zei toen dat de sneeuwelfjes die elke avond eten, en ik geloofde je, omdat ik dat wilde... ook al wist ik best dat sneeuwelfjes niet bestaan.) Ik was beneden met een blad warme Brötchen en toen kwam Frau Rattelmüller over straat aangehobbeld met haar lange jas aan en haar muts op.
Voor ze de kans kreeg met haar stok op de deur te slaan, deed ik al open. 'Goedemorgen, Frau Rattelmüller.' Ik glimlachte zo breed als de Eibsee. 'Uw Brötchen liggen al voor u klaar. Tjongejonge, ik hoop maar dat ze nog niet koud zijn. U zult wel bezoek hebben gehad van de droomkabouters dat u zich zo verslapen hebt.' Ik keek achterom naar de koekoeksklok, om er nog wat nadruk aan te geven. 'U bent bijna een minuut te laat.'
En toen hield Papa het niet meer. Hij lachte zo hard dat alle pannen in de keuken ervan galmden, en Frau werd echt pisnijdig. Ze kocht twee uienbroden, in plaats van haar gebruikelijke bestelling. Mutti zei dat Papa een hele lading peperkoeken met zijn zoute

tranen heeft verpest. Maar het was het alleszins waard. O, ik wou dat je erbij was geweest! De tranen waren je vast over het gezicht gelopen van het lachen, net zoals vroeger als Papa voor Vastenavond zijn narrenmuts opzette. Mutti was er niet zo blij mee. Ze zei dat ik die oude vrouw niet voor het lapje mocht houden. Haar leven hangt aan een zijden draad, zei ze. Maar ik heb tegen Mutti gezegd dat Frau Rattelmüller me al veel te lang het leven zuur maakt. Bovendien is het oorlog. Wiens leven hangt er niet aan een zijden draad?
Mutti haalde meteen – echt Mutti – de krenten tevoorschijn en maakte Thomasplitzchen-broodjes, die ze om het goed te maken naar Frau Rattelmüller wilde brengen. Daar is ze nu, terwijl ik dit schrijf.
Ik ben benieuwd wat jij in Steinhöring allemaal doet. Ik mis je vreselijk. Niet te geloven toch dat je al zes Kerstmissen weg bent? Het lijkt wel een eeuwigheid, en deze oorlog nog veel langer. Hier valt niets nieuws te melden. Op de Zugspitze-berg valt niets te beleven. Dit seizoen skiet er toch helemaal niemand. Ik wilde dat we weer naar zee konden. Weet je nog die keer in de zomer dat we naar de kust van Joegoslavië zijn geweest, toen we klein waren? Dat we over het kiezelstrand liepen en in de zon koude komkommer aten? Wat waren we toen gelukkig. Het lijkt wel honderd jaar geleden. Niet dat we daar nu naartoe terug zouden kunnen gaan. Oorlog, oorlog, oorlog. De oorlog is overal, en ik heb er schoon genoeg van.
Maar nu iets vrolijkers. Heb je het al gehoord? Onze vriend Jozef Hub is bevorderd tot luitenant-kolonel en overgeplaatst naar de SS van Garmisch. Het gerucht gaat dat hij informatie van de bergtroepen naar Reichsführer Himmler moet overbrengen. Stel je eens voor! Maar hij is anders dan de anderen. Hij is zich door zijn rang helemaal niet anders gaan gedragen. Hij komt nog steeds naar de Bäckerei en eet elke zaterdag rozijnenkuchen met Papa. Mutti beweert dat hij de blauwste ogen van het hele land heeft, maar ik heb tegen haar gezegd dat het overal wemelt van de knalblauwe ogen. Ze heeft gewoon een zwak voor Josef, vanwege alles wat hij voor ons heeft gedaan.
Hoe gaat het met Julius? Je zei dat ze hem in een speciale

Kindergarten hebben geplaatst, voor toekomstige officieren. Papa gloeide van trots toen ik hem dat stuk voorlas. We zijn allemaal trots, op jullie allebei.

Maak je vooral geen zorgen om ons en de Bäckerei. De SS-rantsoenen zijn klein en van slechte kwaliteit, maar we krijgen meer dan welke andere bakker in het dorp ook. Josef en Papa hebben het op een akkoordje gegooid. De Gestapo levert op zondagmiddag meel, suiker, boter en zout van de SS bij onze achterdeur af, en Papa brengt elke maandag een kar vol brood naar het hoofdkwartier. De zaak draait als een tierelier. Ik weet dat ik niet mag klagen over de lange uren die we maken, want heel veel landgenoten hebben het veel zwaarder dan wij.

Heeft Mutti het je al verteld? Ik ga naar het *Weihnachten*-feest van de nazipartij. Josef zei dat het hoog tijd werd dat ik er eens heen ging. Ik heb een prachtige ivoorkleurige jurk van hem gekregen. Het etiketje is eruit geknipt, maar hij zei dat hij uit Parijs kwam. Ik vond eerst dat ik hem niet kon aannemen, maar hij heeft Mutti een paarlemoeren poederdoos gegeven en Papa een pijp van rozenhout. Dus ik neem maar aan dat dit onze kerstcadeaus zijn. Toe maar! Doordat Josef zelf geen familie heeft, beschouwt hij Mutti en Papa als zijn eigen ouders – God hebbe hun ziel. Zijn gezelschap is een godsgeschenk voor ons geweest, en ik hoop maar dat het betekent dat we nog veel meer zakken suiker en cadeaus krijgen! Die jurk is wel een bewijs van zijn goede smaak.

Ik zal Papa een foto laten nemen voor ik naar het feest ga. Ik wil dat je de jurk ziet. Met Kerstmis schrijf ik je weer. Ik hoop dat je deze brief snel krijgt. De post doet er vreselijk lang over de laatste tijd.

Heil Hitler.
Je liefhebbende zus,
Elsie

# *Drie*

BÄCKEREI SCHMIDT
LUDWIGSTRASSE 56
GARMISCH, DUITSLAND
24 DECEMBER 1944

'Elsie, schiet op! Herr Hub staat te wachten!' riep Mutti van beneden.

Elsie frunnikte aan de knopen van haar geitenleren handschoenen. Ze had ze nog maar één keer eerder gedragen – jaren geleden bij haar Eerste Heilige Communie. Met die handschoenen aan voelde alles wat ze aanraakte aan als net gerezen deeg. Bij haar communie had ze ze aangehouden toen de lutherse dominee haar de kelk had aangereikt. De gladde beker had werkelijk goddelijk aangevoeld in haar gehandschoende handen; de scherpe rode wijn daarentegen niet. Toen ze het sacrament had geproefd, had ze intuïtief haar rechterhand naar haar mond gebracht en daarmee een vlek op haar vingers gemaakt. Mutti had het heiligschennis gevonden en de handschoenen bijna een hele dag in water met azijn te drenken gelegd. Maar er zat nog steeds een vaag blosje op de wijsvinger.

Elsie smeerde tot slot nog een beetje rouge op haar onderlip en veegde die uit. Ze controleerde of al haar haarspelden goed aan het zicht onttrokken waren en knipperde stevig met haar ogen, zodat die mooi gingen glanzen. Ze was er klaar voor. Het was haar eerste officiële nazi-evenement – een debutantenbal – en ze zag er echt uit om door een ringetje te halen. De jurk, van ivoorkleurige zijde, afgezet met kristallen kraaltjes, sloot precies zo om haar lichaam dat hij de illusie gaf dat haar borsten en heupen ronder waren dan in werkelijkheid het geval was. Ze tuitte haar lippen in de spiegel en vond dat ze er precies uitzag als de Amerikaanse actrice Jean Harlow in *Libeled Lady*.

Samen met haar grote zus Hazel was ze een keer een hele zomervakantie lang elke dag de matineevoorstelling binnengeglipt van illegale versies van Hollywoodfilms. *Libeled Lady* was een van de lievelingsfilms van de eigenaar, die ook de projector bediende. Hij draaide hem twee keer per week. Elsie had net een verkorte cursus Engels op de *Grundschule* gedaan en haalde gretig woorden en zinnetjes die ze kende uit de tekst van de acteurs. Tegen de tijd dat school weer begon, speelde ze in hun kamer hele scènes voor Hazel na, met een hoed met veren van Mutti op en met nepparels om. Ze deed het Engels zo precies na met zijn muzikale op- en neergaande lijn dat Hazel vond dat ze met gemak als de Doppelgänger van de Amerikaanse blonde seksbom had kunnen doorgaan. Dat was voordat Jean Harlow overleed en de nazi's de bioscoop sloten omdat er Amerikaanse films waren vertoond. De eigenaar was, net als zo veel mensen, geruisloos verdwenen.

Kort daarna was de *Bund Deutscher Mädel* verplicht geworden, en Elsie en Hazel droegen hun steentje bij door alle mooie filmposters van Jean Harlow en William Powell te vervangen door grimmige afbeeldingen van de Führer. Dat was het gemeenschappelijke BDM-project voor hun dorp, en Elsie had het verschrikkelijk gevonden. Ze vond trouwens bijna alles van de BDM vreselijk. Ze was slecht in alle 'echtgenote, moeder, huisvrouw'-opleidingsactiviteiten, behalve in bakken, en ze vond het vreselijk dat haar hele zaterdag opging aan groepsgymnastiek. Hazel vond het leuk en werd steeds populairder, maar Elsie kreeg het er benauwd van en voelde zich verstikt door de uniformen en de strikte gedragscodes. En dus smeekte ze op de prille leeftijd van elf jaar haar moeder al of ze in de bakkerij mocht werken. Ze had haar vader horen zeggen dat hij iemand nodig had voor in de winkel, om bestellingen op te nemen en klanten te helpen. Ze had gretig naar het baantje gehengeld. Dat zou betekenen dat ze verlost was van de BDM en haar ouders hoefden dan van hun verdiensten geen loon te betalen. Haar vader vond het goed, maar brak wel een lans voor de nationale agenda en liet Elsie beloven dat ze de theorieën over geloof en schoonheid van de Hitlerjugend van haar oudere zus zou leren. Dat had ze tot op zekere hoogte ook gedaan, maar toen had Hazel zich verloofd, en deelname van getrouwde meisjes was bij de BDM verboden. Toen bekend werd dat ze zwanger was, verhuisde ze naar Steinhöring. De BDM liet ook geen moeders toe. Dus tegen de tijd dat Elsie de leeftijd had om de principes in de praktijk te brengen, was er niemand die ze haar kon leren, en door de oorlog was haar werk in de bakkerij onmisbaar geworden. Ze zag niet in waar de 'harmonieuze cultivering van geest, lichaam en geest' van de BDM toe diende als haar familie de eindjes maar net aan elkaar wist te knopen.

Nu, een paar uur voor een officieel nazifeest, wilde ze dat ze wat beter had opgelet bij de BDM-lessen uit haar jeugd. Het was net alsof je probeerde de smaak te raden van een vrucht die je wel op schilderijen had gezien, maar nog nooit had gegeten. Ze wilde dat Hazel haar wat betrouwbare adviezen kon geven. Wat Elsie over glamour wist stamde nog uit herinneringen van lang geleden aan een filmster die over het witte doek paradeerde. Die avond zou ze voor het eerst in haar leven in gezelschap van een man doorbrengen, en ze kon zich niet permitteren dingen fout te doen.

'Je danst goddelijk,' fluisterde ze in het Engels tegen de spiegel, en daarbij zag ze voor zich hoe William met Jean danste – een zilverig en glinsterend beeld.

'Elsie!' riep haar vader.

Elsie legde snel haar bordeauxrode cape om haar schouders en wierp nog één blik in de spiegel; de mondaine vrouw die ze daar zag staan beviel haar wel. Ze liep naar beneden.

Onder aan de trap veegde haar moeder, met haar mooiste met edelweiss geborduurde Dirndl aan, wat kruimels weg. De ruwe bezem ritselde over de gepolitoerde vloer.

'Ik denk niet dat Josef op de Doppelback-kruimels zal letten. Gun de muizen toch een kerstcadeautje.'

Toen haar moeder haar zag, hield ze op met vegen en zette een vuist in haar zij. 'Ach ja, je hoeft je vanavond niet te schamen naast al die andere mooie meisjes.'

'*Freilich!*' Haar vader kwam de keuken uit. 'Josef zal trots op je zijn.' Hij legde een arm om moeders schouder, en ze ging tegen hem aan staan.

'Ik heb Hazel beloofd dat ik haar een foto zou sturen,' legde Elsie uit.

Haar vader ging de Bosley-camera halen.

Haar moeder schikte wat aan de plooien van haar cape met capuchon. 'Altijd om zijn grapjes lachen, hoor,' zei ze. 'Dat vinden mannen fijn. En probeer… probeer je een beetje ingetogen te gedragen. Dat ziet de Führer graag bij vrouwen.'

Elsie kreunde. 'Ik weet het, ik weet het. Laat me nou verder maar, Mutti.'

'Probeer het alsjeblieft, liefje.'

Elsie trok zich los. 'Papa, hebt u hem gevonden?' riep ze.

Mutti ging nog even door. 'Gedraag je niet als een zigeunerin of een jodin – onvoorspelbare types. Denk aan je zus, bij Lebensborn. Denk aan de Bäckerei. Herr Hub is heel goed voor ons geweest.' Ze schraapte haar keel. 'Als hij er niet was geweest waren we net zo slecht af geweest als alle andere mensen. Kijk maar naar Herr Kaufmann. De Gestapo is hem op klaarlichte dag komen halen en heeft hem naar een van die kampen gestuurd. En het enige wat hij gedaan had was dat hij zijn zoon niet bij het *Deutsches Jungvolk* wilde laten gaan. Eén verkeerd woord – meer is er niet voor nodig, Elsie.'

Haar vader kwam terug met de Bosley. 'Ik weet niet of de film nog goed is.' Hij opende de sluiter en spande.

'*Kein Thema.*' Elsie zuchtte.

Haar moeder maakte zich veel te veel zorgen. Net als de meeste vrouwen in Duitsland wilde ze dat haar kinderen zich keurig gedroegen, dat haar huwelijk voortreffelijk was en dat haar huishouden het toonbeeld van netheid was. Maar hoe Elsie haar best ook deed, ze had nooit in deze vereiste kwaliteiten uitgeblonken.

'Hij kan er elk moment zijn. Schiet op, papa.' Elsie ging naast haar moeder staan en bad tot God dat ze hen die avond niet allemaal vreselijk zou teleurstellen. Ze wilde dat ze trots op haar konden zijn.

'Kijk,' zei haar vader, 'twee van de drie mooiste vrouwen van Duitsland. Je wordt een goede echtgenote, Elsie. Zoals de Führer zegt' – hij zweeg even en stak een stramme hand omhoog – '"Uw wereld bestaat uit uw echtgenoot, uw gezin, uw kinderen en uw huis." Mutti en Hazel zijn daar een uitstekend voorbeeld van.'

Het afgelopen half jaar had haar vader het steeds over haar gehad als iemands aanstaande echtgenote en had hij daarbij elke keer de Führer geciteerd. Daar werkte hij Elsie mee op de zenuwen. Ze had nooit begrepen waarom je iemand anders zou citeren. Zij probeerde nooit iemand te citeren. Ze had zelf zo haar ideeën.

'*Gut.* Ik begrijp het. Ik zal mijn beste beentje voorzetten. Neem nu die foto maar.'

Haar vader keek door de lens van de camera. 'Luana, ga eens wat dichter bij je dochter staan.'

Haar moeder schoof dichterbij; ze rook naar dille en gekookte roggekorrels. Elsie was bang dat de geur aan haar zou blijven hangen, dus maakte ze zich flink breed om wat ruimte tussen hen te houden.

'Klaar?' Haar vader hield zijn vinger boven de knop.

Elsie glimlachte naar de camera en hoopte maar dat Josef snel zou komen. Ze keek uit naar haar eerste glas champagne. Dat had hij haar beloofd.

'O, wat mooi,' zei Elsie toen de bestuurder voor de feestzaal van de nazipartij aan de Gernackerstrasse stilhield.

Het vakwerkhuis was versierd met balkons waarin hartjes waren uitgesneden en met kleurrijke muurschilderingen waarop herders in *Lederhosen*, met juwelen behangen baronessen en engelen met gespreide vleugels te zien waren. Uit alle ramen hing een rood-met-zwarte vlag met de swastika, die de engelen op hun vlucht vergezelden en in de alpenwind wapperden. Boven de sneeuw was heel ingenieus een zee van lichtjes opgehangen, waardoor de ijspegels werden verlicht en er een adembenemende corona over het gebouw werd geworpen. De berijpte dakranden leken wel suikerglazuur op een Lebkuchen. Een peperhoekhuisje uit een sprookje. Zo uit een boek van de gebroeders Grimm.

'Jíj bent mooi.' Josef legde zijn hand op Elsies knie. Zijn warmte straalde door de wollen cape en de zijden jurk heen.

De bestuurder deed het portier open. Op de sneeuw was een bordeauxrood tapijt neergelegd om te voorkomen dat de gasten zouden uitglijden of hun glimmende laarzen vies zouden maken. Josef pakte Elsies hand en hielp haar uit de taxi. Ze stapte snel uit en zorgde er daarbij voor dat de ivoorkleurige zijde en de kristallen steentjes haar voeten aan het zicht onttrokken. Josef mocht dan haar jurk gekocht hebben, ze had geen schoenen voor erbij. Ze had met tegenzin het mooiste paar zwarte schoenen met een bandje over de wreef van haar moeder geleend, maar die zagen er na een uur lang poetsen nog steeds versleten uit.

Josef pakte haar gehandschoende hand en trok die door zijn gebogen arm. 'Je hoeft niet zenuwachtig te zijn,' zei hij troostend. 'Dat is met zo'n mooi Duits gezichtje nergens voor nodig. Ik weet zeker dat ze meteen weg van je zijn.' Hij raakte even met een in lederen handschoen gestoken vinger haar wang aan. Haar maag golfde – hetzelfde gevoel dat ze kreeg als ze bang was dat de pretzels keihard zouden worden als ze nog een minuut langer in de oven zouden staan. Dan wist ze precies wat haar te doen stond en schoot ze toe om ze uit het vuur te halen en bij het raam te laten afkoelen. Maar hier, gekleed als een filmster, had ze geen flauw idee wat haar te doen stond. Ze haalde maar eens diep adem. De geur van brandend dennenhout stak in haar neus. Haar ogen begonnen te tranen. De lichtjes liepen door elkaar heen en ze moest Josefs arm stevig vastpakken om op de been te blijven.

'Rustig maar.' Hij gaf haar een klopje op haar hand. 'Gewoon glimlachen.'

Ze deed wat haar gezegd was.

De deur van het buitenhuis ging open en flarden vioolmuziek doorkliefden de wind. Binnen nam de portier haar cape aan. Zo in het licht van de lampen strooiden de kristallen kraaltjes miniatuurregenboogjes op Josefs uniform.

'Heil Hitler, Josef!' begroette een gedrongen man met een dikke snor op zijn lip en de restanten van iets plakkerigs erin.

Elsie vroeg zich af wat er nog meer in verstopt zou zitten en probeerde haar afkeer niet te laten merken.

'Wie is dat?' vroeg hij.

'Mag ik u voorstellen: *Fräulein* Elsie Schmidt.' Josef tikte zijn hakken tegen elkaar. 'En dit is Major Günther Kremer van de SiPo.'

Elsie knikte. 'Aangenaam.'

Kremer wendde zich tot Josef. 'Beeldig.' Hij knipoogde.

'Günther en ik kennen elkaar al jaren. Hij heeft onder mij gewerkt in München. Is Frau Kremer er vanavond ook?'

'Ja, ja. Ze moet wel ergens zijn.' Hij gebaarde achter zich. 'Ze zal wel met iemand over haar tinnen lepels staan te praten, of zoiets onzinnigs. Een drankje dan maar?'

Ze liepen achter Kremer aan, een gang door met allemaal nazivlaggen en kerstbomen versierd met gekonfijte vruchten. Ondertussen babbelde Kremer over de wijn en het eten, en over de aanwezige beau monde. Elsie had alleen maar oog voor de luisterrijke omgeving en hoorde niet wat er gezegd werd. Het was precies zoals ze gedroomd had: de weelderige balzalen en feesten uit de Hollywoodfilms uit haar jeugd. Haar hart hamerde in haar keel. O, wat verlangde ze naar deze wereld: Josefs wereld van macht, aanzien en ongecensureerde euforie. Het droop van alles en iedereen in de zaal af, als glazuur van een aardbeientaart. Heel even waren het stof van de bakplaten en de zwarte sintels uit de oven vergeten; de zwarte vegen op haar handen van moeizaam verworven munten en vieze rantsoenbriefjes waren eraf gewassen. Naast Josef kon ze doen alsof ze een van hen was: een prinses van het Derde Rijk. Ze kon doen alsof er helemaal geen honger en angst in de buitenwereld heersten.

De gang kwam uit op de prachtige eetzaal. Lange witte tafels vormden strepen op de vloer, en bij elke vierde stoel stond een zilveren kandelaar. Op een verhoging zat een strijkkwartet, dat zijn strijkstokken volmaakt gelijk heen en weer bewoog. Paren draaiden in langzame rondjes op de dansvloer rond, als miniatuurfiguurtjes op een klok. De mannen waren in ss-uniform en vormden een achtergrondpatroon van bruin ceremonieel tenue met bietenrode armbanden. De vrouwen accentueerden het tafereel in kleurige jurken, roodpaars en abrikoos, oranje en komkommergroen – een wirwar van jong en oud.

Een mollige brunette in een jurk van vuurrood lamé bekeek Elsie van top tot teen en liet haar ogen even rusten bij haar voeten. Elsie volgde haar blik en zag de neus van de schoen van haar moeder. Ze trok hem snel terug onder de zoom van haar jurk. Er kwam een kelner aan met een blad vol bruisende blonde champagneglazen. Josef gaf Elsie er een aan.

'Alsjeblieft. Ik doe altijd wat ik beloofd heb. Maar wees voorzichtig. Pas als je het geprobeerd hebt, weet je wat voor uitwerking champagne op je heeft.'

Champagne. Elsies mond werd vochtig. Ze had alleen maar gezien hoe filmsterren er een slokje van namen en dan giechelig werden. Ze hoopte maar dat het op haar hetzelfde magische effect zou hebben. Ze nam een glas en verbaasde zich. Ze had nooit geweten dat het die kleur had: licht goudkleurig, als de korenaren, vlak voordat ze gesneden werden. Ze dacht dat de champagne zoet als honing en vullend als brood zou zijn. Ze likte langs haar lippen en nam een slok.

De scherpe bubbels prikten hard. Brut. Een mondvol gist, opgelost in water. Ze wilde de slok niet terugspugen in het glas en verslikte zich daarbij bijna, maar het lukte haar niet om op tijd haar gezicht in de plooi te houden.

Josef moest lachen. 'Je went er wel aan.'

'Gewoon nog een slok proberen, en dan nog een en nog een. Als je het bij de derde slok nog niet lekker vindt, drink ik de rest wel voor je op.' Kremer grinnikte. De knopen van zijn jas stonden strak gespannen tegen zijn welgedane buik.

Elsie dacht onwillekeurig aan het advies van haar moeder en wist een bevallig lachje te produceren. Hij was immers de vriend van Josef. Ze wilde dat hij haar aardig zou vinden. En dus deed ze wat hij haar gezegd had en nam ze nog een slok. Ze probeerde het glas leeg te drinken, zodat ze het maar gehad had.

'*Prost!* Zo te zien heb je een sterke Fräulein te pakken,' zei Kremer. 'Zullen we een dansje wagen, terwijl Josef nog een glas voor je haalt?'

Elsie keek Josef aan. 'Ik kan niet zo goed dansen,' zei ze.

'Dat maakt niet uit.' Kremer pakte Elsie bij haar ellenboog en leidde haar naar de dansvloer. 'Ik beloof je dat ik niet te snel zal gaan.' Hij trok haar dicht tegen zich aan, legde één hand op haar onderrug en pakte haar gehandschoende vingers stevig vast. Zijn stijve uniform drukte de kraaltjes van de jurk in haar huid, alsof die met duizend spijkertjes aan elkaar zaten.

Elsie keek over haar schouder naar Josef. Hij glimlachte en hief haar lege glas. Toen hij zich omdraaide om de ober te roepen, liet Kremer zijn hand over de zijde over haar rug omlaagglijden.

Elsie deinsde achteruit. Ze kreeg een hoogrode kleur. 'Herr Kremer!'

Hij pakte haar hand en trok haar weer met kracht tegen zich aan. 'Stil. Het is een feest. Geen scène trappen, Fräulein.' Hij zette een grijns op waarbij veel tanden te zien waren en draaide verder met haar de dansvloer op. 'Ik wilde je even onder vier ogen spreken. Er zijn namelijk mensen die het vreemd vinden dat iemand van Josefs statuur het aanlegt met de dochter van een gewone bakker, zonder schoolopleiding, terwijl er veel betere kandidaten zijn, onder wie je eigen zus.'

Ze kreunde toen hij dat over haar opleiding zei. Hazel had op het gymnasium gezeten en had als beste van haar klas eindexamen gedaan, maar Elsie had de *Hauptschule* niet afgemaakt en was fulltime in de bakkerij gaan werken. Ze dacht dat ze majoor Kremer nog maar net had leren kennen, maar hij beschikte blijkbaar over vérgaande kennis over haar en haar familie.

'Er zijn tegenwoordig zo veel spionnen. Een mooi nieuw gezicht wekt bij iedereen argwaan.' Hij boog zich naar voren en bestudeerde haar gezicht van onprettig dichtbij; zijn warme adem rook naar rotte eieren.

Elsie draaide hem als gestoken haar wang toe. 'Mijn familie kent Josef al jaren.'

'Ja, en wie weet hoeveel geheimen je hem al hebt weten te ontfutselen, die je vervolgens aan onze vijanden hebt doorgespeeld?'

'Ik ben helemaal geen spion!' siste ze. 'Mijn Papa bakt brood voor het hoofdkwartier van de nazi's in Garmisch. Mijn zus zit in het Lebensborn-programma.'

'Zij interesseren me niet. Jij interesseert me.' Hij zoog aan zijn tanden.

Ze bewogen zich in kringetjes over de dansvloer. Een vrouw met pauwenveren in haar grijze haar trok haar neus op toen ze elkaar met de ellebogen aanstootten. Elsie slikte moeizaam. Haar hoofd tolde. Ze was Duitsland trouw, maar hoe moest ze dat in vredesnaam bewijzen? Ze moesten haar op haar woord geloven.

Kremers uniform stonk naar zweet en sigaretten. Er kwamen champagnebubbels in haar keel omhoog. Ze wilde hem een klap in zijn gezicht geven, om Josef roepen, maar door de scherpe spelden van Kremers uniform van de *Sicherheitspolizei* wist ze weer wat dat voor gevolg kon hebben, niet alleen voor haarzelf, maar ook voor haar familie. En dus slikte ze de zure smaak maar weg.

Het nummer was afgelopen. Het kwartet nam de strijkstokken van de snaren, stond op en boog.

'Alsjeblieft, liefje.'

Elsie schrok op en stootte Josef het glas uit zijn hand; mousserende wijn gutste over hen heen.

'Sorry.' Ze veegde de druppels van het revers van zijn uniform. Door het stijfsel trokken die er niet in. Met haar jurk had ze minder geluk. De champagne veroorzaakte vegen langs de ivoorkleurige zoom.

'Maakt niet uit.' Josef pakte haar bij de arm. 'Ik weet een stomerij waar ze er alles met zeep en een borstel van everzwijnhaar uit krijgen.' Hij gaf haar een kus op haar hand.

'Bedankt voor de dans. Het was me een genoegen.' Kremer tikte zijn hakken tegen elkaar en liep met een grijns bij hen weg.

De leider van het kwartet liep het podium op. 'Dames en heren, als u allemaal plaats zou willen nemen, dan kunnen we beginnen met onze Weihnachtenpresentatie.'

Josef leidde haar naar het midden van hun eettafel. Helemaal aan het eind zat Kremer, naast Frau Kremer – een donkere broodmagere vrouw met fletse wangen en een scherpe neus. Ze zag dat Elsie naar haar keek en kneep haar ogen tot spleetjes.

Elsie draaide haar stoel naar Josef toe, zodat ze niet naar de vrouw hoefde te kijken. 'Josef,' begon Elsie. Haar stem beefde, dus schraapte ze haar keel om hem rustig te krijgen. 'Ik moet je even iets vertellen over...'

'Kijk, kijk!' Hij onderbrak haar en wees naar het podium. 'We krijgen een verrassing. Hou je van muziek? Wagner, Hotter, Clemens Krauss?'

Elsies vingers waren gevoelloos geworden. Ze maakte de knoopjes van haar handschoenen open en trok aan de van champagne doordrenkte vingers. 'Ja, maar ik ben nog nooit naar een opera geweest.'

Hij fronste zijn voorhoofd en liet een afkeurend 'tss' horen. 'Dan zal ik je wat platen sturen.'

Elsie had geen platenspeler, maar had niet de moed hem dat nu te vertellen. Ze schudde haar handschoenen uit en voelde zich meteen naakt, alsof de lucht inbreuk op haar handen maakte. In een poging zich te pantseren vlocht ze haar vingers ineen.

'Josef,' probeerde ze weer.

'En dan nu!' kondigde de leider van het kwartet aan. 'Een kort muzikaal optreden voor bij uw diner.' Hij liet de microfoon zakken, plaatste er een voetenbankje voor en ging zelf zitten, met zijn viool.

Josef tikte met zijn wijsvinger tegen zijn lippen. 'Straks,' fluisterde hij.

Er ging een golf nieuwsgierig geroezemoes door het aanwezige publiek, maar het werd stil toen een potige vrouw van de ss-*Gefolge*, met een flinke bos wit haar over het midden van haar hoofd, een jongetje van hooguit zes of zeven jaar oud het trapje naar het podium op leidde. Hij had een eenvoudig witlinnen overhemd aan, bijpassende handschoenen, een zwarte broek en een vlinderdasje om. Hij zou eruitgezien hebben als elk ander jongetje dat zich voor kerstavond mooi had aangekleed, ware het niet dat zijn haar tot heel dicht op zijn hoofdhuid was afgeknipt en dat de kleur van zijn huid zo vaal was dat het wel leek alsof hij geen gezicht had, alsof hij een wandelende geestverschijning was. De vrouw gaf hem te verstaan dat hij op het voetenbankje moest gaan staan, en dat deed hij dan ook, met gebogen hoofd. Toen keek hij op. Zijn ogen stonden groot en schitterden als bronwater.

De leider liet een lange hoge noot op zijn viool horen. De jongen hield zijn vuistjes langs zijn lichaam, haalde diep adem, deed zijn mond open en zong. Zijn jongenssopraan galmde door de gangen. Iedereen verstomde en draaide zich om. De stem was zuiver en soepel als verse boter. De adem stokte Elsie in de keel. Ze kende dit kerstlied al haar hele leven – ze zong het ook zelf – maar zo had ze 'Stille Nacht' nog nooit horen klinken.

'*Alles schläft, einsam wacht...*'

De viool viel weg, maar zijn stem bleef klinken.

'*Nur der Kanzler treuer Hut, wacht zu Deutslands Gedeihen gut.*'

Voor hij klaar was, werd er al opgediend. Obers liepen met

rinkelende porseleinen borden op gelakte dienbladen en schonken edelsteenkleurige wijn in de gereedstaande wijnglazen. De gesprekken werden hervat. Een vrouw lachte te hard.

*'Immer für uns bedacht.'*

Elsie deed haar ogen dicht.

'Wijn?' vroeg de ober achter haar.

'*Stille Nacht, heilige Nacht...*' De stem van de jongen haperde geen moment en bleef loepzuiver.

Elsie kreeg een brok in haar keel; de emoties die ze eerder had geprobeerd te onderdrukken, kwamen nu naar boven.

'Hij heeft een prachtige stem,' zei Josef.

Elsie knikte en knipperde met haar bedauwde ogen. 'Waar komt hij vandaan?'

'Hij heeft voor de net aangekomen gevangenen in het kamp van Dachau gezongen,' legde Josef uit. '*Sturmscharführer* Wicker heeft hem daar gehoord en heeft hem toen op een paar etentjes laten zingen. Iedereen vond hem geweldig. Hij heeft een unieke stem; betoverend, als je even vergeet van wie die afkomstig is.'

'Ja, uniek.' Elsie vermande zich.

'*Führt uns zum Grösse, zum Ruhm und Glück, gibt uns Deutschen die Macht,*' zong de jongen tot slot.

De violist liep naar de microfoon. 'Ik citeer onze Führer: "Alles in de natuur is een gigantisch gevecht tussen kracht en zwakte; een eeuwige overwinning van de sterken op de zwakken.' Hij sloeg zijn hakken tegen elkaar en stak zijn strijkstok geheel in stijl met de partij omhoog. '*Guten Appetit.*'

Onder het bruisende gezelschap brak een kakofonie los van kletterend bestek en gesprekken. De violist zette een nieuw nummer in, waarop de jongen zong, maar Elsie kon hem amper boven de gasten uit horen.

'Is hij Joods?' vroeg ze aan Josef.

'Zijn moeder was een Joodse zangeres. Zijn vader een Poolse componist. Muziek zit hem in het bloed.' Josef trok een Brötchen uit elkaar en smeerde op beide helften boter.

'Mijn neefje, Julius, zingt ook. Hazel zegt dat hij heel goed is.'

'Dan moeten we hem een keer voor ons laten zingen.' Hij legde een helft op Elsies bord. 'Dit is het laatste optreden van die jongen.

Morgen gaat hij terug naar het kamp. Met wat er in de Ardennen allemaal gaande is...' Hij kauwde op zijn brood en slikte het moeizaam door. 'Neem me niet kwalijk. Dat is geen onderwerp voor Weihnachten.'

Jaren daarvoor had ze voor het eerst over de kampen gehoord, toen de familie Grün, die een winkel had waar je de beste zeep en shampoo uit de streek kon kopen, plotseling in het holst van de nacht verdwenen was. Elsie kwam altijd minstens één keer per maand in hun winkel. Hun zoon Isaac was twee jaar ouder dan zij en de knapste jongen van het dorp. Hij had een keer naar haar geknipoogd toen ze honingmelkzeep kwam kopen. Ze had stiekem aan hem gedacht toen ze in haar warme bad lag en de stoom als een geurige sluier om haar heen opsteeg. Daar schaamde ze zich nu voor. Ze mochten dan Joods zijn, iedereen was erg op ze gesteld. Op een dag was hun winkel dichtgetimmerd, stond er *Juden* op gekalkt en waren ze verdwenen.

Toen ze een week later bij de slager in de rij stond te wachten, had ze de vrouw van de schoenmaker tegen de slager horen fluisteren dat de familie Grün naar het kamp van Dachau was gestuurd, waar ze als vee met loog waren bespoten en geen shampoo meer nodig hadden, omdat ze kaalgeschoren waren. Dat beeld zorgde ervoor dat Elsie de winkel uit was gerend. Toen Mutti vroeg waar het lamsvlees was, zei Elsie dat de slager dat niet had, ook al had hij wel vijf lammeren in het hok staan. Ze had haar ouders of wie dan ook nooit verteld wat ze gehoord had, en ze had ook nooit meer naar de familie Grün gevraagd. Niemand had het nog over hen. En hoewel de vrouw van de schoenmaker lang niet zo'n roddeltante was als de andere vrouwen uit het dorp, wilde Elsie haar toch niet geloven. Nu kon ze echter niet om het geschoren hoofd van het jongetje heen.

Josef rook aan zijn wijn en nam er toen een slokje van. 'Ik wilde eigenlijk nog iets met je bespreken.' Hij haalde een doosje uit de zak van zijn uniformjasje. 'Toen ik dit zag, wist ik dat het een teken was.' Hij deed het deksel open, en daar lag een gouden verlovingsring, bezet met robijnen en diamanten. 'Ik denk dat we heel gelukkig worden samen.' Zonder op antwoord te wachten schoof hij de ring aan haar vinger.

De kelners kwamen hen storen en zetten grote schalen tussen de kandelaars neer. Een geroosterd speenvarken lag met zijn snuit naar Elsie toe; de oogbollen stonden uitdrukkingsloos en de knapperige oren wezen luisterend rechtovereind. Naast het varken stonden schalen met romige aardappelen. Aan de achterkant lagen witte worstjes, als een spookachtige staart. Elsie had van haar leven nog niet zo veel eten bij elkaar gezien, maar toch draaide haar maag zich om van afkeer.

'Wil je met me trouwen?'

Elsies oren begonnen te tuiten. Josef was bijna twee keer zo oud als zij, hij was een vriend van haar vader; ze was dol op hem als lieve oom of als grote broer misschien, maar ze zag hem niet als echtgenoot. Het was alsof de zijdelingse blikken van de nazigasten haar als een houten notenkraker klemzetten. Josef wachtte vol nonchalant zelfvertrouwen. Had hij altijd al zo over haar gedacht? Was ze zo naïef geweest dat ze de tekenen over het hoofd had gezien?

De edelstenen knipoogden haar in het kaarslicht bloedrood toe.

Elsie liet haar handen op haar schoot zakken. 'Het is te veel,' zei ze.

Josef stak zijn vork in de buik van het varken en stapelde draderig vlees op zijn bord. Hij pakte Elsies bord en schepte dat ook vol. 'Ik weet het. Ik had het je niet nu moeten vragen, in al die drukte, maar ik kon me niet inhouden.' Hij lachte en gaf haar een kus op haar wang. 'Wat een fantastisch kerstmaal!'

Elsie concentreerde zich op het eten dat voor haar stond en niet op de ring aan haar vinger. Maar het varkensvlees was zo vet dat ze niet eens hoefde te kauwen; het geleiachtige vel gleed zo door haar keel; de aardappelen waren grijs en zompig; de worst melig en niet lang genoeg gekookt. Ze spoelde alles weg met rode wijn en proefde toen weer de hostie van haar Eerste Communie. Er kwam zuur in haar keel omhoog. Brood. Ze nam een hap van het beboterde Brötchen – de smaak en de geur waren vertrouwd en troostrijk.

Gedurende de hele maaltijd zei ze geen woord. Aan het eind van het hoofdgerecht was ook het muzikale optreden van de jongen afgelopen. Het orkest had even pauze gehad en keerde terug op het podium om zich klaar te maken voor het nagerecht en het dansen. Over het zittende publiek heen zag Elsie hoe de SS-bewakers haar gekooide zangvogel mee terugnamen naar achter in de zaal en door een dienstingang verdwenen.

'Die jongen.' Ze draaide zich naar Josef om. 'Moet die terug?'

De zilveren kandelaars weerspiegelden de lege holte van het lichaam van het speenvarken en om en om per stoel de nazi-uniformen.

Josef liet zijn laatste lepel *Spätzle* halverwege zijn mond hangen. 'Het is een Jood.' Hij stak de wormvormige noedels vlug in zijn mond, en toen nam de kelner zijn lege bord af.

Elsie probeerde achteloos te klinken. 'Hij is maar half-Joods... en dan die stem.' Ze haalde haar schouders op. 'Dan hoort hij toch niet bij de rest?'

'Een Jood is een Jood.' Josef pakte haar hand en voelde aan de ring. 'Je bent te weekhartig. Vergeet die dingen. Vanavond is het feest.'

Warme lucht steeg in golvende trillingen van de kaarsen op. Elsies slapen klopten. De snerpende gil in haar hoofd werd luider.

'Josef, wil je me even excuseren?' Ze schoof haar stoel naar achteren en stond op.

'Gaat het wel met je?'

'O, laat me maar even. Ik moet alleen...'

'O.' Josef knikte. 'De wc is in de gang, rechts. Niet verdwalen hoor, anders moeten we je door de Gestapo laten zoeken.' Hij lachte.

Elsie hapte naar adem en wist een flauw glimlachje te produceren. Ze liep op haar gemak de fonkelende eetzaal door en zette er toen ze in de donkere gang was flink de pas in, langs het bord met TOILETTE, tot ze bij de dubbele deur was die uitkwam op de steeg aan de achterkant van het gebouw.

# *Vier*

ELSIE'S GERMAN BAKERY
2032 TRAWOOD DRIVE
EL PASO, TEXAS
5 NOVEMBER 2007

Reba's mobiele telefoon ging. 'Sorry.' Ze las het sms'je: 'Busje illegalen afhandelen. Ben laat vanavond.' Ze zuchtte en gooide de telefoon weer in haar tas.

'Is er iets?' vroeg Jane.

'Nee hoor, ik moet alleen weer naar Rudy's afhaal-Bar-B-Q. Daar ben ik vaste klant.'

'Ik heb 'm, hoor.' Jane tikte met haar vingers op het tafelblad. 'Vriendje?'

'Niet echt.' Reba verschoof wat spullen in haar tas en ritste die toen dicht.

'O, kom op, zeg. Meiden onder elkaar.' Jane maakte een gebaar alsof ze haar mond op slot draaide.

Reba zweeg even. Jane nam het wederom niet zo nauw met de grens tussen de journalist en haar onderwerp – nee, ze ging er eigenlijk zelfs helemaal overheen. Het was niet professioneel om over haar relaties te praten. Het ging er juist om dat ze de geïnterviewden zover kreeg dat ze over hún relaties vertelden; vervolgens schreef zij dat op en drukte het tijdschrift het duizend keer af, zodat het door het publiek gelezen kon worden. Ze stond bekend om de portretten die ze over mensen schreef. Ze wist zo ongeveer iedereen die haar hoofdredacteur aandroeg intieme verhalen te ontfutselen, maar haar eigen leven was privé, en dat wilde ze ook graag zo houden. Ze kende deze vrouw maar net. Jane was een volslagen vreemde voor haar. Nee, dit kon echt totaal niet.

Maar ze had iets, een soort kalme intensiteit, waardoor ze de indruk wekte – terecht of onterecht – dat ze betrouwbaar was. Het geval wilde dat Reba niet veel vrienden in El Paso had. De meeste mensen vertrouwde ze niet. Ze was al veel te vaak teleurgesteld door mensen die het ene zeiden, maar iets anders deden. Die dus logen, in feite. Niet dat ze er de vinger op kon leggen. Ze loog zelf ook, elke dag, grote en kleine leugens – zelfs tegen zichzelf. Ze hield zichzelf voor dat ze geen vrienden nodig had. Ze was onafhankelijk en vrij. Riki was de enige geweest die ze hier had durven vertrouwen, en dat ook maar tot op zekere hoogte. Maar de laatste tijd ging het zelfs met hem niet meer zo lekker. Ze voelde een opkomende eenzaamheid, die gepaard ging met de bekende leegte die haar ooit had gedreigd helemaal op te slokken. Ze miste haar oudere zus Deedee, en ook haar moeder. Familie. Uitgerekend de mensen van wie ze duizenden kilometers vandaan was gaan wonen.

Op stille avonden in El Paso, als Riki moest overwerken, kon de eenzaamheid haar soms net zo naar de keel vliegen als vroeger toen ze klein was. Dan schonk ze een glas wijn in, zette het keukenraam open en liet de linnen gordijnen in de woestijnwind opbollen. Dat deed haar denken aan de laatste zondag die ze in augustus in Richmond was geweest. Deedee was naar haar toe gekomen met twee flessen Château Morrisette. Die hadden ze op hun blote voeten op het net gemaaide gazon opgedronken, terwijl er groene grasjes aan hun tenen bleven plakken. Tegen de tijd dat de tweede fles was ontkurkt, was de wijn niet meer het enige wat er gevloeid had. Dronken van betoverende dromen waren ze alle tranen uit hun jeugd vergeten en hadden ze het over donquichotachtige toekomsten gehad, tot zelfs de vuurvliegjes waren gedoofd. En eindelijk hadden ze begrepen waarom hun vader whisky als limonade dronk. Het was fijn om te doen alsof de wereld fantastisch was, om de angsten weg te drinken, de herinneringen het zwijgen op te leggen, niet meer op je hoede te zijn, maar gewoon tevreden, ook al was het maar voor een paar uur.

Reba wreef over een trekkend spiertje in haar voorhoofd. Ze liet zich vermurwen en zei: 'Mijn verloofde.'

'Je meent het!' Jane leunde achterover op haar stoel. 'Waar is je ring?'

Reba voelde aan de ketting om haar hals en haalde de ring met solitair die daaraan hing onder haar T-shirt vandaan.

'Een diamant,' zei Jane. 'Waarom draag je die niet aan je vinger?'

'Lastig bij het typen. Hij is te strak, denk ik.'

'Die kun je wijder laten maken, hoor.'

Reba pakte de bandrecorder en rommelde wat met de knoppen.

'Wanneer is de bruiloft?' vroeg Jane door.

'We hebben nog geen datum gekozen. We hebben het allebei nogal druk.'

'Wanneer hebben jullie je verloofd?'

'Eh...' Reba liep in gedachten de kalender door. 'In augustus.'

Jane knikte. 'Dan kunnen jullie maar beter alvast gaan plannen. Het duurt tegenwoordig best lang voor je alles geregeld hebt. Ik kan je wel onze map met bruidstaarten laten zien, dan krijg je alvast wat ideeën.'

Reba had er al spijt van dat ze erover begonnen was en bracht meteen een beproefde journalistieke tactiek in stelling: de wedervraag.

'Ben jij getrouwd?'

Jane trok de poetsdoek van haar schouder en zwaaide ermee rond alsof het een gymnastiekstok was. 'Ha! Nee hoor, deze oude dame is niet getrouwd. Ik ben de jongste niet meer.' Ze boog zich naar voren en leunde met haar ellebogen op de tafel. 'En dan heb ik het er maar niet over dat niemand goed genoeg was in de ogen van mijn moeder, tenzij hij galon op zijn schouders had. Ze heeft het natuurlijk nooit met zo veel woorden gezegd, maar ik heb wel altijd het gevoel gehad dat ze wilde dat ik met een militair zou trouwen, zo iemand als mijn vader – van het Amerikaanse leger, de Duitse Luftwaffe of iets dergelijks. Maar ik moet niks van soldaten weten. Al die linten en dat stijfsel, daar word ik kriegel van. Begrijp me niet verkeerd; ik heb respect voor wat ze doen. Ik waardeer het zeer dat ze in dienst gaan en zich opofferen voor ons land. Het is een eerbaar beroep, en elke keer dat er een bataljon van Fort Bliss terugkeert, breng ik al het brood en gebak dat we hebben naar het fort – gratis en voor niks, nou en of. Maar ik moet er niet een in mijn bed hebben en ik wil ook niet met een soldaat trouwen.' Er viel een pluk grijs haar voor haar ogen en ze streek hem met een fel gebaar achter haar oor.

'Ik heb zelfs nooit een jongen mee naar huis genomen. Daar zag ik het nut niet van in.' Ze leunde weer achterover op haar stoel, hield haar hoofd schuin en keek Reba indringend aan. 'Maar ik ben wel met iemand. Al jaren. Al sinds ik een mager grietje met sproeten was. Hij heeft me nooit ten huwelijk gevraagd. Dat klinkt misschien niet goed, maar neem van mij aan dat je, als je het zou weten, zou begrijpen dat het heel moeilijk voor iemand is om trouw te zijn als je er geen etiket op kan plakken – als je niet kunt zeggen: deze persoon is van *míj*. Heel moeilijk.'

Jane richtte haar blik op de ring die midden op Reba's borst hing.

Reba ging wat verzitten en probeerde de starende blik van zich af te schudden. Ze schraapte haar keel. 'Zo te horen zitten we allebei in hetzelfde schuitje. Ik heb ook niet zo'n haast om bij het altaar te komen.'

'Mooie ring wel,' zei Jane.

De deurbel rinkelde en er kwam een man in een grijze legersweater binnen.

'Wat kan ik voor u doen?' vroeg Jane. Ze stond op, pakte de lavendelspray en liep terug naar de kassa.

De man keek wat er allemaal in de vitrine lag. 'Ik moet van mijn vrouw een taart kopen. Voor de verjaardag van mijn zoontje. Ze heeft geprobeerd er zelf een te maken, maar die is min of meer ingestort. Over een paar uur begint zijn feestje, dus vandaar.' Hij balde zijn vuisten en wreef zijn knokkels over elkaar. Over zijn rechterpols strekte de getatoeëerde poot van een Amerikaanse zeearend zich uit. 'Ik ben overal blij mee. Mijn vrouw komt uit Duitsland. We zijn afgelopen maand naar Bliss verhuisd, en ze kent hier niemand. Al haar vrienden en familie wonen in Stuttgart. Ze zei dat ze bij Albertson's niet de juiste ingrediënten kon vinden, en de geglazuurde taart die ik vanochtend ben gaan kopen heeft ze weggegooid. Ze wil een taart die net zo smaakt als vroeger thuis.' Hij keek met een smekende blik in zijn blauwe ogen naar Jane op. 'Ik wil alleen maar dat ze gelukkig is. Als u nog een Duitse taart in de keuken hebt staan...'

Jane knikte. 'Ik ga wel even met mijn moeder praten. Die weet altijd van alles tevoorschijn te toveren.' Ze liep door het gordijn naar achteren.

Reba wachtte tot er een klap of een schreeuw klonk, maar die bleef uit.

Jane was binnen een minuut terug. 'Kunt u ons een paar uur de tijd geven?'

Hij zuchtte van opluchting en ontspande zijn vuisten. 'Het feestje begint om drie uur.'

'Dan is hij wel klaar.'

'O, ontzettend bedankt. Daar ben ik echt heel blij mee,' zei de man. Hij draaide zich om en wilde vertrekken. Jane hield hem tegen.

'Hoe heet uw zoontje?'

'Gabriel. Gabe.'

'Dan zetten we dat op de taart.'

'Daar zal mijn vrouw blij mee zijn. En hij ook. Nogmaals bedankt. U hebt geen idee hoeveel dit voor mij betekent.' Hij vertrok, en de wind sloeg de deur achter hem dicht.

'Dat is nog eens liefde.' Jane lachte. 'Die man is op van de zenuwen omdat hij zijn vrouw wil helpen een leuk feestje voor hun kind te geven.' Ze schreef de naam op een blaadje papier. 'Ik heb me nooit om de tuin laten leiden door grootse romantische gebaren. Liefde gaat om kleine dingen, om alledaagse attenties, vriendelijkheid en vergevingsgezindheid.'

Reba had liefde altijd iets wilds en ongetemds gevonden. Echte liefde was een hartstochtelijke vlam die fel brandde tot hij gedoofd werd. Die flakkerde niet en vervaagde niet, verzwakt door de banaliteiten van het dagelijks leven. Reba dacht eraan hoe Riki en zij zich de laatste tijd gedroegen; elk woord werd op een goudschaaltje gelegd en ze waren frustrerend beleefd tegen elkaar, als acteurs met vastliggende tekst. Ze stopte de ketting en de ring weer in haar shirt.

'Nu we deze bestelling moeten verzorgen weet ik niet of mijn moeder vandaag nog met je kan praten. Kun je een andere keer terugkomen?'

Toen Reba hier binnen was gekomen, was het haar doel geweest om alles in één keer af te handelen, maar nu ze hier amper een uur had gezeten, vond ze het niet erg om terug te moeten komen. Ze vond het eigenlijk zelfs wel leuk.

'Ja, natuurlijk. Dan neem ik volgende keer mijn camera mee. Het tijdschrift stuurt een fotograaf, maar ik vind het leuk om zelf wat foto's te nemen, als jullie het niet erg vinden.'

De keurige stapels en de kleurige zoetigheden in de vitrine waren leuk voor op een foto. Het water liep haar in de mond.

'Natuurlijk! Hier.' Jane deed de achterkant van de vitrine open. 'Je hebt nu al zo lang gewacht. Neem iets. Mijn moeder zegt altijd dat je met een Strudel nooit eenzaam bent.' Ze pakte een stuk waar het romige glazuur vanaf droop.

'Nee, dat mag ik niet hebben,' zei Reba goedkeurend. 'Ik eet geen zuivel.'

Jane keek op. 'O, wat zielig voor je. Hebben ze daar geen medicijnen voor?' Ze schoof het stuk taart weer terug in de rij.

Reba schudde haar hoofd. 'Het is niet dat ik geen lactose verdraag. Maar ik eet geen zuivel. Dat kan ik gewoonweg niet. Ik was tijdens mijn studie actief bij de PETA – rechten voor dieren, melk is slecht, dat werk.'

Jane trok allebei haar wenkbrauwen hoog op. 'Melk is slecht?'

'Dat was een PETA-campagne,' legde Reba uit.

'O.' Jane drukte haar lippen op elkaar. 'Nou, een stuk Lebkuchen dan maar? De specialiteit van mijn moeder. Ze doet er amandelolie in. Geen boter. Dat is het geheim. Maar je moet wel beloven dat je het niet verder vertelt.'

Jane wilde haar niet met lege handen laten gaan, zo veel was wel duidelijk, dus stemde Reba in. 'Beloofd.'

Die avond zat Reba alleen aan haar keukentafel en knabbelde ze aan de rand van de Lebkuchen. De vierkante stukken waren versierd met amandelen die als bloemblaadjes uitwaaierden. Ze waren bijna te mooi om op te eten, maar het was een lange dag geweest en haar zelfbeheersing was op. De dikke stroop en droge kaneel bleven in haar keel steken, dus schonk ze zichzelf een glaasje magere melk in. Het oppervlak schuimde en het glas kleurde parelmoerachtig wit.

Toen ze net thuis was, had ze de doos van de Duitse bakkerij op het aanrecht gezet, vastbesloten om er niets van te eten, maar ze kon de koekjes toch niet weggooien. De zoete geur trok door de keuken, de studeerkamer, helemaal de trap van het appartement op naar hun slaapkamer, waar ze in bed haar aantekeningen zat uit te werken. Toen de zon in de woestijn was weggesmolten en de najaarsmaan oranje opkwam als een rond zandkoekje, gaf ze zich over aan de eenzaamheid, liep naar beneden en vond troost in de zoete lekkernij.

Ze vroeg zich af of ze een koekje voor Riki moest overlaten, maar dan zou hij vragen hoe haar dag was geweest, en ze had de energie niet om te vertellen dat ze een uur met Jane had gepraat zonder ook maar een woord vast te leggen. Dan wilde hij natuurlijk weten waar ze het over gehad hadden, maar ze had geen zin om de doos van Pandora open te doen. Toch kon ze Jane en de bakkerij maar niet uit haar hoofd krijgen. Uit haar mond ook niet, trouwens.

Ze doopte het laatste stukje in de melk, stak het in haar mond en kauwde erop. Uit het oog, uit het hart – zo luidde het gezegde toch? Ze klokte de melk naar binnen en spoelde het glas om, zodat er geen bewijsmateriaal achterbleef.

Het was allemaal als een klein leugentje begonnen: net doen alsof ze geen zuivel at. Ze deed het nu al zo lang dat ze niet meer wist hoe ze ermee moest ophouden.

Op de universiteit was het begonnen. Reba's kamergenootje, Sasha Rose, de dochter van emigranten uit Singapore, was een klein, tenger meisje, dat over twee dingen heel enthousiast was: veganisme en Italiaanse kunst. Ze deed niet mee aan de middernachtelijke schranspartijen met peperonipizza en ook niet als ze naar een cafetaria gingen waar je net zo veel kippenpootjes mocht eten als je wilde. In plaats daarvan knabbelde ze van een heerlijk schaaltje korrelige jonge sojabonen en robijnrode biologische vijgen, terwijl ze ondertussen Botticelli en Titiaan bestudeerde.

Tijdens hun eerste jaar waren Sasha's ouders voor het familieweekend overgekomen. Haar moeder leek wel haar tweelingzus, met al wat grijs door haar haar en een duidelijk Engels accent.

'O, liefje, wat heb ik je gemist,' kirde ze, en ze hield Sasha zo stevig en innig vast dat Reba de andere kant moest opkijken. Het bezorgde haar een steek in haar hart.

Sasha's vader, die van oorsprong uit Tallahassee kwam, was een lange, gebruinde man met een aanstekelijke glimlach en een opgewekt humeur. Zijn charisma straalde als de zon van Florida. Sasha was eerst in de armen van haar moeder gevlogen en toen in de zijne, en Reba had gekeken of ze iets van jaloezie, angst of wrok bij mevrouw Rose zag, ook al was het maar in een flits, maar het beeld van Sasha in de armen van haar vader had haar, zo leek het, alleen maar doen stralen.

'Reba, jij gaat met ons mee-eten!' had meneer Rose bepaald, maar toen hij vriendelijk zijn hand tegen Reba's rug legde, was ze zo merkbaar ineengekrompen dat hij er meteen achteraan had gezegd: 'Tenzij je andere plannen hebt, natuurlijk. Daar hebben we alle begrip voor.'

Ze had geen andere plannen gehad, maar de sfeer was ongemakkelijk geworden, en ze was bang geweest dat die de hele maaltijd zou duren.

'Ik heb maandag een tentamen,' had ze gejokt, en aan zijn glimlach te zien, die in zijn mondhoeken wat afzwakte, had hij haar door.

Reba's moeder en zusje, Deedee, waren er dat weekend niet – het lukte niet met hun agenda. Haar moeder had een receptie van de vrijwilligersvereniging. Deedee had het druk met afstuderen. Aanvankelijk was Reba blij geweest, maar toen ze Sasha met haar volmaakte ouders zag, kreeg ze toch een pijnlijk verlangen naar familie – naar haar moeder, naar Deedee, zelfs naar haar vader. Het was een hopeloos verlangen.

'Veel succes met studeren,' zei meneer Rose. Ze waren gedrieën naar buiten gelopen – vader geflankeerd door zijn vrouwen.

Reba deed de deur achter hen dicht en ving een glimp van zichzelf op in de spiegel die op de achterkant van de deur bevestigd was. Dat beeld stak zo schril af bij het mooie plaatje van de familie Rose dat ze meteen een trui met capuchon aantrok en zich als een woelmuis onder de dekens van haar bed begroef.

Ze was altijd melancholiek geweest en met zo ongeveer alles aan zichzelf ontevreden. Ze was dik waar ze dun had moeten zijn, had te kleine borsten en was te lang, zodat ze nooit tussen de cheerleaders van de middelbare school en de populaire kliek zou passen – de zusjes van de vriendinnen van haar zus. Op haar zestiende, toen haar vader was overleden, had ze zich helemaal teruggetrokken en had ze haar middagpauzes en de uren na school doorgebracht in de leeszaal, met stille kranten en zwijgende foto's.

Tijdens Reba's eerste semester had Deedee gezegd dat ze iets moest gaan doen waar ze zich beter door zou voelen: yoga, dansen, zwemmen, tekenen. Ze moest een nieuw begin maken, had ze gezegd. Reba ging zich liever uitsloven op de boksclub van de universiteit, waar ze handschoenen dichtsnoerde en met een trainer ging sparren. Iedereen op de campus kende haar van de foto's in de *Daily Cavalier*: met uitpuilende lippen door de gebitsbeschermer, met pluizig donker plakkerig haar onder de bokskap, met haar handschoenen in de aanslag. Ze vonden haar maar vreemd, voor iemand van de familie Adams. Ze was de dochter van een geëerd Vietnamveteraan en achterkleindochter van een van de grootste staalfabrikanten van Richmond. Deedee was een gevierd debutante geweest. Zij studeerde al rechten, met haar roze wangen, altijd glimlachend, slim en geestig. Maar Reba... Reba schreef in haar notitieblok en deed verkleedpartijtjes met de jongens. Ze had altijd het gevoel dat haar moeder en haar zus teleurgesteld in haar waren.

En dus had ze zich na een vreemde gedachtekronkel voorgenomen om Sasha te imiteren, van haar te leren en zich hopelijk haar raffinement eigen te maken. Stap een: veganisme. Ze deed in de bibliotheek even snel een onderzoekje naar de voeding en de bijbehorende manier van leven. De basisprincipes waren even slikken geweest. Geen dierlijke producten. Punt uit. Reba bedacht dat het misschien wel zinnig was om je aan een goede zaak te verbinden, om echt ergens voor te staan, maar álle dieren van het dierenrijk vond ze een beetje overdreven. Dus koos ze voor koeien. Geen yoghurt of kaas, boter of rundvlees. Met elk schaaltje ijs dat ze afsloeg zou ze een koe redden – en dat deed ze dan ook, bijna drie weken lang.

Toen werd het Valentijnsdag, en Sasha hielp haar er even aan herinneren dat melkkoeien hun moedermelk moesten afstaan voor de productie van chocola. Sasha en haar vriendje gingen naar een bijeenkomst van de PETA, met als titel 'Vega Viagra', en Reba bleef thuis.

Die avond was het verdriet heviger dan ooit teruggekomen en had aan haar ingewanden gevreten. De hongerige wolf, had haar vader het altijd genoemd. Hij had Deedee en haar, toen ze klein waren, een keer toen hij beschonken was verteld hoe dat was: de wolf sloop overdag door de schaduw achter hem aan en scheurde zijn nachten aan flarden. En dan schonk hij zichzelf nog maar eens een amberkleurig glas in, nam een slok, glimlachte en liet hun plagerig beloven dat ze het niet aan hun moeder zouden vertellen. Dat beloofden ze dan braaf, maar wel met hun vingers gekruist op hun rug. Het maakte toch niks uit. Hun moeder had het afgedaan met: 'Spookverhalen zijn het, meer niet. Als hij in zo'n bui is moeten jullie niet geloven wat hij zegt, hoor. En nu naar bed en lekker slapen.'

Toen haar vader dood was, vond Reba een keer toen ze hielp met zijn kantoor uitruimen, zijn medisch dossier. Hij was jarenlang met elektroshocks behandeld, voor ernstige depressies, en tot de week waarin hij was overleden had hij elke donderdag een afspraak met een klinisch psychiater van het Medical College van Virginia. Dr. Henry Friedel schreef dat haar vader voorafgaand aan zijn militaire dienst last had gehad van chronische bedroefdheid, angst en gevoelens van hopeloosheid; van vreetbuien gevolgd door perioden waarin hij geen eetlust had; van slapeloosheid; van besluiteloosheid; van onopgeloste schuldgevoelens; van extreme stemmingswisselingen en van een veranderd besef van de werkelijkheid. Toen ze zijn lijstje met symptomen had gelezen, was ze ingestort: het had net zo goed over haar kunnen gaan. Dr. Friedel merkte verder nog op dat al deze van tevoren al bestaande klachten voor de rekruteringsmedewerkers van het leger waren verzwegen en derhalve door de oorlogsomstandigheden waren verslechterd.

In het dossier zat ook nog een map met handgeschreven aantekeningen over de sessies van haar vader. Toen ze die in de bruine verhuisdoos wilde leggen, raakte er een bladzijde los uit de metalen klemmetjes en viel op de grond. Het waren privéaangelegenheden, maar toch kon Reba haar nieuwsgierigheid niet bedwingen en had ze het gelezen.

28 februari 1985

Afgezien van de eerdere klachten van de patiënt en de reeds vermelde klinische behandeling, lijdt de heer Adams nog steeds aan slapeloosheid, ten gevolge van nachtelijke angstaanvallen en flashbacks waarvan hij wakker wordt, met betrekking tot zijn actieve dienst in de oorlog in Vietnam. Als we het erover hebben blijft hij terugkomen op de vrouw in het Sõn Tinh-district en haar dochter, een tiener, die hij beweert verkracht te hebben onder invloed van psychotropische middelen, die hij illegaal van de Vietnamese bevolking had gekocht. De heer Adams zegt dat hij later gezien heeft dat een zwarte wolf de verwoeste lichamen van de vrouwen aan het verslinden was. (Ik heb nog steeds niet kunnen vaststellen of de wolf een daadwerkelijke ervaring is of, wat meer voor de hand ligt, gewoon een manifestatie is van zijn onderbewuste schuldgevoel.) We hebben het vooral gehad over de onderscheidingstekenen van de compagnie, die in de ontblote borst van de slachtoffers zijn gekerfd. De heer Adams weet niet meer of deze verminkingen door hemzelf of door andere soldaten zijn toegebracht, en hij kan ook niet met zekerheid zeggen of hij hun dood op zijn geweten heeft. Toch is dit nog steeds het centrale thema van onze gesprekken, en deze vraag wakkert zijn angst, zijn schuldgevoel en zijn heftige stemmingswisselingen aan, en hieruit vloeit dan weer autofobie voort. Hij aarzelt tussen rationalisatie en zelfbeschuldiging. Vandaag heeft de heer Adams opnieuw zeer gedetailleerd beschreven hoe hij van hogerhand het bevel kreeg om alle Vietcong in het dorpje aan te vallen en te doden. Toen ik hem vroeg hoe hij het vond dat hij gewone mannen, vrouwen, kinderen en bejaarden moest doden, zei de heer Adams: 'Ons werd verteld dat we voor eens en voor altijd korte metten met ze moesten maken. We volgden de bevelen op. Ik probeerde een goede soldaat te zijn. Ik wilde daar helemaal niet zijn. Ik wilde thuis zijn, bij mijn gezin.' Toen ik hem vroeg of verkrachting ook een bevel van hogerhand was, werd de heer Adams zeer emotioneel en onsamenhangend, en moesten we hem een injectie met een angstremmer toedienen. De sessie werd vroegtijdig beëindigd. Ik heb hem lorazepam voorgeschreven en voor dinsdag 5 maart een extra consult ingelast.

Reba stopte de bladzijde weer terug in de map en wilde meteen dat ze de klok kon terugdraaien – dat ze de bladzijde met haar ogen dicht van de grond kon oppakken. Ze wilde de geheimen van haar vader helemaal niet kennen. Haar eigen herinneringen waren al duister genoeg. Ze had de dossiers helemaal onder in de doos gestopt en die met *duct-tape* twee keer dichtgeplakt, in de hoop dat ze het verleden kon afsluiten en de wolf van haar vader voorgoed kon begraven.

Maar toen ze die Valentijnsdag alleen in haar kamer op de campus was, hoorde ze diens eenzame gehuil door haar huid heen galmen, dus ging ze naar de in neonlicht badende minisupermarkt en kocht een pak melk en de grootste doos kersenbonbons die ze hadden. 'Nou, hij boft maar,' had de studente die achter de kassa stond gezegd. Reba had geknikt en geglimlacht. 'Zeg dat wel.' Ze was naar huis gegaan en had de hele doos in haar eentje opgegeten. Ze had zich getroost gevoeld door de ene rij kersenbonbons na de andere, en door de gedachte dat het meisje achter de kassa had gedacht dat ze die samen met een geweldige jongen kon opeten. De melk dronk ze zo uit het pak op. Nu die een verboden vrucht was, smaakte hij nog lekkerder.

Toen het pak later in hun vuilnisbak zuur lag te worden, vroeg Sasha wat ze toch rook. 'Sojamelk,' antwoordde Reba. 'Ik denk dat het een partij bedorven bonen geweest is.' Sasha had haar even aangekeken en toen haar schouders opgehaald. 'Dat heb ik ook een keer gehad. Volgende keer kun je beter biologische sojamelk kopen. Die is altijd goed.'

En zo was het begonnen. Aanvankelijk heel terloops. Maar meer dan tien jaar later loog Reba nog steeds. Het probleem was dat haar leugens zich niet tot een pak melk beperkten. Ze verbreidden zich als schimmel en groeiden op verschillende delen van haar leven, waar ze de vruchten van haar inspanningen bedierven.

Maar verzinsels leken haar de gemakkelijkste manier om zichzelf opnieuw uit te vinden. Zo kon ze haar familie en haar jeugd vergeten: het hysterische gegiechel van haar vader, gevolgd door perioden van intense droefgeestigheid; zijn adem die tijdens het avondgebed naar whisky rook; hoe ze zich verstopte in de kast, waar de kanten zoom van de kerkgewaden aan haar neus kriebelde; haar vader die levenloos op de grond lag, zijn hals paars van de schaafwonden van het touw; het geluid van sirenes en de tranen van haar moeder; de woede en het schuldgevoel die ze gevoeld had toen ze aan zijn graf stond, omdat hij de gemakkelijke weg had gekozen, omdat hij hen allemaal in de steek had gelaten.

Die Reba hoefde ze helemaal niet te zijn. Ze had alleen maar een verhaal nodig en dan was haar familie net zo volmaakt als haar moeder hen had willen doen lijken. Haar vader was een Vietnamheld, niet de opgejaagde man die een glimlach opzette alsof het een kleurige stropdas was, tot de knoop hem begon te verstikken.

Ze had nooit begrepen waarom haar moeder zo veel excuses voor hem had verzonnen. Als ze gewoon open over zijn ziekte was geweest tegenover haar dochters, hadden ze hem misschien kunnen helpen, hadden ze misschien kunnen voorkomen dat hij zichzelf iets aandeed. Misschien hadden zij drieën dan zo veel van hem kunnen houden dat hij weer beter was geworden. Maar elke keer als Reba iemand de schuld probeerde te geven, moest ze weer denken aan hoe de grauwende stem van haar vader door de muren had geklonken, aan de zachte kreten van haar moeder, aan kapot gegooide glazen en aan de geur van pannenkoeken met pecannoten de volgende ochtend. Als haar vader een slechte nacht had gehad, maakte haar moeder de volgende ochtend altijd pannenkoeken met pecannoten. Die verhulden de stank van whisky die uit de plankenvloer opsteeg. Ze waren weeïg zoet, en Deedee en zij aten er altijd hele stapels van, om het hun moeder toch vooral naar de zin te maken, alsof het hun laatste maaltijd zou zijn. Haar moeder deed ook maar alsof, om dezelfde redenen als Reba – het was fijn om de leugens te geloven. Reba wist maar één ding zeker, en dat was dat haar moeder van haar vader hield, en liefde maakte nu eenmaal blind. Reba vond het heel eng om zo gehandicapt te moeten zijn.

Naarmate ze ouder werd, werd haar verlangen om haar werkelijkheid te ontvluchten alleen maar groter. Als ze op een luchthaven of station was, of op een andere plek van doorgaand verkeer, waar ze de mensen nooit terug zou zien, deed Reba wel eens alsof ze totaal iemand anders was, en het engste vond ze nog wel dat ze haar eigen bedrog op zo'n moment volkomen geloofde.

Ze had een keer in de trein van Richmond naar Washington DC een gesprekje aangeknoopt met de zakenman die naast haar zat en zichzelf aan hem voorgesteld als een lid van het olympisch schaatsteam, op weg naar de hoofdstad om daar haar andere teamgenoten te ontmoeten. De zakenman had haar lunch betaald – het was hem een eer om met een sportvrouw van haar kaliber de maaltijd te mogen gebruiken. Toen ze afscheid namen, werd Reba overspoeld door zo'n hevige golf schuldgevoel dat ze er misselijk van werd. Op de wc kwam de biefstuk terug en bad ze tot God dat ze niet rijp voor het gekkenhuis was – meervoudige persoonlijkheidsstoornis, psychotisch, of manisch-depressief, niet als haar vader.

Ze moest naar het westen, besloot ze – met een schone lei beginnen. Daar kon ze zijn wie ze maar wilde. Daar kon ze zichzelf zijn. Maar ja, wie dat precies was, wist ze ook niet goed. De eerste keer dat ze Riki had ontmoet, was heel vreemd verlopen – weer een poging van haar om een rol te spelen, namelijk die van de onverschrokken verslaggever die na een paar afspraakjes al met iemand naar bed ging en zei dat ze in liefde op het eerste gezicht geloofde. In werkelijkheid had ze daar alleen maar graag in wíllen geloven. Ze hoopte dat haar verdriet genezen zou zijn als ze maar hardop tegen iemand zou zeggen dat ze van diegene hield. Toen dat niet het geval bleek te zijn, begon ze zich af te vragen of liefde alleen eigenlijk wel genoeg was.

Dat was de reden waarom ze de verlovingsring niet droeg. Als ze met Riki trouwde had ze twee keuzes: voor altijd blijven liegen, of haar ware ik aan hem laten zien en het risico lopen dat ze hem zou kwijtraken. Ze wilde dat hij haar gewoon kon geloven zonder dat ze over haar verleden hoefde te vertellen. Voor ze met wie dan ook kon trouwen moest ze erachter zien te komen waar de waarheid eindigde en haar leugens begonnen.

Licht van koplampen draaide de keuken rond en even later ging de voordeur open.

'Reba?' riep Riki.

'Ik ben hier.'

Hij kwam de kamer binnen en deed het licht aan. 'Waarom zit je in het donker?'

Het felle licht deed pijn aan Reba's hoornvlies. 'Ik zat niet in het donker. De lichtjes van het fornuis zijn aan.'

'Praktisch in het donker.' Hij haalde kleingeld en kauwgumpapiertjes uit zijn zak en gooide die in de lege fruitschaal op de tafel. 'Als je maar geen vampier wordt.' Hij kuste haar op haar kruin, trok zijn uniformjasje van de grenspolitie uit en ging zitten.

'Lange dag geweest?' Aan de kringen onder zijn ogen wist ze al hoe het antwoord zou luiden.

'We hebben een gezin opgepakt dat op een parkeerplaats bij een Walmart in hun auto woonde. Heel treurig. Morgen sturen we ze terug naar Mexico. De jongste is nog een baby. Hij had een vieze luier om – god mag weten hoe lang al.' Hij krabde aan zijn wang. 'Het gaat je niet in de kouwe kleren zitten. Die vader wil gewoon een betere plek, een beter leven voor zijn gezin.'

De dagelijkse stortvloed van verhalen over illegale immigratie had al lang geleden een eeltlaagje op Reba's gevoel voor medeleven gelegd. Riki stond meestal aan de kant van de VS, maar het leek wel of hij het de laatste tijd veel vaker voor de Mexicanen opnam. Ze kon niet meer bijhouden met wie ze van hem nu weer medelijden moest voelen, dus gooide ze het maar over de hogere boeg van de principes.

'Beschouw jezelf nou niet als de slechterik,' zei ze. 'Er moeten nu eenmaal regels gevolgd worden – dat zeg je zelf altijd. Zo niet, dan heeft dat zijn consequenties.' Ze slikte een papperige melkkruimel weg die van haar kies losliet. 'Heb je al gegeten?' vroeg ze – een ander onderwerp. 'Ik ben na mijn interview bij Rudy's langsgegaan, en er is nog wat over, mocht je trek hebben.'

'Hoe ging het?'

'Bij Rudy's?' Ze had geen zin om het over het interview te hebben. 'Ik vind vooral hun gerookte kalkoen erg lekker – dat weet je.' Ze stond op en liep naar de koelkast.

'Nee, dat stuk dat je moet schrijven, miss *Sun City*.'

'O, prima. Ik moet wel nog een keer terug. Weet je zeker dat je niet een beetje wilt?' Ze haalde de papieren zak van de traiteur uit de koelkast.

'Ik heb al gegeten. Dus je moet nog terug? Hoezo? Heeft ze je in levenden lijve ook nog afgeblaft?'

Reba haalde haar schouders op. 'Ik krijg precies wat ik voor het stuk nodig heb. Maar wat ik op dit moment echt nodig heb is...' Ze pakte zijn hand en legde die om haar middel. '... is om even mijn mond te houden. Ik ben de hele dag al aan het praten, praten, praten.' Ze wist precies hoe ze het onderwerp voor eens en voor altijd moest afsluiten.

Hij stond op en trok haar dicht tegen zich aan. 'Je zegt het maar, baas.'

Ze ademde ontspannen en nam hem mee naar boven. Dit was altijd echt, en ze hoopte vurig dat Riki de hele waarheid die erin besloten lag voelde.

# *Vijf*

WEIHNACHTENFEEST VAN DE NAZI'S
GERNACKERSTRASSE 19
GARMISCH, DUITSLAND
24 DECEMBER 1944

Het was gaan sneeuwen. Duizenden iriserende speldjes tolden blindelings naar de aarde omlaag. Elsie boog zich achterover en liet de sponsachtige vlokken zich op haar gezicht ophopen. De kou maakte haar hoofd leeg, en hoewel ze rilde, bleef ze wel in de stille steeg staan en keek ze hoe de wereld tot een gemaskerd sprookjesbal werd omgetoverd. De vieze straten kregen een wit poederlaagje. De donkere bomen werden fijntjes omzoomd met kristallen. De geparkeerde auto's veranderden al in bergen suiker. Ze was dol op verse sneeuw. Dan veranderde alles.

De wind kwam onder haar jurk en maakte haar benen gevoelloos. Ze kreeg kippenvel op haar rug. Ze sloeg haar armen om zich heen. De ring van Josef aan haar vinger was ijskoud. Ze trok hem eraf en wreef het metaal warm tussen haar handen. Het was een mooie ring van een lieve man, maar het grote moment deed haar niet veel. Ze draaide de ring om en om in haar hand – robijnen en diamanten, rood en wit. Waarom was het niet gewoon zomaar een kerstcadeau? Net als de jurk en de champagne?

Ze wilde hem weer terug aan haar vinger schuiven, maar toen zag ze iets... Een kras? Nee, daarvoor was het te precies en te gelijkmatig. Ze draaide de ring naar het licht dat uit het raam kwam. Het was een inscriptie, bijna helemaal weggesleten: ANI LEDODI VE DODI LI. Hebreeuws.

Ze kreeg het er warm van, en haar borst kneep zich samen onder een laagje plotseling opvriezend zweet. Ze wist dat de Gestapo alle waardevolle spullen van de Joden confisqueerde, maar ze had zich nooit afgevraagd wat er dan verder mee gebeurde. Ze verdwenen gewoon, net als degenen van wie ze waren geweest.

De sneeuw werd dichter. De vlokken waren niet licht meer, maar bezaaid met ijskoude hartjes die op je huid prikten. Haar ogen traanden in de wind. Ze knipperde de tranen weg, zodat ze de ring duidelijk kon zien. Het was de trouwring van iemand anders, en ze vroeg zich af of die onbekende vinger het gewicht van de ring miste.

Elsie zocht steun bij een met een deken afgedekt krat dat onder het balkon stond en ademde de ijskoude lucht in tot haar hart wat bedaarde.

'Wat doe jij hier?' Kremer kwam door de achterdeur naar buiten.

Elsie deed de ring weer om. 'Het was binnen zo warm... Ik denk dat ik niet tegen champagne kan. Maar nu voel ik me een stuk beter.' Ze stak haar hand al uit naar de deurknop, maar hij hield haar tegen.

'Kijk nou toch; je bibbert helemaal. Hoe lang ben je al buiten?' Hij wreef met ruwe vingers over haar arm.

'Ik kan maar beter naar binnen gaan,' zei Elsie.

'Je moet je even laten opwarmen.' Voor ze zich van hem los kon maken, trok Kremer haar tegen zijn jas. Zijn adem stonk naar rode wijn en worst.

'Majoor Kremer, alstublieft.' Elsie probeerde haar armen los te trekken, maar haar ledematen waren zwaar en koud.

'Je ruikt als een bakkersdochter.' Hij boog zich naar haar toe. 'Smaak je ook als een bakkersdochter?' Hij kuste haar in haar hals.

'Laat me los! Hou op!' gilde ze.

Kremer legde een hand tegen haar mond. 'Stil!' beval hij. 'Waag het niet nog een kik te geven,' gromde hij in haar oor, en toen knoopte hij de holster van zijn pistool open. 'Officieren zijn er wel om geprezen als ze tijdens de verleiding een spionne hadden doodgeschoten.' Hij hield haar met één hand stevig vast, trok snel haar rok omhoog en liet zijn andere hand over haar bovenbeen omhoog glijden.

'Smerig varken! Hoe durft u!' Ze gaf hem een harde schop en trok zich los. 'Ik ben geen spionne!' Ze spoog hem in het gezicht.

Hij gaf haar een klap, waardoor ze rondtolde. 'Zo'n knappe Fräulein, met zo veel pit.' Hij duwde haar naar voren, tegen het krat, en hield allebei haar armen boven haar hoofd vast. 'Ik wil je geen pijn doen.' Hij frunnikte aan de gesp van zijn riem.

'Beest!' riep Elsie. 'Ik ga het tegen Josef zeggen!'

Kremer glimlachte. 'Denkt u dat hij je nog steeds wil? Als hij erachter komt dat je me verleid hebt?' Hij schoof haar zijden rok omhoog en maakte zijn broek open. 'En nog wel op zo'n heilige avond?'

'Alstublieft,' smeekte Elsie in paniek. 'Ik heb nog nooit...

Zijn bovenbenen waren warm en ruw; door de wrijving van zijn stijve uniform tegen de met kralen bezette jurk kreeg ze allemaal kleine wondjes in de huid eronder.

'Wiens verhaal zullen ze geloven, denk je? Dat van een onzedige concubine of dat van een officier van het Derde Rijk?'

'God, alstublieft!' riep ze uit.

Kremer draaide haar armen klem en zette zijn voeten schrap.

Plotseling doorkliefde een hoge gil, één enkele noot, als een sirene de lucht. Tot haar schrik liet Kremer haar los. Ze viel op de grond. Fijne kristallen vielen in zijn modderige voetafdrukken.

De spookachtige roep hield aan.

Kremer pakte zijn wapen en maakte zijn broek dicht. Hij richtte naar links, toen naar rechts, en had toen pas de bron gevonden. Het kwam uit het houten krat achter hen. Hij trok de deken er met een ruk af.

In het krat zat de Joodse jongen, met een deken over zijn hoofd, als een figuurtje uit de kerststal. Het geluid kwam van het overschaduwde gezicht.

'Stil jij!' beval Kremer, en hij sloeg met de metalen kolf van zijn wapen tegen de houten latten.

De toon van de jongen hield aan.

'Joodse duivel!' Hij richtte het pistool.

Elsie kroop naar de deuren van de feestzaal en werd tegemoet getreden door de laarzen van Josef, die net naar buiten kwam.

'Elsie!' Hij hielp haar overeind. 'Wat is hier aan de hand?'

Kremer hield zijn arm uitgestrekt; de glimmende loop was op het hoofd van de jongen gericht.

Elsie drukte haar gezicht tegen Josefs stramme schouder.

'Günther, doe dat pistool weg!' schreeuwde Josef.

De jongen verstomde.

'Het is een Jood. Waarom zouden we nog de moeite nemen om hem helemaal terug te brengen naar het kamp?' Kremer legde zijn vinger om de trekker.

Josef sloeg het wapen uit zijn hand, en de kogel zoefde door de dichte sneeuw. 'Daar ga jij niet over,' bulderde Josef.

Elsie had hem nog nooit eerder kwaad meegemaakt. Haar lichaam beefde ervan, zo erg ging hij tekeer.

Josef raapte het wapen op van de onder een laagje sneeuw bedekte straat en maakte het magazijn leeg. De kogels vielen geruisloos in de sneeuw. Hij zette de loop tegen Kremers voorhoofd. Geen van beiden zei een woord.

De natte zijde van haar jurk werd hard om Elsies lichaam, als een ragfijne cocon van ijs. Ze proefde ijzer. Haar vinger kwam vuurrood terug uit haar mond. De binnenkant van haar lip was kapot en ze zoog het warme bloed op om het te stelpen.

De deken die over de jongen lag zakte weg, zodat een bleek hoofd en betraande wangen te zien werden. Zijn kin bibberde; dat deed Elsie denken aan de enige keer dat ze haar neefje Julius had gezien. Toen hij net geboren was, waren ze bij Hazel in Steinhöring op bezoek geweest. Julius had vanuit zijn mandenwiegje om melk gehuild. Hij had er heel klein en breekbaar uitgezien; in vergelijking leken zijn tranen veel te groot. De Joodse jongen zag er precies zo uit. Elsie wilde hem in haar armen nemen en hen allebei zachtjes wiegen.

'Josef. Vriend,' zei Kremer.

Josef drukte het metaal tegen zijn huid. '"En dan zal zij diegene voor haar rechtersstoel roepen die vandaag, terwijl ze aan de macht zijn, *rechtvaardigheid* en *wetten* met voeten treden..."' Hij drukte het pistool nog wat harder tegen hem aan en sprak op rustige toon, als iemand die in trance is. '"Die ons volk ellende en de ondergang hebben gebracht en die bij alle tegenspoed die het vaderland getroffen heeft, hun eigen ego belangrijker vinden dan het leven van de gemeenschap."' Hij trok het wapen terug. De loop liet een ronde afdruk op Kremers voorhoofd achter.

Josef herpakte zich. 'Je moet maar eens wat beter proberen te begrijpen wat ons doel precies is.' Hij gaf Kremer het lege pistool terug, schraapte zijn keel en trok de manchetten van zijn uniformjasje recht, zodat die precies gelijk hingen. 'Het dessert wordt geserveerd.' Hij pakte Elsie bij de arm en deed de deur open; flarden feestelijke vioolmuziek dreven de steeg in. 'Kom mee, Günther.'

Kremer gehoorzaamde en liep achter hen aan.

De jongen in de kooi was stil. Elsie wilde nog één keer omkijken, maar bleef voor zich uit kijken, uit angst dat ze in een zoutpilaar zou veranderen.

# *Zes*

ELSIE'S GERMAN BAKERY
2032 TRAWOOD DRIVE
EL PASO, TEXAS
10 NOVEMBER 2007

Op vrijdag was er een bruiloft, en daar hadden ze in de bakkerij de rest van de week hun handen vol aan, dus kwam Reba op zaterdag terug, vastbesloten om bruikbaar materiaal te vergaren, en misschien ook nog wat Lebkuchen.

Toen de bel boven de deur rinkelde, draaide Jane zich van de plank met warme broden en broodjes om. 'Kijk eens aan, wie hebben we daar? Wat leuk om je te zien.' Ze liep om de kassa heen en omhelsde Reba.

Reba schrok zich een hoedje, maar ontspande zich al snel met Janes armen om zich heen. De geur van Janes parfum – kamperfoelie en sandelhout – deed haar denken aan de zomers die ze als kind aan het strand had doorgebracht. Deedee en zij zaten de hele dag op zoete bloemstelen te sabbelen en bouwden in de duinen kastelen van wrakhout.

'Ja, insgelijks,' zei ze, en ze wiegde achteruit op haar hakken. Ze wilde die nostalgische pijn van zich afschudden.

Sinds Riki haar ten huwelijk had gevraagd had ze Deedee niet meer teruggebeld. Elke keer dat Deedee belde, wist Reba zichzelf wijs te maken dat dit niet het juist moment was; ze had het te druk om even gezellig te kletsen; ze zou later wel terugbellen, maar deed dat dan toch niet. De weken verstreken en al snel was er zo veel gebeurd dat praten alleen al haar te veel gevraagd leek – er was te veel gebeurd om in één enkel gesprek uit de doeken te doen. Ik mail Deedee morgen wel, beloofde ze zichzelf.

'Druk gehad?' vroeg ze aan Jane.

'Ja, een meisje dat we al kennen van toen ze nog in de luiers lag, ging trouwen, met een jongen uit Cruces. We maken prachtige bruidstaarten.' Jane knipoogde. 'Geef ons je trouwdatum maar, dan zorgen wij dat er een taart is.'

'Die is oudbakken voordat ik eindelijk zover ben,' zei Reba.

'Dan geven we hem toch een dubbele laag glazuur? Daarmee is hij luchtdicht afgesloten. Vanbinnen blijft hij dan zo licht als een veertje. Echt waar. Een van onze bruiden heeft een stuk van haar taart in de koelkast bewaard – niet eens in de vriezer – tot ze drie jaar getrouwd was, en ze zei dat hij nog net zo lekker smaakte als op de dag van de bruiloft! En daar is geen woord aan gelogen.'

Er borrelde ineens een lach in Reba's keel omhoog, en dat geluid beviel haar wel. 'Ik wil wedden dat die mensen die avond fikse buikpijn gehad hebben.'

'Dat zou kunnen, maar ze zijn in elk geval niet met een lege maag naar bed gegaan.' Jane draaide zich om naar de keuken. 'Mam! Reba van *Sun City* is er, voor het interview.'

Een Mexicaanse man ging met een smeuïg chocoladebroodje en een cappuccino aan een tafeltje zitten.

'Dat is Sergio,' stelde Jane hem voor. 'Een van onze vaste klanten.'

Sergio knikte.

'Wil je nog wat suiker, liefje?' vroeg ze.

'Nee, ik ben van mezelf al zoet genoeg.' Door zijn zware Spaanse accent klonk de zin zangerig.

Reba voelde plotseling een onderstroom in het vertrek, net als wanneer ze in de winter met haar sokken over het tapijt ging. 'Hoe lang komt hij hier al?' vroeg ze aan Jane, en ze ging zitten.

'Hmm... Hoe lang eet jij mijn broodjes al, Serg?'

'Sinds jij het kleingeld van je moeder kon tellen.' Hij doopte zijn broodje in de koffie.

Jane moest lachen. 'Dat was een test, en het is hem gelukt aan de strop te ontkomen.'

Reba's spieren spanden zich bij deze beeldspraak.

'Sinds mijn negentiende,' ging Jane verder. 'Ik weet nog goed de eerste keer dat hij hier binnenkwam. Hij sprak geen woord Engels, laat staan Duits. Hij wees op een broodje en gaf me wat munten, waarvan de helft pesos.' Ze sloeg op haar bovenbeen.

'Dat is lang geleden. Behalve mijn familie ken ik niemand zo lang,' zei Reba.

'Het is voorbij voor je er erg in hebt. Jij bent nog jong; je komt er nog wel achter.' Haar blik gleed naar Sergio, en toen weer snel terug naar Reba. 'Mijn moeder komt zo.'

Jane liep naar de keuken en gaf Sergio in het voorbijgaan een servetje. Hij had er niet om gevraagd, maar pakte het met een glimlach aan en veegde de gesmolten chocola van zijn mond.

Reba legde haar spullen op tafel. Notitieblok, pen, bandrecorder. Terwijl ze zat te wachten probeerde ze zich voor te stellen hoe het meisje van de foto er nu, zestig jaar later, uit zou zien.

Toen kwam Elsie binnen. Haar spierwitte haar was in een korte bob geknipt en de zijkanten zaten met bruine spelden weggestoken. Ze was gezellig mollig op de heupen, maar smal in de taille, en ze had een eigentijdse kakikleurige broek aan met een gebroken-witte blouse, met opgerolde mouwen. Ze mocht dan negenenzeventig zijn, ze had nog steeds stijl en liep met vastberaden tred. Ze had een bord met twee plakken kaneelrozijnenbrood in haar hand en zette dat midden op tafel.

'Hallo.' Ze stak haar hand uit. 'Ik ben Elsie Meriwether.'

Reba schudde haar de hand. 'Reba Adams.'

Elsie had een stevige, maar hartelijke hand. 'Aangenaam. Nog mijn excuses dat ik vorige keer geen tijd voor je had.' Ze sprak heel duidelijk, ondanks het Duitse accent.

Elsie ging zitten en schoof het bord wat dichter naar Reba toe. 'Jane vertelde dat je geen zuivel eet, dus die heb ik hieruit gelaten. Heel lekker, hoor.'

Reba wilde Elsie niet bij het begin van het interview al meteen tegen zich innemen. 'Dank u wel.' Ze pakte een plak en nam een hap. 'Ja,' mompelde ze. 'Heel lekker.' En daar was geen woord aan gelogen.

'Gut,' zei Elsie. Ze brak een stukje af en stak dat in haar mond. 'Dus jij wilt van mij horen hoe het is om oud te zijn?'

Reba verslikte zich omdat ze te snel antwoord wilde geven.

'Nee, nee. Ik schrijf een stuk over Kerstmis.' Ze herpakte zich. 'Een cultureel artikel over hoe men hier in de stad kerst viert.'

'Duitsers vieren kerst precies zoals iedereen. Op kerstavond eten en drinken we. Op eerste kerstdag doen we dat weer. Volgens mij doen de Mexicanen en Amerikanen het net zo, toch?' Elsie trok haar wenkbrauwen vragend naar Reba op.

Reba tikte met haar pen op het notitieblok. Dat was niet echt bruikbaar materiaal. In elk geval niet voor de invalshoek die zij op het oog had. 'Vindt u het goed als ik deze aanzet?' vroeg ze, en ze legde haar vinger op de opnameknop.

Elsie haalde haar schouders op. 'Als je maar belooft dat je het niet op internet zet. Ik ben ook weer niet zo oud dat ik niet weet wat voor drek daarop geplaatst wordt. Alleen maar blote borsten en schuttingtaal. Ik zocht een keer op "zoete kadetjes", nou, je wilt niet weten wat er toen allemaal op mijn scherm verscheen.'

Reba kuchte.

'Zo oud als ik ben, zoiets had ik nog nooit gezien.'

'Mam,' zei Jane van achter de kassa. 'Dat wil Reba helemaal niet horen.'

'Ik zal niet zeggen wat er gebeurde toen ik een recept voor een chocoladestaaf zocht.'

Reba keek omlaag naar haar notitieblok om haar glimlach te verbergen.

'Mama!'

'Ik vertel mevrouw Adams alleen maar dat ik daar niks mee te maken wil hebben.'

Reba schraapte haar keel. 'Dat beloof ik. Geen internet. En zegt u maar Reba, hoor.'

Reba drukte de knop van haar bandrecorder in. Ze wilde onderhand wel eens wat antwoorden horen. 'Dus u komt uit Garmisch, in Duitsland, klopt dat? Jane heeft me een beetje verteld over die foto daar.' Reba wees naar de andere kant van de winkel. 'Die foto van u op kerstavond.'

Elsie brak een hoekje vol rozijnen van het brood af. 'Die ouwe foto? Het verbaast me dat die nog niet helemaal verkleurd is in de zon. Dat zou misschien maar beter zijn. Dat is een eeuwigheid geleden. Vlak daarna ben ik uit Duitsland vertrokken.'

‘Bent u ooit terug geweest?’ vroeg Reba. ‘Had u geen heimwee?’

Elsie keek haar aan en hield haar blik vast. ‘Mensen hebben vaak heimwee naar dingen die niet bestaan – naar dingen die er wel waren, maar er nu niet meer zijn. Dus heb ik heimwee naar thuis, of ik nu daar ben of hier, omdat thuis niet meer bestaat.’

‘Beschouwt u de Verenigde Staten als uw nieuwe thuis?’

‘Ach! Ik woon in Texas, mijn dochter woont in Texas, mijn man is er begraven, maar het is niet mijn thuis. Mijn thuis vind ik nooit meer – in elk geval niet op deze aarde. Zo is het nu eenmaal.’

Reba haalde diep adem en likte langs haar lippen. Ze moest het via een andere invalshoek proberen. Dit werd niet gemakkelijk. ‘Zou u me kunnen vertellen hoe een typisch Duits kerstfeest wordt gevierd?’ Ze besloot het maar recht op de man af te vragen, zonder omwegen.

‘Nee, dat kan ik niet.’ Elsie stak nog een stukje brood in haar mond en kauwde. ‘Ik ben tijdens de oorlog opgegroeid, dus er waren nooit echte typisch Duitse kerstfeesten.’

‘Oké.’ Reba tekende een rondje op haar blok – de roos die ze moest zien te raken. ‘En die Kerstmis dan?’ Ze wees op de foto. ‘Kunt u me daar dan wat meer over vertellen?’

Elsies blik gleed langs Reba heen naar de muur en naar de foto die ietwat scheef aan zijn spijker hing.

# *Zeven*

WEIHNACHTENFEEST VAN DE NAZI'S
GERNACKERSTRASSE 19
GARMISCH, DUITSLAND
24 DECEMBER 1944

Toen ze in de eetzaal weer aan tafel zaten, zat Elsie naast Josef te trillen als een riet.

'Hier, neem wat warms. Dat helpt,' probeerde hij.

Als dessert hadden ze *Reisbrei* met kaneel, haar lievelingsgerecht, maar toch kreeg ze de dampende lepels bijna niet weg. Ze brandden smakeloos op haar tong en haar borst was en bleef steenkoud.

Josef vroeg niet wat er in de steeg met Kremer was voorgevallen, en ze was blij toe. Ze had er niet over kunnen praten, ook al wilde ze dat wel; ze wilde opstaan, naar hem wijzen en schreeuwen wat hij haar had aangedaan. Maar hij was een alom bewonderde Gestapo-officier, en zij de dochter van de bakker. Nu Hazel in het Lebensborn-programma zat en de inkomsten van haar familie afhankelijk waren van de klandizie van de nazi's, had zij verantwoordelijkheden die verder strekten dan alleen haar eer. Door te zwijgen beschermde ze hen allemaal. Voorlopig.

De kelner nam de dessertborden af. De musici speelden een jazzachtig nummer, en de paren stonden op en gingen de dansvloer op.

'Ik wil graag naar huis, als je het niet erg vindt,' fluisterde Elsie. Ze pakte haar handschoenen van de rugleuning van haar stoel en schoof ze over haar vinger met de nieuwe ring. De diamant en de robijnen verstoorden de hiervoor zo volmaakte contour.

Josef trok haar kin zacht naar zich toe en keek haar onderzoekend aan. Ze ontweek zijn ogen. Hij pakte haar hand en kuste die op de knokkels. 'Natuurlijk, Fräulein Schmidt.'

Een paar minuten later liep hij met haar de feestzaal uit, de zilveren gang door en de zwarte auto in, die warm snorrend stond te wachten. Na een kort ritje door het dorp hielden ze stil voor de Bäckerei. Boven flakkerde licht achter het raam. Mutti was vast nog op en wachtte op haar.

Elsie en Josef hadden geen woord met elkaar gesproken sinds ze van tafel waren opgestaan. Ze was paranoïde geworden door de lasterpraat van Kremer en ze verkeerde nog steeds in shock; daardoor was ze bang dat Josef misschien boos op haar was of dat hij haar de schuld gaf van het schandelijke incident met zijn collega. Ze speelde met de knoopjes van haar handschoenen, die maar aan een dun draadje hingen.

'Het spijt me dat je door mij zo snel weg moest.' Meer wist ze niet uit te brengen zonder in paniek te raken. Ze moest rustig blijven. Als ze te veel emotie zou tonen, zou hij misschien gaan denken dat de beschuldiging van spionage van Kremer waar was.

'Ik hou er toch nooit zo van om het heel laat te maken,' zei Josef, en hij keek van haar weg, naar buiten. 'Het spijt me wat er gebeurd is. Ik hoop dat je geen pijn is gedaan.'

Elsie voelde aan haar lip. Die bloedde inmiddels niet meer, maar begon wel dik te worden. 'Nein.' Ze slikte moeizaam.

Josef haalde opgelucht adem, maar hield zijn aandacht wel op de andere kant gericht. 'Kremer is een goede officier. Hij had vanavond te veel gedronken. Onacceptabel gedrag.' Hij schraapte zijn keel. 'Hij heeft een verstandshuwelijk; hij is niet uit liefde getrouwd. Dus gaat hij soms op zoek naar liefde, daar waar hij dat niet zou moeten doen.'

Elsie knikte; haar lichaam was zo stram als dat van een tinnen soldaatje.

Hij haalde diep adem en draaide zich toen naar haar toe. 'Je hebt me nog steeds geen antwoord gegeven, Elsie.'

Toen keek zij op haar beurt weg, naar de voordeur van de bakkerij; ze wilde dat ze veilig binnen was, waar de gistbroodjes slaperig lagen te rijzen. Ze moest hem vertellen wat ze voelde. Ze was Mutti niet. Voor haar was het niet genoeg om alleen maar een goede echtgenote te zijn, en haar haren gingen overeind staan bij de gedachte aan een 'verstandshuwelijk', zoals Kremer dat had. Ze wilde veel meer. Ze wilde de opwinding die ze voelde als Myrna Loy William Powell vroeg om met haar te trouwen, in *Libeled Lady*. 'Naar de maan,' had Powell gezegd vlak voordat hij Loy kuste. Dat wilde Elsie ook: de maan.

De sneeuwwolken waren leeg en hingen laag, zodat ze de berg de Zugspitze en de sterren erboven aan het zicht onttrokken en het dal in een glazen winterbol waar maar geen einde aan kwam genesteld lag.

'Ik...' Ze dwong zichzelf Josef aan te kijken. 'Ik kan het niet,' begon ze, maar Josef onderbrak haar.

'Ik begrijp het. Je eerste nazifeest, kerstavond, een verlovingsaanzoek...' Hij ging met zijn duim over haar hand. 'Dat is wel erg veel voor één avond.'

Zijn hand lag warm tegen de hare en ze wilde dat die genoeg was om haar hele lichaam te verwarmen, om haar tot vloeibare suiker te doen smelten. Hij deed het portier open en er woei een koude wind naar binnen. 'Ik kom jullie nog een zalig kerstfeest wensen.'

Ze huiverde. Hij had gelijk; het was wel genoeg hartzeer voor deze avond. Met Kerstmis verdienden ze allemaal een beetje rust. Ze zou het hem later wel uitleggen. Ze knikte hem ten afscheid toe en stapte uit.

Josef trok haar terug. 'Elsie?'

Ze draaide zich langzaam om, bang voor de vraag die nu zou komen. Maar in plaats van die te stellen kuste Josef haar. In tegenstelling tot de natte mond van Kremer en diens scherpe tanden in haar hals, waren de lippen van Josef zacht en precies, als een *Springerle*-vorm op koekjesdeeg. Ze durfde geen adem te halen, voor het geval de afdruk dan kapot zou gaan.

'Tot morgen.'

'Tot morgen,' fluisterde Elsie.

Ze stapte uit de auto; met haar versleten schoenen glibberde ze over de verse sneeuw. De deurknop was bevroren, en ze moest er flink aan duwen en trekken voordat ze hem kon omdraaien. Achter het donkere autoraampje keek de schaduw van Josef toe; hij wachtte tot ze binnen was, en reed toen weg.

Elsie deed de deur dicht. Na de scherpe *klik* van het metaal, was alles stil. Geen violen of Joods zangvogeltje, geen windvlaag of gegil – alleen de vredige cadans van de pendule van de koekoeksklok. Ze legde haar tasje neer en trok Mutti's schoenen uit; de koude tegelvloer was warmer dan haar tenen.

'Elsie,' riep Mutti met een klein stemmetje. 'Ben jij daar?'

Elsie trok haar cape dicht om zich heen en liep naar de trap. Mutti stond bovenaan in haar nachthemd, met een wasachtige kaars in haar hand. De kaars wierp licht en schaduwen over de trap.

'Papa slaapt, maar ik kon niet slapen. Was het een leuk feest?' vroeg ze, nog heel opgewekt voor dit late uur.

Elsie had zin om aan de voeten van Mutti neer te zijgen en net zo hard te huilen tot ze ervan moest hikken, maar ze was geen kind meer en de ernst van de volwassenheid drukte haar zwaar terneer.

'Heb je gedaan wat ik gezegd heb? Ben je braaf en netjes geweest? Was Josef blij?' Ze wachtte met ingehouden adem op wat Elsie zou antwoorden.

'Ja.' De brok in Elsies keel werd groter. Ze slikte, maar ze kreeg hem niet weg.

Mutti keek glimlachend op haar neer. 'Je mag van geluk spreken, Elsie. Josef is een knappe man.'

Elsie knikte. 'Gaat u toch weer naar bed. Het is al laat. U wordt nog ziek zo.'

'Ja, welterusten. Zalig kerstfeest, lief kind.'

Het licht van Mutti's kaars werd zwakker en verdween toen helemaal. Elsie ging naar de keuken, stak het fornuis aan en zette een ketel water op. Op de met bloem bestoven houten tafel lagen hartjes van Lebkuchen; het glazuur droogde in keurige krullen en stippen op. Papa had er vijf gemaakt: Max, Luana, Hazel, Elsie en Julius. Hij zou traditiegetrouw vóór hen allemaal opstaan om de hartjes aan de sterkste takken van de kerstboom op te hangen.

Er kwam stoom uit de ketel. Ze maakte de knoopjes van haar handschoenen open en trok ze uit. De ring bleef aan het satijn haken. Ze trok de stof los en bekeek het gaatje en de losse draad. Dat kon Mutti wel maken. De ring fonkelde in het licht van de vlammen van het fornuis. Ze deed hem af en zocht aan de binnenkant naar de Hebreeuwse letters. Ze zag ze niet, maar ze wist dat ze er waren. Ze legde de ring op de tafel en wreef over de afdruk op haar vinger. Daar dacht ze morgen wel verder over na. De avond had al te lang geduurd. Haar hoofd bonkte en haar ogen brandden; ze wilde alleen nog iets warms te drinken en dan onder haar donzen dekbed.

In het donker steeg de damp als een boze geest uit de ketel op. Elsie nam hem van het vuur en pakte wat kamille uit de hangende kruidenbosjes van Mutti. Er woei een ijskoude windvlaag onder haar door. De achterdeur zat wel op de ketting, maar stond open. In een bak met ijs naast de deur lag een karper, niet groter dan haar uitgestoken hand. Van oudsher bewaarde men op kerstavond zijn karpers buiten. Sommige mensen zeiden dat dat was om die door de kerstman te laten zegenen; anderen zeiden dat het was om de vissen de smaak van de alpenlucht te laten krijgen. De afgelopen paar jaar waren ze ermee gestopt. De mensen waren wanhopig. Als je al een stukje spekvet buiten liet liggen voor de hond, werd dat door hongerige handen meegegrist. Elsie vermoedde dat Papa heel wat brood op de zwarte markt had moeten verkopen om dit kleine visje te kunnen bemachtigen. Elsie vond Mutti's poging om de traditie in ere te houden door de deur op een kier te zetten een frivool overblijfsel uit betere tijden, maar ze kon het haar niet kwalijk nemen, want zelf deed ze elke dag niet anders, zij het op haar eigen manier. Het rook buiten nog naar brandend dennenhout. Ze snoof de geur diep op.

Op de metalen schakels van de deurketting hadden zich heel dunne ijspegels gevormd. Die brak ze af en gooide ze de steeg in. Toen ze over de sneeuw schoten, bewoog er iets in het donker. Elsie bleef staan. Haar adem stokte in haar keel.

'Wie is daar?'

Het sneeuwde. De stramme bomen kraakten in de wind.

De sneeuw speelde een spelletje met haar, besloot ze. Ze had die avond niet veel gegeten en voor het eerst champagne gedronken; het was een wonder dat ze geen paarse ijsberen zag. Ze legde de rug van haar hand tegen haar wang. Ze had nog geen kamillethee gedronken, maar toch voelde ze al warm aan – koortsig. Linea recta naar bed, dat was het beste.

'Alstublieft.' Onder aan de deur verscheen een mager, bleek gezicht.

Elsie schrok zo dat de kamilleknopjes op de grond vielen.

'Alstublieft,' zei diegene weer, en stak een hand naar binnen. 'Help me.'

Elsie schoot achteruit; de droge bloemen knerpten onder haar voeten. 'Ga weg!' fluisterde ze. 'Spook! Ga weg!' Ze hield de ketel met kokend water omhoog.

De hand werd teruggetrokken. 'Ik heb uw auto gevolgd.'

'Hoezo?' Elsies hart ging tekeer. Haar arm, die ze hoog hield, trilde van het gewicht van het water.

'Ze gaan me vermoorden.' Hij boog zich naar de kier en sloeg zijn ogen naar haar op.

En toen herkende ze hem: het zangertje, de Joodse jongen. 'Wat doe jij hier?'

'Hij heeft de kooi opengemaakt, en toen ben ik gevlucht,' zei hij.

'Ben je gevlucht?' Ze zette de ketel neer. 'O god.' Ze wreef over de aanzwellende pijn in haar slapen. 'Als ze je hier vinden, zullen ze ons allemaal arresteren. Ga weg!' Ze joeg hem bij de deur weg. 'Vooruit, weg!'

'Ik heb u geholpen. Helpt u mij nu alstublieft.' Hij bleef tegen de deurpost aan gedrukt staan. Zijn ademhaling kwam in korte stoten; zijn huid was blauw van de vrieskou.

Het was nog maar een jongen; bijna net zo oud als Julius, en net zo gevaarlijk en slecht als ieder ander – Jood of Duitser. Buiten zou hij doodgaan, door de wil van de natuur of door toedoen van de mens. Zij kon hem redden – als ze de deur van de ketting deed.

De wind woei in zijn gezicht. Dikke sneeuwvlokken bleven aan zijn wimpers plakken.

Ze dacht aan de beschuldigingen van Kremer. Blijkbaar werd er over haar en haar familie gepraat. Als de jongen daar bleef en voor hun deur stierf, zou de Gestapo vast en zeker denken dat ze hem bij zijn ontsnapping had geholpen. Ze deed haar ogen dicht. Haar hart ging tekeer. Het was maar een kind. Niks belangrijks of bedreigends. Ze kon hem de volgende dag wegsturen; ze kon hem naar het bosrijke Eckbauer-pad brengen en hem daar dan achterlaten, net als met Hans en Grietje was gebeurd. Wat deed het ertoe? Eén jongen. Eén Jood. Kon hij maar zomaar verdwijnen.

Ze hoorde stemmen buiten in de stille straat, er knerpte sneeuw, er jankten honden. Ze kwamen eraan. Elsie kwam naar voren, deed de ketting van de deur en trok het ijskoude kind de keuken in. Ze deed de deur achter hem dicht. Hij was kleiner dan hij er op het podium van de nazi's uit had gezien; zijn polsen waren zo dik als kleine amandelkoekjes, zijn vingers zo dun als vanillestokjes.

'Vlug,' zei ze. 'Je moet je verstoppen.'

De stemmen gingen over in geschreeuw. De honden blaften.

Elsie zocht de keuken af. Hier was geen verstopplek. De enige verstopplek was boven – de kruipruimte in de muur van haar slaapkamer –, maar dat zouden ze nooit op tijd redden. Er was nog maar één kans. Elsie deed de oven open, die nog warm was van het bakken van die dag. Ze tilde de jongen op – zijn lichaam was net zo zwaar als een dubbele hoeveelheid pretzeldeeg.

'Hier ben je veilig,' zei ze.

Met zijn knokige vingers greep hij haar armen beet.

Er flitste licht door het smalle keukenraam. Ze moesten opschieten.

Ze keek hem recht aan. 'Je zei het zelf al: jij hebt mij ook geholpen, dus nu moet je me vertrouwen.'

Hij liet haar los en schoof verder de beroete bakstenen opening in.

'Hier.' Elsie deed haar wollen cape af. 'Bedek jezelf.'

Hij pakte de cape aan en deed wat hem gezegd was.

Elsie deed de oven met klamme handen dicht. Het zweet parelde op haar bovenlip. De koekoeksklok liet horen dat het middernacht was en twee houten figuurtjes kwamen door hun deurtje naar buiten, dansten in het rond en gingen weer naar binnen. Er scheen een lichtbundel door het raam aan de voorkant, en daarna werd er op de deur gebonkt. Het was Kerstmis.

# *Acht*

ELSIE'S GERMAN BAKERY
2032 TRAWOOD DRIVE
EL PASO, TEXAS
10 NOVEMBER 2007

'Dat was een verschrikkelijke kerst,' zei Elsie.

Reba tikte met haar pen. 'Hoe dat zo?'

'Vreselijk koud. Ik werd ziek. Waarschijnlijk longontsteking, maar wie moest dat vaststellen? Er waren geen toegestane medicijnen te krijgen. Het was oorlog. Mensen gingen dood – heerlijk, dat rozijnenbrood.' Ze nam de laatste hap; er lagen allemaal kaneelkruimels op haar blouse. 'Ik ga het in ons assortiment opnemen.' Ze draaide zich om naar de keuken. 'Jane, maak nog maar wat van dat brood. "Reba's brood" gaan we het noemen.' Ze draaide zich weer om. 'Leuk toch?'

Reba knikte snel en ging verder, want ze wilde Elsie per se bij de les houden. 'Maar op de foto hebt u zo'n mooie jurk aan. Waar ging u naartoe?'

Elsie plukte een rozijnenvelletje tussen haar tanden uit.

Reba luisterde naar het gesnor van de bandrecorder.

'Naar een feest van de nazi's,' antwoordde Elsie toen.

Reba's hand kwam omhoog van het notitieblok. Dit was interessanter dan ze verwacht had. Ze probeerde haar stem neutraal te laten klinken. 'Was u dan een nazi?'

'Ik was Duits,' antwoordde Elsie.

'Dus u steunde de nazi's?'

'Ik was Duits,' zei Elsie weer. 'Als je nazi was betekende dat dat je een politieke positie bekleedde, niet dat je tot een bepaald volk behoorde. Dat ik Duits ben, betekent nog niet dat ik een nazi was.'

'Maar u ging wel naar een feest van de nazi's?'

'Ik was uitgenodigd voor een Weihnachten... voor een kerstfeest, door een officier. Dus ben ik gegaan.'

Reba knikte en zette haar beste nadenkende gezicht op.

De zoemer van de oven ging. Jane liep terug naar de keuken.

'Het gaat hier precies zo,' ging Elsie verder. 'Je kunt van je zonen, broers, je echtgenoot, je vader – je soldaten dus – houden en ze steunen zonder dat je ook de politieke agenda achter de oorlog steunt. Dat zie ik op Fort Bliss dagelijks gebeuren.' Ze leunde achterover op haar stoel.

Reba schraapte haar keel. 'Maar u kunt het naziregime toch niet met de Amerikanen in Irak vergelijken? Dat is een totaal ander verhaal.'

Elsie bleef haar recht aankijken. 'Weten wij álles wat zich daar afspeelt? Nee. Dat was indertijd net zo. We wisten dat er dingen niet klopten, maar we waren bang om datgene wat we wisten te veranderen en we waren al helemaal bang om nog meer dingen te weten te komen. Het was ons vaderland, onze mannen, ons Duitsland. We steunden het land. Voor buitenstaanders is het nu natuurlijk doodeenvoudig om terug te kijken en een oordeel te vellen.' Ze stak haar handen omhoog. 'Dus, ja, ik ben naar een nazifeest geweest, met een naziofficier. Het waren niet allemaal monsters. Niet iedereen was een Hitler of een dokter Mengele. Er waren ook gewone mannen bij; soms zelfs goede mannen.' Ze zuchtte. 'We probeerden te overleven. Dat was al moeilijk genoeg.'

'Bent u ooit getuige geweest van... van mishandeling of geweld jegens Joden?' Reba struikelde over haar woorden. Hoe vroeg je zoiets?

Elsie kneep haar ogen tot spleetjes. 'Ja en nee. Wat maakt het uit? De waarheid zul je toch nooit kennen. Als ik nee zeg, maakt me dat dan tot een goed mens? Onschuldig aan alles wat jij over de Holocaust en over nazi-Duitsland weet? En als ik ja zeg? Maakt dat me dan tot een slecht mens? Verpest dat mijn hele leven?' Ze haalde haar schouders op en veegde een kruimel van de tafel op de vloer. 'We vertellen allemaal leugentjes over onszelf, over ons verleden, over ons heden. Sommige leugens vinden we heel klein, niet van belang, en andere vinden we groot en belastend. Maar het is allemaal precies hetzelfde. Alleen God weet genoeg van het verhaal om een oordeel over onze ziel te kunnen vellen.' Haar olijfkleurige ogen stonden indringend. 'Ik heb je een van mijn geheimen verteld. Nu ben jij aan de beurt.'

Reba's hartslag vloog omhoog. 'Ik aan de beurt?' Ze lachte zenuwachtig. 'Nee, nee. Ik interview ú.'

'Dat vind ik niet eerlijk.' Elsie sloeg haar armen over elkaar. 'Als jij geen antwoord geeft op mijn vragen, zeg ik geen woord meer voor je bandrecorder.'

Reba woog de mogelijkheden tegen elkaar af. Ze had nog nooit iemand geïnterviewd die de gang van zaken niet snapte. Journalisten stelden de vragen; de geïnterviewden gaven antwoord. Klaar. De rollen werden niet omgekeerd. Maar haar deadline was in aantocht. Ze had geen tijd om tegen te stribbelen.

'Oké. Wat wilt u weten?' gaf ze toe.

'Jane zegt dat je verloofd bent. Hoe heet je verloofde?'

Reba zuchtte. 'Riki.'

'Is hij een goede man?'

'Hij kan ermee door.'

'Wat voor werk doet hij? Zijn beroep?'

'Hij werkt bij de grenspolitie.'

'De grenspolitie!' Elsie moest lachen. 'Dan heeft hij het maar druk hier.'

Sergio dronk zijn laatste beetje koffie op. 'Prettige dag verder, dames.' Hij gaf zijn lege bordje en kopje aan Jane, die achter de kassa zat, en het leek wel alsof hun handen iets langer dan strikt noodzakelijk bleven hangen.

'Tot *mañana* maar weer,' zei Jane.

Op weg naar buiten wreef hij liefdevol over zijn buik. 'Uw amandelkrullen worden nog eens mijn dood, mevrouw Meriwether.'

'Dat zeg je al jaren,' antwoordde Elsie.

Jane lachte. 'Nou, dan ga je in elk geval met een glimlach om je mond en je buik vol suiker.'

Hij knikte naar haar alsof hij een denkbeeldige hoed aantikte. Achter hem rinkelde de deurbel.

'Fijne klant, lijkt me,' zei Reba.

'Hij kan ermee door,' antwoordde ze. 'Maar leg eens uit.

Waarom heb je nog geen trouwdatum met die Riki vastgesteld?'

Reba draaide zich naar Jane om en fronste haar voorhoofd.

Jane haalde haar schouders op. 'Sorry hoor, maar je hebt er niet bij gezegd dat het geheim was.'

Reba rechtte haar schouders. 'Ik ben er gewoon nog niet aan toe.'

'Nog niet aan toe! Hou je van hem?' vroeg Elsie.

De vraag was zo direct dat Reba even van haar stuk was gebracht. Ze friemelde aan haar pen. 'Natuurlijk. Anders had ik geen ja gezegd, toch?'

Elsie boog zich naar voren. 'Neem dan dit van mij aan: het gebeurt niet vaak dat het lot je een goede man toespeelt om van te houden. Al die films en televisieprogramma's waarin mensen zeggen "Ik hou van je!", met vrijgezellen die partners kiezen alsof het een koektrommel is... Tss! Onzin. Dat is geen liefde. Dat is vermengd zweet en speeksel. Echte liefde...' Ze schudde haar hoofd. 'Dat gebeurt niet vaak. Gisteravond hoorde ik op het nieuws dat vijftig procent van de huwelijken in een echtscheiding eindigt, en die nieuwslezer zei: "O, wat erg. Dat is toch niet te geloven?" En ik zeg, ja, dat geloof ik graag, want die mensen hebben tegen zichzelf en tegen elkaar gelogen – allemaal suikerhartjes en gegiechel. De waarheid is dat iedereen een duistere kant heeft. Als je zijn duistere kant kunt zien en hem die kunt vergeven, en als hij die van jou kan zien en jij die kunt vergeven, dan gaat het ergens over.' Ze wees naar de ketting die midden op Reba's borst bungelde. 'Draag die ring of geef hem terug. Dat is mijn advies.'

Er was niemand in de winkel. Het was het stille uur tussen het ontbijt- en het lunchpubliek.

'Mag ik even storen?' Jane kwam met een schaal glazuur naar hun tafeltje. 'Mam, proef eens. Die botercrème smaakt een beetje vreemd.'

Elsie stak een vinger in het glazuur en stak hem in haar mond. 'Gooi maar weg,' zei ze. 'Bedorven eiwitten.'

'In de kom zagen ze er anders prima uit.' Jane stampte met haar laars op de grond. 'Verdorie, ik moet vanmiddag een verjaardagstaart glazuren.'

'Daar kan niemand wat aan doen. Soms kom je er pas achter als je al bezig bent,' zei Elsie.

# *Negen*

BÄCKEREI SCHMIDT
LUDWIGSTRASSE 56
GARMISCH, DUITSLAND

25 DECEMBER 1944

Boven kwamen Mutti en Papa in beweging. Elsie veegde de gevallen kamilleblaadjes onder de tafel, uit het zicht. Het beetje dat er nog over was deed ze in een beker en daar goot ze kokend water op. Tot haar verbazing beefde haar hand niet eens. Josefs ring lag op het met bloem bestoven werkblad.

Buiten klonk weer een knal, gevolgd door geschreeuw.

'Wat is er aan de hand?' De stem van Papa was tot beneden verstaanbaar. Hij knipte het elektrische licht aan. 'Ik kom al, ik kom al.'

Net op het moment dat Mutti de keuken binnen getrippeld kwam, nam Elsie de ring snel in haar hand. 'Elsie, wat gebeurt er allemaal?'

'Ik weet het niet. Ik was net kamillethee aan het zetten en toen...' Ze draaide Mutti haar rug toe, liet de ring in de beker thee vallen en probeerde vooral niet naar de oven te kijken.

Er kwamen vier gewapende Gestapo's binnen. Twee van hen gingen naast Papa staan.

'U doorzoekt het hele huis maar,' zei hij. 'We hebben niks te verbergen. Het is midden in de nacht, en kerstavond nog wel, verdorie!'

'Neemt u ons niet kwalijk, Herr Schmidt, maar we hebben onze bevelen,' zei een gedrongen soldaat met op beide kraagdelen een eikenblad.

'Wat is er gebeurd?' vroeg Mutti. Ze stond met haar blote voeten op de tegels, en ze rilde.

'Er is een Jood ontsnapt,' antwoordde de man.

'Er zijn hier geen Joden, *Standartenführer*,' zei Papa. Hij klopte op de oven. 'Alleen gebak en brood.'

Er trok een huivering door Elsie heen. De haartjes op haar armen gingen overeind staan.

'Waar bent u geweest?' Een soldaat wees op Elsie, die in vol ornaat naast haar in nachtgewaad geklede ouders stond.

'Ze komt net van jullie feest vandaan,' antwoordde Papa. 'Daar is ze geweest met luitenant-kolonel Josef Hub.'

'Het was een heerlijke avond, tot nu,' zei ze toonloos.

'Het spijt me dat ik u moet storen. Maar we zijn zo klaar,' zei de Standartenführer. 'Mogen wij?' Hij wees naar boven met zijn wapenstok.

'Ja, natuurlijk, gaat u maar... zoeken wat u wilt,' zei Papa.

Twee mannen gingen naar boven; hun laarzen klosten over de oude vloerplanken. De twee anderen bleven in de keuken.

Mutti snoof geërgerd. 'Ik heb mijn jarretelgordel laten slingeren,' fluisterde ze.

Elsie rolde met haar ogen. Aan de verhalen van Hazel te oordelen over de kanten jarretelgordels die haar SS-vrienden haar cadeau deden, vermoedde ze dat dit soort mannen wel frivolere noviteiten hadden gezien.

'Ik denk niet dat ze aanstoot aan uw oude ondergoed zullen nemen, Mutti.'

'Stil,' beval Papa.

Elsie schoof de theebeker weg van de rand en sloeg haar armen over elkaar. Mutti hield haar nachthemd onder haar kin bij elkaar. Een van de soldaten schraapte zijn keel en ging voor in de winkel zoeken.

De achtergebleven bewaker liep de keuken rond, bleef naast de oven staan en draaide zich toen om naar Papa. 'Ik vind vooral uw Lebkuchen erg lekker. Maakt u die nu ook?'

'We zijn met Kerstmis gesloten.'

De soldaat knikte. 'Maar de oven is wel warm?' Hij legde een hand tegen het metaal.

Elsies hart ging als een beest tekeer in haar borst; haar spieren stonden strak.

'*Doch*, bakstenen ovens zijn niet van het ene moment op het andere ijskoud.' Papa gaapte en krabde in zijn nek.

Dat werkte aanstekelijk, en de soldaat gaapte ook, zette zijn pet af en veegde langs zijn voorhoofd. In het licht van de lamp zag Elsie hoe jong hij was. Hooguit een jaar of vijftien.

'Hier.' Papa liep naar een blad en trok de doek eraf. Er lagen wat misvormde peperkoeken op. 'Neem er maar zo veel als u wilt. Deze zijn mislukt. Maar net zo lekker.'

Zijn aarzeling duurde maar een fractie van een seconde. 'Dank u wel, Herr Schmidt.' Hij ging naast Papa staan en stopte de koekjes in de zak van zijn uniformjasje. Toen zijn kameraden terugkwamen, hield hij daar meteen mee op.

'Alles in orde,' zei de Standartenführer. 'We gaan verder. *Gute Nacht*.'

De soldaten liepen achter elkaar naar buiten, maar de jonge soldaat talmde wat. 'Zalig kerstfeest,' zei hij. Zijn ogen fonkelden jeugdig en slaperig.

'Een gezegend kerstfeest, voor u en uw familie,' zei Papa.

Hij grijnsde ongemakkelijk en holde toen achter de anderen aan.

Toen de mannen weg waren, deed Papa de grendel op de voordeur.

'Dat is toch niet te geloven!' Mutti tikte met haar nagels op het houten werkblad. 'Een ontsnapte Jood! Op de avond van de geboorte van de Here Jezus. Ongelooflijk.'

Elsies hoofd begon te bonken. De kamer draaide om haar heen. Ze nam een slok van de slappe thee, die lauw en een beetje bitter was. Op de bodem fonkelde het goud haar tegemoet. Ze zette de beker neer naast een schaal met deeg voor de *Christstollen*, dik en gerezen onder de doek. Papa zou die voor het ontbijt bakken. Ze moest haar ouders naar boven zien te krijgen, en het kind de deur uit.

'Die had ik open laten staan.' Mutti liet haar hand zachtjes over de dichte achterdeur naar de loshangende ketting omhoogglijden. 'Voor de karper.' Ze draaide zich om naar Elsie en hield haar hoofd schuin.

'Kom, we gaan weer naar bed,' riep Papa vanaf de trap.

Elsies vingers en tenen werden gevoelloos. 'Ik had het koud.'

Papa's voetstappen bonkten naar boven, boven, boven.

Ze keken elkaar lang aan. Het zweet druppelde tussen Elsies borsten.

'Het spijt me.' Ze probeerde haar stem nonchalant te laten klinken.

Mutti deed de ketting weer op de deur, zette hem op een kier en keek toen de keuken rond. 'Je bent moe,' zei ze toen maar. Een ijskoude wind streek langs haar nachthemd, en ze sloeg haar armen om zich heen. 'Drink je thee op, en dan meteen naar bed.' Onder aan de trap bleef ze staan om nog één keer rond te kijken. Toen liep ze langzaam naar boven.

Pas toen begonnen Elsies handen te beven. Ze goot haar beker leeg en pakte de ring. Ze wist niet waar ze hem moest laten, en schoof hem dus maar weer aan haar vinger. Het was stil in huis, en ze wilde dat het zo kon blijven, ze wilde dat er niks anders in de oven zat dan kolen en as. Ze wilde onder haar donzen dekbed kruipen en net doen alsof deze avond één grote nachtmerrie was geweest.

In het keukenraampje zag ze een oude vrouw weerspiegeld, hologig en bleek. Elsie keek om. De vrouw ook. Toen zag ze pas dat zij het was, en ze zuchtte en haalde een hand door haar haar. Waar was ze mee bezig? Ze moest de jongen de sneeuw in sturen. De Gestapo zou hem heel snel vinden en dan moest hij terug naar waar hij vandaan kwam. Elsie kromp ineen bij de gedachte aan de jongen in een werkkamp – hij was zo mager en iel. Maar als ze hem in de bakkerij vonden, zou haar familie alles kwijtraken. Haar hoofd tolde en ze greep het handvat van de oven beet om niet te vallen. Ze had spijt van wat ze gedaan had. Ze had de deur dicht moeten doen en niks met die Jood te maken moeten hebben. Maar dat had ze niet gedaan. Dus wat nu?

Heel voorzichtig deed ze de oven open. Pikkedonker, en toen een bleek gezichtje dat als de maan achter een stapelwolk tevoorschijn kwam.

'Hoe heet je?' vroeg ze.

'Tobias,' fluisterde hij.

'Kom.' Ze stak haar armen naar hem uit.

# *Tien*

MÜNCHEN, DUITSLAND
ALBERTGASSE 12
KRISTALLNACHT
9 NOVEMBER 1938

Tweede luitenant Josef Hub stond op de drempel met een pistool in zijn holster en een zware voorhamer in zijn hand. De drie soldaten over wie hij de leiding had, stonden gretig te wachten tot hij de opdracht gaf om de Gestapobevelen uit te voeren. Maar de drieëntwintigjarige luitenant zei niets; hij was onzeker – over zichzelf en over de macht van zijn hand tegen deze deur. De gele ster maakte hem niet wijzer. Het leek hem ongepast om nu de koperen deurklopper te gebruiken, besmeurd en ontsierd door de geschilderde 'u' van *Juden*.

'Moeten we soms eerst de ramen kapotslaan?' vroeg Peter Abend, een negentienjarige jongen die bij de Hitlerjugend had gezeten. Het wemelde in de gelederen van de soldaten als Peter – jongens die de Lederhosen nog maar net waren ontgroeid en die vanaf het Duitse platteland naar de steden trokken, vastbesloten om hun onwankelbare toewijding aan het Reich te tonen. In hun hoofd hadden ze naïeve verhalen over oorlogstriomfen; in hun handen een geweer; en hun leven was plotseling doortrokken van een nieuw doel, dat hooizaad en varkensstallen oversteeg. Geen van hen had aan de universiteit gestudeerd. Het waren allemaal leerlingen van één denkrichting en één koers.

'*Nein*,' zei Josef. Hij bonkte met de voorhamer op de deur. 'Doe open!'

Niets.

'Doe open of we gebruiken geweld!'

Stilte.

Het was zover. Zijn bevelen waren duidelijk. Hij droeg het uniform, had zijn militaire opleiding genoten, had meegedaan aan de grote parade voor Führer Hitler. Nu was het moment daar dat hij in actie moest komen, al zijn bedenkingen en persoonlijke overtuigingen ten spijt. 'Het individu moet zich uiteindelijk realiseren dat zijn eigen ego van geen enkel belang is, vergeleken met het bestaan van de natie.' Dat waren de woorden van Hitler. De eenheid van de natie. Zuiver Duitsland.

Hij blies met tegenzin op zijn fluitje, en de drie jonge leden van de *Sturmabteilung* stortten zich op de bekende deur. Het eikenhout hield het aanvankelijk nog, maar barstte toen uit de deurlijst. Binnen jammerde een vrouw.

'Wij komen uit naam van het Derde Rijk, voor Herr Hochschild,' zei Josef.

Het gezin stond op een kluitje bij elkaar in de donkere gang. Frau Hochschild stond manhaftig naast haar echtgenoot, en hun vier kinderen stonden achter hen. De drie meisjes riepen 'Papa', en de jongste, een jongetje van vier, hield dapper de hand van zijn vader vast.

Herr Hochschild trad naar voren. 'Ik heb niets misdaan.'

'U bent een Jood. Dat maakt u al tot misdadiger,' zei Peter.

'Hou je mond,' zei Josef.

Peter zweeg verder, maar hij spande hoorbaar de haan van zijn pistool. De twee soldaten naast hem volgden zijn voorbeeld.

Josef ging voor de lopen staan. 'Herr Hochschild, komt u met ons mee, dan blijft uw gezin verder ongedeerd. Dat beloof ik u.'

Hij zou deze bevelen zonder barbaarse maatregelen uitvoeren. Hij was een officier van het Derde Rijk en hij had *Mein Kampf* gelezen. Hij begreep dat er geen betere manier was om het individu en de groep te beïnvloeden dan met behulp van retoriek. De jonge soldaatjes die onder zijn bevel stonden wisten alleen maar iets van schijfschieten en militaire spelletjes.

'Maak het uw kinderen niet moeilijker dan nodig is, Herr. Komt u mee.' Hij wees naar de deur.

Herr Hochschild trad uit de schaduw naar voren en kwam dichterbij. 'Josef?' vroeg hij. 'Ben jij het?'

Josef trok zijn kin in, zodat de klep van zijn pet zijn voorhoofd overschaduwde.

'Ja, jij bent het. Josef, je kent mij toch?'

En dat was ook zo. Herr Hochschild was zijn hoogleraar literatuur geweest. Hij had lesgegeven op de universiteit van München, waar Josef een semester had gestudeerd. Dat was nog voordat de Joodse professoren waren ontslagen, en voordat de ss hem had opgeroepen.

Hij had in die tijd – jaren geleden inmiddels – hier zelfs een keer gegeten, en was toen hartelijk ontvangen door Frau Hochschild, een opgewekte vrouw met amandelvormige ogen, die vertelde dat ze altijd smaragden droeg, omdat die zo mooi stonden bij haar donkere haar. Nu droeg ze die niet. Alle joodse sieraden waren in beslag genomen om de Nieuwe Orde te financieren. Al wist hij dat sommige nu aan de oren van de echtgenotes van zijn bevelhebbers hingen.

De vorige keer dat hij de dochters had gezien waren ze nog jong geweest; kleintjes die door een streng Oostenrijks kindermeisje werden verzorgd, dat het niet goed vond dat kinderen snoepten. Daar was Josef snel achter gekomen toen hij de uitgelaten kinderen zakjes met gummibeertjes in alle kleuren van de regenboog had gegeven en zij hun die meteen weer had afgepakt. Nu stonden ze dicht op elkaar in de gang en keken ze hem met holle wangen aan.

Het huis was in die tijd ook anders geweest – stralend verlicht door elektrische lampen, waardoor het leek of de bloemen op het behang zo uit de muur groeiden. Het had hem doen denken aan de kruidentuin van zijn moeder in de zomer. Nu waren de papieren bloemen rond de elektrische bedrading gescheurd en geschroeid. In de hal rook het naar schimmel en rook. Dit was ooit een gelukkig gezin geweest, en hij kromp inwendig onwillekeurig ineen bij het horen van de vertrouwde stem van Herr Hochschild. Diezelfde stem had met hem over Goethe en Brecht gesproken en had hem bij het haardvuur en een glas heerlijke wijn Novalis en Karl May voorgelezen. Heel even wilde hij dat hij zijn ogen kon sluiten en de wereld kon terugdraaien naar die tijd, toen alles nog ongecompliceerd was.

'Ik kan mijn gezin niet in de steek laten,' smeekte Hochschild. Hij stak zijn hand naar Josef uit.

'Blijf staan waar u staat,' waarschuwde Peter hem.

'U moet doen wat ik zeg,' zei Josef.

'Alsjeblieft, doe dit niet,' smeekte Frau Hochschild.

'We hebben de opdracht om dit te doen.'

De twee mannen gingen weer naast Hochschild staan en richtten hun wapen op zijn rug.

'Maar we waren vrienden!' riep Frau Hochschild uit. 'Verrader!' Ze vloog naar voren om Josef een klap in zijn gezicht te geven.

Peter schoot. De kogel kwam van zo dichtbij dat hij het borstbeen van Frau Hochschild doorboorde en zij achteroverviel, in de armen van haar kinderen. Met haar laatste blik keek ze Josef aan.

'Jullie zijn vervloekt!' schreeuwde Herr Hochschild. Hij stak zijn hand naar de wang van zijn vrouw uit, maar voor hij haar kon aanraken werd hij al tegen de grond gewerkt. De soldaten sleurden hem het huis uit en de gezichtjes van zijn kinderen bevroren in een geluidloze schreeuw.

Toen ze weg waren, draaide Josef zich naar Peter om, haalde diep adem, blies uit en sloeg toen de voorhamer op zijn hand neer. Het pistool vloog over de houten vloer. Peter viel op zijn knieën en greep naar de versplinterde botten die door het vlees van zijn handpalm naar buiten staken. Josef greep hem bij zijn keel.

'Het zijn... maar... Joden,' piepte Peter.

Josef kneep nog harder, en zijn leren handschoenen kreunden van de spanning. Voor de twee soldaten van de Sturmabteilung terug waren om hem tegen te houden, was Peter dood. De kinderen zagen het allemaal gebeuren, overdekt met het bloed van hun moeder, doodstil, ondanks het geluid van brekend glas, het geschreeuw en de schoten op straat.

Josef liet los. Zijn vingers trilden en deden pijn.

'Verrader.' De jongen fluisterde het laatste woord dat zijn moeder gezegd had.

Josef stapte over het verwoeste lichaam van Peter heen en moest toen hij het huis verliet zijn best doen om niet over te geven. In de ijskoude novemberavond zakte zijn misselijkheid een beetje. In het politiebusje jammerde Herr Hochschild het uit.

‘En de kinderen?’ vroeg een van de soldaten.

‘Laat die met rust,’ zei Josef.

‘Waar is Peter?’

‘Naar het volgende huis. Vooruit,’ beval Josef, en hij gaf de jongeman zijn voorhamer. ‘Er is slechts plaats voor één volk, één rijk, één leider.’

# *Elf*

DOUANE EN GRENSBEWAKING VAN DE VS
8935 MONTANA AVENUE
EL PASO, TEXAS
10 NOVEMBER 2007

'Ik heb geprobeerd je via de mobilofoon te pakken te krijgen,' zei agent Bert Mosley. Hij zat met een tandenstoker in zijn gebit te prikken.

Riki gooide de restanten van zijn ontbijtburrito van Taco Cabana in de prullenbak. 'Sorry, dan heeft die onderweg hierheen waarschijnlijk uit gestaan. Wat is er aan de hand?'

'We hebben een telefoontje gekregen van een bewoner. Ze zegt dat ze een paar Mexicaanse kinderen op het pad achter haar huis heeft gezien. Heel jonge kinderen. Even verderop staan een paar dealers met hun auto's. Ze denk dat de ouders daarin bivakkeren. De vrouw spreekt geen Spaans, dus ze wil dat er even iemand komt kijken. En aangezien jij al op pad was...' legde Bert uit. Hij gaf Riki het adres.

'Maar ik ben nu niet op pad.' Riki pakte het briefje en las het adres. 'Westside?'

Bert knikte. 'Goed dan, maar dan sta je wel bij me in het krijt.' Hij pakte zijn autosleutels. 'Zou jij dan in de tussentijd de arrestantencel even willen schoonmaken? Die gast uit Tolentino zag er behoorlijk ziek uit toen ik hem overdroeg aan de politie van Chihuahua. Die ouwe had een soort Mexicaanse pest. Heb je die zweren op zijn armen gezien? En dan denkt hij zeker dat we hem zomaar ons land binnenlaten... en dan zeker verder iedereen met ebola of wat ook besmetten?"

'Het was gordelroos,' zei Riki.

'Sorry hoor, ik wist niet dat ik hier met *dokter* Chavez te maken had,' zei Bert verontwaardigd.

'Het punt is dat die man ziek was. We moeten die cel luchten.'

'Martha Stewart, aangenaam. Ik zal het beddengoed strijken en tulpen neerzetten.'

'Als je maar niet de luie Amerikaan uithangt,' zei Riki voor de grap om het wat luchtiger te maken. Ze werkten nu drie jaar samen en hun grapjes en schimpscheuten waren tot een handjevol snedige opmerkingen samen te vatten.

'Dik en dom zijn mijn terrein. Luiheid mag jij hebben. We moeten ons wel aan onze rol houden, anders... loopt het hier helemaal uit de hand.' Bert lachte. Riki zette een grijns op.

Onderweg werd er een nummer van Shakira op de radio gedraaid. Dat deed Riki aan Reba denken. Hij zei altijd dat zij er als een donkerharige versie van die zangeres uitzag, vooral 's ochtends als haar haar ongekamd en in golven over het kussen lag. Toen hij net van huis was gegaan, had ze er precies zo uitgezien – rommelig en mooi. Soms moest hij er alle kracht voor aanwenden die hij in zich had om niet weer naast haar te klimmen en zijn gezicht in haar haar en slaapgeur te begraven. Maar hij wist dat ze, zodra hij dat deed, wakker zou worden en hem van zich af zou duwen. De Reba die hij zag en de Reba die hem zag kon hij niet tegelijkertijd krijgen. Dat waren twee verschillende vrouwen, en hij had liever één van tweeën dan helemaal geen.

Hij zette de muziek uit en keek welk adres hij moest hebben. De buurt kwam hem hier vaag bekend voor. Een nieuwe wijk van paaseikleurige huizen, langs straten met wonderlijke namen als Via Del Estrella en Via Del Oro. Achter de grote wijk lag een landbouwkanaal, en daarachter de rivier, modderig en roestbruin als een stuiver. Daarnaast kronkelde zich grillig een betonnen pad voor joggers, waarvan in heldere stromen de hittenevel opsteeg. Een makelaarsbord prees de wijk aan als LUXUEUS WONEN AAN DE RIO GRANDE! Een paar jaar geleden had geen mens hier willen wonen, voor geen goud. Toen waren er alleen maar struikgewas, aarde en rattenholen geweest, zover het oog reikte. Nu glinsterden grote ramen in de woestijnzon en lagen de tuinen er piekfijn onderhouden bij. Onnatuurlijk, maar toch mooi. Hij hield stil voor een huis van twee verdiepingen, een roze paleis met ijzeren balkons langs de bovenverdiepingen, als een *Quinceañera*-verjaardagstaart met laagjes.

Hij had de motor nog niet uitgezet of er verscheen een kleine tengere vrouw bij de voordeur, in een keurig gestreken kakibroek. Hij stapte uit.

'Ze staan hier al meer dan een week,' stak ze meteen van wal. 'Mijn man zegt dat ik ze met rust moet laten, en dat had ik ook wel gedaan – echt –, maar er zijn kinderen bij betrokken, en het is gewoon ongezond voor ze om in een auto te wonen en je in die modderige rivier te moeten wassen, alsof het beesten zijn! Dus heb ik tegen mijn man gezegd dat ik jullie zou bellen, voor hun eigen bestwil – van de kinderen, bedoel ik. Daar moet fatsoenlijk voor gezorgd worden. Hun moeder moet zich schamen.' Ze ging met een hand door haar bobkapsel. Tegen haar hals glinsterden diamanten oorhangers. 'Ze zit daar zelf ook. Elke ochtend doet ze de afwas in dat gore water – de afwas! Als ze van plan is om de grens over te gaan zou je toch denken dat ze in elk geval haar best zou doen om niet zo op te vallen. Nee, echt. Elke dag kijk ik naar buiten en dan zie ik ze weer, en ze gedragen zich alsof we nog in de negentiende eeuw leven.' Ze wenkte Riki haar mee naar binnen te volgen. 'Gisteren kroop er een meisje rond – een peuter nog – zonder dat er een volwassene bij was om haar in de gaten te houden, en toen zei ik tegen mezelf: stel nou dat er een slang of een coyote langskomt? Ik zou het mezelf nooit vergeven als er straks een kind dood in mijn achtertuin ligt, en ik niks gedaan heb om dat te voorkomen.'

Binnen hapte een miniatuur-schnauzer naar Riki's enkels. In huis rook het naar verse verf en vanillekaarsen, die Reba ook wel brandde als ze lekker lang in bad ging.

'Stil maar, Teeny.' De vrouw duwde de hond met een voet weg. 'Ik hoop niet dat u bang bent voor honden.'

'Nee hoor, mevrouw.'

'Linda Calhoun, trouwens.' Ze stak haar hand uit.

'Brigadier Riki Chavez.' Het was alsof haar vingers zo uit zijn hand gleden, zacht en glibberig van de olie.

'Wij komen uit North Carolina. Mijn man werkt bij Union

Pacific, de spoorweg. We zijn hier een paar maanden geleden komen wonen. Ik moet nog steeds wennen... overal aan, eigenlijk.' Ze zwaaide een hand rond alsof ze vliegen probeerde te verjagen, en ging Riki toen voor naar de achterdeur. 'De auto's staan daar.' Ze wees naar de rivieroever, maar bleef binnen, in haar gekoelde huis.

Bij de Rio stond een aftandse Dodge met vier deuren een stukje van het betonnen pad af geparkeerd. De tweede auto zag hij niet.

'Zijn ze er nu?'

'Ik denk van wel,' zei Linda. 'Ik zou niet weten waar ze anders moeten zijn.'

'Ik ga wel even met ze praten.' Hij zette zijn pet op en liep naar buiten, om de stenen muur heen die het groene gazon van de familie Calhoun van de zanderige West-Texaanse grond scheidde.

Driehonderd meter verderop eindigde de nieuwe wijk van adobewoningen en groene grasmatten abrupt bij een grote paardenwei, met daarachter her en der wat trailers, op B-2-blokken. Toen hij bij de auto was aangekomen, zag hij nog een spoor van dikke banden dat naar een trailer liep waarvan de voordeur met een hangslot was afgesloten en de ramen waren dichtgetimmerd. Hij haalde zijn mobilofoon tevoorschijn.

'El Paso, over?'

Gekraak en een hoge pieptoon. 'Over.'

'Bert, ik ben ter plekke,' zei Riki. Hij bekeek de trailer nog een keer en draaide zich toen om naar de Dodge, die even verderop voor hem stond. De ramen waren afgeschermd met dekens en donkere overhemden, die met de autoruit waren klemgezet. De uiteinden staken naar buiten en wapperden in de wind.

'Waar zit je?' vroeg Bert.

'Voorbij Doniphan, aan het Rio-kanaal, ongeveer anderhalve kilometer van het pad. Daar heb je een paardenboerderij en een paar trailers. Het viaduct ligt achter me.'

Riki knielde op de opgedroogde modder en stak een vinger in het tweede bandenspoor. Dat was dieper dan het spoor van een vierdeursauto. Dat moest van een busje zijn.

'Zeg, Bert, zitten er hier in dit gebied ook trillingsmeters?'

'Lijkt me wel. Hoezo?'

Hij volgde het spoor over de oever naar de brede trailer en de woestijn vol struikgewas die zich helemaal tot aan de horizon uitstrekte. 'Gewoon even om zeker te weten dat we deze plek in de gaten houden. Het ziet er verdacht uit. Het zou een onderduikadres kunnen zijn.'

'Over. Heb je versterking nodig?'

'Ik ben er. Zo te zien is er nu niemand in de trailer. Als de tipgeefster zegt dat ze een week lang kinderen heeft gezien, heb ik zomaar het gevoel dat die hier zijn achtergelaten. Stuur maar een sleepwagen voor de auto en check of die gestolen is. Misschien is hij in verband te brengen met de smokkelaar.'

De mobilofoon snerpte en gaf ruis.

'Oké. Wees voorzichtig, Rik. Niet een beetje heldhaftig lopen doen.'

'Over. Niet heldhaftig.'

Riki haalde zijn wapen uit de holster. Bert had gelijk. Hij mocht geen risico nemen. Afgelopen maand had een patrouilleagent derdegraads brandwonden opgelopen en was op de intensive care beland nadat een illegale vreemdeling een tot een bal opgepropt T-shirt naar hem had gegooid, gedrenkt in kerosine en in brand gestoken. De immigrant had de agent in het dichte struikgewas laten liggen branden en had de benen genomen. Hij was onderhand waarschijnlijk al bijna in New York, terwijl de agent zijn tweede huidtransplantatie onderging op zijn armen, borst en gezicht. Zijn vrouw zette in zijn kamer in het ziekenhuis een moedig gezicht op toen haar zoontje van vijf achteruitdeinsde voor een man die hij niet herkende. Toen ze later alleen op de gang stond, was ze in tranen uitgebarsten.

Riki klopte op het raampje aan de kant van de bestuurder en ging toen een eindje achteruit staan. 'Hallo? Is daar iemand?' Hij probeerde het handvat. Op slot. In de buurt van het voorwiel lag een in kleurig *rebozo* gewikkelde pop. Overal kleine voetafdrukken op de grond.

Linda Calhoun had het over een moeder en kinderen gehad. Hij klopte weer op het raam. '*Señora?*' Voorzichtige beweging in de deken voor het raam. 'Ik kom om te helpen, niet om u in de problemen te brengen. Doe open,' zei hij ferm, opnieuw in het Spaans.

Het slot van het portier klikte langzaam open. Een gebruinde Mexicaanse vrouw keek hem met de tranen in haar ogen doordringend aan. '*Por favor,*' smeekte ze. '*Mis niños.*' Vanaf de achterbank gluurden twee hoofdjes naar buiten.

'Hebt u papieren? Een identiteitsbewijs of een visum?'

'Geen... geen visum.'

'Als u geen Amerikaans staatsburger bent, mag u hier niet blijven. Waar komt u vandaan?'

'*Para mis niños,*' zei ze nog maar een keer.

'U bent een illegale vreemdeling. Ik weet dat u dat begrijpt. Bent u hier alleen of bent u met een groep gekomen, met een leider?'

Ze legde haar handen tegen haar gezicht en snikte.

Hij zuchtte. De vrouw had vermoedelijk elke peso die ze bezat aan een smokkelorganisatie betaald om hen de grens over te brengen. Eenmaal aan de andere kant had de door haar betaalde leider hen hetzij aan hun lot overgelaten, hetzij hen naar deze auto gebracht en gezegd dat ze binnen moesten wachten. Of het nu het een of het ander was geweest, ze was de afgelopen paar weken waarschijnlijk door een hel gegaan, hier in de hitte van de woestijn, vies, hongerig en bang. En nu zag ze haar dromen voor zichzelf en haar kinderen aan diggelen gaan. Ze bleef nog liever in die auto, met de kans dat ze op Amerikaans grondgebied stierf, dan dat ze teruggestuurd werd naar haar eigen land. Dit had hij al meer dan honderd keer meegemaakt: wanhoop als rechtvaardiging voor datgene wat toch niet ging gebeuren.

'Señora,' zei Riki troostend. 'Dit' – en hij wees op de auto – 'is geen goed leven voor uw kinderen. Het kan wel, maar niet op deze manier.' Hij deed het portier helemaal open. 'Kom nu maar mee.'

Ze pakte zijn hand met twee handen vast. '*No deportación. Por favor, señor.*'

Hij slikte de brok in zijn keel weg. Die kreeg hij elke keer weer. 'Het spijt me, maar zo luidt de wet, en die overtreedt u hiermee.'

Riki was geboren in El Paso – een instant-Amerikaan. Zijn vader en moeder waren nog geen twee kilometer verderop geboren, in Juárez, in Mexico, en hadden twee jaar op een visum gewacht en nog eens zeven jaar op het staatsburgerschap. Het was een ziek systeem, waar alleen de heel rijke of heel geduldige mensen van profiteerden. Zijn ouders hadden tot de laatste groep behoord. Hij begreep de angst van deze vrouw, maar hij begreep ook wat zijn plicht was en wat rechtvaardigheid was. Zijn familie leefde naar de wetten van hun nieuwe land en hij vond dat iedereen dat moest doen, of je het nu leuk vond of niet. Riki was van mening dat je het leven alleen kon waarderen door de regels die ervoor golden te respecteren en in acht te nemen. Als je die ondermijnde kon je net zo goed van je buren stelen en op de Bijbel pissen. Toch zorgde de veel hogere wet van het mededogen ervoor dat hij het niet prettig vond om een vrouw en haar kinderen als misdadigers te moeten afvoeren.

In de verte keek Linda Calhoun vanuit haar deuropening toe, met haar hond in haar armen. Haar diamanten oorhangers fonkelden als de vlammen van een kampvuur.

Terwijl de vrouw haar spullen pakte, zocht Riki via de mobilofoon contact met Bert op het bureau.

'Ik kom met een vrouw en twee kinderen. Ik weet bijna zeker dat het Mexicanen zijn. Verder heb ik niemand gezien.'

'Oké, begrepen.'

Een peuter met een kort broekje aan en op teenslippers, zat op zijn verroeste driewielertje in de tuin van een van de aangrenzende huizen. Hij keek niet naar hen. Hij hield zijn ogen strak op de met een hangslot afgesloten trailer ernaast gericht.

'Ik ga weer naar het bureau,' zei Riki, en hij stopte de mobilofoon weer in de houder aan zijn borstzak. Hij schopte een plakkaat modder van zijn schoen.

De Mexicaanse vrouw gaf haar kinderen opdracht hun spullen bij elkaar te zoeken. De oudste jongen stopte een versleten hemd en een spijkerbroek in een weekendtas. Het meisje klom tussen de stoel van de bestuurder en de bijrijder en over de schoot van haar moeder heen. Ze ging naast het voorwiel zitten, drukte haar pop tegen haar borst en stak haar duim in haar mond. Ze keek Riki met mooie zwarte ogen aan, zonder te knipperen. Hij vroeg zich af of zijn dochter er ook zo uit zou zien, maar dan met de krachtige neus en de lichte huid van Reba.

Het jongetje draaide zich op zijn driewieler naar hen toe. 'Dag!' riep hij, en hij zwaaide. 'Dag!'

Zijn moeder stak haar hoofd uit de open deur van de trailer. '*!Vete aquí!* Eten.'

Met een glimlach van oor tot oor gooide het jongetje zijn driewieler naar opzij en deed wat hem gezegd was. De vrouw wierp een boze blik op Riki en deed toen de deur dicht. Ondertussen sloeg het meisje dat voor hem op de grond zat haar armen om haar knieën en keek naar hem op. De contour van zijn honkbalpet werd weerspiegeld in haar donkere blik.

# *Twaalf*

BÄCKEREI SCHMIDT
LUDWIGSTRASSE 56
GARMISCH, DUITSLAND
25 DECEMBER 1944

Vrolijk kerstfeest, Hazel. Ik schrijf je dit met koude voeten en met een mosterdkompres op mijn borst. Ik heb gisteravond slecht geslapen. De Gestapo is hier na twaalven nog aan de deur geweest; ze waren de stad aan het uitkammen, op zoek naar een gevluchte Jood. Mutti en Papa moesten in de keuken gaan staan met alleen hun nachthemd aan – en dat op kerstavond! Wat zijn het toch een vreselijke tijden.

Mutti zegt dat ik koorts heb. Misschien had ik meer moeten eten tijdens het diner. Ze hadden speenvarken, aardappelpuree, worst en als toetje Reisbrei, maar het smaakte allemaal niet zoals zou moeten. De champagne vond ik ook al niet lekker. Door de prik voelde het eten vreemd in mijn mond. Melig, alsof het al gekauwd was. Ik kreeg er ook maagzuur van. En wat betreft de jurk waar ik het in mijn vorige brief over had: zijde staat misschien wel mooi, maar met die kou heb je er niets aan. Hij is trouwens toch verpest. Er zitten vlekken op de rok en de kraaltjes hangen los aan hun steken.

We hebben zo goed en zo kwaad als het ging geprobeerd het gezellig te maken vandaag, maar iedereen was slecht gehumeurd. Mutti heeft een kleine karper klaargemaakt. Papa heeft wat Christstollen gebakken. Ik heb naast het vuur zitten eten, tot de houten vogelornamentjes van Oma door de hitte de lucht in vlogen. Toen ben ik weer naar bed gegaan. Mijn neus is ruw en dik, mijn ogen zijn rood en mijn wangen zien net zo bleek als gekookte vis. Ik zie eruit als een spook en voel me ook zo. Josef is een paar minuten

geleden nog langs geweest. Ik heb tegen Mutti gezegd dat ze hem weg moest sturen. Jou moet ik het vertellen. Er is zo veel gebeurd... Josef heeft me een verlovingsring gegeven. Ik heb hem voorlopig maar onder het matras gelegd. Ik heb nog niet besloten wat ik ga doen, Hazel. Ik hou niet van hem, maar ik ken geen betere man dan hij. Hij beschermt ons en hij is goed voor Mutti en Papa. Ze zeggen dat hij een uitstekende partij voor de familie is. Mutti zegt dat je niet van je man hoeft te houden om een echtgenote te kunnen zijn; dat je alleen een goed recept voor Brötchen en een sterke rug nodig hebt. Maar jij was toch wel verliefd op Peter?
O Hazel, ik wil je nog veel meer vertellen, maar ik heb de kracht noch de moed om het op te schrijven. Kom je ooit weer thuis? Ik mis je. Jij weet altijd precies de goede dingen te zeggen. Ik zou willen dat ik meer op jou leek. Schrijf me alsjeblieft snel terug en doe de kerstgroeten aan Julius. Heil Hitler.

Je liefhebbende zus
Elsie
P.S. Controleren ze daar van de organisatie de binnenkomende post?

HET LEBENSBORN-PROGRAMMA
STEINHÖRING, DUITSLAND
27 DECEMBER 1944

Lieve Elsie,

Vandaag heb ik je brief van 21 december ontvangen, en ik heb hard moeten lachen om het verhaal over Frau Rattelmüller. Dat is altijd al een vreemd mens geweest. Maar we moeten niet vergeten wat ze allemaal heeft meegemaakt. Als mijn man en kinderen bij een brand in huis om het leven waren gekomen, zou ik ook gek worden. Ik was nog maar klein, maar ik weet nog goed hoe ze aan hun graf stond te jammeren. Ze zeggen dat in elke kist een schep

as lag. Vier hele mensen, gereduceerd tot een paar scheppen as – dat is toch niet te geloven? Ik wou dat Mutti en Papa me niet hadden meegenomen naar de begrafenis. Ik vind het vreselijk om eraan terug te moeten denken. Soms wilde ik dat ik herinneringen kon uitvlakken, dat ik het verleden kon uitvlakken.
Het spijt me dat Julius en ik dit jaar niet weer naar huis konden komen. Nu er in de Ardennen zo gevochten wordt, heeft de organisatie hier alle vrouwen en kinderen verboden te reizen. Ik mis jou, Mutti en Papa heel erg. Je hebt gelijk. Het is al veel te lang geleden dat we bij jullie zijn geweest. In Garmisch wemelt het voor mij van de oude spoken, maar ik beloof je dat ik in het voorjaar met Julius kom, voor mijn verjaardag, als alles goed gaat met de oorlog.
Zoals ik je in mijn vorige brief al heb geschreven, hebben we de kortste dag gisteren gevierd met een geweldig Julfest-diner. Er waren veel meer officieren dan we gedacht hadden, en dat vonden we allemaal heel fijn! Eén officier, ene Günther, vroeg speciaal naar mij. Dat veroorzaakte enige beroering onder de vrouwen, aangezien hij slechts van een paar uitverkoren kandidaten partner is geweest. Hij is van heel hoge Arische komaf. En dat zie je ook wel. Zijn moeder komt uit de familie Stern – van het Stern-bier. Hij was heel geïnteresseerd in de Bäckerei van onze familie en stelde me allerlei vragen. Er zijn overeenkomsten tussen de gisting van graan en die van brood. Het was heel gezellig. Ik hoop dat hij nog eens komt.
Nog meer goed nieuws. Ik heb eindelijk een erekaart gekregen! Al mijn angsten over de tweeling waren ongegrond. De organisatie geeft die kaarten alleen aan de allerbeste vrouwen, dus zal men wel tevreden zijn over hoe de kinderen zich ontwikkelen. Het meisje is heel stoer en kent geen angsten. Ze heeft gedurende de hele doopplechtigheid van de SS gehuild, en toen ze de dolk boven haar hoofd hielden, stak ze haar handje uit naar het mes! Iedereen zegt dat ze een echt Vikingkarakter heeft. Het jongetje is wat zwakjes, maar dat was ik in het begin ook.
Met die erekaart hoef ik nu minder huur te behalen en krijg ik speciale privileges in de winkels. Ik heb al geen jaar fournituren voor mijn Dirndl kunnen kopen – satijnlint, kant en tinnen knoop-

jes. Alles staat natuurlijk ten dienste van ons land. Maar ik moet toegeven dat mijn tenen krullen van opwinding nu ik weet dat ik de mooiste stof, garens en haakjes kan kopen, mocht ik dat willen. Het is net of het weer Kerstmis is.
Op kerstavond heb ik Julius gezien. De kinderen zongen *Weinachtslieder*. Het was heel mooi. Ik weet zeker dat ik de stem van Julius hoog en zuiver boven de andere uit kon horen. Ik weet dat dat de schandelijke gedachte van een moeder is. Ons jongenskoor is veel beter dan dat van Wenen, zegt men. We hopen een paar van de beste vocalisten ter wereld te kunnen voortbrengen, maar we zien allemaal wel in dat we er nog lang niet zijn. De natuurlijke talenten zijn wel aanwezig, maar de vonk ontbreekt nog. Misschien moet Hans Hotter hier maar les komen geven.
Na het optreden mochten we een uurtje met de kinderen doorbrengen. De Kerstman deelde dikke plakken met suiker bestoven Weihnachtstollen uit, en de kleintjes renden rond met suiker aan hun lippen en handjes, zodat ze witte vingerafdrukken achterlieten op onze armen, rokken en gezichten. Ik heb me in maanden niet zo duizelig van geluk gevoeld. Met Julius ging het wel goed, had ik de indruk. Hij zei dat hij zijn lessen leuk vond en hij heeft geleerd om zijn hakken tegen elkaar te slaan, precies zoals de partij dat wil. Hij is er heel goed in en oogst met dat tikkende geluid van het leer heel wat gelach. Dan steekt hij zijn hand omhoog en roept 'Heil Hitler!'. Ongelooflijk, hoe snel hij een soldaatje is geworden. Hij informeerde ook naar zijn vader. Ik durfde het hem nog niet te vertellen, dus heb ik maar gezegd dat die ergens in Joegoslavië in een vrachtwagen van de Luftwaffe rondrijdt en dat hij geen postboden kan vinden die brieven kan bezorgen. Hij was blij dit te horen en vroeg meteen om een speelgoedvrachtauto. Ik heb hem toen nog maar een plak Stollen gegeven, maar heb zelf niet genomen. Ik probeer de kilo's kwijt te raken die ik door de tweeling ben aangekomen.
Zo, dus jij bent naar je eerste SS-feest geweest? Mijn kleine zusje, al zo volwassen. Je hebt het vast leuk gehad. Mijn eerste dansfeest van de Hitlerjugend met Peter was een droom. Trouwens, is Josef vrijgezel? Ik weet niet meer of je nou gezegd hebt dat hij getrouwd was of niet. Ik hoop van niet, voor jou. Maar als hij wel

getrouwd is, wees dan niet teleurgesteld. Misschien vragen ze jou ook wel om bij het Lebensborn-programma te komen. Ik zou het in elk geval heel gezellig vinden. Het is hier soms wel eenzaam. Sentimentele onzin, dat weet ik heus wel. Maar toch mis ik het geluid van iemand die naast je slaapt en ademt. Ik denk dat ik gewoon te lang met jou op één kamer heb geslapen.
Ik slaap de laatste tijd niet veel. Ik probeer me voor te stellen hoe Julius er aan de andere kant van het terrein bij ligt, in zijn keurige stapelbedje, en hoe hij rustig ademhaalt, in en uit. Dat helpt. Ik heb er alle vertrouwen in dat hij door mijn opoffering een betere man, een betere Duitser zal worden. Nog even en dan ben jij ook een echtgenote en een moeder. Let maar op.
Ik denk vaak aan je, Elsie. Veel liefs.
Heil Hitler.

Hazel

# *Dertien*

3168 FRANKLIN RIDGE DRIVE
EL PASO, TEXAS
10 NOVEMBER 2007

Reba was teleurgesteld over het interview van die dag. Ze was thuisgekomen en had de bandopnamen uitgeschreven in de hoop dat ze met haar aantekeningen in steno een of andere verhelderende opmerking had gemist. Maar er was geen enkel blij woord over Duitsland of over de kerstviering bij geweest. Reba had geen idee hoe ze van het materiaal dat ze nu had een feelgoodartikel moest brouwen, en haar deadline was al over krap een week. Haar redacteur bij *Sun City* had al twee berichten op haar voicemail ingesproken.

Reba las het uitgeschreven interview door en bromde wat. Elsie had maar zo nu en dan iets gezegd, maar Reba kon het haar niet helemaal kwalijk nemen. Ze was niet zo professioneel geweest als ze anders altijd was. Ze had het over bruiloftsfeesten, verloofdes en liefde gehad. Wat had haar in vredesnaam bezield? Dat kwam door dat nazigedoe. Dat had haar van haar stuk gebracht, en ze was er niet meer helemaal van bekomen. Ze was compleet vergeten dat ze een feestelijk kerstverhaal moest schrijven. In plaats daarvan had ze zich in een misdaadverhaal uit de Tweede Wereldoorlog gestort en had ze over Elsies geheime ss-leven gefantaseerd. Daar plukte ze nu de zure vruchten van.

Ze zette de bandrecorder aan. 'Reba Adams, je hebt je goed in de nesten gewerkt.' Ze zette hem uit en gooide hem in haar tas.

Gefrustreerd en moe zette ze haar laptop aan. Een lekker warm bad. Daar was ze aan toe. Ze draaide de kraan zo ver mogelijk open, vulde het bad met dampend warm water en stak toen een paar kaarsen aan. De geur van de uitgeblazen lucifers deed haar op de een of andere manier aan thuis denken, aan kampvuren, 's zomers in de achtertuin, en aan geroosterde marshmallows die vaag naar dennenhout smaakten.

Als haar vader in een goede bui was, was de wereld prachtig – een 'er was eens'-oord dat uiteindelijk net zo fictief bleek te zijn. De zomer was zijn lievelingsseizoen geweest, en het hare ook. Ze voelde zich dan net zo licht als de lange uren daglicht, en al haar herinneringen dropen van de honing en de zon. Bij de eerste koude dagen van het najaar, als ze wakker werd en merkte dat haar moeder 's nachts nog een extra deken op haar bed had gelegd, rilde ze en voelde ze haar hart net zo koud worden als de sluimerende esdoorns van Virginia.

'De bomen houden zich voor dood,' had haar vader een keer gezegd toen hij haar op zijn rug door de besneeuwde bossen achter hun huis droeg. 'Als we ze kietelen, krijgen we ze misschien zover dat ze ermee ophouden.' Hij had met gekloofde vingers over de bast gekrabd, een oor tegen de stam gelegd en gezucht. 'Nog geen giecheltje. Muisstil.'

Hij zou nooit weten hoeveel uur Reba later nog buiten had gestaan en bomen had gekieteld in de hoop iets te horen.

In El Paso had je misschien één echt koude nacht per jaar. Riki had wel eens voor de grap gezegd dat de stad drie seizoenen kende: de lente, de zomer en de hel. Dat was de bittere waarheid. Maar die nog altijd liever dan het alternatief. Reba's hel was niet kokend heet – nee, die was ijskoud.

Terwijl ze wachtte tot het bad vol was, trok ze de college-sweater met capuchon aan. Onderweg naar huis had ze bij McDonald's een salade gegeten, en ze proefde de Ranch-dressing nog steeds achter in haar keel. Met wijn kon ze haar gehemelte wel schoon krijgen. Ze liep naar beneden, vond een geopende fles chardonnay, schonk zichzelf een glas in en probeerde de muffe geur te negeren. Het was laat en de maan was rond en vol boven de Franklinbergen verschenen. Ze dronk graag bij maanlicht. Dat gaf wijn iets magisch, zelfs in een hoog waterglas. Riki was nog niet thuis – niet dat dat ongebruikelijk was. Maar ze had nu eigenlijk wel zin om te praten. Ze wilde iemand vertellen over Elsie en het kerstfeest van de nazipartij, en dan kijken hoe diegene reageerde.

Om de scherpe smaak van de wijn wat af te zwakken, zocht ze in het keukenkastje naar iets zoets. Een blikje tonijn, een zak penne, een half leeggegeten zakje chips met azijn, een pak muesli met hooguit nog twee lepels erin. Er was niet veel. Achterin zwierf nog een pastelkleurig zakje snoepjes met een kleurig suikerlaagje. Ze nam er een handje van. Ze kon zich niet herinneren wanneer ze voor het laatst boodschappen had gedaan of wanneer dat voor het laatst echt nodig was geweest. Riki en zij aten nooit samen; misschien was dat wel een deel van het probleem.

Reba was opgegroeid in een huis met een ruime keuken in zuidelijke stijl die daar het hart van vormde. Het was een veilige plek, anders dan de bar in de hobbykamer en de duisternis van de slaapkamers. Haar moeder ontving haar 's ochtends in badjas en op pantoffels met kaasomeletten en karnemelkkoekjes. 's Middags dronk ze er pepermuntthee, het hele jaar door. De keuken was het domein van haar moeder, troostrijk en stabiel, waar Reba zich of ze nu wilde of niet toe aangetrokken voelde.

Reba's vader was er alleen te vinden als hij een goede avond had. Dan riep hij zijn dochters bij de koelkast om voor ze naar bed gingen nog een restje kip en koude kliekjes te eten. Haar moeder vond dat je na achten 's avonds niet meer moest eten, en ze deed net alsof ze hun gelach niet hoorde of de volgende ochtend niet de afgekloven botjes in de vuilnisbak zag liggen. Reba beschouwde haar jeugd als een muntstuk met twee kanten, dat je zo kon omwippen: papa blij, papa verdrietig.

In de zomer dat Deedee naar kostschool vertrok, was ze negen jaar, en het was net alsof er van de ene dag op de andere een lijkwade om het huis gewikkeld werd. Reba bleef dagen in bed, intens verdrietig, en zwichtte niet voor de pogingen van haar moeder om de hele situatie in vrolijke technicolorkleuren af te schilderen. Op een avond liet ze zich uiteindelijk toch door een harde gil naar het licht in de badkamer van haar moeder lokken. Reba zag dat ze een bloedneus stond te stelpen.

'Wat is er gebeurd?'

'Niks,' zei haar moeder. 'Ik heb de deur in mijn gezicht gekregen.'

Het was ruim na elven, en haar vader was in geen velden of wegen te bekennen.

Haar moeder maakte een prop van de vieze tissue en drukte snel een schone tegen haar gezicht. 'Papa is even een ommetje maken. Ga terug naar bed en blijf daar. Hij heeft een slechte bui vanavond.' Toen ze probeerde te glimlachen, werd dat door de tissue die uit haar neus hing aan het zicht onttrokken. Reba zag alleen haar ogen en de angst.

Ze had precies gedaan wat haar moeder gezegd had en was terug naar haar kamer gegaan. Ze was in bed gaan liggen, waar ze telkens haar knokkels had laten kraken en ze had liggen luisteren of ze de achterdeur al hoorde. Toen die uiteindelijk openging, hield ze haar adem in en luisterde ze hoe haar vader stap voor stap de trap op liep en in zijn slaapkamer verdween. Nadat het een half uur stil was gebleven, stond Reba zichzelf eindelijk toe om in slaap te vallen, maar wel zo'n soort slaap waarin je bij elk kraakje en huilend geluid van de wind opschrok.

De volgende ochtend maakte haar moeder haar wakker – al helemaal opgemaakt. 'Wakker worden,' had ze gezegd. 'We eten pannenkoeken met pecannoten. En zullen we vanmiddag naar de bioscoop gaan? Het is meidenzaterdag. Papa slaapt nog.' Ondanks de dikke laag foundation lag er een paarse schaduw om haar ogen. 'Ik ruik de geroosterde noten al! Ik ga ze gauw uit de oven halen, anders verbranden ze nog,' had ze uitgeroepen, en toen was ze zonder nog een woord te zeggen weggelopen.

Toen Deedee voor het weekend van Columbus Day thuiskwam, had Reba haar hun oude verstopplaats in de kast ingetrokken en haar in tranen verteld wat er een paar weken daarvoor was voorgevallen. Het was de allereerste keer dat hun vader hun moeder had geslagen, en hoewel hij hun nog nooit een haar had gekrenkt, vroeg Reba zich toch af of hij dat misschien wel ging doen. Toen ze klaar was, had Deedee haar blik neergeslagen.

'Ik kan soms niet goed slapen,' had Deedee gezegd. 'Dan droom ik dat er een slang in mijn bed ligt, maar dan zeg ik gewoon: "Hou op, ouwe slang, ga weg. Ik geloof niet in je; je bent niet echt", en dan gaat hij weg. Dat moet je de volgende keer ook eens proberen.'

Reba vond het heel erg dat haar grote zus het niet meteen voor hun moeder had opgenomen, of voor haar.

'Hij heeft haar geslagen, hoor,' hield Reba vol, maar doordat haar stem zo gespannen was, had ze onzeker geklonken.

Het was laat op de avond geweest, en hoe vaak had ze niet dingen gedroomd die zo echt voelden dat ze had durven zweren dat ze ook echt gebeurd waren?

Deedee had alleen maar geknikt. 'Probeer dat trucje van die droom maar eens. Als dat niet werkt kunnen we altijd nog...' Maar in plaats van haar zin af te maken had ze Reba een kus op haar wang gegeven en haar achtergelaten te midden van een berg schoenen in alle soorten en maten.

Reba had zich jarenlang afgevraagd wat dat 'kunnen we altijd nog' had betekend. Maar ze was nooit meer over die avond begonnen, zelfs niet toen hun vader was overleden. En ondanks hun hechte relatie had ze sindsdien elk woord dat ze tegen haar zus zei op een goudschaaltje gewogen. Ze had Deedee nooit over het medisch dossier verteld, en ook niet over het verslag dat ze gelezen had. Ergens was ze bang om weer zo'n weifelende reactie te krijgen.

Reba kauwde een snoepje fijn. Misschien moest ze Riki maar eens verrassen en het recept voor gepaneerde gebakken kip van haar moeder voor hem maken, dacht ze. Ze stak nog een snoepje in haar mond. Maar misschien hield Riki helemaal niet van gepaneerde gebakken kip, en ze had geen idee wat er allemaal in moest, behalve kip dan. Ze wist ook vrijwel zeker dat die kip niet in de magnetron kon. Reba nam een slok wijn en deed het kastje dicht. Nee, als ze een beroerde maaltijd ging klaarmaken werd het er allemaal niet beter op.

Ze ging naar boven, trok haar kleren uit en liet zich in het bad glijden. De roze en blauwe suiker op haar handen losten in het gloeiend hete water op. Haar borsten wipten op en neer en leken in het heldere water groter, maar dat gold ook voor haar bovenbenen en buik. Dat vond ze niet meer dan redelijk. Ze zette haar glas op de rand van het bad en liet zich er dieper in zakken, tot ze zich op ooghoogte bevond met de pirouetjes stoom die als dansende spoken van het water opstegen. De ketting om haar hals glinsterde onder water. Ze hield de zilveren ring omhoog en liet hem toen als de pendel van een hypnotiseur heen en weer zwaaien.

'*Don't sit under the apple tree*,' neuriede ze in zichzelf.

Ze dacht aan Elsie, helemaal mooi aangekleed om met de nazi's Kerstmis te vieren. Ze had gezegd dat sommigen 'zelfs goed' waren. Goede nazi's? Was dat een oxymoron?

'Zo te horen heeft hier iemand een leuke dag gehad,' zei Riki. Hij leunde tegen de badkamerdeur.

Reba liet de ring met een plons vallen en trok haar knieën omhoog naar haar borst. 'Ik heb je helemaal niet binnen horen komen.'

Hij ging op de rand van het bad zitten. 'Leuk om je zo...'

'Dat haal je de koekoek. Alle mannen houden van blote meiden.' Ze sloeg haar armen om haar scheenbenen. Er bleef een pluk haar tegen haar wang plakken.

Riki streek het achter haar oor. 'Oké, dat is waar, maar ik wilde "blij" zeggen. Leuk om je zo blij te zien.'

Hij had de metaalachtige koelte van november mee naar binnen gebracht. Ze kreeg kippenvel. Ze liet haar benen los en strekte die uit naar de kant van de kraan waar het water gloeiend heet was. Haar tenen tintelden.

Ze stak hem haar glas toe. 'We hebben ouwe chardonnay van de tap.'

'Ik sla even over. Ik heb een lange dag achter de rug.' Hij gaapte. 'We hebben een jonge moeder met twee kleine kinderen in detentie. Gevonden aan de Westside. Een bewoner belde ons – een mevrouw uit North Carolina.'

'O, hun varkensvlees, wat mis ik dat. Ben jij ooit in Carolina naar een barbecue geweest? Heel anders dan in Texas. Meer saus en minder rook,' zei Reba in een poging het gesprek meteen een andere kant op te sturen. Riki kwam hier elke dag weer met een ander hartverscheurend verhaal binnen; ze had geen zin om zich vanavond door nog meer verdriet terneer te laten drukken.

'De kinderen waren doodsbang,' ging Riki verder. 'Ik weet dat die vrouw er alles voor heeft moeten opgeven om ze de grens over te krijgen.' Hij schudde zijn hoofd. 'Als ik nou één gezin niet terug had willen sturen, was het dit wel.'

Reba voelde met haar tenen aan de kraan. 'Het is je werk. Je doet het voor ons land.' Ze herhaalde wat ze hem al honderd keer had horen zeggen.

'Dat weet ik, maar de laatste tijd...' Hij drukte met zijn duim tegen een trekkend spiertje tussen zijn ogen. 'Het is niet meer zoals een paar jaar geleden: groepjes mannen die stiekem de grens overstaken om een beetje geld te verdienen en die dan weer terugingen. Nu zijn het hele gezinnen. Vrouwen en kinderen. Precies dezelfde mensen als jij en ik, behalve dan dat ze aan de verkeerde kant van een rivier geboren zijn.'

'Jij bent helemaal niet hetzelfde.' Ze kwam te snel overeind en het water gutste over de rand van het bad. 'Jij bent een Amerikaan met een universitaire opleiding. Zij zijn illegalen die de wet overtreden. Je kunt jezelf niet onder dezelfde noemer scharen. Je moet je... ik weet niet, je moet emotioneel afstand nemen. Net als ik met de mensen die ik interview. Ik kan mijn werk niet doen als ik het allemaal persoonlijk opvat.' Haar tepels werden hard in de koude lucht, dus liet ze zich weer onder water zakken.

De kraan druppelde. Ze nam een slokje wijn.

Ze had onderzoek gedaan naar de immigratiewetgeving. Zo had ze Riki leren kennen. En hij hield toch bij hoog en bij laag vol dat de wet voor iedereen hetzelfde was? Hij zag de wereld in zwart-wit, en dat had ze altijd geruststellend gevonden. Dat hij nu plotseling naar grijs opschoof, verontrustte haar.

'Je moet afstand nemen. Je kunt niet weekhartig worden met mensen,' ging ze verder. 'Anders ben jíj uiteindelijk degene die gekwetst raakt – althans, dat is mijn ervaring.' Ze kneep wat vloeibare zeep op een roze spons. 'Doe jij mijn rug even?'

Hij pakte de spons van haar aan. 'Dat is een beetje naïef, om niet te zeggen gevoelloos, vind je niet?'

Ze duwde een dot schuim naar opzij. 'Het is anders wel de waarheid.'

'O ja?' Hij wreef in rondjes over haar schouders. 'Het lijkt mij eerder angst. Als je barricades om je heen optrekt, breng je jezelf meer schade toe dan dat het goed voor je is. Iedereen heeft iemand nodig, Reba.'

'Op en top John Wayne, hoor,' zei ze, en ze draaide zich helemaal om, zodat ze met haar rug naar hem toe zat. 'Tuurlijk, iedereen heeft iemand nodig, maar dat betekent nog niet dat jíj hun held moet zijn.' Ze slikte moeizaam.

Ergens wilde ze dat het zo eenvoudig was – dat je zonder angst of teleurstelling bij zonsondergang kon wegrijden – maar ze had al lang geleden geleerd dat vertrouwen een kwetsbaar goed was. De helden die langs de horizon galoppeerden zagen er in het lamplicht in hun woonkamer in het beste geval dof en middelmatig uit.

'Misschien wil ik dat wel.' Riki doopte de spons in het water en kneep die over haar wervelkolom uit.

'Dan doe je het verkeerde werk.' Reba blies alle lucht die ze in haar borst had uit en pakte de spons toen uit zijn hand. Ze wilde het er vanavond niet over hebben. Ze had er de energie niet voor. 'Die Duitse mevrouw die ik vandaag in de bakkerij geïnterviewd heb, hè?' Ze veranderde van onderwerp en boende haar enkels schoon. 'Die heeft me verteld dat ze tijdens de oorlog iets met een nazi had.'

Riki ging achteruit zitten. 'Is ze zelf een nazi?'

'Is? Volgens mij niet. Was? Dat weet ik niet zeker.'

'Je bent een racistische chauvinist of je bent het niet. Een tussenweg bestaat niet.'

Zo kende ze Riki weer. 'Nee?' Ze had het bevestigend bedoeld, maar het klonk als een vraag.

Riki draaide haar om, zodat ze hem aankeek. 'Nee,' zei hij vastbesloten.

'Oké, helemaal mee eens.' Ze knikte. Haar hoofd voelde donzig en warm. 'Maar vindt niet iedereen zijn eigen soort eigenlijk belangrijker dan de anderen?' Ze liet haar hand door het schuim gaan.

'Niets menselijks is ons vreemd, Reba. We zijn allemaal mensen.'

'Mensen bedriegen elkaar.'

De diamant glinsterde in het badwater. Riki stak zijn vinger door de ketting. 'Aan je vinger staat hij mooier, hoor.'

Ze trok zich los en liet zich weer in het badwater zakken. 'Ik wil het er niet weer over hebben.'

'Ik zeg alleen maar...'

'Ik wéét wat je zegt.' Ze waste haar benen; de stoppels bleven in de spons haken.

'Volgens mij heb ik behoorlijk wat begrip getoond, Reba.' Hij stond op. 'Maar er komt een moment waarop we allemaal een keuze moeten maken. Dat heb je zelf ook gezegd.'

Ze schopte in het water. 'Ik heb mijn keuze gemaakt. Kijk dan toch! Ik ben toch hier? Waarom dring je zo aan?'

Ze boende hard over haar knieën, tot ze roze uitsloegen. Haar ademhaling ging snel.

'Het is nu bijna vier maanden geleden en we hebben nog steeds geen datum bepaald; we hebben het niet eens over een datum gehad! Jezus, volgens mij heb je het nog niet eens aan je familie verteld.'

Ze negeerde hem en ging verder met boenen. Het water spetterde aan de zijkanten van het bad omhoog.

'Praat tegen me, Reba.'

Ze hield op. Wat moest ze zeggen? Ze hield van hem, maar ze wilde dit leven niet. Hij zei dat ze geen barricades moest optrekken, maar dat was precies wat hij met háár gedaan had. Hij had haar in deze grensplaats opgesloten, hij hield haar vast binnen deze omheining van prikkeldraad. Vanaf het moment dat ze ja had gezegd op zijn huwelijksaanzoek, had ze de drang gevoeld om weg te gaan, om te vluchten, zo snel ze kon. Ze had de oude Reba misschien in Virginia achtergelaten, maar deze nieuwe Reba voelde ook niet goed. Het was precies zoals Jane had gezegd: ze zat vast tussen twee werelden. In haar hoofd stuiterde ze van oost naar west, van wie ze was naar wie ze wilde zijn. Het enige wat haar ervan weerhield om de oversteek te wagen was Riki, en die ring die om haar nek hing.

'Ik moet een pijnstiller hebben,' zei ze toen maar, en ze wreef over haar slapen.

Riki zuchtte. 'Je moet een beslissing nemen. Zo kan het niet langer.'

Reba telde de kapot springende belletjes op het water en voelde zich loodzwaar.

# *Veertien*

HET LEBENSBORN-PROGRAMMA
STEINHÖRING, DUITSLAND
1 JANUARI 1945

Lieve Elsie,

Een huwelijksaanzoek van een officier! Natuurlijk zeg je ja. O Elsie, wat ben ik trots op je. En jaloers, dat geef ik toe. Ik weet dat het allemaal voor het land is, maar ik vind het geen teken van gebrek aan trouw als ik zeg dat ik zou willen dat ik een man (maakt niet uit hoe oud) zou leren kennen die op zoek is naar een echtgenote. Het gaat hier niet om liefde, maar om Duitse nakomelingen, wordt me steeds ingeprent. Maar ik mis de liefde wel, en ik vraag me vaak af hoe anders mijn leven zou zijn als Peter nog leefde. Dan was ik net als jij een SS-bruid geweest. Als ik toen had geweten dat ik in verwachting was van Julius, had ik er natuurlijk op gestaan dat hij met me was getrouwd voordat hij naar München ging. Maar aan dat soort gedachten heb ik nu niks. Hij is er niet meer. Het heeft geen zin je tegen het lot te verzetten. De dingen gebeuren niet zomaar. Dat zei de dominee toch ook altijd?
Ik ben al een tijdje niet meer naar de kerk geweest. De organisatie is tegen religieuze sentimenten, maar ik draag mijn tinnen kruisje nog steeds. Het kruisje dat we toen met Pasen van Papa hebben gekregen, toen Herr Weiss de tafel van zijn schoonmoeder per ongeluk in het Osterfeuer had gegooid. We wisten allemaal best dat hij dat uit rancune had gedaan, omdat hij van haar in huis geen pijp mocht roken! Ik moet nog steeds lachen als ik eraan denk hoe ze toen keek.
Toen heb ik ook Peter leren kennen – op het voorjaarsfestival. O, wat zag hij er knap uit in zijn uniform van de Hitlerjugend en wat wilde hij

zijn medaille graag aan alle meisjes laten zien, die hij gewonnen had omdat hij de beste scherpschutter was. Een wolf in schaapskleren! Op het gymnasium was hij de stille jongen die altijd naar de sinaasappels rook die hij van zijn moeder bij het ontbijt kreeg. Toen ging hij naar de Hitlerjugend, en toen hij terugkwam, was hij... veranderd. Een man, klaar om de wereld te veroveren. Vreemd dat je dag in dag uit met iemand kunt zijn en dat je niks merkt, tot plotseling zijn gezicht oplicht in de bliksem. Dan zie je wat je niet eerder gezien hebt. En hoe hard je ook je best doet, je kunt het niet meer ongedaan maken. Moet je mij nu toch horen. Ik dwaal af. Ja, ik hield van Peter, maar dat was het niet alleen. Althans, zo heb ik het ervaren. Het is fijn dat Josef en Papa het goed met elkaar kunnen vinden. Mutti heeft gelijk. Hij is een goede partij, Elsie.

Vandaag heb ik prachtige stof gekocht voor een nieuwe Dirndl. Mijn vriendin Ovidia werkt in de stoffenzaak en zegt dat hij met de hand geweven is, en gemaakt van Italiaanse lamswol. Ik heb er een stuk van naar Mutti gestuurd, zodat zij de rok kan maken. Ze kan zo mooi borduren. Ik heb nog niet besloten wat ik wil: rode klaprozen of witte edelweiss. Wat denk je? Misschien moet Mutti maar kiezen, ook al zegt ze altijd dat rood mij het best staat. Anders maak ik gewoon een bruin lijfje, zodat ik die bij allebei kan dragen. Ik hoop dat hij op tijd klaar is voor als ik in het voorjaar kom logeren. Mutti mag dan in een week een Dirndl kunnen naaien, maar ik ben nooit zo handig geweest als zij, of zo goed als jij in de handel. Bovendien is mijn lichaam nog dik van de tweeling, en ik wil dat de jurk mooi past. Van de organisatie hier hebben ze gezegd dat ik ze maar alvast moet gaan spenen, dus hopelijk helpt dat.

Het meisje doet het fantastisch: ze is roze en rond als een cherubijntje. De jongen valt echter wat tegen. Hij is lichamelijk onder de maat, maar wel lief. Hij huilt en zeurt nooit, zoals zijn zusje. De verpleegsters zeggen dat hij de hele dag zonder een kik te geven in zijn wiegje ligt en dat ze hem soms gewoon straal vergeten. Tijdens de voedingen slorpt het meisje bijna alles op wat ik heb, maar de jongen ligt alleen maar tegen mijn borst te slapen. Ze verschillen echt als dag en nacht van elkaar. Je gelooft bijna niet dat ze samen in dezelfde buik hebben gezeten. De artsen maken

zich zorgen over het jongetje. Ik weet dat hij niet van mij is, maar een kind van het vaderland, maar toch wil ik hem beschermen. Als ik hem vasthoud, voel ik elk bot in zijn lichaampje. Ik heb hem Friedhelm genoemd, tot hij gezond genoeg is en de organisatie hem een nieuwe naam geeft.
Wat erg dat een Jood jullie Kerstmis heeft bedorven. Ik begrijp niet waarom ze hem überhaupt hebben laten komen. Waarom niet gewoon een Duitse jongen? We hebben hier een heleboel jongens die kunnen zingen als een nachtegaal. Maar in deze tijden zullen ze het vervoer wel te gevaarlijk vinden.
We hebben nieuws gekregen uit de Ardennen; er zijn ons nog meer Lebensborn-vaders ontvallen. Veel andere huizen van de organisatie zijn inmiddels gesloten, en de kinderen zijn hierheen gebracht. Ik deel nu een kamer met een moeder uit Luxemburg, ene Cata, en een moeder uit Stuttgart, Brigette. Cata is nieuw in Steinhöring, maar Brigette is hier al sinds het begin van het Lebensborn-programma.
Ze heeft afgelopen jaar het Zilveren Moederkruis gekregen, voor haar overvloedige vruchtbaarheid. Ze is favoriet bij menig vooraanstaand SS-officier. Ze heeft zeven volmaakte kinderen gekregen en noemt die niet bij hun naam, maar bij hun nummer. Ik weet niet of dat is omdat hun doopnamen haar verdriet doen of omdat ze het land zo is toegewijd dat namen er voor haar niet toe doen. Brigette had altijd de grootste privékamer van het terrein, maar die is omgetoverd tot kinderkamer voor de nieuw binnengekomen kinderen.
We zijn geen vriendinnen van elkaar. Sinds het Julfest, toen majoor Güntherhose mij boven haar verkoos, is er wat spanning tussen ons. Hij was een van haar vaste bezoekers, naar het schijnt. Dus maak ik er maar het beste van in deze moeilijke tijden. Ik probeer bij Brigette uit de buurt te blijven en ik probeer het Cata zo goed mogelijk naar de zin te maken in haar nieuwe omgeving. Ze is wat wispelturig en zegt dingen die ze beter voor zich kan houden. Brigette zegt dat ze net zo lastig is als een ekster. Maar als Cata een ekster is, is Brigette een vale gier.
Ik hoop op een snelle overwinning voor onze soldaten, zodat de Nieuwe Orde van Duitsland vlug een aanvang kan nemen. Mis-

schien kom ik dan wel voorgoed naar huis; dan zoek ik een nette officier om mee te trouwen en samen onze Volk-kinderen groot te brengen. Daar droom ik van, Elsie.
Doe de groeten aan Mutti en Papa, en voor jullie allemaal een gelukkig 1945 gewenst.
Heil Hitler.

Hazel

PS Alle inkomende post wordt door de organisatie steekproefsgewijs bekeken, maar van jouw brieven is nog nooit het zegel verbroken geweest. Ik stuur mijn brieven rechtstreeks via het postkantoor van Steinhöring of ik geef ze mee aan mijn vriendin Ovidia, die dat dan voor me doet. We kunnen veilig met elkaar spreken, zusje.

BÄCKEREI SCHMIDT
LUDWIGSTRASSE 56
GARMISCH, DUITSLAND
2 JANUARI 1945

Lieve Hazel,

Het is nu al weken geleden dat ik iets van je gehoord heb. Ik begrijp dat de post niet met de gebruikelijke stiptheid kan worden bezorgd nu er zo dichtbij gevochten wordt. Ik probeer geduld te hebben, maar dat valt niet mee. Mutti maakt zich zorgen om jou en Julius. Onze vijanden zijn dichterbij dan ooit. Ik bid dat je niets zal overkomen. Ik mis je verschrikkelijk.
Ik ben nog aan het herstellen van de ziekte waarover ik je in mijn vorige brief vertelde. Alle inspanningen van Mutti ten spijt hebben de mosterdzalfjes niet veel uitgehaald. Uiteindelijk heeft Papa dokter Joachim maar laten komen, en die heeft me een lepel Doverpoeder gegeven en tegen Mutti gezegd dat ze me anijsthee moest geven. Hij had geen medicijnen; alles gaat naar onze soldaten. Gelukkig dat het geen griep was! Ik heb geruchten gehoord dat

die in de steden, Hamburg en Berlijn, al vele levens heeft geëist. Ik hoop maar dat dat niet ook in Steinhöring zo is!

Zeven kopjes bittere thee later werd ik wakker met een volle po, maar mijn hoest is minder geworden. Ik heb een beschermengel gehad. Toen eenmaal de laatste dag van 1944 was aangebroken, was ik zwak, maar kon ik wel eindelijk rusten. Ik heb oudejaarsavond niet meegemaakt, want ik heb tot in het nieuwe jaar doorgeslapen. Het is vreemd om dat soort belangrijke momenten niet mee te maken, alsof er iets kostbaars van je is gestolen, maar je er geen dief de schuld van kunt geven. Misschien voelt 1945 daardoor wel extra vreemd.

Op oudejaarsavond kwam Frau Rattelmüller langs voor de jaarlijkse Bleigiessen-voorspelling. Hebben jullie bij Lebensborn ook aan Bleigiessen gedaan? En zo ja, wat voor vorm had jouw toekomst dan? Papa's lood had de vorm van een veer – verandering in zijn gezin. Hij schreef het toe aan de aanstaande overwinning van het vaderland, en dat de zaken beter zouden gaan. Dat van Mutti had de vorm van een koe – genezing voor een ziekte. Sindsdien moet ik voortdurend allerlei kruidendrankjes van haar drinken. Ze hebben het gesmolten lood ook voor mij in het water laten vallen. Dat nam de vorm van een ring aan. Mutti zag daarin natuurlijk een voorspelling van mijn huwelijk met Josef, maar Frau Rattelmüller bracht haar in herinnering dat een ring ook een waarschuwing is voor toekomstige escapades. Echt iets voor dat mens om mij een slechte voorspelling te geven. Misschien heeft die ouwe heks wel een vloek over me uitgesproken, omdat ik haar toen gepest heb over de Brötchen.

Vannacht droomde ik dat Josef als een speenvarken vastgebonden werd en bij het Broggenbrot in onze oven werd gelegd. Ik probeerde hem te redden, maar ik kreeg het deurtje niet open en werd drijfnat van het zweet wakker. In een andere droom stond jij op het stoepje achter het huis met een pistool in je hand en zei je dat ik moest vluchten. Ik vroeg waar ik dan naartoe moest, maar dat wilde je niet zeggen. Je zei alleen maar "rennen", dus dat deed ik, door de lege straten en de Kramer-berg op, tot ik bij St.-Martins Hütte kwam. Daar bleef ik staan en keek ik uit over Garmisch, dat er helemaal niet lag – ik zag alleen één groot zwart

gat in het dal. Jij zei vroeger altijd dat dromen een betekenis hadden. Denk je dat nog steeds? En zo ja, wat betekenen deze dromen dan? Ik zou de nachtmerries liever helemaal willen vergeten – ze zijn te akelig om over na te denken. Demonen, zegt Mutti, dus stof ik mijn bijbel maar af en bid ik of mijn leven ervan afhangt.
Ik heb ja gezegd tegen Josef. Mutti en Papa zijn dolblij, en als ik dat zie voel ik me gesterkt, maar toch. Ik vraag me af of dit wel genoeg is.
Ik hoop dat je in het voorjaar langs kunt komen. Jouw mening is heel belangrijk voor me. Het zou een stuk schelen als jij in deze moeilijke tijden bij ons was. Ik moet je wel vertellen dat ik een geheim heb, Hazel. Ik heb de moed niet om erover te schrijven, maar ik kan het alleen aan jou vertellen – hoe eerder hoe beter. Ik word er zo door in beslag genomen dat ik geen gemoedsrust meer heb. Ik ben bang dat ik een grote fout heb begaan. En als dat zo is, dan bid ik dat Mutti, Papa of jij niet onder de gevolgen zullen lijden.
Schrijf me alsjeblieft snel terug, Hazel. Ik heb al zo lang geen brief van je gehad.
Heil Hitler.

Je liefhebbende zus,
Elsie

Mutti's voetstappen kraakten over de vloerplanken. Elsie keek naar het losse wandpaneel om zich ervan te vergewissen dat het goed vastzat.

'Je voelt je zeker al wat beter?' vroeg Mutti toen ze binnenkwam met een blad met daarop een kom soep van pastinaak en uien. 'Fijn dat je wakker bent.'

Elsie wees op de brief die op haar nachtkastje lag. 'Ik was Hazel een brief aan het schrijven.'

Mutti zette het blad ernaast neer. 'Zal ik hem voor je op de post doen?'

Elsie pakte de brief op. 'Nee, het is niet dringend.'

Mutti was niet nieuwsgierig aangelegd, maar Elsie kon het risico niet nemen. 'Ik breng hem zelf wel naar het postkantoor, zodra ik beter ben. Het is fijn om met haar te praten alsof ze vlakbij is.' Ze voelde aan een hoekje van het papier. 'Ik mis haar.'

Mutti trok de dekens over Elsies borst omhoog. 'Ik ben blij dat ze jou wel schrijft. Papa en ik hebben al langer dan een maand geen brief meer van haar gehad.' Ze legde de lepel op het dienblad recht. 'Ze heeft het druk, en zoals het er nu met de oorlog voorstaat...' Ze legde een hand tegen Elsies voorhoofd. 'Mooi zo. Geen koorts. Ik weet zeker dat Josef popelt om je weer te zien.' Mutti gaf een klopje op Elsies hand. De robijnen glommen in het zachte licht. 'Je moet helemaal beter worden. Gelukkig dat het geen infectie was. Dokter Joachim zegt dat er geen grammetje medicijn meer te krijgen is – zelfs niet op de zwarte markt.' Ze wrong haar handen. 'Ik hoop van harte dat ze in Steinhöring wel medicijnen hebben.'

Elsie legde haar hand over die van haar moeder. 'Ik moest Papa en u de groeten doen van Hazel. Zo te horen gaat het met haar beter dan met ons.'

Ze wilde niet dat Mutti zich zorgen zou maken.

Mutti masseerde Elsies vingertoppen om de bloedsomloop op gang te krijgen. 'Gut. Dat is een hele troost. Doe haar vooral de groeten terug, als je haar weer schrijft.' Ze liet Elsies hand los. 'Ik ga weer naar Papa. Het was even rustig, vandaar dat ik je je middageten kon komen brengen. Laat je soep niet koud worden.' Ze stond op en liep naar de deur.

'Mutti.' Elsie hield haar staande. 'Zijn er misschien nog wat broodjes over?'

Mutti knikte. 'Eetlust. Een heel goed teken.'

Elsie luisterde naar het diminuendo en daarna naar het crescendo van de krakende traptreden, en toen ging de deur weer open.

'Twee broodjes, zo bij Papa uit de oven. En een likje boter, dat ik in de ijskist had verstopt.' Mutti zette het bordje op het blad. 'Ik heb tegen Papa gezegd dat we 's ochtends een extra lading Brötchen moeten bakken. Frau Rattelmüller heeft er wel tien gekocht, nog voor we open waren!'

'Dat doet ze al maanden,' zei Elsie. 'Ik heb u toch gezegd dat ze niet goed bij haar hoofd is?'

'Zolang ze maar met klinkende munt betaalt.' Mutti knipoogde en deed de deur achter zich dicht.

Elsie nam een lepel soep. De aromatische damp die ervan opsteeg gaf haar een verzachtend en vol gevoel in haar borst. Mutti's soep en Papa's brood – er bestond niks lekkerders. Ze hield de kom zo dicht mogelijk tegen zich aan, maar zonder zich te branden.

Ze hoorde Mutti's stem van beneden door de vurenhouten planken heen; ze begroette klanten en nam bestellingen aan.

Elsie keek of de deur goed dicht zat, luisterde of ze voetstappen hoorde en kwam toen met een sleutel in haar hand onder haar donsdek vandaan. De vloer was warmer dan de lucht, en haar voeten waren blij met de warmte. Toen het slot open was, fluisterde ze: 'Tobias?'

De brede plank in de achterste wand kwam naar voren.

'Pastinaaksoep,' zei Elsie.

Tobias wurmde zich uit de kruipruimte tevoorschijn. Hij had een dikke kabeltrui aan, die meer een jurk leek. Papa was met zijn buikomvang allang uit het kledingstuk gegroeid, en het lag ongebruikt op de bodem van zijn cederhouten kledingkist. Hij had niet gemerkt dat het weg was. Het was in de kamers boven heel koud, en Elsie kon niet het risico lopen dat Tobias verkouden werd en zou gaan niezen, want dan werd hij ontdekt.

Ze nam het brood van het bordje en schepte er pastinaak, uien, wortelen en kool op. Toen sneed ze een broodje doormidden en smeerde er boter op. 'Hier.'

'Voor jou?' fluisterde Tobias.

Elsie schudde haar hoofd. 'Voor jou.'

Zijn ogen fonkelden.

Tot die dag had Elsie niet veel meer kunnen verdragen dan thee, bouillon en pretzels, waar ze op zoog tot de stukjes in haar mond zompig werden, en dus had Tobias hetzelfde gegeten. Elsie was van dit dieet magerder geworden, maar Tobias was er verbazingwekkend genoeg in geslaagd om wat dikkere wangen te krijgen en wat voller rond zijn middel te worden, zodat hij er minder als een spook en meer als een jongen uitzag. Hij zei zelden een woord, maar Elsie was vreemd genoeg gehecht geraakt aan zijn gezelschap, als aan de denkbeeldige kabouters uit haar jeugd die in tuinschuurtjes en houten kledingkasten woonden.

'Eet het daar maar op, waar het veilig is,' zei ze.

Tobias knikte en liep op zijn tenen naar de wand, waar hij zich door de opening naar binnen wurmde en de plank toen dichttrok.

Zo deden ze het al sinds Kerstmis. Aanvankelijk was Elsie elke keer dat haar ouders haar temperatuur kwamen opnemen in paniek geraakt. Haar hart ging vreselijk tekeer en ze werd van top tot teen drijfnat van het zweet, zodat het leek of ze er erger aan toe was dan in werkelijkheid het geval was. Toen dokter Joachim kwam, was ze bijna flauwgevallen van angst. Maar Tobias leek wel als door een goddelijke hand onzichtbaar geworden te zijn. Zelfs Elsie vergat dat hij er was, tot een hoestaanval haar borst in de houdgreep nam en haar ademhaling oppervlakkig werd. Dan kwam hij tevoorschijn, gaf haar een slokje water en neuriede voor haar om de pijn wat te verzachten. Ze probeerde te vergeten dat hij een Jood was. Dat was gemakkelijker. Verder dan het feit dat ze hem verborgen hield gingen haar gedachten nog niet.

Tijdens een koortsaanval had ze gedroomd dat ze de Gestapo belde en vertelde dat ze een jongetje had ontdekt die zich in een stapel houtblokken verstopt hield – waarmee ze zichzelf en haar familie redde en door de autoriteiten werd gesteund. Ze werd wakker van Tobias' zachte geneurie naast haar bed en kreunde om deze macabere gedachten. Ze kon hem niet verstoten. Nu niet meer. Het lag nu allemaal anders. Hij was nu iemand voor haar geworden.

Bij elke maaltijd deelde ze haar brood met hem, en ze had hem de geheime spulletjes laten zien die ze in de holle wand verstopt had. De advertentie voor Texaanse witte bonen in tomatensaus was zijn favoriet, want daar stond een plaatje op van een Amerikaanse cowboy die door een veld met zonnebloemen reed. Tobias ging dan met zijn vingers over het glimlachende gezicht van de man, en op en neer over de letters U-S-A. Ze had ook een speldje van een edelweiss; filmfoto's van Jean Harlow, Myrna Loy en William Powell; een exemplaar van *A Boy's Will* van Robert Frost, waar de kaft af gescheurd was; een pot met kiezelsteentjes van de kust van Joegoslavië; een flesje rozenshampoo; en een reep Ritter Sport Schokolade, met het wikkel er nog omheen. Uit angst dat Tobias gulzig zou zijn, had ze hem gezegd dat hij, als hij die chocola zou opeten, in elk geval gevonden zou worden, omdat de geur voor de zintuigen van een bakker veel te duidelijk en te bekend zou zijn. Maar na een week van kliekjes was ze erachter dat hij helemaal niet gulzig was.

Een paar minuten nadat hij weer op zijn schuilplaats zat, werd het bord naar buiten geschoven. Elsie trok de deken opzij en pakte het bord op. In het licht van de lamp glinsterden de rode druppels van Josefs verlovingsring tegen de wand. Ze was nog steeds niet aan de robijnrode gloed gewend. Ze had het besluit om ja te zeggen van het ene op het andere moment genomen.

De dag na Kerstmis was de Gestapo weer langsgekomen. Aangezien Tobias nog steeds niet gevonden was, hadden de eenheden de opdracht gekregen om bij daglicht nog één keer huiszoeking te doen. Elsie werd uit haar ijlkoorts wakker van hun laarzen.

'Ze is ziek!' had Papa geroepen.

Ze kwamen haar slaapkamer binnen met hun geweer over hun borst gebonden. Het licht in de kamer was te fel voor Elsies brandende ogen, en elke hoek en elk geheim waren zichtbaar. Ze had de dekens over haar dunne nachthemd omhoog getrokken en gekreund van angst en ijlkoorts.

Een soldaat sloeg tegen de wandplaten in de hoek en sloeg met de kolf van zijn geweer tegen de muur. Een andere soldaat keek onder haar bed en zocht in haar cederhouten kledingkast, waarbij hij Dirndls en truien op de grond gooide.

'Houdt u toch op,' had Mutti gesmeekt.

'We moeten overal kijken,' had de soldaat geantwoord. Hij liep naar de achterwand.

'Nee!' Elsies borst was samengetrokken van de hoest, maar ze had de woorden eruit weten te persen. 'Ik ben de verloofde van luitenant-kolonel Josef Hub. Als u niet ogenblikkelijk weggaat, zorgt hij ervoor dat u naar behoren gestraft wordt omdat u onze familie onfatsoenlijk behandeld hebt.' Haar ademhaling piepte en ging over in een zwoegende hoestbui.

De mannen keken naar hun Standartenführer, die een teken gaf, waarop ze de kamer achter elkaar verlieten. Mutti en Papa keken haar sprakeloos aan. 'Verloofde?' zei Papa. En zo was het besluit gevallen.

Haar ouders waren onder de indruk van de edelstenen die rond het goud glinsterden. Zelf hadden ze niet zoiets moois. Mutti dacht dat hij hem bij een juwelier uit Parijs had gekocht, maar Elsie wist wel beter.

Nu knielde ze bij de achterwand neer. 'Tobias?'

De plank ging op een kier open.

'Kun je Hebreeuws lezen?' Ze haalde de ring van haar vinger. 'Wat staat hier?'

Er kwam een handje naar buiten. Hij pakte de gouden ring aan en hield hem zo dat het stoffige licht op de letters aan de binnenkant schenen. Toen gaf hij hem terug.

'En?' vroeg ze.

Stilte.

'Is hij te versleten?'

'Mijn geliefde is van mij en ik ben de zijne.' Zijn stem klonk helder en zangerig. 'Dat komt uit de Tora.'

# *Vijftien*

GARMISCH BAHNHOF
DUITSLAND
6 JANUARI 1940

Kapitein Josef Hub had een zaterdagpasje weten te bemachtigen en nam vroeg de trein naar Garmisch Bahnhof. Hij was bevriend geraakt met een spraakzame secretaresse van het naziarchief, die heel erg van zoetigheid hield – waardoor ze een beetje een rode huid had gekregen. Nadat hij maandenlang met haar had geflirt met behulp van suiker bestoven kreppels en zorgvuldig gekozen toespelingen, had hij haar zover weten te krijgen dat hij het dossier van Peter uit het archief van de Hitlerjugend had gehaald. Daarin stond het adres van de familie Abend.

Over de hele wand van het perron strekte de plattegrond van de stad zich uit, en hij zocht de gekleurde lijnen. Vier jaar daarvoor, bij de Olympische Spelen van 1936, had hij precies op dezelfde plek gestaan. Toen was het hier een zee van mensen geweest die met kleurige nationale vlaggetjes zwaaiden, het nieuwe stadion van Hitler ophemelden en die zich haastten om een glimp van hun favoriete sporters te kunnen opvangen. Nu was het station op een handjevol mensen na leeg.

De treinkoppelingen kreunden en kraakten als artritische gewrichten. Hij was blij dat hij weg kon, en voelde aan het papiertje met het adres: Herr en Frau Abend. Ze verhuurden een paar kamers boven hun woning aan skitoeristen en echtparen die met vakantie waren. Kleinschalige pensioenhouders, stond er in Peters dossier. Eenvoudige hardwerkende landgenoten. Ze hadden twee kinderen: Peter en Trudi. Peter was de oudste.

'Geen tassen, officier?' vroeg de kruier.

'Nein.' Josef stopte het adres in zijn zak. 'Hoe laat gaat de laatste trein terug naar München?'

'Om negen uur.'

Dan had hij bijna twaalf uur de tijd, ook al was hij niet van plan zo lang te blijven. 'De Schnitzschulstrasse, welke kant is dat op?'

'Die straat uit.' De man wees. 'Moet ik een taxi voor u aanhouden?'

Josef zette zijn pet recht. 'Nee, ik ga lopen; dat is goed voor me.'

De kruier haalde zijn schouders op en vertelde hem hoe hij moest gaan.

Eigenlijk wilde Josef vooral wat meer tijd. Voorbereiding. Hij had al meer dan een jaar naar deze dag uitgekeken en hem gevreesd, maar nu het eindelijk zover was, had die niet de reikwijdte die hij zich ervan had voorgesteld. Het was deze ochtend te warm en te zonnig voor januari. Hij had bitterkoude en eenzame straten verwacht, geheel in overeenstemming met hoe hij zich voelde. In plaats daarvan was het op deze zaterdagochtend een drukte van belang van mensen die boodschappen deden, en rook het naar versgebakken brood en houtvuurtjes. Kinderen zaten elkaar over de kasseien achterna; winkelbellen rinkelden als vrouwelijke klanten op hakken en met een hoed met veren op de winkels verlieten en betraden. Twee jonge vrouwen glimlachten naar hem en giechelden in het voorbijgaan. Een slager gooide een emmer roze water in de goot. '*Guten Morgen, Hauptsturmführer.*'

'Guten Morgen.' Josef bleef even staan en keek op de straatnaambordjes.

'Kan ik u ergens mee van dienst zijn?' vroeg de slager.

'Ik ben op zoek naar de Schnitzschulstrasse – naar het pension van de familie Abend.'

'Om de hoek. Frau Abend maakt heerlijke soep van lamsvlees voor haar gasten. Het vlees komt uit mijn winkel. Altijd het beste van het beste. Ik weet zeker dat het naar tevredenheid zal zijn.'

Josef knikte; hij wist best dat hij daar de maaltijd niet zou gebruiken.

Het was die avond in november in een aanval van woede gebeurd. Hij schaamde zich voor zijn gebrek aan beraad en zelfbeheersing. Peter had gelijk. Het waren maar Joden. Maar ondanks alles wat hij gelezen, gehoord en verkondigd had, ondanks het feit dat de partij ervan overtuigd was dat het een vervloekt ras was, waren de leden van de familie Hochschild zijn vrienden en leermeesters geweest, en hadden ze hem altijd ongelooflijk vriendelijk bejegend. Dat kon hij net zomin ontkennen als hij de moord op Peter Abend kon ontkennen. Die dingen waren allebei even waar, maar dat had hij nooit wereldkundig gemaakt. Hij was nu kapitein in het leger van het Derde Rijk, en kwam in aanmerking voor vervroegde bevordering. Peter had de bevelen niet opgevolgd. Discipline en trouw waren de basisprincipes waar zij naar leefden.

Maar hoe hij zijn daden ook rationaliseerde, hij kreeg er geen vrede mee. Het afgelopen jaar had hij last van migraine gekregen. Snerpende pijn had zijn gezichtsvermogen aangetast, waardoor dat tot een cylindrische tunnel van duisternis was gekrompen. Hij had uren catatoon en buiten adem op bed gelegen en zich afgevraagd of Peter en Frau Hochschild zich ook zo gevoeld hadden, hij met zijn handen om zijn keel, zij in haar graf. Hij bad tot God om hem 's nachts tot zich te nemen, maar dan stond hij de volgende ochtend toch weer op, trok zijn uniform aan en meldde zich. Zijn overste zag wel dat hij mager werd en er ongezond uitzag, en hij stuurde hem naar de arts van de Waffen-ss, die hem amfetamine-injecties voorschreef en hem zei dat hij moest komen zodra hij zich moe, angstig of bezorgd voelde. De migraine hield op, maar het middel hielp niet tegen zijn slapeloosheid. Hij deed geen oog dicht en liep maar door zijn kamer op en neer en las onafgebroken in *Mein Kampf*, tot de dokter hem ook slaappillen gaf. De combinatie van injecties en pillen leek de oplossing te zijn, en hij was weer helemaal de oude – nee, hij voelde zich zelfs beter dan ooit tevoren. Alleen die nachtmerries, hè. Daarin hoorde hij de zoon van Herr Hochschild fluisteren en voelde hij weer Peters zwakker wordende hartslag in zijn hand. Hij werd drijfnat van het zweet wakker, aangeslagen door de wetenschap dat de droom werkelijkheid was.

Hij hoopte het gemompel van de geestverschijning het zwijgen te kunnen opleggen en de last van Peters dood te kunnen verlichten door naar de familie Abend te gaan. Zijn schuldgevoel trok hem erheen, als een motje naar de vlam.

Hij klopte aan.

'Ja,' antwoordde een meisje. Trudi, vermoedde Josef.

'Ik ben op zoek naar Herr Abend.'

'Komt u skiën?' Ze zette een hand in haar zij en stak haar knokige heup uit op een manier die veel te volwassen was voor haar leeftijd.

'Nein.'

Ze bekeek zijn uniform eens. 'Mijn vader is er niet, maar mijn moeder kan u wel een kamer geven.'

'Mag ik haar even spreken?'

Trudi deed de deur wijd open. 'Komt u binnen.'

Josef liep achter haar aan. In de smalle gang hing één foto aan een dikke spijker: een meisje met paardenstaartjes en Peter in uniform poseerden naast hun ouders.

'Mama, we hebben een gast.' Trudi ging Josef voor naar de woonkamer, waar Frau Abend, met grijs haar, zat te stoppen.

Toen ze hem zag, schoof ze het mandje met garen onder de bank. 'Een gast? Gaat u zitten.' Ze gebaarde. 'U betaalt per nacht, inclusief het ontbijt en de avondmaaltijd. Omdat u officier bent, krijgt u korting. Mijn zoon was ook officier.'

Josef nam plaats. 'Nein... Ik kom niet voor een kamer. Ik ben hier omdat ik met u en uw man wil spreken.'

Trudi draaide zich om. 'Maar u zei...'

'Stil,' beval Frau Abend. Trudi deed er het zwijgen toe en pulkte wat aan haar nagels. 'Herr Abend is voorlopig nog niet thuis. Waar wilde u het met ons over hebben, kapitein...'

'Hub,' zei Josef. 'Josef Hub... Josef.' Hij slikte moeizaam. 'Ik heb uw zoon gekend.'

'Peter?' zei Trudi.

Frau Abend keek haar bestraffend aan, en ze ging weer verder met haar nagels.

'Ja, mijn zoon, wat is daarmee?'

'Ik was zijn overste.' Josef knipperde aangeslagen met zijn ogen. 'De avond dat hij overleden is. Ik was erbij.' Hij zweeg even. Hij was hier om van zijn schuld verlost te worden, maar hij wist niet goed hoeveel hij moest vertellen. 'Ik heb hem gekend. Hij was een toegewijd soldaat.' Het was warm in de huiskamer van de familie

Abend, en hij begon te transpireren. De boord van zijn uniform knelde. 'Ik was bij hem toen hij werd gedood. Dus ik kom u vertellen... ik wilde u eigenlijk komen vertellen...'

Frau Abend liet haar kin op haar borst zakken. Op tafel stond een leeg theekopje, met onderin een slap, scheefgetrokken sinaasappelschilletje. 'Mijn Peter,' fluisterde ze. Haar lippen trilden. 'Mijn enige zoon.'

Josef had geregeld dat hij voor zijn vertrek naar München nog een injectie had gekregen, maar toch begon de kamer te schudden en verdwenen de hoeken in de schaduw. Hij haalde diep adem. Als er migraine kwam opzetten, kon hij nergens heen.

'Hij was een uitstekend soldaat.' Josef schraapte zijn keel. 'Zijn dood was een groot verlies. Een tragedie.'

Frau Abend snufte en vermande zich. 'Dank u wel.' Haar toon was streng en bits. 'Er is nooit een vriend van hem langsgekomen. We hebben een telegram gekregen. Er was geen lichaam. Ze zeiden...' Ze zweeg.

'Verbrand,' fluisterde Trudi.

Josef moest denken aan de fakkels die de soldaten van de Hitlerjugend lukraak bij de gebouwen naar binnen hadden gegooid en de vuurzee die vervolgens door de straat had gewoed.

'We hebben een mooie begrafenis gehouden, te zijner nagedachtenis. We hebben een paar spulletjes van hem in ons familiegraf op de begraafplaats St.-Sebastian begraven.'

Josef knikte.

'Was u ook bij de *Reichsjugend*? Dan zult u zijn verloofde wel kennen: Hazel,' bemoeide Trudi zich er ongevraagd mee.

Josef fronste zijn voorhoofd. 'Verloofde?'

'Ja, hij heeft ook een zoontje,' ging ze verder.

'Trudi, ga de ontbijtboel afwassen en geef de broodkorsten aan de hond,' beval Frau Abend. Toen het meisje weg was, ging ze verder. 'Peter was verloofd met Hazel Schmidt, de dochter van Max Schmidt, de bakker. Een aardige Fräulein.' Ze zuchtte. 'Omdat hun kind niet geëcht was, maar wel van goede Duitse afstamming, is het naar het *Reichsprogram* in Steinhöring gegaan. Dat is de beste plek voor hem.'

'Daar wist ik niks van,' zei Josef.

In de haard knetterde een houtblok. Het was plotseling ondraaglijk warm in de kamer.

'Goed dan.' Hij stond op. 'Ik moet de trein terug naar München halen.'

Ze knikte. 'Mocht u ooit terugkomen: we rekenen gunstige tarieven. Tijdens de Olympische Spelen hadden we het heel druk, maar dat is niet meer zo.' Ze liep met hem naar de deur.

Het daglicht deed hem pijn aan de ogen, maar de koele berglucht temperde de aanzwellende pijn.

'Ik zal bidden dat u niets overkomt, kapitein Hub,' zei Frau Abend. Voor hij haar kon bedanken deed ze de deur al dicht.

Er liep een man langs met een in papier gewikkeld groot rond brood. Josefs buik knorde. Hij had die dag nog niets gegeten, en de geur knaagde net zo gemeen aan zijn maag als de migraine aan zijn hoofd. Hij liep de kant op waar de man vandaan was gekomen, langs een steegje waar twee jongens tussen de naar kruimels pikkende duiven een stokkengevecht voerden. Een met bont omzoomde vrouw liep met een gebaksdoos de straat op. Boven haar hoofd hing het bord: BÄCKEREI SCHMIDT.

Er stond een rij. Achter een gerimpelde Frau, die op haar stok leunde, stond een man met een dun stalen brilletje op te wachten.

'Ik wil een goed stevig brood. Niet iets waar alleen maar zoete lucht in zit. Daar gaan je tanden van rotten,' zei de Frau.

De jonge vrouw achter de kassa pakte een gespikkeld bruin brood van de plank.

De Frau bekeek het en knikte toen. 'Dat lijkt me wel goed.' Ze pakte haar broodtas, gooide wat muntjes op de toonbank en hobbelde toen snel naar buiten. Daarbij klingelde de bel boven de deur.

'Graag gedaan, Frau Rattelmüller,' riep het meisje achter de kassa haar na. Ze snoof minachtend en krabde aan haar hoofd, waarbij de blauwe sjaal die ze droeg scheef kwam te zitten.

Josef vroeg zich af of dit soms de dochter van de bakker was, de Hazel van Peter. Ze zag er veel te meisjesachtig uit: ze had blozende wangen en haar huid glom; haar hals en armen waren iel, als van een jong vogeltje. Zou zij echt het kind van Peter ter wereld gebracht hebben? Hoe ouder hij werd, hoe jonger alle andere mensen leken. Hij had de secretaresse van het naziarchief in de dertig geschat, en was geschrokken toen hij hoorde dat ze tien jaar jonger was.

De man met de bril bestelde keurig gevlochten maanzaadbroodjes en betaalde met voedselbonnen van de ss. Toen de jonge vrouw haar hand in de broodmand stak, vielen er plukken graanblond haar voor haar ogen. Ze duwde de plukken terug in de rommelige vlecht onder haar sjaal. Aantrekkelijk.

'Wat kan ik voor u doen?' Ver uit elkaar staande houtbruine ogen keken hem aan.

Hij moest nog op de lijst of in het broodrek kijken. 'Wat is er vers?'

'Alles,' antwoordde ze zelfverzekerd.

'Alles?' Hij glimlachte. 'Echt waar?'

'Er blijft hier niks lang genoeg liggen om oud te worden. De mensen hebben honger. Het is oorlog. Of was u dat nog niet opgevallen?' Ze rolde met haar ogen vanwege zijn uniform.

Hij schraapte zijn keel om maar vooral niet te lachen. Ze was pittig, maar op een heel andere manier dan de puberende Trudi Abend. Dit meisje had een soort onbeschroomde intelligentie die hij heel leuk vond.

'Nou, dan neem ik een Brötchen met boter, om hier op te eten. Als dat niet te veel moeite is.'

Ze haalde haar schouders op en draaide zich om naar de broodmand. 'U krijgt te eten. Wij krijgen geld. Ik zie er de moeite niet van in.' Ze zei het met haar rug naar hem toe.

Haar middel was slank en buigzaam, zonder de vetrollen van een volwassen vrouw. Hij zou het met één hand kunnen omvatten.

Ze kwam terug met een broodje en een lik boter. 'Voor de boter moet ik iets extra rekenen. 30 *Reichspfennig* of het equivalent in voedselbonnen.'

Hub legde het kleingeld op de toonbank, maar hield haar hand tegen voordat ze het kon oppakken. 'Hazel?'

Het meisje fronste haar voorhoofd en veegde het geld in haar hand.

'Ik ben kapitein Hub. Ik heb samen gevochten met Peter Abend,' legde hij uit. Hij wachtte af hoe ze zou reageren.

Maar ze reageerde niet. Ze stopte het kleingeld rustig en beheerst in de kassa en schoof die dicht. 'Ik ben Elsie. De zus van Hazel.'

Hij knikte. Ja, natuurlijk. Als Hazel deze lichte huid en dat blonde haar had, was het niet zo vreemd dat ze haar in het Lebensborn-programma hadden opgenomen. Zelfs aan Elsies jukbeenderen en neus waren de klassieke tekenen van de Noord-Europese afstamming te zien. Hij had uren onderzoek gedaan naar de wetenschappelijke geldigheid van de Arische suprematie, in de hoop nog meer rechtvaardiging te vinden voor zijn daden en voor het hakenkruis dat hij droeg.

Hij pakte het bordje van haar aan. 'Ik ben net bij de familie Abend geweest om hen te condoleren. Daar hoorde ik dat Peter met Hazel verloofd was.'

Elsie pakte de plakkerige kaneelbroodjes van een metalen blad en legde ze op een glazen taartbord. 'Bent u daarom hiernaartoe gekomen?' vroeg ze uitdagend.

'Of ik daarom gekomen ben?' Hij keek naar het Brötchen, waarvan de gebarsten bovenkant door een bakkersmes in vier kwarten was gekerfd.

Ze was klaar met de broodjes en veegde een druppel glazuur met haar vinger weg. 'Ja, ze waren verloofd. Toen hij dood was, is zij naar Steinhöring gegaan, met Julius, hun zoontje.' Elsie likte haar vinger af, tuitte haar lippen en liet haar blik van de onderscheidingstekenen op zijn kraag naar zijn laarzen gaan. 'Als u dingen te vragen hebt, moet u bij mijn vader zijn. Het is niet aan mij om familiezaken met een man die ik niet ken te bespreken. Of u nu een naziofficier bent of Winston Churchill – ik ken u niet.' Ze zwaaide de punt van haar vlecht over haar schouder naar achteren en liep met het blad terug naar de keuken.

Ze was niet op haar mondje gevallen – een eigenschap die door de statuten van de Bund Deutscher Mädel geprezen werd, maar waar ook voor werd gewaarschuwd. Of het nu deugde of niet, Josef vond het wel verfrissend.

'Doch, ik kwam om te ontbijten,' zei Josef schokschouderend. Zijn hoofdpijn nam af.

Hij ging aan een van de twee cafétafeltjes zitten en trok het broodje met zijn vingers open, zodat het zachte witte binnenste te zien werd, dat in het midden een beetje plakkerig was.

Er kwamen een vrouw en haar zoontje de winkel binnen, die stonden te bakkeleien over een suikerbroodje versus een kaaspretzel. De vrouw zei tegen de jongen dat hij moddervet zou worden als hij alleen maar zoetigheid at, maar zelf was ze zo rond en zacht als een appel uit de oven. Geërgerd van de wandeling in de kou en het aanhoudende gebekvecht, haalde ze piepend door haar mond adem en trok ze de jongen mee naar de toonbank.

'Neem iets gezonds,' droeg ze hem op. 'Een uienbroodje anders?'

De jongen drukte zijn neus tegen de vitrine, waardoor er een vettige veeg op achterbleef.

Zijn moeder keek reikhalzend naar de keuken achter de winkel. 'Elsie!' riep ze. 'Max... Luana! Zijn jullie soms met vakantie?'

Toen haar aandacht even was afgeleid, stak de jongen zijn tong naar haar uit.

Josef kauwde op zijn knapperige korst; hij vond de minachting van de jongen wel vermakelijk en wilde Elsie graag weer zien.

Toen ze de winkel weer binnenkwam, sloeg ze het meel van haar handen. 'We zijn er hoor, Frau Reimers.'

Vlak achter haar aan kwam een oudere man met een rossige huid en haar in de kleur van zeezout. '*Grüss Gott*, Jana! En Herr Ahren. Hoe maken mijn beste klanten het?'

'Gut,' zei Frau Reimers kortaf. 'Ik heb een heel Bauernbrot nodig en Ahren wil een...' Ze keek op de jongen neer. 'Nou? Zeg maar tegen Herr Schmidt wat je wilt hebben.'

'Een kaneelbroodje,' zei de jongen toonloos.

De vrouw zuchtte en zette haar hoed recht. 'Je kiest natuurlijk weer het duurste wat ze hebben. Prima, maar als je maar goed onthoudt dat ze bij de Hitlerjugend geen dikke jongetjes aannemen.'

'Ik wil helemaal niet bij de Hitlerjugend,' antwoordde hij vinnig.

De moeder gaf het een tik tegen zijn wang. 'Domoor. Kijk...' Ze draaide zich om naar Josef en wees. 'Alle goede Duitsers willen officier worden. Maar je moet wel in het uniform passen.'

Josef kauwde door, zonder erop in te gaan. De jongen was veel te jong om zich al af te vragen of hij wel bij het leger kon of om zich bezig te houden met de gevolgen van een zoet broodje.

'O, Jana. Laat die jongen toch. Kijk naar mij! Ik ben grootgebracht met suikerbrood en gebak, en de dokter zegt dat ik kerngezond ben.'

'Eén kaneelbroodje dan maar?' vroeg Elsie.

De vrouw haalde haar schouders op. 'Het moet maar. Maar Max, met deze prijzen...'

'Suiker is heel moeilijk te krijgen. Dat was vroeger wel anders.'

'Dan is het toch een straf van God dat ik uitgerekend een kind heb dat alleen maar suiker en boter eet?'

Elsie deed het brood in een zak en het gebak in een doosje, terwijl haar vader van onderwerp veranderde en begon te vertellen wat voor effect het koude weer op zijn dilleplantje in de vensterbank had.

'Alsjeblieft, Ahren,' fluisterde Elsie tegen de jongen. 'Ik vind ze ook heel lekker.' Ze knipoogde.

Hij glimlachte even naar haar.

'*Wunderbar!*' Frau Reimers gluurde in de zak. 'Max, u bent de beste bakker van het vaderland.' Ze haalde wat glimmende muntstukken uit een fluwelen beursje en liet die rinkelend op de toonbank vallen. 'Kom, Ahren, we gaan.'

De jongen liep achter haar aan naar buiten. Zonder de luidruchtige ademhaling van de vrouw leek het plotseling veel te stil in de bakkerswinkel. De voetstappen van Herr Schmidt bonkten over de tegelvloer.

'Hallo, officier,' zei hij. 'Mijn dochter zegt dat u wat wilde vragen over mijn oudste dochter, Hazel, en over Peter Abend – God hebbe zijn ziel.'

Josef stond eerbiedig op en veegde de kruimels van zijn mond. 'Dat klopt deels; ik ben bij de familie Abend langs geweest en toen ben ik hierheen gekomen om te ontbijten.'

'Ach ja. En dat doet ons deugd.' Herr Schmidt schudde hem ferm de hand. 'Brave mensen, de familie Abend. De dood van Peter was een zware slag voor ons allemaal.' Hij ging aan Josefs tafeltje zitten en gebaarde hem hetzelfde te doen. 'Elsie, breng eens wat thee.'

‘We hebben alleen maar cicorei,’ antwoordde ze.
‘Dan zet je daar koffie van,’ droeg Herr Schmidt haar op.
‘Maar Papa, het is bijna op en…’
‘Doe wat ik zeg, kind,’ beval hij streng. ‘We hebben niet elke dag een officier en een vriend van de familie als klant.’
Elsie deed wat haar gezegd was en verliet de winkel.
‘Ze mist haar zus,’ legde Herr Schmidt uit. ‘Ze is jong en begrijpt nog niet alles van politiek, oorlog, vaderlandsliefde… Maar we zijn heel trots op onze Hazel.’
Josef slikte het laatste stukje brood door dat in zijn wang was blijven steken.
‘*Sag mal*, waar komt u vandaan?’ vroeg Herr Schmidt.
‘Uit München,’ antwoordde Josef.
Herr Schmidt leunde achterover op zijn stoel. ‘Aha, de hoofdstad van de beweging.’
Josef knikte glimlachend en schoof zijn bord weg; er lag nog een stukje ongebruikte zoete boter op.

# Zestien

GRENSPOLITIEPOST EL PASO
8935 MONTANA AVENUE
EL PASO, TEXAS
11 NOVEMBER 2007

'Carol maakt vanavond spaghetti met gehaktballetjes, Rik. Weet je zeker dat je niet wilt mee-eten?' vroeg Bert, terwijl hij zijn jas aantrok.

'Dank je; ik heb al Taco Cabana gehaald.' Riki wees op de grote zak van het afhaalrestaurant die op de minikoelkast stond. 'Ik dacht dat de kinderen het ook wel lekker zouden vinden.'

'Ik begrijp niet hoe je het doet!' zei Bert. 'Ik heb dat Taco Cabana-dieet van jou een keer geprobeerd en toen ben ik in een week tijd drie kilo aangekomen. Dat is bijna een pond per dag!'

'Het zal wel erfelijk zijn.' Riki boog zijn arm. 'Een lichaam kent het voedsel van zijn herkomst.'

Bert moest lachen. 'Liever gezegd: als ik met Carol en de kinderen eet, krijg ik mijn bord altijd maar voor de helft leeg. Dan gebeurt er gewoon te veel.' Hij haalde glimlachend zijn schouders op en roffelde met zijn knokkels op het planbord. 'Breng jij ze morgen weg?'

'In alle vroegte.'

Bert schraapte zijn keel en haalde zijn sleutels uit zijn zak. 'Heb je al met Reba gesproken?'

Riki legde zijn voeten op het bureau. 'Ik bel straks wel.'

'Want ik zou even bij haar kunnen langsrijden voor je. Even kijken of alles goed is, nu ze alleen is.' Hij krabde met een grote vierkante sleutel over de stoppels op zijn kaak.

Het was een lief gebaar, maar Bert kende Reba niet zoals hij haar kende. 'Zo wil ze het nu eenmaal.'

'Oké.' Bert zweeg even. 'Je hoeft hier niet te blijven, hoor. Je kunt ook zolang bij Carol en mij komen wonen, tot je iets nieuws gevonden hebt.'

'Dank je wel, Bert. Heel aardig van je.'

Bert mimede alsof hij tegen zijn pet tikte en ging weg.

Er liepen wat agenten in en uit, maar toch was het nog veel te stil op het bureau. Riki zette de radio aan. Een pakkend deuntje stuiterde door de ether. Hij neuriede mee en surfte ondertussen langs reisbestemmingen op internet. Dat was zijn manier van reizen. Hij bezocht de wijngaarden van Noord-Californië, de moerassige rivierarmen van Louisiana, kreeftenboten in Maine, het Witte Huis en het Lincoln Memorial, de glooiende Blue Ridge Mountains en de oceanen aan weerskanten. Met een muisklik ging hij van de ene plek naar de andere, zonder dat hij er zijn stoel maar voor hoefde uit te komen.

Riki was van nature een huismus, en was nog nooit noordelijker geweest dan Sante Fe en nooit oostelijker dan San Antonio. Dat was deels wat hem zo in Reba aantrok. Zij kwam van 'daarachter'. Ze was zijn leven binnen komen wandelen met de wereld op haar schouders en door haar had hij gehoopt dat hij ooit alles kon zien wat hij wilde zien, zonder er zelfs maar de deur voor uit te hoeven gaan. Niet dat hij bang was om weg te gaan, maar het leek hem gewoon veel vanzelfsprekender om daar te blijven waar hij zich thuis voelde – bij de mensen bij wie hij zich thuis voelde.

Zijn ouders hadden dat gevoel op hem overgebracht. Ze waren wel zo moedig geweest om de Rio Grande over te steken en Amerikaanse staatsburgers te worden, maar ze hadden er evengoed voor gezorgd dat Riki nooit vergat wie hij echt was: de zoon van Mexicaanse immigranten, die zich door cultuur, tradities, ras en religie van andere mensen onderscheidde.

Zelfs in de laatste dagen van zijn leven zette Riki's vader, toen de tuberculose zijn lichaam had verwoest en zijn geest had afgemat, CNN aan en keek hij hoe presentatoren, politici en gewone mensen over de immigratiewetten discussieerden.

'Ze stelen de Amerikaanse banen van de echte Amerikanen,' zei een tegenstander voor de camera.

'Blijf aan jullie eigen kant!' schreeuwde een ander.

'Zie je wel, *mi hijo*, zie je wel,' zei zijn vader, vlak voordat zijn adem in hoest overging. 'Je moet voorzichtig zijn. Alleen je eigen mensen zijn te vertrouwen.'

Het deed Riki verdriet dat zijn vader zichzelf en zijn familie op zijn sterfbed nog steeds als vreemden in een vreemd land beschouwde. Toen Riki had gesolliciteerd naar een baan bij de grenspolitie, was hij vastbesloten geweest om zijn vader te laten zien dat hij ongelijk had. Door werk te doen waarbij hij zijn landgenoten beschermde zou hij zijn vader wel eens laten zien hoe Amerikaans hij was; dan zou niemand zich meer afvragen waar zijn nationale trouw lag, zijn ras of afkomst ten spijt. Hij was een toegewijd staatsburger van de Verenigde Staten van Amerika, een trouwe inwoner van El Paso, Texas, en hij vond het prima om gewoon te blijven waar hij was – althans, dat dacht hij. Maar toen hij zijn derde volle jaar als agent bij de grenspolitie erop had zitten, had hij genoeg gezien om te weten dat achter dat blitse vertoon geharde mannen zaten die aan de touwtjes trokken. Het ging om veel meer dan alleen maar de grens, om aan welke kant van de afrastering je stond, om Amerikaans versus Mexicaans. Het ging om mensen, en de mensen in Mexico stonden hem nader dan welke verordeningen uitvaardigende politicus uit het Capitool ook, duizenden kilometers verderop.

Hij riep de pagina's over toerisme voor Washington DC op, en die voor de zustervoorsteden van Virginia. Alleen maar namen. Reba had het nooit over waar ze vandaan kwam, behalve dan zo nu en dan op een onbewaakt ogenblik. Toen een keer een storm in golven woedende regen boven de stad had gewoed – iets wat zelden voorkwam – had ze naar buiten gestaard, even de afstand overbrugd en gezegd: 'In Virginia was het weer ook altijd zo. De ene dag zonnig, de volgende dag onweer. Ik moest altijd huilen als het regende.' Ze had haar armen stevig om haar borst geslagen en hij had zich precies kunnen voorstellen hoe ze er als kind uit had gezien.

'Het stormt hier anders nooit,' had hij haar getroost.

'Dat weet ik, maar het doet me wel beseffen dat het nog steeds kan gebeuren.'

Dat was de eerste keer geweest dat hij dat gevoel had gehad – dat gevoel van een verborgen onveiligheid en afstand. Het baarde hem zorgen. In een poging te bewijzen dat hij haar trouw was en dat zij bij hem veilig was, had hij haar ten huwelijk gevraagd. Maar de ophanden zijnde verbintenis leek de afstand tussen hen alleen maar groter te maken, zodat die zich als een ballon die op knappen stond vulde en maar weinig ruimte voor hem overliet. Hij wilde de rest van zijn leven met Reba doorbrengen, maar wat toewijding had moeten zijn, manifesteerde zich als wrok bij beide partijen. Hij zag haar weer voor zich in het dampende bad, met rode wangen en tepels, terwijl ze wijn lag te drinken, alsof ze de loterij had gewonnen, en zijn ring in het schuim bungelde.

Vanaf het scherm van zijn computer keek een blij blond gezinnetje in een tuin vol tulpen naar hem, met de tekst: VIRGINIA IS VOOR GELIEFDEN. Hij zoog aan zijn tanden.

'Señor,' riep een vrouwenstem uit de arrestantencel. Er volgde een roffel van geklop.

'Ja.' Riki stond op en deed de deur open. 'Wat kan ik voor u doen?'

'*Puedo tener una manta mas para mi hija?*' zei de vrouw.

Hij had een klein televisietoestel in de cel gezet. De kinderen keken naar een aflevering van *The Simpsons*. Het meisje, dat opgekruld naast haar broer zat, ging rechtop zitten toen ze Riki's stem hoorde en trok de groene deken van de rug van de jongen. Hij kreunde en gaf er een harde ruk aan, waarmee hij de deken helemaal van haar af trok. Ze zei niets, maar gaf hem snel een schop tegen zijn rug.

'*Ay! Mamá!*' riep de jongen uit. '*Ella me pateó.*'

De vrouw maande de kinderen tot stilte. '*Lo siento, señor.*'

'Niets aan de hand,' zei Riki. 'Ik haal er nog wel een.'

Hij liep naar de voorraadkamer en zocht de stapels door tot hij een zachte roze deken gevonden had. Toen hij terugkwam, zaten de kinderen elkaar door de cel achterna. Het meisje rende rond en trok de groene deken achter zich aan, en de jongen achtervolgde haar, grommend en grauwend als een wild varken. Hij had haar al snel te pakken, draaide haar om en wroette met zijn gezicht tegen haar buik tot ze het uitgilde van de lach. De vrouw zat heel rustig op het veldbed; haar gezicht stond doorgroefd van de stille zorgen.

'Alstublieft.' Riki legde de roze deken naast haar neer.

Ze ging er met haar hand over. '*Gracias.*'

Het meisje vroeg haar broer om voor varken te spelen, en daar gingen ze weer.

'*Niños paren,*' zei de vrouw streng.

'Nee hoor, laat ze maar spelen,' zei Riki.

Hij was blij dat de kinderen wat vrolijker waren dan daarstraks. Ze waren gedurende hun verblijf hier vooral stil en beschaamd geweest, maar het waren kinderen, geen misdadigers.

Hij ging naast de vrouw zitten; de veren van het bed bogen diep door onder zijn gewicht. 'Waar komen jullie vandaan? *Qué pueblo?*'

'Barreales, Juárez,' antwoordde ze, terwijl ze haar blik op de vloer gericht hield.

Riki knikte. Dat kende hij. Een arme buurt helemaal in het oosten van Juárez. 'Hebt u daar *familia*?'

'*Están muertos.*' Ze ging ongemakkelijk verzitten.

'Wat erg.' Hij krabde aan zijn nek. 'Mijn familie leeft ook niet meer.'

Bij elke ademhaling kwam haar lichaam moeizaam omhoog en zakte dan weer in, als een vrouw die tien keer zo oud was als zij. '*Usted tiene niños?*' vroeg ze, en ze hief haar gezicht naar hem op, met ogen zo groot als schoteltjes.

'Nee.' Hij kreeg Reba niet eens zover dat ze zijn ring omdeed, laat staat dat ze zwanger wilde worden van zijn kinderen. 'Ik ben niet getrouwd.' De woorden schroeiden het puntje van zijn tong.

Het meisje kreeg een lachbui, rende naar haar moeder toe en begroef haar gezicht in haar schoot. De jongen gromde en grauwde, maar werd stil toen hij Riki zag.

Op de televisie schreeuwde Bart Simpson: '*!Ay, caramba!*'

'Heb je honger?' vroeg Riki.

De jongen leunde tegen de schouder van zijn moeder en kneep zijn ogen tot spleetjes.

Ze hadden hun kant-en-klare lunch opgeschrokt: witte broodjes met kalkoen en met kaas; Dorito's en chocoladekoekjes. Amerikaanse specialiteiten in een bruine papieren zak. Ze hadden geen kruimel laten liggen. Maar het was nu etenstijd, en hij wist dat ze wel iets warms konden gebruiken.

'Ik heb Taco Cabana.' Dat was dan misschien niet zelf bereid, maar wel het beste wat hij in de aanbieding had. 'Taco's?' zei hij tegen de kinderen.

De jongen schokschouderde.

'Loop maar even mee.' Riki stond op en gebaarde dat ze mee konden komen, door de open deur, maar het drietal bleef achter onzichtbare tralies.

Ze waren het vertrek nog niet uit geweest sinds ze hier waren. Ze hadden een schone wc, beddengoed en een televisie, en daarmee was het hier het Ritz-Carlton, vergeleken met de roestige Dodge. Maar al dat gerief woog niet op tegen hun vrijheid. Riki had genoeg mannen en vrouwen in die cel opgesloten gezien om de waarheid te begrijpen. Het deed hem verdriet om deze mensen – zijn mensen – als vee te moeten deporteren, om ze terug te moeten sturen naar de getto's van Juárez, zonder hoop of vooruitzichten. Maar dat waren de regels nu eenmaal, en Riki geloofde in de regels. Niet opvallen, doen wat je moet doen, geen vragen stellen, en dan werd je daar uiteindelijk voor beloond: dat was de code waaraan zelfs zijn vader zich had gehouden. In de krochten van zijn ziel vroeg hij zich echter af op welk punt het menselijk mededogen het won van de blinde gehoorzaamheid.

'*Venga*,' sprak hij bemoedigend.

De jongen hield zijn zusje bij de schouders vast; de argwaan was van zijn gezicht te lezen.

'Er gebeurt niks, heus, dat beloof ik,' zei Riki, maar de jongen pakte zijn zusje alleen nog maar steviger beet. Riki liep met tegenzin terug naar zijn bureau. Hij zou het eten naar ze toe moeten brengen. 'Jezus, joh, je zal toch ooit iemand moeten gaan vertrouwen,' verzuchtte hij.

'Waarom zou ik?' beet de jongen hem toe.

Riki draaide zich als gestoken om. 'Spreek je Engels?'

Hij sloeg zijn onderarm beschermend om de borst van zijn zusje. Ze draaide haar hoofd naar achteren en weer naar voren, van haar broer naar Riki. 'Ja.'

'Dus je verstaat me?' zei Riki. 'Dit is geen truc en geen test.

Kom er maar uit. Er gebeurt niks. Ik heb warm eten voor jullie, als je wilt.'

Haar moeder bemoeide zich ermee. '*Qué? Qué él dijo?*' Maar haar zoon besteedde geen aandacht aan haar.

'Mijn papa heeft me voor jullie gewaarschuwd. Hij zei dat de politieagenten zouden zeggen dat je ze moest vertrouwen, dat je met ze mee moest komen. Dat ze je dan te eten gaven en dat ze je dan opsloten bij de ratten *y los serpientes*.'

Riki gebaarde naar de helverlichte, ge-airconditionede ruimte. 'Zie jij hier ergens ratten of slangen?' Hij deed net alsof hij rondkeek.

De jongen beet op zijn bovenlip en schudde toen zijn hoofd.

'Oké. Waarom geloof je dan niet gewoon dat wat ik zeg waar is, in plaats van de dingen waarvan je zelf best weet dat ze niet waar zijn?'

Het meisje wurmde zich los van haar broer. De moeder sloeg haar armen over elkaar; haar voorhoofd fronste zich van bezorgdheid en verwarring, doordat ze niet aan het gesprek mee kon doen.

De jongen dacht even na en hield toen op met op zijn lip bijten. 'Als u echt taco's hebt, wat voor zijn het dan?'

Riki moest lachen, maar onderdrukte die neiging. 'Twee taco's met rundvlees, twee *flauta's* met kip, twee *fajita's* met rundvlees en daarbij rijst en bonen.'

De wenkbrauwen van de jongen gingen omhoog. 'Echt waar?'

Riki knikte. 'Hierbinnen.' Hij wees op de meldkamer.

De jongen maakte zijn arm langzaam los van zijn zusje. Het meisje had de woorden 'taco's', 'flauta's' en 'fajita's' begrepen, had verder geen aansporing meer nodig en rende naar binnen.

'Dat is zeker haar lievelingseten,' zei Riki. 'Van mij trouwens ook.'

De moeder kuste haar zoon op zijn kruin en liep achter haar dochter aan. Voor de jongen echter voet over de drempel zette, stak hij zijn hand in zijn broekzak en haalde er een doffe stuiver uit.

'Gracias.'

'Nee.' Riki wuifde hem weg. 'Ik trakteer, knul.'

De jongen drong aan en stak de stuiver nog verder naar Riki

toe, tot die zijn hand opende. 'Die andere man moesten we ook betalen,' zei hij.

'Welke andere man?'

'Carlos.' De jongen veegde zijn neus aan zijn pols af. Zijn ogen glinsterden niet meer van argwaan, maar nu van woede. 'Hij heeft mijn moeder aan het huilen gemaakt.' Zijn onderlip beefde. Die trok hij naar binnen, en toen rechtte hij zijn schouders. 'Hij heeft ons in die auto gezet omdat we geen geld meer hadden. Toen is hij weggegaan.'

'Carlos,' zei Riki hem na.

De jongen knikte.

'Hoeveel mensen waren er in die groep?'

De jongen haalde zijn schouders op. 'Heel veel.'

'Weet je waar ze nu zijn?'

In de meldkamer gilde het meisje het uit van blijdschap.

'*Espera*,' zei haar moeder op waarschuwende toon.

De jongen bleef bij de lijn van de deuropening staan. 'De Verenigde Staten,' zei hij, en toen stak hij die over.

Riki wachtte tot hij in de gang stond en haalde toen zijn mobiele telefoon van zijn riem. In zijn hand hield hij nog steeds de versleten stuiver. Hij zuchtte. Om Carlos te pakken te krijgen zou hij alle mensen die hij onder zijn hoede had gehad in moeten zetten: mannen, vrouwen, kinderen, jong en oud, uit Mexico, El Salvador, Colombia; eenvoudige, hardwerkende mensen die schurken en criminelen geld betaalden om de grens met Amerika over te komen, waarbij ze vreselijk veel op het spel zetten en alle mogelijke vormen van mishandeling verdroegen, en dat allemaal voor een kans – niet eens een garantie – op welvaart. Hij haatte dit werk waarbij hij dromen moest opdreggen, maar het was nu eenmaal zijn taak.

Hij liet de stuiver in zijn zak glijden en belde Bert. 'Het spijt me dat ik je tijdens het eten moet storen, maar we hebben informatie over een smokkelaar.'

# *Zeventien*

HET LEBENSBORN-PROGRAMMA
STEINHÖRING, DUITSLAND
4 JANUARI 1945

Lieve Papa en Mutti,

Heil Hitler en Grüss Gott. Dit is een moeilijke brief voor me. Zoals jullie weten is het het doel van het Lebensborn-programma om voor ons land uitstekende Duitsers te leveren. Ik ben hiernaartoe gekomen om mijn plicht te doen, zowel ter ere van onze familie als van de nagedachtenis van Peter, en ik vind dat ik ons vaderland goed gediend heb.

Een paar maanden geleden heb ik jullie laten weten dat ik een tweeling voor de organisatie ter wereld heb gebracht. Het meisje doet het fantastisch. Haar broertje is echter voortdurend ziek en zwak. De directie van Lebensborn is tot de conclusie gekomen dat hij, ondanks al onze inspanningen, nooit goed genoeg zal worden. Daarom willen ze dat ik de papieren onderteken waarmee ik hem uit het programma haal. Ik heb gevraagd of ze contact met jullie willen opnemen, zodat onze familie voor het kind kan zorgen, maar ze willen me niet zeggen wat ze verder van plan zijn. Ik maak me grote zorgen om hem. Er is vastgesteld dat hij niet goed genoeg is, maar hij heeft de neus en het lichte haar van de Schmidts en een lichte welving in de lippen, precies zoals Mutti. Ze geven me geen toestemming hem te zien; ze zijn bang dat ik emotioneel word en dat ik de dagelijkse gang van zaken zal verstoren. Maar dat mag toch ook wel voor zoiets? Ik vind het heel erg dat deze artsen en verpleegsters zo weinig consideratie met de kinderen van Duitsland hebben. Weten jullie nog hoe ziekelijk ik was toen ik jong was, en als baby? En moeten jullie me nu zien! Ik wilde dat

ze wat geduld zouden hebben. Of dat ze zouden zien hoe sterk zijn geest is. Dat weet ik. Dat heb ik gevoeld toen hij nog in mijn buik zat. O, Papa, Mutti, ik verlang zo naar hem – als het niet is om hem te redden, dan toch om afscheid van hem te nemen. Het is dezelfde pijn die ik voelde toen mijn lieve Peter zo onverwacht stierf. Peter bezoekt me in mijn dromen, en ik vrees dat mijn nieuwe zoontje me ook zo zal blijven achtervolgen. Ik weet dat dit alleen maar door mijn eigen zwakte komt. Er zijn geen geesten op deze wereld. De zon komt op en gaat weer onder, seizoenen komen en gaan, het leven begint en eindigt. Zo is de natuur, zoals de Führer zegt. Maar soms denk ik dat er misschien meer is. Soms weet ik gewoon dat er meer is.
Ik ben het vaderland op alle mogelijke manieren toegewijd geweest, ik heb me zelfs persoonlijke offers getroost, maar dit is te zwaar voor me. Ik wilde dat jullie hier waren om me te troosten.
Heil Hitler.

Hazel

PS Een vrouw die op de markt werkt heeft deze brief voor mij op de post gedaan, met alle risico's vandien. Ze begrijpt mijn verdriet. Zij is afgelopen voorjaar bevallen van een mongooltje, en toen is ze uit het programma gezet. Het kind was nog geen minuut op de wereld of het werd al meegenomen door de SS-Gefolge, en tot op de dag van vandaag weet ze niet waar het is. Ze heet Ovidia. Ze is mijn vriendin. Ik hoop dat jullie deze brief ontvangen.

HET LEBENSBORN-PROGRAMMA
STEINHÖRING, DUITSLAND
6 JANUARI 1945

Lieve Elsie,

Ze hebben Friedhelm gisteren uit het programma gehaald. Ik kon vannacht niet slapen, maar ik moest doen alsof en heel zachtjes huilen, anders zouden mijn kamergenootjes, Cata en Brigette, weten hoe ik me echt voelde. Zoals ik al vermoedde zijn het ordinaire *Lutzelfrauen*! Brigette heeft alles wat ik heb gezegd en gedaan aan de *Oberführer* doorverteld. Ze heeft me bespioneerd alsof ik een verrader was, terwijl ik daar geen enkele aanleiding toe heb gegeven. Ik heb alleen maar bekend dat ik van mijn kinderen hou! Ze vinden het hier bij Lebensborn niet goed dat moeders de kinderen als hun bezit beschouwen, want ze zijn immers van het vaderland, maar ik kan er niets aan doen dat het voor mij zo voelt. Ze hebben negen maanden in mijn buik gezeten, niet in de buik van de Führer. Friedhelm is mijn vlees en bloed. Hoe kunnen ze dan van mij verwachten dat ik hem zomaar zou verstoten? Je kunt de seizoenen net zo goed vragen stil te blijven staan omdat de Führer dat wil. Uitgesloten! Begrijpen ze dan niet dat ze me eigenlijk vragen om het wezen van de natuur te veranderen? Na wat er gisteren is gebeurd vraag ik me af wat ik hier nog te zoeken heb. Mijn geloof in ons doel ligt aan duigen. Ik wil weten waar mijn zoontje is! Ik kan niet zomaar doorgaan alsof hij nooit bestaan heeft. Wat voor moeder zou ik dan zijn? Wat voor vrouw? Bid voor me, Elsie. De wereld heeft er nog nooit zo donker en hopeloos uitgezien als nu. Alleen als mijn hart stopt met kloppen kan ik doen wat ze van me willen en mijn moederinstinct ondermijnen. Daar heb ik de hele nacht om gebeden, maar toch heb ik de zon zien opkomen. Ik neem het God niet kwalijk dat hij niet naar me geluisterd heeft. Toen Peter dood was en ik bij het Lebensborn-programma ging, heb ik me van Hem afgekeerd. Ik verdien Zijn genade nu niet.
Ik weet dat dit verraderspraat is en mocht deze brief in handen van de autoriteiten vallen, dan sturen ze me naar de kampen,

samen met de andere vijanden van het Reich, of ze schieten me ter plekke dood. Maar ik kan het niet voor me houden. Het verdriet drukt te zwaar op me. Alleen aan jou kan ik vertellen hoe ik me echt voel, Elsie. Ik weet dat jij me niet zult verraden.
Aangezien mijn kamergenoten alles wat ik doe in de gaten houden, geef ik deze brief aan Ovidia. Hopelijk ontvang je hem. Wil je hem, als je hem hebt gelezen, alsjeblieft verscheuren en in Papa's oven verbranden? Niet voor mij, maar voor de veiligheid van jou en van onze familie.

Liefs,
Hazel

HET LEBENSBORN-PROGRAMMA
STEINHÖRING, DUITSLAND
8 JANUARI 1945

Elsie, vandaag schrijf ik je met zo veel woede en wanhoop in mijn hart dat er geen redden meer aan is. Ik word bezocht door demonen, dus ben ik al in de hel. Mijn kamergenoot Cata, die onlangs een gezonde zoon voor de organisatie ter wereld heeft gebracht, mocht naar de zaal met pasgeboren baby's om hem te spenen. Daar zag ze mijn dochtertje, blakend en blond als een engeltje, maar ze hoorde ook dat de verpleegsters het over Friedhelm hadden. Een van hen zei dat dokter Ebner erg teleurgesteld was over het mislukte tweelingbroertje Friedhelm, aangezien de organisatie vruchtbaarheidsmedicijnen en voorschriften voor prenataal vitaminegebruik had verstrekt. Verder beweerde een van de verpleegsters dat als de moeder een verborgen gebrek had, dat vast en zeker aan een van haar kinderen werd doorgegeven, zo niet aan al haar kinderen. Vandaar dat ze volgens Cata begonnen waren om mijn dochter ook te testen, om er zeker van te zijn dat zij niet een of andere mutatie of afwijking van ons Arische ras in zich draagt. Dat is toch ongelooflijk! Volgens Brigette heeft een *Gruppenführer* haar na te veel wijn in bed toevertrouwd dat ze de ongewenste pasgeboren baby's van het programma vergiftigen en dan in het vuur gooien, en dat ze hun beenderen bij de vernietigde Joden in de kampen begraven! O, Elsie! Als de verhalen waar zijn, komen ze in de hel, en ik ook. Ik bid dat de Amerikanen en de Russen snel komen. Ik ontvang ze met open armen en hoop dat we allemaal tot as verbranden voor de zonden die hier worden begaan. Ik denk niet dat ik ooit weer rust zal vinden. Het is nu bijna licht, en ik moet deze brief aan Ovidia geven voordat de maandagmarkt begint. Ik hou zielsveel van je, Elsie. Weet dat alsjeblieft... wat er ook gebeurt.

Hazel

BÄCKEREI SCHMIDT
LUDWIGSTRASSE 56
GARMISCH, DUITSLAND
12 JANUARI 1945

Lieve Hazel,

De laatste brief die ik van je ontvangen heb was afgestempeld op 27 december. Ik heb postmeester Hoflehner gevraagd of de post soms niet meer bezorgd wordt vanwege de gevechten in het noorden. Hij heeft me verzekerd dat dat niet het geval is en dat het ministerie van Post volgens de grootst mogelijke Duitse efficientie werkt, zij het dat de stiptheid iets te wensen overlaat. Toen gaf hij me een brief van Herr Meyer aan Papa, als bewijs. Ik heb gezegd dat één zwaluw nog geen lente maakt. Herr Meyer woont in Partenkirchen. Ik ben op mijn fiets sneller heen en weer naar Partenkirchen dan die brief nodig heeft om op het postkantoor van Garmisch te belanden.
Ik maak me zorgen, ik kan er niets aan doen. Ik word vaak 's nachts wakker en dan heb ik over jou gedroomd. Iets wat maar niet uit je gedachten gaat is een teken, zegt Mutti. Maar waarvan het dan een teken is, dat zegt ze er niet bij. Ik probeer haar niets

te vertellen wat haar bezorgd kan maken. Ze is snel van slag en begrijpt niet wat er tegenwoordig allemaal gebeurt. De wereld is niet meer zoals hij was toen Mutti zo oud was als wij nu. Dus houd ik mijn nachtmerries en gedachten maar voor mezelf. Jij was de enige met wie ik kon praten, Hazel. Ik begrijp dat we nu ook elk geschreven woord op een goudschaaltje moeten wegen. Misschien dat ik in mijn eerdere brieven de fout heb begaan dat ik te vrijpostig ben geweest. Ik hoop maar dat ze niet in verkeerde handen zijn gevallen en dat dat de reden is dat ik niets van je hoor! Ik realiseerde me toen niet welk gevaar jij liep – ik dacht alleen aan mezelf en aan mijn behoefte om jou van alles te vertellen. Vergeef het me alsjeblieft en beschouw die brieven maar als het lichtzinnige gekrabbel van een onnozel wicht. Kun je al bijna zeventien zijn, maar je voelen alsof je honderd bent?
Weet je nog dat verhaal dat Mutti ons vertelde over Frau Grünwald, wier haar van zomerkoninkjesrood in winterwit veranderde toen ze aan het eind van de eerste oorlog haar drie zoons in de stallen vond, opgehangen door de Fransen? Tot op de dag van vandaag ziet de oude moeder van Herr Grünwald er jonger uit dan zijn vrouw. Ik kon me nooit voorstellen dat iets zo tragisch kon zijn. Maar ik geloof dat ik het nu begrijp. Ik voel hoe zwaar deze oorlog op me drukt. Ik zie het aan het gezicht van Mutti en van Papa. We worden allemaal veel te snel oud. Ik herken ons amper. Soms weet ik niet meer hoe jij eruitziet, en dan word ik zo bang dat ik je foto pak en er heel goed naar kijk, tot ik zeker weet dat je gezicht op mijn netvlies gebrand staat.
Ik wou dat je hier was, Hazel. Ik mis mijn zus. Was je maar hier. Ik bid dat je niets zal overkomen en dat je gezond blijft, en al je kinderen ook.
Heil Hitler.

Je liefhebbende zus,
Elsie

HET LEBENSBORN-PROGRAMMA
STEINHÖRING, DUITSLAND

13 JANUARI 1945

Elsie, beloof me dat je voor Julius zult zorgen. Hij is alles wat ik nog overheb van het gelukkige leventje waarover ik gedroomd heb. Met alles wat ik nu weet hou ik het hier geen dag langer uit. Elsie, ik hoop dat je zult begrijpen waarom ik heb gedaan wat ik vind dat ik moet doen. Ik hou van mijn kinderen – van hen allemaal. Maar ik ben niet de moeder die ze verdienen – ik faal in mijn liefde voor hen. Ik bid dat er echt een God is en dat Hij me zal vergeven. Probeer het Mutti en Papa te laten begrijpen. Ik hou van jullie allemaal en ik zal jou, mijn lieve zus, nog het meest missen.

Voor altijd,
Hazel

# *Achttien*

BÄCKEREI SCHMIDT
LUDWIGSTRASSE 56
GARMISCH, DUITSLAND
19 JANUARI 1945

Toen Josef halverwege de ochtend door de Bäckerei binnenkwam, liet Elsie het blad met vierkante stukjes zoete *Honigkuchen* bijna uit haar handen vallen. Hij had drie weken voor werk weg gemoeten en was niet meer in Garmisch geweest. Dit was de eerste keer sinds kerstavond dat ze hem zag. Dat ze haar status als verloofde had gebruikt om haar familie uit handen van de Gestapo te redden was één ding, maar de verantwoordelijkheid op zich nemen om de vrouw te worden van een man van wie ze niet hield was een heel ander verhaal. Ze droeg de ring, hoewel elke keer dat ze ernaar keek haar van schaamte vervulde. De waarheid moest verteld worden, anders liep ze het risico dat ze haar leven lang in een leugen zou doorbrengen. Maar de nabijheid van Josef was de enige garantie dat haar ouders en zij beschermd werden. Nu Tobias boven verstopt zat, kon ze Josef niet vertellen dat ze niets voor hem voelde, want daarmee zou ze hun veiligheid in de waagschaal stellen.

'Je bent terug!' zei ze hartelijk.

'Gisteravond pas, hoor.' Hij knikte en kuste haar hand.

'Papa, Josef is er,' riep Elsie naar de keuken. Ze trok het sjaaltje van haar hoofd en streek haar haar glad. 'Fijn dat je er bent, Josef, maar wat brengt je hier op dit uur?' Hij was hier nog nooit eerder voor twaalven 's middags binnengekomen.

'Je vader heeft me vanochtend dit telegram gestuurd.' Zijn gezicht stond gespannen.

Elsies handpalmen werden vochtig. Een telegram, dat was ernstig. Het feit dat zij er niet van geweten had, maakte het nog belangrijker.

Josef keek even naar de ring met de robijnen aan haar hand. Ze grijnsde hem beverig toe. De tijd die ze gescheiden van elkaar waren geweest had haar zenuwachtig gemaakt; ze wist niet goed hoe het er met hun relatie en hun verbintenis voor stond.

Ze weten van Tobias, dacht ze, en ze vroeg zich af of die geheime bezigheden van Josef buiten Garmisch iets met haar te maken hadden. Ze probeerde zich voor te stellen hoe iemand Tobias door haar slaapkamerraam gezien kon hebben. Hij was heel klein en ze had er altijd voor gezorgd dat haar deur op slot zat en de rolluiken dicht waren, voor het geval er iemand omhoogkeek. Alleen de vogels en de wolken konden een glimp van hem hebben opgevangen. Misschien was de Luftwaffe overgevlogen en had die in haar kamer gekeken. Ze had gehoord dat ze daar de technologie voor hadden. Mutti en Papa kwamen overdag nooit boven, en Tobias had de opdracht gekregen zich muisstil te houden, omdat hij anders ontdekt zou worden en het niet zou overleven.

Haar verbeelding ging met haar op de loop, en daarmee ook haar hartslag. 'Papa?' riep ze. Haar koorts was allang geweken, maar haar wangen waren nu toch gloeiend heet.

Papa kwam handen schoonvegend de keuken uit. 'Josef, mijn aanstaande schoonzoon, wat fijn dat je zo snel langs kon komen.' Hij klopte hem op de rug en zette al net zo'n ernstig gezicht op als Josef.

Elsie vervloekte zichzelf omdat ze haar familie in gevaar had gebracht. Ze zou er vast en zeker voor moeten boeten. Haar hoofd tolde.

Papa gebaarde dat ze in de uiterste hoek moesten gaan zitten. Hij trok haar mee aan haar elleboog en fluisterde: 'Ik wil niet dat je moeder hier al van weet.'

Ze zeeg neer op de houten caféstoel en greep de tafelrand beet om haar armen stil te houden. Josef kwam dicht naast haar zitten. Papa keek nog één keer om en haalde toen een brief uit zijn schortzak.

Onuitgesproken angst bracht de winkelruimte als een scheepsdek aan het deinen. Elsie vroeg zich af of de Gestapo haar brieven aan Hazel soms had onderschept en ze aangeklaagd werd voor een of andere oneerbiedige opmerking die ze daarin had gemaakt. Ze probeerde zich alles te herinneren wat ze geschreven had, maar dat lukte niet. Haar gedachten schoten heen en weer van haar pen naar haar kamer, naar de Hebreeuwse ring aan haar vinger en naar de gesteven katoen van Josefs uniform tegen haar arm.

Wat het ook was, ze zou er de verantwoordelijkheid voor nemen. Ze zou de autoriteiten vertellen dat haar ouders niet van de inhoud van de brieven noch van Tobias op de hoogte waren. Het was allemaal haar schuld.

Plotseling stak Mutti haar hoofd om de deur. 'Wil je dat ik de *Pumpernickel* maak, Max?' Ze stak haar handen omhoog, die helemaal plakkerig waren van het deeg.

'Ja, ja, Pumpernickel.' Hij wachtte tot ze terug was naar de keuken en vouwde toen de brief open.

Elsie herkende meteen het handschrift van Hazel.

'Deze heb ik gisteren gekregen, en godzijdank heb ik de post in ontvangst genomen en niet Luana.' Papa legde zijn handpalmen er zwaar op, alsof hij de woorden glad kon kneden, als korstdeeg. 'Hazel zit in de problemen. Ze is niet... ze weet niet meer wat ze doet.' Zijn ruwe vingers, die vlekkerig waren van de specerijen, tekenden zich grimmig af tegen het ivoorwitte papier. 'Je moet goed weten dat Hazel een trouwe dochter van het Reich is, alles wat ze in deze brief zegt ten spijt. Alsjeblieft, Josef – wat ik hier zeg blijft toch wel tussen ons, hè?' Hij begon sneller te ademen, en ging al verder voor Josef antwoord kon geven. 'Ze is een van de beste vrouwen van Duitsland. Het is een moeilijke tijd voor haar. Konden we op de een of andere manier maar naar Steinhöring toe, dan konden we haar helpen om weer bij zinnen te komen.'

Pas toen liet hij hen de brief lezen.

Elsies borst trok samen. Papa had gelijk. Hazel verkeerde in groot gevaar. Elsie had haar zus nog nooit zo hopeloos, zo kwaad en met zo veel minachting voor het gezag horen spreken. Als de Gestapo deze brief vond, zou Hazel gearresteerd worden – of nog erger. En haar zoontje? Zou het waar zijn dat ze van plan waren om haar vlees en bloed gewoon weg te doen?

Elsie balde haar vuisten op tafel; de egoïstische angst van daarnet ging over in paniek. 'Papa, dat kan niet waar zijn. Zoiets doen ze niet: een kind bij zijn moeder weghalen.' Ze keek naar Josef, maar die hield zijn blik strak op de brief gericht.

Haar woede laaide op, en voor ze het wist flapte ze eruit: 'Dat is barbaars!'

Josefs hoofd schoot omhoog, als dat van een marionet.

Elsie sloeg haar hand voor haar mond, maar haar ogen bleven vuur uitslaan.

Er kwam een klant binnen; het scharnier van de deur maakte een scherp geluid. 'Hallo!' riep de onbekende vrouw, en toen niemand haar begroette, sloeg ze met haar wanten op de glazen vitrine.

Mutti riep uit de keuken: 'Elsie! Ik sta te kneden. Er is een klant.'

Papa stond half op en boog naar de vrouw. 'Neem me niet kwalijk, Frau, ik kom zo bij u.'

De vrouw snufte van de kou en bekeek het blad met marsepein. 'Prima.'

Josef schraapte zijn keel. ''s Avonds reizen is praktisch onmogelijk. Als u naar Steinhöring wilt, moet u heel vroeg vertrekken, en u hebt begeleiding nodig.'

Papa knikte instemmend.

Josef leunde achterover op zijn stoel en krabde aan zijn kin. 'Het wordt niet eenvoudig. Ik moet u waarschuwen. U kunt niet lang wegblijven. Dat zou maar argwaan wekken. Maar...' Hij draaide zich om naar Elsie, en zijn gezicht kreeg een zachtere uitdrukking. 'Hazel betekent veel voor ons.'

Elsie knikte. De tranen sprongen haar in de ogen.

'Morgenochtend, bij zonsopkomst,' zei hij tegen Papa.

'Ja, bij zonsopkomst.'

De vrouw voor de toonbank klakte met haar tong. 'Ik ben zover.'

'Elsie, ga jij even,' zei Papa.

Hoewel ze het vreselijk vond om bij het gesprek weg te moeten, was dit niet het moment om ongehoorzaam te zijn. Dus stond ze op en liep ze naar de manden met brood.

'Wat kan ik voor u doen?'

'Een Bauernbrot.' De vrouw wees op het boerenbrood.

Elsie pakte het brood en spitste ondertussen haar oren om te horen wat Papa en Josef aan het tafeltje verder bespraken – iets over de weg die ze zouden nemen. Ze was blij dat ze Josefs aanzoek nog niet geweigerd had. Ze zou alles gebruiken wat nodig was om Hazel te helpen. Koste wat kost.

De vrouw betaalde met een voedselbon en ging weg. Papa riep Mutti uit de keuken.

'Ja, ja, wat nu weer?' vroeg ze. Haar handen waren wit van het ss-meel, dat mengde als beton en al net zo snel hard werd.

'Luana.' Papa zuchtte. 'We moeten naar Steinhöring.'

Mutti legde haar vuisten tegen haar borst. Zilte vlokjes grijs deeg vielen op de grond. 'Wat is er gebeurd? Iets met Hazel? Met Julius?'

Papa pakte haar bij de schouders. 'Ga je wassen en pak onze spullen. Hazel is...'

Mutti's onderlip trilde.

'Ze is ziek,' zei hij.

'Ziek?' vroeg Mutti. Haar meelvuisten lieten gebalde afdrukken op haar Dirndl achter. 'Is er dan een koortsepidemie?' vroeg ze aan Josef. Hij keek weg. 'De Bleigiessen-koe,' mompelde ze. 'Dover-poeder en thee, dat helpt.' Ze knipperde haar tranen weg. 'En de Bäckerei dan?'

'Elsie moet de boel maar runnen als wij weg zijn,' legde Papa uit.

'Maar de wegen zijn niet veilig. Er wordt gezegd...'

Papa legde een hand tegen Mutti's wang. 'Hazel heeft ons nodig.'

'Ik begeleid jullie, Frau Schmidt,' zei Josef. 'Met mij erbij zijn jullie veilig.'

# *Negentien*

DE ST.-SEBASTIANKAPEL
OP DE BEGRAAFPLAATS
GARMISCH, DUITSLAND
23 MEI 1942

Josef was laat op de dag naar de begraafplaats gegaan. Tussen de kruisen van leisteen en graniet schoten wilde klaprozen op. De ondergaande zon wierp lange schaduwen, waardoor de bloemen lengte en leven kregen. Ze bewogen mee met elk briesje dat langs streek en staken hun regenboog van bloemblaadjes omhoog naar een ongeziene geest hoog aan de hemel.

Hij kwam terug van een middagje kaarten en rozijnenkuchen bij Herr Schmidt, en toen had hij het bordje voor de St.-Sebastiankapel gezien. De dood van Peter achtervolgde hem nog steeds, zowel overdag als in zijn slaap, maar hij was gewend geraakt aan diens spookachtige aanwezigheid – een pijn in zijn gezichtsveld die zelden afnam. De amfetamine en de weekendjes in Garmisch hielpen wel. Hij kende het stadje inmiddels net zo goed als zijn eigen woonplaats, maar hier was hij nog nooit eerder geweest. Dat vond hij niet logisch, want hij wist dat de as van Peter was meegevoerd door de westenwind en waarschijnlijk was neergedaald op de dolle kervel en klaver van de *Hofgarten* van München. Hij stelde zich voor dat bezoekers van het park over het gras liepen en niet wisten dat ze de modder van mannen tussen hun tenen voelden, dat ze niets over Peter Abend wisten.

Hij wist niet goed wat hem die middag naar de kerk gebracht had. Toch stond hij daar nu, bij het kleine gedenkteken: ONZE LIEVE PETER KLAUS ABEND, 1919-1938.

Om de data hing een gedroogde krans madeliefjes, en Josef

vroeg zich af wie die daar gehangen had – misschien Trudi, de zus van Peter. Josef had zelf geen broers of zussen. Zijn vader was onder een auto gekomen toen Josef nog heel jong was – zo jong dat hij het zich niet meer herinnerde. Verbitterd door dit verlies had zijn moeder hem met harde hand opgevoed. Ze was van mening dat ze door hard werken en oppassendheid misschien weer gelukkig konden worden. Ze moedigde hem aan lid te worden van de afdeling van de Groot Duitse Jeugdbeweging in Memmingen, en mocht nog meemaken dat hij officier werd. Twee jaar nadat hij naar het oosten, naar München, was verhuisd, overleed ze in haar slaap. Een bevriende buurvrouw had haar gevonden, zo stijf als een boomstam, en van haar hals tot haar navel onder het bloed. De artsen zeiden dat het acute tuberculose was geweest. Het was heel lang geleden sinds hij thuis was geweest, en ze hadden elkaar ook maar zo weinig gesproken dat hij zich niet kon herinneren of ze zelfs maar gehoest had. Zijn moeder kon prachtig handwerken en stond bekend om haar heel fijn geborduurde bloemen, en dus had hij een flink bedrag neergeteld om haar kist met een zee van alle denkbare bloemen te laten overladen. Dat zou ze mooi gevonden hebben, dacht hij.

Er wapperde een vuurrode klaproos tegen Peters grafsteen. Josef vroeg zich af wie er om hem zou rouwen als hij dood was. Hij had geen zussen die te zijner nagedachtenis een ketting van madeliefjes konden maken, en geen broers die de naam van de familie konden laten voortleven. Hij had veel vrienden die hem graag mochten, maar niemand zou diep geraakt zijn als hij er niet meer was. Terwijl hij daar zo in het afnemende licht bij Peters graf stond, probeerde hij zich zijn eigen begrafenisstoet voor te stellen. De hospita uit München zou vast komen, uit respect en plichtsgevoel. Misschien een of twee meisjes die hij ooit het hof had gemaakt. Frau Baumann zou om hem huilen, maar haar gezicht niet durven te vertonen – een bekende prostituee was op de begrafenis van geen enkele man welkom. Hij vond het toch een troost om te weten dat zij het erg zou vinden, waarschijnlijk erger dan wie ook. En dan de familie Schmidt natuurlijk, hoopte hij. Hij was goed bevriend geraakt met Herr en Frau Schmidt, en hij had Elsie van een slungelig kind zien uitgroeien tot een jonge vrouw. Het waren oprechte mensen. Eerlijk tegenover elkaar en tegenover de mensen om hen heen. Ja, die zouden ook vast komen. Hij zag Elsie al voor zich met een bosje korenbloemen in haar hand, terwijl ze haar ogen met een zakdoekje droogde. Een knappe verschijning, zelfs als ze verdriet had.

'Je was een stuk slimmer dan ik van je gedacht had,' zei hij hardop, en toen schudde hij zijn hoofd en lachte; hij schaamde zich dat hij tot een overledene stond te praten – erger nog, tot een overledene die er niet eens was. Maar hij meende het wel.

Voor zover hij had gehoord was Hazel Schmidt nog aantrekkelijker dan haar zus; haar schoonheid kon zich alleen meten met haar reputatie van ruimhartige geliefde. Hij had geprobeerd een bezoek aan het Lebensborn-programma in Steinhöring te brengen, niet als vriend, maar wel met de hoop om Hazel en het zoontje van Peter op een of andere manier te kunnen helpen. Zijn aanvraag was geweigerd, op grond van een slecht medisch dossier. De namen van de Lebensborn-vrouwen werden zo streng beschermd dat hij de secretaresse van het archief niet eens met honderd *kreppel* had weten over te halen om Hazels dossier tevoorschijn voor hem te pakken. Dus probeerde hij haar niet meer rechtstreeks te benaderen. Zijn migraineaanvallen duurden voort, en hij had steeds meer injecties nodig.

Hij bleef nachten op en telde hoeveel mensen hij verdriet had gedaan: een weduwe voordat ze echtgenote kon worden, twee gezinnen in de rouw, een dochter verbannen, een zoontje zonder vader. En hij bleef worstelen met zijn liefdevolle herinneringen aan de familie Hochschild. Dit stoorde hem echter in geen enkel opzicht bij zijn straffe toewijding aan het Reich. Hij speelde de Kristallnacht keer op keer in zijn gedachten af, rationaliseerde elke handeling en concludeerde uiteindelijk dat de familie Hochschild dan Joden mochten zijn, maar dat Peter zich roekeloos had gedragen. Josef had geen spijt van zijn woede, maar wel van het feit dat hij de situatie niet in de hand had gehad. Het enige waar hij geen excuus voor kon vinden en waar hij niet omheen kon, was dat de dood van Peter fout was. 'Men dient ervoor te zorgen dat men geen dingen ontkent die toevallig waar zijn' stond er in *Mein Kampf* geschreven.

Maar zelfs nadat Josef twee jaar daarvoor een bezoek had gebracht aan Frau Abend, was hij niet in staat het zware schuldgevoel van zich af te schudden. Hij probeerde nog een keer bij de familie Abend langs te gaan, maar Trudi zei dat er niemand thuis was en reageerde niet op wat haar moeder vanuit de woonkamer naar haar riep. Hij vatte het op als een niet bepaald subtiele hint dat zijn aanwezigheid eerder verdriet opriep dan troost bood. Maar bij wie kon hij om boetedoening vragen? Na dat tweede bezoek was hij weer naar de Bäckerei gegaan, van slag door de afwijzing van de familie Abend. De familie Schmidt had hem als een verloren zoon begroet. Zij vormden zijn enige link met Peters leven, en via hen wilde hij het goedmaken.

Hij bukte zich naar de grafsteen en plukte de bloem. De geur deed hem denken aan maanzaadbroodjes.

# *Twintig*

ELSIE'S GERMAN BAKERY
2032 TRAWOOD DRIVE
EL PASO, TEXAS
16 NOVEMBER 2007

Een kwartier voor sluitingstijd kwam Reba de bakkerij binnen. Het blikkerige deurbelletje rinkelde – vertrouwd en uitnodigend. Toen Jane het hoorde gaan, gluurde ze door de gordijnen van de keuken.

'Kijk eens wie we daar hebben! Hallo, meid.' Ze sloeg ter begroeting haar armen weer om Reba heen.

Reba's spieren spanden zich maar een heel klein beetje. Ze beantwoordde de omhelzing zelfs een beetje en was blij dat de wisselwerking zo prettig voelde.

'Hoe gaat het met je?' vroeg Jane.

'Ik leef,' zei Reba.

'O, dat is geen antwoord. Schimmel op brood leeft. Ik hoop dat je wel meer doet dan alleen maar leven,' zei ze plagerig. 'Als je mijn moeder moet hebben: die is vanmiddag weg. Ze moest naar de dokter. Voor een klap-en-pap.'

'Een wat?' vroeg Reba.

Jane moest lachen. 'Zo noemen wij die gynaecologische onderzoeken. Wij behandelen ons deeg beter dan zij onze intieme delen. Ze slaan je borst op zo'n plaat alsof je helemaal geen gevoel hebt en dan krijg je nog een belediging op de koop toe in de vorm van stijgbeugels en een papieren nachthemd. Ik probeer mijn moeder nu al bijna vier jaar zover te krijgen dat ze zich laat controleren. Ze heeft een hekel aan dokters – terwijl mijn vader er ook een was.' Ze krabde op haar hoofd. 'Nou ja, misschien zijn het alleen die gynaecologen. Maar ik heb haar er eindelijk van weten te overtuigen dat ze moest gaan. Jij kan het nog niet weten, maar op een bepaalde leeftijd beginnen er overal knobbels en bobbels te groeien. Je gaat slapen en de volgende ochtend word je wakker met een grapefruit op je achterwerk. Doodeng.' Ze sloeg een theedoek over haar schouder. 'Genoeg daarover. Wat kan ik voor je doen?'

Reba wist niet precies waarvoor ze gekomen was. Ze was de deur uitgegaan in de overtuiging dat ze meer informatie moest hebben over Duitse kersttradities, maar die had ze natuurlijk net zo goed op internet kunnen opzoeken. Op de oprit had ze zichzelf wijsgemaakt dat ze nog wat foto's van de bakkerij nodig had, voor het geval de fotograaf er niet genoeg zou nemen, maar vervolgens was ze haar camera vergeten. Op de parkeerplaats had ze zich gerealiseerd dat ze voor haar ontbijt alleen een paar in de magnetron opgewarmde worstjes had gegeten, dus misschien wees haar maag haar onbewust de weg. Maar nu de vraag haar werd gesteld, wist ze het niet zeker meer.

'Ik... ik...' Reba kneep in haar neusbrug en haalde diep adem.

Riki had de week daarvoor officieel zijn biezen gepakt. Hij zei dat hij haar ruimte wilde geven om erachter te komen wat ze nu echt wilde. Ze was een paar dagen opgelucht geweest, dankbaar zelfs voor de vrijheid, maar de oude somberheid had zich maar al te snel een plaatsje veroverd in Riki's lege kast en lades.

Ze belde haar redacteur om het over woordaantallen, koppen en de opmaak te hebben. Daar was ze gedurende een uur wat van opgeknapt, maar daarna leek de leegte nog groter dan tevoren. Riki belde zondagmiddag laat, terwijl zij naar de traiteur was om een afhaalmaaltijd te halen. Hij sprak een boodschap in, waarin hij zei dat hij even wilde horen hoe het met haar was. Op de achtergrond lachten kinderen, en ze vroeg zich af waar hij was. Ze speelde de boodschap wel tien keer af, terwijl ze romige kipsalade uit een plastic bakje schraapte. Toen alles op was, had ze nog honger.

Misschien logeerde hij bij Bert, dacht ze. Riki had geen familie meer in de stad. Zijn ouders waren dood; allebei waren ze aan de andere kant van de grens in Juárez begraven. Hij had haar gevraagd mee te gaan naar hun graf, tijdens de Día de Los Muertos-viering, maar ze had gezegd dat ze met een artikel bezig was en had zich op de redactie van het tijdschrift verschanst, terwijl iedereen buiten rond paradeerde met een doodshoofd van suiker en een masker voor. Ze vond het spookachtig, onnatuurlijk en veel te intiem om boven de beenderen van een dierbare overledene te blijven staan. Reba was nooit meer naar het graf van haar eigen vader geweest, en dat wilde ze ook niet. Riki zei dat de doden op Día de los Muertos terugkwamen om de levenden een bezoek te brengen – een religieus bijgeloof waarvan ze maar hoopte dat het één grote mythe was. Want als zij haar vader ooit weer zou zien, zou ze haar zacht pruttelende verdriet niet meer binnen kunnen houden. Dan zou ze hem vertellen dat hij een stomme lafaard was, omdat hij hen zo in de steek had gelaten, omdat hij niet genoeg van hen gehouden had om voor zichzelf en voor hun gezin te vechten, omdat hij geen betere man was geweest. Dan zou ze hem zeggen dat ze zich nooit meer zo door iemand zou laten kwetsen als hij gedaan had, dat ze nooit meer iemand zo dicht bij zich zou toelaten dat diegene daar zelfs maar de kans voor kreeg.

Jane keek haar aan. 'Kom je voor het artikel of...'

Reba beet op de binnenkant van haar wang. Het was dodelijk vermoeiend om voortdurend op je hoede te moeten zijn. Misschien had Riki wel gelijk. Misschien had ze iemand nodig die de last iets voor haar verlichtte.

'Ik heb...' Reba zuchtte. 'Honger.'

'Wunderbar!' Jane liep achter de toonbank. 'Eens kijken wat we hebben. Mijn moeder heeft net *Schaumkussen* gemaakt.' Ze trok er een blad uit met chocoladeballetjes, keurig op een rij.

'Truffels?' Het water liep Reba in de mond.

Reba's moeder maakte met kerst altijd witte truffels met een kers erin. Dat was een recept van haar oma, die er ooit de eerste prijs mee had gewonnen bij het gebak van de Virginia State Fair, afdeling Truffels. Het ingelijste blauwe lint hing in de keuken. Het verhaal ging dat oma nooit meer aan een andere kookwedstrijd had meegedaan, omdat ze dat zogezegd oneerlijk vond tegenover de amateurkoks. Reba's moeder had het recept aan allebei haar dochters doorgegeven, maar toen Reba opkwam voor de koeien, had ze de familietraditie verder verzaakt. Net als met alle andere dingen, stopte ze er snel een of twee in haar mond als er even niemand keek. Verstopt in de bijkeuken, at ze het ene chocolaatje na het andere, al smaakte die in je eentje altijd minder lekker.

'Nee... veel minder chic. Schuimzoenen. Een soort negerzoenen,' legde Jane uit. 'Alleen maakt mijn moeder ze met onderop een Springerle-koekje en een kern van meringueschuim, en daarna doopt ze de hele mikmak in de melkchocolade. Halleluja!' Ze sloeg op haar bovenbeen. 'Het is mijn lievelingssnoep, maar we maken ze alleen in de koudere maanden, want met deze woestijnhitte smelten de meringue en de chocola.'

'Mag ik er een proeven?' vroeg Reba. Ze zocht in haar tas naar een dollar.

'O, schat, ik neem nog geen stuiver van je aan, maar...' Ze hield haar hoofd schuin en tuitte haar lippen. 'Er zit mélkchocolade in. Dat is toch tegen de regels?'

Reba tikte met een nagel tegen de glazen vitrine. Ze had er geen zin meer in. Kon ze niet gewoon zijn wie ze was? Ze stond voor de uitstalling van kleurig suikerwerk, en dacht aan alle boter, kaas en room die ze in het openbaar had geweigerd, om die vervolgens later met schuldgevoel toch op te eten. Ze werd aangekeken door haar weerspiegeling in het glas. Ze was lang en stevig, met een krachtig, licht perzikroze gezicht, ondanks de felle zon. Haar haar viel in donkere, nette golven over haar rug. Dat kon ze in Virginia, met zijn vochtigheidsgraad, wel vergeten. Ze was niet meer het jongensachtige meisje dat over het hoofd werd gezien en ook niet meer het bange kind met de scheve staartjes. Ze was volwassen en ze was iemand geworden. Reba Adams. Wanneer hield ze eens op met zich anders voor te doen dan ze was?

'Ik ben van gedachten veranderd.' Ze haalde haar schouders op.

'Zomaar van het ene moment op het andere!' Jane knipte met haar vingers. 'Nou, gefeliciteerd. Ik vroeg me al af wanneer je weer normaal ging doen. God heeft ons de dieren op aarde niet voor niets gegeven. Ik geloof niet in al dat hindoe-gedoe – reïncarnatie en je gezicht met koeienpis wassen.' Ze veegde haar handen aan haar schort af. 'O, wat zal mijn moeder blij zijn. Nu kun je al haar kreppels met pudding, haar brood waar boter in zit en haar

*Schwarzwälder Kirsch* proberen, en wat al niet meer? Er gaat een hele wereld voor je open!'

Reba kreunde even, want ze voelde dat de leugen nu aan het licht gebracht was, ook al wist niemand het. Maar toen gaf Jane haar een schuimzoen, en nam er zelf ook een.

'Je moet hem niet in één keer in je mond steken, als een fabrieksnegerzoen. Nee, deze zijn speciaal. Je moet eerst een hapje van de zijkant nemen.' Ze zette er langzaam haar tanden in. 'En... kijk... de chocola blijft aan je tanden plakken en het midden stroomt eruit.' Ze had haar mond vol, maar ze praatte gewoon door. 'En op het laatst heb je dat knapperige koekje.' Ze deed haar ogen dicht en slikte door. 'Hmm... zalig gewoonweg.'

Reba deed wat haar gezegd was en zette haar tanden in het rijke chocoladeschuim en in het fijne knapperige koekje. 'O god, wat lekker.'

'Goed, wil je dan nu deze proeven, als een echte Duitse?' Jane knipoogde en trok de zijkant van een Brötchen open, haalde het zachte midden eruit, propte er een schuimzoen in en sneed het broodje door midden. 'Dat noemen wij een *Matschbrötchen*: een modderbroodje.'

Ze klonken de helften tegen elkaar alsof het champagneglazen waren en namen allebei tegelijk een hap uit het warme plakkerige broodje. Reba kon zich niet herinneren wanneer ze voor het laatst zoiets echts geproefd had.

De volgende dag was het drukker in de bakkerij dan anders. Sergio zat aan zijn vaste lunchtafeltje. Twee vrouwen zaten te kletsen bij een plak tulband met kersen; hun drie kinderen speelden met poppen en race-autootjes onder het naburige tafeltje. In de rij stonden een bejaarde heer die zijn ogen tot spleetjes kneep om de bordjes bij het gebak te kunnen lezen en een meisje in de puberleeftijd dat aan het sms'en was, met een T-shirt aan met daarop LATINAS DO IT BETTER.

'Mam, Reba is er weer!' riep Jane naar de keuken. 'Goed getimed! Mijn moeder stopt net de broden in de oven. Dan heeft ze het komende uur geen excuus. Ik wou dat ik erbij kon komen zitten, maar zoals je ziet is het volle bak.'

‘Dat is niet erg. Ik heb toch niet veel nieuws te vertellen,’ zei Reba.

Ze was de avond ervoor drie uur in de bakkerij geweest, ook toen Jane allang het bordje GESLOTEN had omgedraaid. Ze was zo bedwelmd van het lachen en de suiker thuisgekomen dat ze amper had gemerkt dat Riki er niet was. Voor het eerst in lange tijd voelde ze zich energiek, en ze had tot ’s avonds laat doorgewerkt aan haar cv en een begeleidende brief, die ze naar een paar tijdschriften in Californië wilde sturen. Toen ze uiteindelijk naar bed ging, was de duisternis een vriend en geen vijand. Ze vroeg zich af of andere mensen zich elke dag en nacht zo voelden, en als dat inderdaad zo was, dan benijdde ze hen daar om.

‘Hebt u ook Mozartballen?’ vroeg de oude man in de rij. ‘Ik heb in Salzburg verrukkelijke Mozartballen met pistachenootjes gegeten – komen jullie daar soms vandaan?’

‘Het spijt me, meneer,’ zei Jane. ‘Mijn moeder komt uit Duitsland, niet uit Oostenrijk. We maken geen *Mozartkugel*, maar ik geloof dat ze wel online te koop zijn.’

‘Aha, nou dan neem ik maar een pretzel,’ zei hij. ‘Maar jullie zouden echt moeten overwegen om Mozartballen te gaan maken, hoor. Een gat in de markt.’

‘Ik zal uw advies doorgeven aan de hoofdbakker.’ Jane pakte met een tang een pretzel en stopte hem in een papieren zakje.

‘*Danke schain*,’ zei de man onderweg naar de deur.

Reba grijnsde. ‘Mozart zou het vast leuk gevonden hebben om te weten dat hij een Duitser is.’

‘De meeste mensen weten het verschil toch niet. Wij Amerikanen, wij bakken ze bruin, hoor.’ Ze lachte. ‘Ik zag laatst een meisje op tv; een beroemdheid, ene Kelly-nog-wat. Ze wist niet dat Frankrijk een land was. Kun je je voorstellen? Ze hadden dat kind met haar neus op de wereldbol moeten vastbinden.’

De LATINAS DO IT BETTER-jongedame stopte haar mobieltje weg en deed een stap naar voren om haar bestelling te doen.

‘Als ze weten dat Duitsland in Europa ligt, krijgen ze al een tien voor de moeite. Wat kan ik voor je doen, schat?’ vroeg Jane aan het meisje.

‘Eh… ja, een kaasbrood graag.’ Ze blies een bel van haar kauwgum. ‘Om mee te nemen.’

'Komt voor elkaar.' Jane draaide haar tang als een revolver rond.

Reba liep naar een tafeltje dat vrij was, tegenover Sergio. Ze had de neiging om hem gedag te zeggen, maar ging toen toch maar met haar rug naar hem toe zitten, om eventueel ongemakkelijk contact uit de weg te gaan.

'Zo, ben je daar weer,' klonk Elsies stem bulderend door de bakkerij. Zelfs de drie kinderen onder het tafeltje staakten hun spel even om op te kijken, en lieten hun autootjes toen weer verder over de poppen heen rijden.

Elsie had een bruine rok met franje en een kobaltblauwe trui met v-hals aan. Om haar haar zat een gestreept sjaaltje in een bijpassende kleur. Die haar goed stond, vond Reba.

'Jane zei al dat je er gisteren ook was.' Ze ging zitten. Haar net gewassen handen waren nog iets vochtig en roken naar bloemenzeep. 'Ik was bij de dokter – niks belangrijks.'

'De klap-en-pap?' Reba had de laatste lettergreep nog niet uitgesproken of ze liep rood aan.

Elsie lachte. 'Precies! Jane heeft je onze geheimcode zeker verteld?'

Reba keek om zich heen om zich ervan te vergewissen dat de kinderen noch hun moeders het hadden gehoord. De dames bleven hun handen als tijdens een ontspannen gesprek bewegen en de kinderen gleden op hun knietjes over de tegels.

'Maar je komt vast niet om over alle koekjes te praten die Jane en jij naar binnen hebben gewerkt, of vergis ik me?' Elsie trok een wenkbrauw op.

'Ze waren ontzettend lekker.' Reba glimlachte. 'Nee, ik kom voor dat artikel.'

Reba's deadline was al geweest, en haar redacteur had van haar geëist dat het artikel de volgende ochtend op haar bureau lag, anders had de plaatselijke drukkerij geen tijd om het nog in het kerstnummer op te nemen. Reba had dus een missie; zolang ze dat doel goed voor ogen hield, kon ze Riki en al het andere vergeten. Ze had één goed citaat nodig over Kerstmis in Duitsland, en ze hoorde zelf al wat ze wilde dat er gezegd zou worden: Kerst is een heerlijke tijd; we hebben veel Duitse tradities die we altijd naleven, waar we ook zijn. Bám, dat moest het worden. Eén ondubbelzinnige uitspraak waar geen nazi's aan te pas kwamen. Ze pakte haar notitieblik en haar pen.

'Vorige keer heb ik mijn werk niet goed gedaan,' legde Reba uit. 'Ik bedoel: ik heb de vragen die ik voor het artikel nodig heb niet gesteld. Ik wil dingen horen over Kerstmis, over de feestdagen, over hoe jullie die met familie en vrienden vierden.'

Elsie stak haar kin omhoog en keek Reba met half dichtgeknepen ogen aan.

De twee moeders naast hen hadden het over hyperactiviteit, en of dat een symptoom van een ADHD was of het effect van chocola en cola.

Reba tikte met haar pen op tafel en wachtte op antwoord.

'Om je eerlijk te zeggen weet ik niet meer wat we voor de oorlogen deden. Ik was nog heel jong toen de Führer aan de macht kwam, en tegen de tijd dat hij dood was, was er een nieuw Duitsland. We moesten onszelf, onze tradities en onze families opnieuw uitvinden. Het was niet meer hetzelfde. Zoals ik je al gezegd heb waren het... traumatische jaren.' Elsie schokschouderde. 'Zelfs de gelukkige momenten zijn gekleurd door pijn. Dus ik kan je eigenlijk niet vertellen hoe het was om kerst met mijn familie en vrienden te vieren zonder dat ik verraad pleeg.'

Reba schudde haar hoofd. 'Zonder dat u verraad pleegt aan wie?'

'Aan mezelf. Het zou een leugen zijn... een verzonnen verhaal over wat ik denk dat jij zou willen horen. O ja, we hebben op hoempamuziek gedanst en gezongen, we hebben met bierpullen geproost, we hebben de geboorte van Jezus gevierd en gewacht tot de Kerstman naar onze besneeuwde chalets kwam. Dat wil je toch van me horen?'

Ja, ja, inderdaad. Reba kneep in haar neusbrug.

Elsie haalde haar schouders op. 'Het spijt me, maar dat zijn mijn herinneringen niet.'

'Maar wat zijn uw herinneringen dan wel? Vertel me de waarheid,' smeekte Reba.

Elsie zoog aan haar bovenlip en stak van wal. 'Ik herinner me Kerstmissen in Duitsland met heel weinig eten; mijn vader probeerde onze bakkerij draaiende te houden met één kopje suiker in de week. Koude Kerstmissen. Zo koud dat je dood kon vriezen. Dronken soldaten in wollen uniform. Vieze laarsafdrukken in de sneeuw. Gezinsleden die elkaar niet konden zien en geheimen die niets met de Kerstman, rendieren of magie te maken hadden...'

# *Eenentwintig*

BÄCKEREI SCHMIDT
LUDWIGSTRASSE 56
GARMISCH, DUITSLAND
24 JANUARI 1945

'Wakker worden, Tobias, wakker worden.' Elsie klopte zacht, maar dringend op het wandpaneel.

Tobias duwde de plank naar voren, kroop gapend naar buiten en strekte zijn benen op de vloer van haar kamer uit. De ruimte achter de wand was net zo groot dat een jongetje er met opgetrokken knieën kon zitten en liggen, maar ze wist dat er niets zo heerlijk was als je vingers en tenen net zo ver te kunnen uitstrekken als ze konden. Ze probeerde hem zo vaak als het maar enigszins veilig was die kans te geven.

Haar ouders waren vijf dagen geleden naar Steinhöring vertrokken, en Elsie was blij dat ze er even niet waren. Nu hoefde ze zich even geen zorgen te maken over elke bonk en kraak. De zondag daarvoor had ze Tobias in de vroege uurtjes zelfs even aan het werk gezet. Hij was verbazingwekkend handig in het maken van pretzels en wist precies hoe hij het deeg moest rollen en draaien om een perfecte knoop te krijgen.

Terwijl Elsie stond te puffen en te blazen van de kou trok Tobias oude wollen sokken aan, die tot halverwege zijn bovenbenen kwamen. Hij zette een slappe gebreide nachtmuts op, zodat hij haar deed denken aan de verkleedoptochten van *Fastnacht* uit haar jeugd. Ze moest onwillekeurig glimlachen, de hoofdpijn in haar slapen ten spijt.

'Kom mee, kleintje.' Ze gaf hem een klopje op zijn muts. 'Ik heb de oven al aangestoken. De Brötchen zijn op. Er zijn zelfs geen oudbakken meer om de mand aan te vullen, dus ik moet vanochtend een extra lading bakken. Dus jij zult de pretzels moeten doen,' legde ze uit.

Aangezien ze de jongste van het gezin was, had ze nooit overdreven veel verantwoordelijkheid voor het daadwerkelijke bakken toebedeeld gekregen – tot nu dan. Met de bakkerij en Tobias onder haar hoede voelde ze zich ouder en verstandiger, en dat beviel haar wel.

'Ik weet dat het godvergeten vroeg is, maar zo ziet het leven van een bakker en de mensen die onder zijn dak wonen er nu eenmaal uit.' Ze zuchtte. 'Misschien kun je later, als je groot bent, een zingende bakker worden.' Ze knipoogde naar hem. 'Ik wil wedden dat jij met broodjes en een liedje erbij het dubbele verdient van wat wij verdienen.'

Tobias glimlachte. 'Dan zou ik *Babka* maken, met heel veel kaneel.'

'Uitstekend,' zei Elsie. 'Tobias, de grote zingende Babkabakker. Zo ga je dan heten.'

Ze draaide zich om om zich ervan te vergewissen dat Tobias veilig in haar schaduw weggedoken stond, en deed toen pas de deur van haar slaapkamer open en liep de trap af. Hoewel ze elke avond de rolgordijnen omlaag deed, was ze nog steeds bang dat de Gestapo zou komen inspecteren, dus had ze een heel systeem bedacht voor de werkzaamheden die ze 's ochtends in de keuken moesten verrichten. Ze posteerde Tobias op de met bloem bestoven houten tafel; daaronder stond de reusachtige ijzeren pan die Mutti gebruikte om soep te maken. Zodra Elsie ook maar iets van gevaar vermoedde, floot ze, en dan liet Tobias zich in de pan glijden en deed hij het deksel dicht. Dit deden ze alleen zo tijdens de voorbereidende werkzaamheden in de ochtend. Een half uur voordat de winkel openging, zorgde ze ervoor dat hij weer veilig en wel in haar kamer opgesloten zat.

Het gerucht ging dat haar ouders persoonlijk naar Steinhöring waren begeleid. Niemand durfde te vragen wat ze daar moesten. Er waren al te veel mensen met onbekende bestemming uit het dorp vertrokken, en zo had men het graag: onbekend. Dus plaatsten ze hun vaste bestelling, besteedden geen aandacht aan het feit dat haar ouders er niet waren en gingen met hun brood naar huis, waar ze het konden opeten en waar ze met elkaar konden fluisteren.

Elsie was ertoe overgegaan om de winkel tussen de middag te sluiten – iets wat haar vader zelf nooit deed. Toen ze de deur van twaalf uur tot half een dichtdeed, kreeg ze geen klachten. Dat gaf haar ruim de tijd om het gerezen deeg weer plat te slaan en om te kijken hoe het met Tobias was.

Hij zat nu een maand in haar kamer verstopt, maar pas de laatste paar dagen had Elsie eindelijk vrijuit met hem durven spreken. De eerste keer dat ze hem meer dan een paar woorden had horen zeggen, was de avond ervoor geweest, bij een *Bratwurst.*

'Dat mag ik niet eten,' zei hij tegen haar, en hij wendde zich van het bord af.

Maar iets anders had Elsie niet voor hem. Lamsvlees, rundvlees, kip en vis waren er niet. Het was winter, en het was oorlog. Was hij soms vergeten dat hij een Jood was die bij haar thuis ondergedoken zat? Dit was niet het Romantik Hotel. Ze had het worstje van zijn bord willen pakken en het zelf willen opeten, ware het niet dat Tobias van die ellebogen had gehad. Wat hij er ook overheen aantrok, ze bleven als vleugels uitsteken, en dat deed haar beseffen dat hij nog steeds griezelig mager was, ook al was hij op andere plekken sinds Kerstmis wat dikker geworden.

De laatste week had hij een wat piepende ademhaling gekregen – amper zo hard als het gepiep van een muis. Als die stilviel was Elsie bang dat de kou eindelijk onder zijn dunne huid was gekropen en hem had doen bevriezen. Hij moest wat sterker worden. Met brood en wintergroenten alleen redde hij het niet. Ze was opgegroeid met Joden in hun gemeenschap, dus ze begreep hoe belangrijk het was, maar het frustreerde haar, en irriteerde haar ook ronduit, dat hun gebruiken zelfs nu, terwijl er dood en verderf heersten, belangrijker waren dan zijn leven zelf.

'Eet op. In dit soort tijden zal God heus wel een oogje toeknijpen,' hield ze hem voor.

Hij sloeg zijn armen over elkaar; zijn magere ellebogen staken naar buiten.

'Alsjeblieft,' smeekte ze.

'Het mag niet,' hield hij vol.

Ze snoof van frustratie en overwoog heel even tot lichamelijk geweld over te gaan om hem het vlees door de strot te duwen, maar ze moest er niet aan denken dat ze hem pijn zou moeten doen.

'Tobias, als je niet meer eet dan koolraap, ga je...' – ze wreef over haar bonkende slapen en keek hem toen recht aan – 'dood. En ik wil niet dat je doodgaat.' Elsie drong aan. 'Je bent mijn vriend. Ik wil dat het goed met je gaat. Dus eet nou op. Als het niet voor jezelf is, doe het dan alsjeblieft voor mij.'

Tobias hapte naar adem en drukte zijn kin op zijn borst.

Elsie stak hem een stukje op de tanden van haar vork geprikte worst toe. 'Alsjeblieft.'

Hij prevelde in het Hebreeuws een gebed tegen zichzelf. De cadans van zijn stem was net zo lyrisch als wanneer ze een gedicht van Robert Frost las.

'God zal mij voeden,' zei hij.

Dat kan best wezen, dacht Elsie, maar het menselijk lichaam was gemaakt van stoffelijke bestanddelen – een zwak lichaam dat zelfs ons meest oprechte verlangen naar onsterfelijkheid niet zal kunnen verhullen. Voor zover Elsie iets van God wist, was ze ervan overtuigd dat Hij vergevingsgezinder was dan welke godsdienst ook en liefhebbender dan welke wet ook. Ze wilde dat ze dat Tobias ook aan zijn verstand kon brengen.

Hij dacht na over het worstje op zijn bord. 'Mijn moeder heeft zich een keer tijdens het eten gesneden, toen ze mijn *Chorissa* sneed,' begon hij. 'Haar vinger bloedde, en ze hield er een litteken aan over. Hier zo.' Hij wreef over zijn wijsvinger. 'Daar heb ik me altijd schuldig over gevoeld, maar ze zei dat de littekens op ons leven net muzieknoten op een blad papier zijn – dat ze een lied zingen.'

Elsie legde haar vork neer. Ze had hem nog nooit eerder zo veel horen zeggen, en plotseling was hij niet meer zomaar het jongetje Tobias. Hij had familie; hij had ergens een moeder. Josef had haar over zijn ouders verteld, maar die waren voor haar niet echt tot leven gekomen, net zoals ook Tobias voor haar een tijdje niet echt tot leven was gekomeneen.

'Waar is je familie?' vroeg Elsie.

Hij haalde zijn schouders op. 'Ik weet niet waar mijn ouders zijn, maar mijn zus is in het kamp.'

Ze dacht aan Hazel, en ze voelde een pijnscheut in haar borst. 'Hoe heet je zus?'

'Cecile,' zei Tobias.

'Is ze ouder of jonger dan jij?' vroeg Elsie.

'Jonger. Ze is vijf en ze houdt van blauwe linten. Ze moest huilen toen ze haar die afpakten.' Hij plukte aan een ruw pluisje op zijn wollen kous.

'Wie heeft ze dan afgepakt?'

'De soldaten.' Zijn ogen werden dof als stoffige zilveren munten. 'Toen we uit de trein kwamen. Ze trokken ze zo uit haar haar. Ze moest huilen. Een soldaat sloeg haar, en toen is ze op de rails gevallen.' Zijn handen balden zich tot kwetsbare vogelnestjes, en lagen te trillen op zijn schoot. 'Ik probeerde ze tegen te houden. Ik probeerde haar op te tillen, maar dat lukte me niet. Er waren veel te veel mensen, die allemaal duwden en schreeuwden, en de trein floot ook heel hard. Dus hoorde ze niet dat ik haar riep.'

'Tobias, wat vreselijk voor je.' Elsie kreeg een brok in haar keel.

Hij draaide zich naar haar om en zijn gezichtje klaarde wat op. 'Een mevrouw heeft haar toen het kamp in gedragen. Daar is ze nu. Ik heb haar één keer gezien, toen ik moest zingen. Ze doet de knopen in de naaikamer. Maar ze houdt heel erg van linten.' Hij glimlachte flauwtjes. 'Ooit ga ik nieuwe voor haar kopen.'

Elsie stelde zich een kind voor met op en neer wippende bruine krullen, vastgebonden met linten zo blauw als roodborstjeseieren, precies zoals Hazel en zij die in hun jeugd ook hadden gedragen. 'Daar zal ze vast heel blij mee zijn.' Haar adem stokte in haar keel. Ze slikte moeizaam. 'Ik heb ook een zus. Hazel. Ze is ouder dan ik en ze heeft drie kinderen. Eentje van jouw leeftijd. Hij heet Julius.'

Hij zette belangstellend grote ogen op.

'Jullie lijken erg op elkaar,' ging ze verder. 'Jullie houden allebei van zingen.'

Hij wendde zijn blik af en ging met soepele vingers over zijn kaalgeschoren hoofd, waar het haar in donkere plekken alweer terugkwam. 'Ik moet niet meer zingen,' fluisterde hij. 'Als ik zing, gebeuren er erge dingen met mensen.'

Elsie moest denken aan wat Josef had gezegd over dat Tobias voor de gevangenen in het kamp had moeten zingen.

'Je hebt voor mij gezongen, en mij heb je gered,' hielp ze hem herinneren.

Tobias keek niet op.

Ze pakte zijn hand vast; zijn huid zo dun als gebakken pasteideeg. 'Ooit zul jij voor een heel groot publiek zingen. Dan staan de mensen applaudisserend op en gooien ze rozen naar je.'

Tobias keek op; zijn ogen stonden zacht en hoopvol in het lamplicht van de slaapkamer.

'Dat moet je me beloven.'

'Hoe kan ik nou iets beloven als ik niet weet of het ook echt zal gebeuren?' vroeg hij.

'Ik heb vertrouwen in je. Als jij het zegt, ga je het doen ook,' zei ze.

Hij moest ergens in kunnen geloven. Ze moest zelf ook ergens in geloven.

Hij leek er even over weg te dromen. Toen draaide hij zich vastberaden naar haar toe en zei: 'Beloofd.'

Zonder zichzelf nog de tijd te gunnen om na te denken of bang te zijn, boog ze zich naar voren en kuste ze hem op zijn voorhoofd. 'Dank je wel.'

Daarna was ze naar de keuken gegaan en had ze heel zorgvuldig elk spikkeltje schimmel van de kwark afgehaald. Daar was Papa verzot op, en hij kreeg het van Mutti alleen bij het ontbijt, maar ze waren er nu niet en Elsie wist niet zeker wanneer ze zouden terugkomen. Dus nam ze er een flinke lepel van. Ze smeerde de kwark dik op een Brötchen voor Tobias. Toen at ze zelf het koude worstje op. Het lag haar ongemakkelijk op de maag, en ze voelde het de hele ochtend, zwaar als een steen uit de rivier in haar buik.

In de verte kwinkeleerde een vroege boomleeuwerik. Tobias hielp haar het gerezen deeg op het houten werkblad te storten.

'We maken twee porties,' zei ze. 'Morgen sprenkelen we wat water over wat we overhebben en dan maken we die warm in de oven. De mensen merken het verschil toch niet. Ik begin met de Brötchen.'

Ze liep naar het *Semmel*-deeg en stak haar handen diep in het fluweelachtige gerezen deeg. Het bleef aan haar vingers plakken en kwam tussen de diamanten en robijnen van haar ring te zitten. De gladde gouden ring van Mutti had dat soort kieren niet. Dat was echt een ring voor een bakker. Die van Elsie niet. Die was gemaakt voor iemand anders – voor een zangeres of een bankiersvrouw. Iemand met gemanicuurde handen en Yardley Lavender op haar polsen. Elsies handen waren droog en gebarsten, en aangezien de winkel van de familie Grün dicht was, rook ze naar gist en zweet. O, wat miste ze hun bloemachtige zeepjes, Franse eaux de toilettes en reukwater met citrusgeur. Het flesje rozenshampoo dat ze op haar geheime plek verstopt had was te kostbaar om er zomaar mee te wassen; nee, ze hield het geopende flesje onder haar neus en verbeeldde zich dat de geur als een wolk om haar heen hing.

De temperatuur in de keuken liep op. Het naar muskus geurende hout brandde in de oven, en terwijl Elsie broodjes ter grootte van haar hand uitrolde, kreeg ze een kalmerend ritme te pakken. Toen ze er eenmaal een stuk of tien af had, was het wazige blauw van de nieuwe dag de halfdonkere keuken binnengeslopen. Toen zag ze het hout in de oven pas: twee dunne houtblokken hoog. Ze was vergeten er nieuw hout op te doen. Het hout buiten was nat van de sneeuw en moest eerst een tijd in de keuken drogen voor het zou willen branden. Als ze het niet nu naar binnen haalde, hielden ze de oven niet aan de praat. Haar handen zaten onder het deeg. Tobias had het badwater met bakpoeder voor de pretzels op het fornuis gezet om het aan de kook te brengen en stroopte ter voorbereiding alvast de mouwen van zijn trui omhoog. Het hout lag vlak bij de achterdeur. Hij kon even snel een paar blokken naar binnen halen. Het moest nog licht worden. Op dit uur was er nog niemand in het dorp op.

'Tobias, we hebben hout nodig.' Ze bracht haar hand omhoog naar de deur.

Hij keek haar heel lang aan.

Ze glimlachte geruststellend. 'Doe de deur op een kier en kijk eerst.'

Hij knikte, deed de deur twee centimeter open en gluurde naar buiten. 'Niemand,' fluisterde hij.

Elsies hart hamerde in haar keel. 'Doe mijn laarzen aan en pak snel even wat.' Ze liet zelfverzekerdheid in haar stem doorklinken, om het gebrek daaraan te compenseren.

Hij schoot de laarzen aan en deed voorzichtig de ketting van de deur, waarbij hij een seconde langer wachtte dan Elsie wenselijk vond.

'Schiet op!'

Zijn adem vormde een pluim in de vrieskoude lucht, en toen was hij weg, en bleef er alleen een witte nevel achter.

Elsie kneep te hard in de bal deeg, zodat die in een platte schijf veranderde. Ze telde de ballen op de bakplaat: een, twee, drie... zes, zeven, acht... tien, elf, twaalf. Ze keek naar de deur. Zelf had ze maar tien seconden nodig om een arm vol aanmaakhout te halen. Ze probeerde verder te werken, maar raakte de tel kwijt, dus schoof ze ze maar allemaal in de oven. De sintels gloeiden heloranje op. Ze legde de broodjes op gelijke afstand van elkaar en vergrendelde het deurtje. Haar wangen en voorhoofd gloeiden. Tobias was nog steeds niet terug.

'Ik had zelf moeten gaan,' mompelde ze. Aan haar vingers kleefden plakkerige restjes overtollige bloem. Ze nam niet de moeite haar handen te wassen, maar liep snel naar de achterdeur.

Tobias stond op de drempel. 'Is dit genoeg?' Zijn ellebogen trilden onder het gewicht van vijf houtblokken.

Elsie loodste hem naar binnen en hij legde het hout naast de oven. Ze zuchtte haar bezorgdheid weg. Plotseling werd er geklopt. Het was Frau Rattelmüller, en de deur stond wagenwijd open.

# *Tweeëntwintig*

GRENSPOLITIEPOST EL PASO
8935 MONTANA AVENUE
EL PASO, TEXAS
26 NOVEMBER 2007

Over het betonnen pad dat bedoeld was voor joggers en fietsers en voor inwoners van El Paso die met hun kinderen in de schemering een eindje gingen wandelen langs de Rio Grande, reden een stuk of vijf auto's van de plaatselijke politie van El Paso. Er was nu niemand op het pad, en bij het geluid van het naderende konvooi waggelden de eenden naar de overschaduwde oevers onder de onderdoorgang. Een witte kraanvogel fladderde naar een geheim nest in de dichte begroeiing langs de rivier.

Ze hadden een tip gekregen van een buurtbewoner: er woonden nieuwe mensen in de trailer met het hangslot. Smokkelaars hielden illegale vreemdelingen meestal altijd een tot drie dagen op een onderduikadres en brachten ze dan de woestijn in, waar ze bij zonsondergang werden afgezet en dan nog kilometers door de wildernis moesten lopen; op die manier omzeilden ze de controleposten op de snelweg in het donker. Aan de andere kant pikte de smokkelaar de overlevenden dan weer op, en dan reden ze verder in noordelijke richting. De tijd was beperkt. De grenspolitie moest nu arrestaties verrichten, of ze zouden het risico lopen dat ze de hele groep misliepen. De politie van El Paso hielp bij de arrestaties.

Riki en Bert reden voor aan de stoet. Bert zat in de truck op de stoel van de bijrijder en controleerde het magazijn van zijn pistool – het standaardwapen van de politie, H&K P2000, een halfautomatisch Duits wapen. Hij stak het in de holster om zijn middel.

Riki ging wat verzitten. Het was een standaardprocedure, maar hij voelde zich altijd slecht op zijn gemak als er geladen wapens aan te pas kwamen. Hij had veel te vaak meegemaakt dat iemand zenuwachtig werd en te vroeg zijn wapen trok, ongetwijfeld naar voorbeeld van Wyatt Earp. Alleen waren de mensen die zij in het vizier hadden geen huurmoordenaars en criminelen, maar boeren en steenhouwers.

'Zouden we die rubberkogels ooit nog krijgen?' vroeg Riki. Met die munitie schakelde je de slachtoffers uit en gaf je ze een flinke tik, maar zonder dat de kogels tot het lichaam doordrongen. Het ging hier niet om gevaarlijke criminelen. Het was de taak van de grenspolitie om te voorkomen dat ze de Verenigde Staten binnenkwamen, niet om ze te doden.

'Wat heeft het voor zin?' Bert haalde zijn schouders op. 'Een vent komt naar me toe; ik hou hem staande. Dan ga ik echt niet wachten tot hij me voor mijn sodemieter schiet.' Hij greep naar de zijkanten van zijn kogelvrije vest. 'Carol is er erg blij mee.' Hij grijnsde. 'En ik ben er zelf ook gewend aan geraakt.'

Riki hield één hand op het stuur en krabde met zijn andere hand aan de onderkant van zijn *five o'clock shadow*. 'Veel oude vrouwen en kinderen de laatste tijd. Dan heb je niks aan een wapen; daar worden ze alleen maar bang van.'

Bert lachte sarcastisch. 'Daar gaat het nou net om! Je moet ze zo bang maken dat ze de wet niet nog een keer overtreden! Wat is dat voor slappe hap, Rik? Amerikanen zijn tegenwoordig een stelletje weekdieren. O, mensenrechten, mensenrechten, jammeren ze dan. En hoe zit het met de rechten van de gezagsgetrouwe mensen in ons land? Hoe zit het daarmee, hè? Je kan wel lekker filosofisch gaan zitten doen als je in New Hampshire een bagel met roomkaas zit te eten, maar hier... Shit.' Hij schoot overeind.

Op het pad recht tegenover de trailers waar Riki twee weken daarvoor nog was wezen kijken, stond een Latijns-Amerikaanse man. Bert zette de koplampen van de politietruck aan. De man schoot ervandoor, het pad af. Bij de grote verdachte trailerwoning ging Riki langzamer rijden, en Bert deed het portier aan zijn kant open.

'Zo te zien hebben we een voortvluchtige.' Hij stapte met een zwaai uit. Riki remde en van de banden steeg een zanderige paddenstoel op. 'Attentie!' zei hij in de mobilofoon. 'Een voortvluchtige, in zuidelijke richting langs de Rio. Moet gemakkelijk te vinden zijn. Een latino met een groen jasje aan.'

'Begrepen. Commandant Garza hier. We sturen een van onze auto's erop af.'

Er zoefde een politieauto voorbij, in de achtervolging.

'Over,' zei Bert. 'Kom, we gaan naar binnen; kijken wat we daar aantreffen.'

Riki haalde met tegenzin zijn pistool uit zijn holster.

Buiten stond een grijs busje zonder ramen geparkeerd. De trailer was nog steeds met een hangslot afgesloten, maar voor twee kleine ramen waren de platen weggehaald.

'Goeie vondst, Rik.' Bert trok zijn pet dieper over zijn voorhoofd en stak zijn stalen wapenstok naar voren. 'Een echt rattenhol.'

De mannen uit de auto's achter hen, van de grenspolitie en de plaatselijke politie, kwamen naar hen toe gelopen en verspreidden zich toen snel rond de trailer.

'Niemand in het busje,' riep een agent.

Bert en Riki liepen met een paar gewapende agenten op hun hielen naar de voordeur.

Riki bonkte er met zijn vuist op. 'Open maken! *Abierto!*'

Zonder op antwoord te wachten sloeg Bert het hangslot met zijn wapenstok kapot, zodat het losliet uit het roestige aluminium. Commandant Garza ramde een metalen kam in de deurlijst en wrikte die open. Binnen een minuut waren ze in de woning.

Binnen stonden de mensen tegen de muren en zaten ze in de hoeken tegen elkaar aan gedrukt.

'*Abajo, abajo!*' beval Riki, en hij wees op de smerige matrassen op de grond.

De immigranten deden wat hun gezegd was en gingen intuïtief als sardientjes in een blik liggen, met hun gezicht omlaag.

'Handen omhoog!' Bert sloeg zijn knuppel tegen de muur. 'Omhoog, verdomme!'

'*Ponga sus manos*,' vertaalde Riki.

De vrouwen staken snel hun handen in de lucht, in de stijl van superman, en de mannen legden ze tegen hun achterhoofd.

Agenten en brigadiers renden de kamers door en loodsten de mensen allemaal naar de woonkamer.

'Nog meer?' vroeg Bert.

'Ik geloof dat dit ze wel zijn,' zei commandant Garza.

'Hoeveel?' Riki bekeek de ruimte, die zo volgepakt was met lichamen dat de temperatuur er aanzienlijk gestegen was. Hij was drijfnat van het zweet; zijn uniform plakte tegen zijn rug als waxdoeken.

'Vijfentwintig, dertig misschien. Ik weet het niet,' zei Bert. 'Behoorlijk veel.' Hij schoof zijn wapenstok in en stak die in zijn riem. 'Ik begrijp niet hoe die mensen het uithouden.' Hij veegde het zweet van zijn neus. 'Eén plee, geen eten, kakkerlakken, overal waar je kijkt een nest zwarte weduwen. Dat kan het niet waard zijn. We sturen ze gewoon terug naar waar ze vandaan komen en dat moet beter zijn dan het hier is.' Hij pakte zijn mobilofoon. 'El Paso, over? We hebben hier verdomme een bus nodig.'

Een jongeman met een T-shirt van Timberland aan waagde het om zijn hoofd van het matras op te tillen.

'Spreek je Engels?' vroeg Riki.

'Ja,' antwoordde hij.

'Waar komen jullie vandaan?'

'Uit Mexico,' antwoordde hij snel.

Riki knikte. Guatemalanen, Hondurezen, al waren het Chinezen, dan nog zeiden ze dat ze uit Mexico kwamen, in de hoop maar een kilometer de grens over gezet te worden, en niet verder. Riki kende het klappen van de zweep.

'Hoe oud ben je?'

'Zeventien.'

'Waar is je familie?'

Hij haalde zijn schouders op.

Het meisje rechts van hem begon te huilen, en Riki zag dat haar oog kapot en dik was.

Hij knielde naast haar neer. 'Was is er gebeurd, *señorita*?'

Ze kermde en draaide haar gezicht van hem af.

'Bert,' zei Riki over zijn schouder. 'Ik heb de verbanddoos uit de truck nodig. Zo te zien is dit meisje...'

Plotseling sprong de jongen van zeventien overeind en maaide in het rond met een Buck-mes. Hij schopte Riki vol tegen zijn kaak, haalde het kogelvrije vest van de agent van de grenspolitie rechts van hem open en spurtte toen naar de deur.

De kamer kantelde en barstte gutsend open, en Riki viel tegen de golfplaten wand van de trailer. Er kwam een jeugdherinnering in hem boven: warme watermeloen eten in de laadbak van de pick-up van zijn vader. Aanvankelijk waren zijn ouders dagloners geweest, die in Canutillo op het land werkten en de producten aan de snelweg verkochten. In ruil voor hun werk kregen ze onderdak van de boer op zijn land en een percentage van de opbrengst. Nu proefde Riki weer de zoete meloen op zijn tong, en voelde hij de stalen laadbak van de truck tegen zijn rug. Hij spoog. De pitjes bleven voor zijn neus hangen, als zwevende zwarte spikkels in een zee van roze.

Geschreeuw barstte los.

'Liggen!' schreeuwde Bert tegen de jongen. 'Laat dat mes vallen of ik schiet!'

Het meisje gilde het uit.

Gebonk van laarzen over de vloer.

Berts gezicht verdween boven hem, zwevend tussen de pitjes. 'Rik? Gaat-ie? Knik even als je me kunt horen.'

Riki knikte. Hij knipperde hard met zijn ogen. Het roze trok weg, en hij realiseerde zich dat hij op zijn rug lag en naar het pokdalige plafond keek.

'De ambulance is onderweg,' zei iemand.

'Ik... ik heb geen... ambulance nodig,' zei Riki. Hij probeerde zich omhoog te werken, maar kwam niet in evenwicht; de kamer tolde nog steeds als een meloen die een heuvel af rolt.

'Ze zijn er over vijf minuten,' zei de stem.

'Ik zei toch' – Riki stak zijn arm omhoog en pakte Bert bij zijn mouw vast – 'niks aan de hand.'

Bert gaf een klopje op zijn hand en Riki voelde dat die trilde. 'Dat weet ik, Rik, maar met hem wel.'

Het meisje gilde. '*Lo siento. Tuvimos que hacerlo para nuestra familia. Mi hermano. Por favor. Señor, señor, señor,*' riep ze, en ze stak bibberig haar hand naar Riki uit.

Een agent van de grenspolitie trok haar arm op haar rug, dwong haar op te staan en voerde haar af.

'Die gast had 300 gram cocaïne in zijn broek.' Bert schraapte zijn keel. 'Hij dacht natuurlijk dat hij er hoe dan ook bij was. Hij had net zo goed...' Hij veegde het zweet weg dat in zijn nek drupte. 'Ik heb hem in zijn been geschoten – om hem tegen te houden. De ambulance is onderweg.'

Riki's hand ging naar zijn gezicht en kwam bebloed terug. Bert hielp hem rechtop te gaan zitten.

'Die jongen heeft je in je gezicht geschopt.' Berts adamsappel ging op en neer.

Riki haalde scherp adem. 'Jezus, wat doet dat pijn.' Het begon gemeen te bonken tussen zijn oogkassen en zijn achterhoofd.

Agenten en brigadiers loodsten de mensen naar buiten. 'Agent Mosley,' riep commandant Garza. 'Zo te zien zijn die jongen en zijn zusjc drugskoeriers. De smokkelaar zegt dat hij het niet wist. Toen hij erachter kwam, heeft hij haar een blauw oog geslagen.'

'Hebben ze hem dan?' vroeg Riki.

'Ja,' zei Garza. 'Ene Carl Bauer. Het grappige is dat hij niet eens een latino is. Hij komt uit Nebraska. Hij heeft een strafblad. Hij is naar Mexico gekomen omdat hij dacht dat hij wel een fortuin zou kunnen verdienen met mensen de grens over helpen. Een van de immigranten zegt dat iedereen hier vierduizend dollar heeft betaald.'

'Is het dezelfde als die de benen nam langs de Rio?' vroeg Bert.

'Nee,' zei Garza. 'Dat was iemand van hier. Die is vertrokken. Legaal.'

'Godver.' Bert schudde zijn hoofd. 'Die gast zag er zo Mexicaans uit als wat. Waarom is hij dan gevlucht?'

'Omdat wij achter hem aan zaten,' zei Riki.

'Carl hield zich schuil in de trailer hiernaast. Hij kwam binnen en zei tegen die vrouw en haar kind dat hij ze tienduizend dollar zou geven als ze zich stil hielden. Het kind was zo bang dat het in zijn broek geplast heeft. Toen hij even niet keek, heeft de moeder 911 gebeld,' legde Garza uit.

'Domme vent,' zei Bert. 'Hij wist niet dat het dezelfde vrouw was die ons in het begin al heeft getipt.'

Riki herinnerde zich het fronsende gezicht van de vrouw van een paar weken daarvoor, en haar zoontje op de driewieler: 'Dag!

Dag!' Ze had zelf vast ook Mexicaans bloed. Misschien dacht ze net als hij: dat regels er niet voor niks waren, zelfs als ze nergens op leken te slaan. Je kon beter aan de kant van de autoriteiten staan dan dat je ze tegen je had.

Maar toen de ambulancemedewerkers arriveerden en met een zaklampje in zijn ogen schenen, dacht Riki onwillekeurig toch dat er een betere manier moest zijn – iets beters dan dit zinloze lijden, dit ongerechtvaardigde verlies. Er moest een manier zijn waarop hij zijn land en zijn persoonlijke overtuigingen trouw kon zijn.

'U hebt een lelijke jaap en een hersenschudding.' De ambulancemedewerker sprak met een zwaar Spaans accent, dat nog zwaarder werd door de klont kauwgum waar hij op kauwde. 'Maar u mag nog van geluk spreken. Ik hoor dat die gast bijna uw nek gebroken heeft. Dan is het wel einde verhaal.' Hij gaf Riki twee pijnstillers. 'Rust nemen en een week lang niet met uw hoofd tegen de muur bonken. Is er thuis iemand die voor u kan zorgen?'

Riki gaf geen antwoord. In plaats daarvan slikte hij de pillen zonder water door. Ze brandden achter in zijn keel.

Hij had Reba verweten dat zíj hier degene was die een probleem had, maar misschien was hij dat zelf eigenlijk wel. Hoe kon hij van iemand anders eisen dat diegene een besluit nam als hij dat zelf niet eens had gedaan? Maar voor hij eerlijk tegen haar kon zijn, moest hij eerlijk tegenover zichzelf zijn.

# *Drieëntwintig*

BÄCKEREI SCHMIDT
LUDWIGSTRASSE 56
GARMISCH, DUITSLAND
24 JANUARI 1945

'Wat een verrassing.' Frau Rattelmüller hoestte in de mouw van haar jas.

Er woei een kille wind door de keuken.

'Ik zag rook uit de schoorsteen komen.' Ze sloeg met haar stok tegen de houten deurpost. 'Jullie hadden de oven al zo vroeg branden dat ik dacht, kom, ik ga mijn Brötchen alvast halen.'

Elsie slikte moeizaam, ging voor Tobias staan en schermde hem met haar rok af. 'Zes uur. Zo laat gaan we open; dat weet u best. Nu mijn ouders er niet zijn heb ik geen tijd voor speciale verzoeken. Het spijt me, maar u zult moeten wachten, net als alle andere mensen.'

Frau Rattelmüller probeerde om Elsie heen te kijken. 'Zo, je hebt een hulpje, zie ik?' Ze wees met het handvat van haar wandelstok. 'Een kaboutertje.'

Elsie verstijfde. 'Ik moet u vragen om weg te gaan.' Ze liep naar de deur; ze wilde niets liever dan de ketting ervoor doen, Tobias weer naar zijn geheime plaats loodsen en doen alsof het allemaal een boze droom was. Ze moest er niet aan denken wat dit moment voor gevolgen kon hebben. Zelfs Josef zou haar nu niet meer kunnen redden.

Tobias stond in elkaar gedoken bij de oven, waarin het aanmaakhout brandde en siste.

'Is dat een Jood?' vroeg Frau Rattelmüller volhardend.

Elsies knieën begonnen te knikken. Ze kon de oude vrouw er

nu niet zomaar uitzetten, want dan zou ze linea recta naar de Gestapo gaan. 'Een Jood?' Ze wist een ongemakkelijk lachje te produceren. 'Nein, dit is...'

'Want hij lijkt precies op het Joodse kind waar de Gestapo op kerstavond naar op zoek was.' Ze kwam de keuken in en deed de deur achter zich dicht. 'Ze zijn ook bij mij geweest, en ze hebben mijn ouwe Matilda zo de stuipen op het lijf gejaagd dat ze ervan moest braken.'

Frau Rattelmüller ging op het krukje zitten dat vlak bij haar stond, leunde met haar rimpelige kin op de greep van haar houten stok en bekeek hen eens goed.

'U vergist zich,' zei Elsie. Haar wangen waren net zo rood als de kooltjes in de oven. Ze hoorde een hoge schelle toon in haar oren. Ze probeerde voorzichtig adem te halen.

'Kom eens hier, jongen,' zei Frau Rattelmüller.

Elsie pakte Tobias' hand vast. 'Dit is mijn neefje Julius. De zoon van Hazel.'

Frau Rattelmüller keek met samengeknepen ogen naar Tobias. 'Vertel eens, sinds wanneer brandmerken ze Duitse jongens ook al, net als de Joden in de kampen?'

Tobias had zijn mouwen tot aan zijn ellebogen omgeslagen. Over zijn linkerarm kroop een duizendpoot van inktzwarte cijfertjes. Hij stroopte zijn mouw omlaag.

Frau Rattelmüller snoof minachtend en bonkte met haar stok op de tegelvloer. 'Niet tegen me liegen, kind. Daarvoor ken ik je familie veel te goed. Dat zit niet in jullie bloed – de kunst van het bedrog.' Ze grijnsde haar gele tanden bloot, die Elsie deden denken aan een langspeelplaat voor kinderen, die haar vader heel lang geleden voor hen had gekocht: *Peter en de wolf.* In gedachten hoorde ze de hoorn van de wolf en de hoge violen van Peter.

Hoewel de zon hoger aan de hemel klom, werd het donker in de keuken, en wazig aan de randen. Elsie probeerde zichzelf tot kalmte te manen en zette haar nagels in haar handpalmen. Ze moest goed nadenken en een verklaring proberen te verzinnen, maar ze hoorde alleen maar het gepiep en gekreun van de houtblokken in de oven.

'En hoe lang hou je dit kind nu al verstopt? Een maand? Nou, daar sta ik van te kijken, hoor. Weten je ouders ervan?'

Er was geen ontkomen aan, maar Elsie wilde haar ouders niet in haar ellende meeslepen. 'Nee,' zei ze.

'Gut.' Frau Rattelmüller knikte. 'Mag ik je dan een goede raad geven?' Ze stond op en ging zo dicht bij Elsie staan dat ze kon fluisteren. 'Haal hem hier weg. Je hebt geen idee waar je mee bezig bent. En als ze hem vinden, moet je hele familie ervoor boeten. En Herr Hub ook.'

Elsie voelde een pijnscheut in haar borst, die vervolgens rondbonkte als de eend van Peter die opgesloten zat in de buik van de wolf. Ze kreeg een droge mond en haar vingers werden gevoelloos. Tobias ging een eindje bij hen allebei vandaan staan. Hij beefde van top tot teen.

Frau Rattelmüller zette een wat vriendelijker gezicht op. 'Wees maar niet bang, jongen.' Ze stak een gerimpelde hand naar hem uit.

Hij kromp ineen en verborg zijn gezicht tegen de tafelrand.

Elsie legde haar armen om zijn schouders en trok hem tegen zich aan. 'Als ze hem vinden, vermoorden ze hem.'

'Ja, zo veel is zeker,' zei Frau Rattelmüller.

Elsie deed haar ogen dicht om na te kunnen denken. Liever hij dan haar familie, toch? Ergens diep in de krochten van haar ziel dacht ze misschien van wel. Ze kon Tobias niet voor eeuwig en altijd in haar muur verborgen houden. Maar als ze hem aangaf, had ze zijn bloed op haar handen. Zou ze daarmee kunnen leven?

'Er zijn er nog meer.' De stem van Frau Rattelmüller klonk net zo zacht als het geknerp van de broodkruimels op de vloer.

'Nog meer?' fluisterde Elsie al net zo zacht.

'Waarom denk je anders dat ik 's ochtends zo veel Brötchen kom kopen?' Haar ogen stonden helder en oprecht. Ze haalde haar schouders op. 'Eén poes en één oude vrouw eten echt niet zo veel, hoor.'

Elsie voelde een golf van opluchting, alsof er een twijgje knapte, alsof de strop werd losgehaald. Ze haalde diep adem en proefde de broodjes die in de oven lagen te bakken.

'Ik heb vrienden in Zwitserland. Daar probeer ik ze heen te

krijgen – Duitsland uit.' Frau Rattelmüller keek naar Tobias. 'Hoe heet hij?'

Elsie hield zijn handje stevig vast. Ze wist niet wie ze nog kon vertrouwen. 'Hij is een getalenteerd musicus, net als zijn vader en moeder, en een heel goede pretzelmaker. Hij heet Tobias.'

Eerst zou ze kijken of Frau Rattelmüller dit geheim kon toevertrouwen.

Tobias keek naar Elsie, naïef en dankbaar, en ze voelde een overweldigend schuldgevoel in zich opwellen. In een wereld waarin alles een illusie leek en waarin niets was wat het zou moeten zijn, diende de volgende gedachte zich plotseling met een bloedstollende helderheid aan haar aan: Tobias was nu haar verantwoordelijkheid, en zij moest hem redden.

# *Vierentwintig*

3168 FRANKLIN RIDGE DRIVE
EL PASO, TEXAS
4 DECEMBER 2007

Bij de middagpost kwam het decembernummer van *Sun City*. Reba ging aan de keukentafel zitten en bekeek de opmaak van haar artikel. Ze had haar redacteur een volkomen ander verhaal gestuurd dan was afgesproken. Met Kerstmis ging het Amerikaanse sentiment boven het harde nieuws en de educatieve commentaren. Haar redacteur vond het stuk geweldig en had het op de valreep zelfs op het omslag gezet. Reba's stuk was het hoofdartikel. Ze ging met haar hand over de geraffineerde foto. Een jonge soldaat in woestijnoutfit met een rode strik aan zijn geweer, die een oude foto van zijn overgrootvader in uniform van de Tweede Wereldoorlog in zijn hand hield. De tekst luidde: KERSTLIEDJES UIT DE OORLOG. Dat had Reba bedacht.

Na één telefoontje aan Fort Bliss en al haar bezoekjes aan Elsie was het artikel zo uit haar pen gevloeid. Ze was er trots op dat het een heel eerlijk verhaal was geworden. Geen suikerzoete sentimentaliteit om de pijn wat te verzachten. Mannen en vrouwen die niet bij hun familie konden zijn, die alleen en bang waren – nu niet anders dan zestig jaar geleden. Dwars door culturen en generaties heen beleefden ze dezelfde bitterzoete werkelijkheid: de Kerstman en zijn rendier kwamen echt niet altijd ook bij jou op het dak, en de oorlog ontnam je zelfs de stille hoop dat ze misschien toch zouden komen.

Reba an Riki hadden drie weken vergeefs achter elkaar aan gebeld. Sinds de avond dat hij vertrokken was, hadden ze elkaar eigenlijk niet meer gesproken. Toen zij naar haar werk was, was hij met een verhuisbusje bij het appartement langs geweest en had een met de hand geschreven briefje achtergelaten:

> Reba, ik heb mijn spullen opgehaald. Ik heb een appartementje in het centrum gehuurd. Bel me als er iets is.
> Riki

Het tijdschrift had zijn burelen aan Stanton Street, tegenover Downtown Plaza. Als ze naar haar werk ging, zette ze haar auto met opzet in de buurt van het Plaza Theater en dan liep ze het hele oude centrum door en vroeg ze zich af of hij misschien ergens uit zijn raam stond te kijken en haar dan zou zien lopen. Niet dat dat iets aan de situatie zou veranderen, maar ze vond het leuk om het zich voor te stellen. Ze droeg nog steeds zijn ring aan een ketting om haar hals.

De dag ervoor had Jane gevraagd waarom ze die niet afdeed. Reba ging vaak naar de bakkerij. Ze mocht Jane en Elsie echt heel graag. Ze voelden meer als familie voor haar dan haar eigen moeder en zus tegenwoordig.

'Ik weet niet.' Ze had haar schouders opgehaald en met haar vingers over de ring gestreken.

'Omdat hij belangrijker voor je is dan je gedacht had,' had Elsie zich er van achter de kassa mee bemoeid.

Reba wist niet of ze het er nu mee eens was of niet, en dus doopte ze maar een Lebkuchen in haar warme chocolademelk en stopte ze die in haar mond.

Midden in het tijdschrift waren een paar foto's afgedrukt van Elsie met bladen vol kerststollen, notenrepen en hartjes van Lebkuchen. 'In tijden van oorlog liggen er met kerst misschien minder cadeautjes onder de boom, maar krijg je juist meer cadeautjes uit het hart.' Dat was haar topcitaat. Reba had haar best moeten doen om het haar te ontlokken.

Reba vroeg zich af of Riki het blad al had gezien – in de rij bij de kassa, in de wachtkamer van de tandarts, op de leestafel van een restaurant in de stad, waar dan ook. Ze pakte de telefoon en koos intuïtief meteen Riki's mobiele nummer. Ze drukte al bijna op 'bellen' toen de moed haar in de schoenen zonk. Ze hing op.

Het leek wel of de telefoon die ze in haar hand hield radioactief was. Ze legde hem neer, maar haar vingertoppen bleven gloeien. Dacht hij aan haar? En had hij wel eens haar nummer gekozen en daarna opgehangen? De klok in de keuken gaf aan dat het kwart voor vijf was. Nee, waarschijnlijk niet. Te druk met zijn werk.

Ze besloot Jane te bellen om te zeggen dat het blad uit was, maar zo vlak voor sluitingstijd dacht Reba niet dat iemand zou opnemen. Elsie ging lastminutebestellingen voor taarten uit de weg door na vier uur 's middags gewoon het bestaan van welke communicatietechnologie dan ook te ontkennen. Reba bedacht dat ze beter de volgende dag langs kon gaan. Dan kon ze een exemplaar meebrengen. Ze legde de telefoon weer in de houder. Net op dat moment lichtte hij op en klonk 'Jingle Bells'.

In een poging tot vrolijkheid had Reba op de eerste dag van december de ringtone veranderd. Beller: Deedee Adams.

Reba had Deedee een paar eenregelige e-mails gestuurd en berichten op haar voicemail ingesproken als ze wist dat ze op haar werk was – en zo een langdurig telefoongesprek vermeden, maar wel haar schuldgevoel iets kunnen temperen. Haar oudere zus was advocaat en had net als zij een talent om andere mensen hun geheimen te ontfutselen, zonder zelf ooit iets prijs te geven. Een gesprek met Jane en Elsie was heel andere koek. Zij bepaalden zelf wanneer en hoe ze hun geheimen onthulden. Dat was een gemene deler in hun vriendschap: acceptatie zonder gedwongen bekentenissen. Maar met familie lag dat anders. Reba's moeder had de onhebbelijke gewoonte om te doen alsof haar neus bloedde. Ze ging elke confrontatie met haar familie uit de weg en spoorde haar dochters aan dat ook te doen. Misschien was dat wel de reden waarom Deedee deze roeping had gevolgd: de waarheden van andere mensen boven tafel zien te krijgen, ter compensatie van zelf alles jarenlang ontkend te hebben.

Het 'jingle all the way' van de telefoon galmde door het lege huis. Reba beet op haar nagelriemen. Ze kon Deedee niet blijven negeren. Ze was haar zus, en onder al die pijn hield Reba meer van haar dan van wie ook.

Bij de laatste keer overgaan, voordat de voicemail inschakelde, nam ze op. 'Hallo.'

'Nee maar! Hallo! Mijn verloren zusje!' Deedees stem was net zo warm en bruisend als appelcider in een zware pan.

'Hé, Deedee, hallo.' Reba ging aan tafel zitten met het tijdschrift opengeslagen op haar artikel.

'Mam! Ik heb Reba aan de lijn,' riep Deedee naar geroezemoes op de achtergrond. 'Ja, nu. Op mijn mobiel. Mama zegt dat jij haar maar moet bellen. Ze was nu aan de lijn geweest, ware het niet dat we op de verjaardag van oom Vance zijn en dat ze haar mond vol gerookte zalm heeft. Eet jij nog zalm? Is dat geen bedreigde vissoort of zo?'

Reba zuchtte. 'Ja, ik eet nog zalm, en nee, het is geen bedreigde vissoort.'

'Dat dacht ik al. En varkensvlees? Oom Vance heeft een apparaat voor zichzelf gekocht waarmee je in nog geen twee uur een varken kunt roosteren. Dus we krijgen allemaal zo heerlijk gebarbecued vlees. Persoonlijk,' Deedee ging zachter praten, 'geef ik geen cent voor dat stomme roosterding. Hij heeft het op eBay gekocht, nota bene. Je zou bijna denken dat hij het wiel opnieuw heeft uitgevonden, zo loopt hij erover op te scheppen. En ik zal je vertellen, dat vlees ligt er al meer dan twee uur op en het is nog steeds zo roze als een babybilletje. Gelukkig heeft tante Gwen *Glühwein* gemaakt – heerlijk, net als altijd. Dat maakt een boel goed. Oom Vance heeft al vier cocktails op en loopt "Happy Birthday" in zichzelf te zingen. Je weet hoe mama is – ze wordt doodnerveus van drank – dus ze stopt hapjes in haar mond en lacht alsof we in het circus zijn, wat in bepaald opzicht ook zo is.' Ze giechelde gespannen. Reba kende dat lachje maar al te goed. 'Ik wou dat je er ook was. Ik vroeg mama nog of ze de laatste tijd iets van je gehoord had. Ze zei van niet. Nu je het zegt: niemand heeft wat van je gehoord. Dus toen heb ik mijn telefoon gepakt en je gebeld. Ik dacht dat ik wel weer zou moeten inspreken, maar nu heb ik je toch te pakken!' Ze zweeg even, en Reba wist niet of dat was om adem te halen of om een slok te nemen.

Op de achtergrond klonk *Mud Slime Slim and the Blue Horizon*. Dezelfde cd als haar moeder bij elke familiebijeenkomst opzette – fijne 'sfeermuziek', vond ze. Reba voelde een steek van heimwee en ze klemde haar hand om de ring die midden op haar borst bungelde.

'Dat kun je echt niet maken, hoor, zo lang niet bellen. Ik weet dat het moeilijk is, met je werk en het verschil in tijd, maar echt, schat, er zijn hier mensen die zich zorgen om je maken,' zei Deedee.

'Ik weet het. Het spijt me.'

'Ik mis mijn zusje.'

'Ik mis jou ook.' Reba leunde achterover op haar stoel en probeerde haar stem rustig te laten klinken. Ze voelde dat er binnen in haar iets aanzwol, maar ze kon niet instorten. Niet nu.

'Hoe gaat het met je?'

'Goed, goed.'

'Ja, je klinkt echt alsof je op en neer springt van vreugde.'

'Ik ben moe.'

'Neem vakantie! Kom alvast naar huis. Dat is eigenlijk de reden waarom ik bel. Ik wilde weten wanneer je voor kerst naar huis komt.'

'Ik... eh...' Ze slikte moeizaam.

Vorig jaar was ze met kerst niet naar huis gegaan; ze had de nieuwe baan als excuus gebruikt, maar in werkelijkheid kon ze het gewoon niet nog een keer aan: Kerstmis met de kous van haar vader naast die van hen, terwijl haar moeder weer deed alsof het allemaal reuze gezellig was. Ze had toen net iets met Riki en keek uit naar een romantische kerstavond, lekker met z'n tweetjes. Geen tradities, geen verwachtingen. Een schone lei. Haar moeder en Deedee hadden haar uitleg teleurgesteld geslikt, maar ze durfde te betwijfelen of het dit jaar weer zou lukken.

'En waag het niet om te zeggen dat je níét komt. Want ik zweer bij Josef en Maria dat ik dan ontplof!'

'Deedee, alsjeblieft.' Reba voelde aan haar verlovingsring en rolde die om haar duim.

'Niks Deedee alsjeblieft. Ik wil het niet horen.' Ze snoof verontwaardigd. 'Ik kan je natuurlijk niet dwingen om in een vliegtuig te stappen.'

Reba ontspande een beetje. Dat was zo, dat kon ze inderdaad niet.

'Dus dan zal ik wel naar El Paso moeten komen.'

'Wat?' Reba stond op en het tijdschrift viel op de grond.

'Ik dacht al dat je weer niet thuis zou geven, dus heb ik alvast een ticket gekocht. Ik kom in de week tussen kerst en nieuwjaar.'

'Dat slaat nergens op. Ik moet werken en jij moet werken en...'

'Wat wou je doen? Me op straat laten staan? Ik kom, Reba, en daarmee uit. Dus doe niet zo spastisch en wen maar vast aan het idee.'

# *Vijfentwintig*

BÄCKEREI SCHMIDT
LUDWIGSTRASSE 56
GARMISCH, DUITSLAND
2 FEBRUARI 1945

Elsie vierde haar zeventiende verjaardag met een middernachtelijke picknick op de vloer van haar slaapkamer. Tobias had wat zoet anijszaad van Mutti in het roggedeeg gestrooid en dat vervolgens in de vorm van een kroon gevlochten. Het was donker en geurig als drop de oven uit gekomen. In het midden zetten ze een verduisteringskaars. Hoewel het maar een klein feestje was, zonder het lekkere eten en zonder familie, zoals bij eerdere verjaardagen, had ze goede hoop voor dit nieuwe jaar en was ze blij dat Tobias bij haar was om het welkom te heten. Toen de koekoeksklok twaalf uur sloeg, blies ze de kaars uit en doofde het licht in de kamer.

Drie dagen later kwamen Papa, Mutti en Josef terug met een jongetje dat Elsie nooit herkend zou hebben als hij bij binnenkomst in de bakkerij niet meteen had gezegd: 'Ik ben Julius. Ik hoor hier niet.'

Hij leek totaal niet op zijn vader en moeder, uiterlijk niet en qua karakter niet, dus ze was het bijna met hem eens geweest.

Maar toen had ze toch maar geantwoord: 'Wat fijn dat je er bent. Ik heb het gevoel dat ik je beter zou moeten kennen. Ik ben je tante.'

'*Doch!* Dat weet ik,' had hij gezegd, en hij had zijn neus als een biggetje opgetrokken. 'Wat stinkt het hier!'

Ze was net klaar met een lading uienbroodjes en sloeg maar geen acht op de geringschattende opmerking van haar neefje. 'Waar is Hazel?' had ze gevraagd.

Papa gaf Mutti zijn koffer. 'Breng maar naar boven, Luana.' Hij draaide zich om naar Josef. 'Nogmaals bedankt voor alles wat je voor ons gedaan hebt.'

De mannen gaven elkaar een ernstige knik die meer zei dan in woorden viel uit te drukken.

'Wat is er?' vroeg Elsie eerst aan de een en toen aan de ander. 'Wat is er?'

Papa stak gebiedend zijn hand op. 'Later. Het is een lange dag geweest, Elsie.' Hij pakte Julius zacht bij zijn schouder. 'Kom. We gaan kijken of er iets te eten is, en dan naar bed.' Hij liep met hem de keuken in.

Toen ze alleen waren, draaide Josef zich naar haar om.

'Vertel het me, alsjeblieft,' smeekte ze.

Hij zette zijn pet stevig op zijn hoofd. 'Hazel is uit het programma gestapt.'

'Uit het programma? En waar is ze dan nu naartoe? Dan zou ze toch hier moeten zijn?'

'Dat leggen je ouders je wel uit. Het is niet aan mij.'

Ze begreep dat ze geen vragen meer moest stellen. De week daarvoor had de Gestapo Achim Thalberg doodgeschoten, de fruitboer. Zijn misdrijf: hij had in de *Biergarten* verteld dat de Duitsers zich uit Slovenië terugtrokken. Aan een tafeltje verderop hadden een paar Gestapo's gezeten. Na een kort overleg hadden ze hun pistolen getrokken en binnen een minuut lag de arme Achim dood op de grond, terwijl zijn bierpul nog schuimend en koud op tafel stond.

Frau Rattelmüller bleef 's ochtends haar Brötchen kopen en had haar alle bijzonderheden verteld. Elsie vertrouwde de vrouw nog niet, maar ze bleek met de dag een betrouwbaardere vertrouwenspersoon te zijn. Toen Elsies ouders er niet waren, had ze Frau Rattelmüller extra kadetjes en honingbroodjes gegeven, boven op haar vaste bestelling. Dat zou haar vader niet merken als hij terug was. Tobias was nog steeds akelig mager, maar ze vermoedde dat dat tegenwoordig voor iedereen gold. Haar eigen jurken hingen ook los om haar lichaam. Ze hadden geen vlees meer, en op de zwarte markt was niet eens meer een iel konijn te krijgen. In de bossen was geen bovengronds levend dier meer te vinden. Ze verborg de handen vol wortelgroenten die ze nog hadden in een juten zak achter de stapel brandhout in de keuken en bad dat het snel voorjaar mocht worden. Als dat niet gebeurde, wist ze zeker dat ze allemaal skeletten zouden worden.

Ze frunnikte aan de wijde manchet van haar mouw. Josef pakte haar hand en ging met zijn duim over de ring die hij haar had gegeven. Elsie droeg hem nog steeds, als een soort talisman. Er was iets gaande. Ze voelde het al dagen; de angst kwam dichterbij, als een onheilspellende storm.

'Ik kan niet blijven, het spijt me,' zei Josef. 'Ik heb opdracht gekregen om me onmiddellijk in Dachau te melden.'

'Ga je weg? Voor hoe lang?'

'Tot onze strijdmacht de geallieerden heeft teruggedrongen.'

Er sloeg een golf misselijkheid door haar heen. Wie moest hen dan nu beschermen?

Het gerucht ging dat het Rode Leger sterker was dan men verwacht had en dat het niet lang zou duren voor het zo het centrum van Berlijn binnen zou trekken. Ze mocht dan doodsbang voor de vijand zijn, de gedachte aan wat haar eigen landgenoten haar zouden aandoen, bezorgde haar een prikkende paniek in haar borst. De familie Grün was 's nachts verdwenen, maar de soldaten werden steeds brutaler en popelden om iedereen die hen dwarszat tot voorbeeld te stellen – dat had Achim Thalberg wel bewezen. Josef was haar bondgenoot, Hazel was verdwenen, ze moesten voor Julius zorgen, Tobias zat in haar slaapkamer verstopt en Duitsland was de oorlog aan het verliezen. Dat alles sloeg in een golf over haar heen en haar handen werden klam, ondanks het laagje zweet op haar gezicht.

Josef zag het ten onrechte aan als bezorgdheid om zijn welzijn. 'Ik red me wel,' verzekerde hij haar. 'Let maar op. Alles komt goed.' Toen boog hij zich naar haar toe om haar te kussen.

Elsie draaide hem intuïtief haar wang toe en zag de pijn en teleurstelling in Josefs ogen. De brave Josef die haar altijd alleen maar wilde beschermen om ervoor te zorgen dat haar niets overkwam; en toch hield ze niet van hem.

Hij schraapte zijn keel. 'Ik zal je schrijven.'

Ze knikte en draaide zich niet om om hem na te kijken. Ze moesten het nu allebei alleen zien te redden.

Elsie liep naar boven en klopte op de dichte slaapkamerdeur van Mutti. 'Mutti?'

'Kom maar binnen, kind.'

Mutti was de koffers aan het uitpakken en legde dingen terug in de cederhouten kledingkast. Haar gezicht stond strak.

'Heeft Julius iets gegeten? De ham die we gekocht hebben vond hij niet lekker. Die was een beetje ranzig, denk ik, maar ja, wat moesten we anders? Ik heb je vader gezegd dat hij hem maar moest opeten. Bedorven of niet, het was toch iets. Hij moet op krachten blijven. Hij is niet meer de jonge man die hij vroeger was,' rebbelde ze verder, terwijl ze een van Papa's truien vouwde en nog eens vouwde. Ze keek even naar Elsie op, en de kringen onder haar ogen stonden dieper dan ooit, meende Elsie. 'We zijn ook zo overhaast vertrokken,' ging ze verder. 'Maar zoals Papa me ook aldoor voorhoudt: jullie zijn volwassen. Jullie kunnen voor jezelf zorgen. Ik heb je al tien keer voorgedaan hoe je goulash moet maken. Nu jullie zo groot zijn kan ik me er echt geen zorgen meer om maken wat jullie eten, wat voor kleren jullie aantrekken of waar jullie naartoe gaan.' Ze haalde even snel adem. 'Jullie zijn geen kinderen meer en ik heb met de bakkerij, de klanten en al het werk in dit tochtige huis geen tijd. En bovendien moet ik nu ook nog voor Julius zorgen. Hij is natuurlijk geen baby meer, zoals de tweeling...' Ze voelde even aan de dikke gebreide kabels van de trui. 'Maar hij heeft wel een moeder nodig. Dus zul jij je vader beneden meer moeten helpen. Ik kan niet meer zo vaak in de keuken zijn nu Julius hier is en...'

'Mutti, alstublieft,' zei Elsie, en ze legde een hand op Papa's trui. 'Waar is Hazel?'

Mutti's vingers gleden langs haar lichaam. 'Hazel?' Ze knipperde hard met haar ogen. 'Dat weten we niet. Ze hebben alleen tegen ons gezegd dat ze weg is.'

'Wie heeft jullie dat gezegd?'

'De leiding van de organisatie daar. Haar kamergenoten. Ze zeggen dat ze naar de markt is gegaan en niet meer teruggekomen. Ze is gewoon weggegaan.'

Mutti beet op haar onderlip, bang en in de war. Ze vond het zelf ook een vreemd verhaal. Het was niets voor Hazel om weg te lopen, maar als ze dat wel had gedaan, had ze hun het wel laten weten. Ze zou eerst Elsie geschreven hebben. Postmeester Hoflehner had Elsie verzekerd dat de post gewoon bezorgd werd, maar ze hadden al in geen weken iets ontvangen van buiten het dal Garmisch-Partenkirchen. De brief van Hazel van 4 januari aan Papa was de laatste die ze ontvangen hadden. En als Hazel nou wel brieven had geschreven, maar dat die onderschept waren? Misschien zat ze wel ergens bij iemand ondergedoken, zoals Tobias bij haar, en kon ze geen contact met hen opnemen. Maar ze had wel Julius achtergelaten. Hazel zou haar kinderen nooit zonder heel goede reden in de steek laten – tenzij ze geen andere uitweg zag. Elsies hoofdhuid brandde, alsof haar haar te strak was ingevlochten.

'Waar is de tweeling?'

De rimpel tussen Mutti's ogen werd dieper. 'Die zijn van het vaderland.'

'Julius ook, maar hem hebben ze wel aan jullie meegegeven.'

'Julius is de zoon van Hazel en Peter.'

'En de andere kinderen – zijn die niet het bloed van uw dochter? Dat telt toch ook?' Haar stem schoot de hoogte in.

'Sst,' siste Mutti.

Haar toon verkilde Elsie tot op het bot. Die had ze haar moeder nog nooit horen aanslaan.

'Je moet altijd je plaats kennen. We zijn vrouwen.' Ze keek Elsie indringend aan. 'We moeten verstandig zijn, in woorden en daden. Begrijp je dat?' Mutti haalde een gekreukte blouse uit de koffer en streek die op het bed glad. 'Josef heeft ons enorm geholpen om Julius daar weg te krijgen. We hadden hem bijna achter moeten laten. Josef kent een vrouw die op het bureau van de nazi's werkt. Hij zegt dat zij altijd heel goed is in informatie boven tafel krijgen. We vinden Hazel wel. We vinden mijn kleinkinderen wel.' Ze slikte een brok in haar keel weg en knikte naar de open koffer. 'Wil jij mijn borstel en haarspelden alsjeblieft even leggen waar ze horen, liefje?'

Elsie pakte de dunne haarspelden en de ruwe borstel en legde ze naast elkaar op de kaptafel.

'Ons eigen gebeente, ons eigen vlees,' fluisterde Mutti.

'Wat zegt u?' vroeg Elsie.

'Dat zei de Führer in Nuremberg – een tekst uit de Bijbel – en dat mogen we niet vergeten. Voor ons is Duitsland, in ons is Duitsland en na ons is Duitsland.' Ze hield de doorzichtige blouse omhoog.

In de spiegel van de kaptafel zag Elsie het kant langs de hals wapperen. 'Duitsland is veranderd,' fluisterde ze.

Mutti slaakte een zucht bij hct schemerige licht van de kaars; er biggelde één enkele traan uit haar ooghoek, en die veegde ze snel met een vinger weg. 'Ga Papa maar helpen met afsluiten voor de nacht,' zei ze, en ze hing de blouse op. Door de schaduw van de kledingkast was niet te zien hoe ze erbij keek.

# *Zesentwintig*

ELSIE'S GERMAN BAKERY
2032 TRAWOOD DRIVE
EL PASO, TEXAS
27 DECEMBER 2007

Binnen was de bakkerij van boven tot onder versierd met plastic bloemenslingers, zilverpapier, kleurige kerstvoorstellingen en nepsneeuw die schuimend wit langs de randen van de ramen was gespoten.

'Prettige kerstweek!' riep Jane achter een lange rij klanten. De feestdagen waren al voorbij, maar ze droeg nog steeds een kerstmuts waar een pluisbol aan bungelde. Bij iedere bestelling wipte hij op en neer.

'Prettige kerstweek,' antwoordde Reba.

De bakkerij was afgeladen. De scholen hadden vakantie; kinderen stonden met een blos op de wangen te kletsen in de rij en wezen naar de met chocolade en suiker geglazuurde lekkernijen in de vitrinekast. Daarbovenuit klonken tinkelende kerstliederen en neurieden de vaste klanten gedachteloos mee, waardoor er een speciale sfeer in de winkel heerste. Zelfs de winkelbel leek opgewekt.

Reba was blij met de drukte. Deedee was de dag ervoor aangekomen en na bijna vierentwintig uur samen in haar kleine koopflat hunkerde Reba naar wat afleiding van buitenaf. Ze wilde iedere gelegenheid vermijden die haar zuster zou uitlokken in de verhoorstand te schieten. Die ochtend was het alweer bijna raak geweest.

In een keukenlade die zelden werd gebruikt vond Deedee een foto van Riki en Reba in Mundy's Gap in de Franklin Mountains. 'Wie is die vent?' had Deedee gevraagd.

Reba had niet gelogen. 'Riki Chavez. Hij werkt bij de grenspolitie.'

Deedee had geknikt, de foto terug in de la geschoven en was op jacht gegaan naar koffiefilters; maar Reba was geïrriteerd geraakt. Ze was er niet aan toe om over Riki te praten. Ze wist dat haar zus woedend zou worden over de geheimgehouden verloving – ook al was die verbroken. Ze hadden een pauze ingelast om beslissingen te nemen, had Riki gezegd. De ring had ze nog. Het was allemaal veel te ingewikkeld om nu te bespreken. Ze kon er nauwelijks aan denken zonder dat ze hoofdpijn kreeg.

Toen Deedee de wc's doorzocht op extra toiletpapier, werd de spanning te veel. Er moest ergens onder in een badkamerlade toch wel iets van Riki te vinden zijn: een verdwaald scheermesje, Old Spice-deodorant, een condoom.

'Heb je zin om te gaan lunchen?' had Reba naar boven geroepen, terwijl ze haar best deed zo gewoon mogelijk te klinken. 'Vrienden van mij hebben een Duitse bakkerij. Ze hebben het beste brood in de stad voor een sandwich.'

Deedee stemde gretig in, na een ontbijt van oudbakken Froot Loops. Het was het enige in de kast waar je geen blikopener voor nodig had. Reba had voordat Deedee kwam alle junkfood die over datum was weggegooid, maar was vergeten de voorraad weer aan te vullen met wat eenvoudig basisvoedsel. En tot overmaat van ramp had Deedee ze zonder melk moeten wegwerken. Reba had alles opgedronken voordat ze kwam.

'Wie is dat?' Deedee knikte naar Jane achter de kassa.

'Jane. Haar moeder Elsie is de eigenaresse. Nog helemaal bij de tijd. Negenenzeventig en nog elke dag aan het werk.'

Deedee zette grote ogen op en schudde haar hoofd. 'Jee, wat indrukwekkend.'

Ze gingen zitten en legden in papier verpakte fijngesneden kalkoenfilet en Gruyère op tafel.

'Als ik negenenzeventig ben,' zei Deedee, 'wil ik tot twaalf uur uitslapen en alleen maar Krispy Kreme-donuts eten, in mijn zijden pyjama. Dan geef ik geen bal om mijn figuur of mode. Dan word ik zo'n gek oud mens dat alleen maar geniet.'

Reba lachte. Ondanks alles aanbad ze haar zus. Die hield de dingen in perspectief.

'Al het brood wordt 's ochtends vers gebakken,' zei Reba. 'Ze hebben ook heel lekkere taartjes. We zouden Jane moeten vragen welk dessert ze aanbeveelt.'

'Ze lijkt nogal druk.'

'Straks wordt het rustiger.' Reba keek op haar horloge. 'Dit is het lunchspitsuur.'

'Je komt hier zeker vaak.'

Reba haalde haar schouders op. 'Een paar keer per week. Jane en Elsie zijn een soort minifamilie voor me geworden.'

'Echt?' Deedee trok een wenkbrauw op. 'Je hebt het nooit over ze gehad, maar dat verbaast me niets, zo weinig als jij belt of mailt. Ik weet dat je een grote meid bent, maar mama maakt zich zorgen.'

'Ik heb het superdruk gehad. Werk, werk en nog eens werk.' Reba wuifde het weg. 'Trouwens, hoe kan ik nu in de problemen komen – ik zit meestal in een Duitse bakkerij met vrouwen die twee of drie keer zo oud zijn als ik. Kom op, Deedee!' Ze lachte te hard.

Deedee grijnsde niet overtuigend, en richtte zich toen op de schappen met brood. 'Hebben ze ook roggebrood? Ik heb in jaren geen goed roggebrood gegeten. Wat je in de winkel koopt smaakt naar karton.'

Reba haalde diep adem. Opgelucht.

Ze kozen voor een klein roggebrood, maar wachtten tot de rij korter werd voordat ze opstonden om te bestellen.

'Hé daar, dame!' zei Jane. 'Sorry dat ik geen tijd had. Is dit Miss Deedee?'

Deedee glimlachte en stak haar hand uit. 'Helemaal.'

Jane schudde enthousiast haar hand. 'Blij je te ontmoeten. Reba heeft het al een paar weken over je komst. Ik wil graag weten met wat voor soort mensen mijn vrienden omgaan. Dat zegt veel.' Ze gebaarde naar de keuken achter. 'Maar ik weet niet wat mijn mensen over mij zeggen!' Ze lachte en de pompon van haar kerstmuts stuiterde op en neer. 'Wat zal het zijn?'

'We hebben vlees en kaas bij ons voor een sandwich. We dachten dat het wel lekker zou zijn op roggebrood.'

Jane pakte een glimmend donker brood van de plank achter

haar. 'Altijd een goede keus. Mam heeft hem vandaag gebakken. Ik zal hem achter even in mooie plakken snijden.'

Ze ging naar achter. 'Winter Wonderland' speelde.

'Hee, je lievelingsnummer,' zei Deedee. Ze gaf Reba een stootje met haar elleboog en neuriede. '*… say you are married, hmm-hmmm, no man…*'

Het was inderdaad Reba's lievelingsnummer, maar nu kromp ze ineen en vroeg ze zich af of er iets *Addams Family*-achtig bovennatuurlijks plaatsvond.

Jane kwam terug met het gesneden brood. 'Dus jij komt ook uit Virginia?'

'Zeker weten. Bijna onze hele familie heeft er altijd gewoond. Reba is een van de weinigen die hem is gesmeerd.' Deedee keek schuin op naar Reba. 'We missen haar.'

'Dat kan ik me voorstellen.' Jane gaf Reba het brood. 'Mam heeft haar familie in Duitsland achtergelaten. Mijn oma en opa zijn overleden toen ik nog in de luiers lag, maar ik geloof dat ik nog wat neven en nichten heb daar. Ik begrijp waarom mam naar Amerika is verhuisd, maar soms zou ik willen dat ik de kans had gehad om mijn familie te leren kennen. Ik weet zeker dat ze haar gemist hebben.'

'*Cry me a lake*,' riep Elsie vanuit de opening van de keukendeur. Ze klapte in haar handen, waardoor er een wolk bloem opsteeg.

'Cry me a *river*, mam,' corrigeerde Jane haar.

Elsie reageerde niet. 'Geen sentimenteel gedoe over mijn leven. Daar zien we al genoeg van in die stomme emo-tv-programma's. Kijken jullie dat? Niets als dood en verdriet en meiden van vijftien die zwanger zijn.' Ze snoof en wuifde het weg. 'En dat noemen ze dan amusement tegenwoordig.'

Deedee kuchte om niet in de lach te schieten.

'In mijn tijd had je Humphrey Bogart en Rita Hayworth en films die wat meer inhielden dan een snotterige zakdoek. Jij bent zeker Reba's zus Deedee.'

'En u bent zeker Reba's vriendin Elsie,' zei Deedee.

'Oude vriendin.' Elsie wees naar het brood dat Reba vasthield. 'Het recept van mijn vader. Hij bakte dat vaak tijdens de oorlogen. Je kon makkelijker aan rogge komen dan aan bloem. Je weet hoe ze roggebrood noemen in het Engels?'

'Mam...' begon Jane.

'Duivelstront,' zei Elsie.

Deedee lachte, een soort rollende giechel die gaandeweg vetter werd. Reba werd erdoor aangestoken.

Jane sloeg haar ogen ten hemel. 'Het spijt me... wat zij allemaal niet zegt.'

'Verontschuldig je niet voor mij,' zei Elsie. 'Ik betwijfel of iemand van Reba's familie zo snel beledigd zou zijn.'

'Zeker niet!' verzekerde Deedee haar. 'Ik begrijp waarom Reba u graag ziet.'

'Klopt. Het heeft niets met mijn bakken te maken. Ze komt voor mijn ordinaire gezelschap.' Elsie knipoogde naar Reba.

'Dat is hct precies. Je hebt me helemaal door,' zei Reba. Ze gebaarde naar de vrije tafel. 'Hebben jullie al geluncht, dames? We hebben extra meegenomen.'

'Bedankt, maar ik heb net al wat gegeten,' zei Jane. De volgende klant deed een stap naar voren. 'Wat kan ik voor u doen?'

Elsie kwam tussen Deedee en Reba staan en nam ze bij de arm. 'Het duurt nog twintig minuten tot de Brötchen klaar zijn. Wat voor kaas hebben jullie bij je?'

'Zwitserse,' antwoordde Deedee.

'Ach ja!' zei Elsie. 'Ik heb *gute* Zwitserse vrienden. Hele gute.'

Het drietal ging zitten en maakte sandwiches. Reba legde de sneetjes brood klaar terwijl Deedee de kalkoen spaarzaam uitdeelde en Elsie de kaas.

'Oeps,' zei Deedee terwijl ze naar de drie stapeltjes voor zich keek. 'Geen kaas voor Reba.' Ze wilde het plakje eraf halen, maar Elsie hield haar tegen.

'Onzin! Die meid is eindelijk tot bezinning gekomen. Bovendien moet je op roggebrood kaas eten. Dat haalt het bittere eraf.'

Deedee ging rechtop zitten.

Reba knikte een paar keer kort en klapte de broodjes dicht. 'De sandwiches zijn klaar!' Ze deelde ze uit.

'Ze is, eh – hoe zeg je dat – weer helemaal van de zuivel, tegenwoordig.' Elsie pakte haar sandwich en plette hem goed, zodat het vlees en de kaas aan elkaar plakte.

Deedee deed haar armen over elkaar. 'Echt?'

‘Ik barst van de honger!’ Reba nam een grote hap van de sandwich.

Elsie knikte. ‘Sterk spul – zuivel. Ze zeggen dat het je hormonen verandert. Ik heb het in een medisch programma op tv gezien.’ Ze nam een hap en ging verder: ‘Uit wetenschappelijk onderzoek is gebleken dat vrouwen met het premenstrueel syndroom minder last hebben van emotionele uitbarstingen, depressies, stemmingswisselingen en over het algemeen minder prikkelbaar zijn, als ze meer zuivel eten. De dokters hebben dat aangetoond.’ Ze slikte een hap door. ‘En ik geloof in de wetenschap. Reba is een goed voorbeeld. Ze is zuivel gaan eten waardoor ze helder werd in haar hoofd, zodat ze eindelijk een beslissing kon nemen over haar verloofde.’

Reba kneep haar ogen stijf dicht.

‘*Um Gottes willen*! Het werd eens tijd.’ Elsie nam een luidruchtige hap van haar roggebrood.

‘Het is niet te geloven dat ik van een negenenzeventig jaar oude Duitse dame die ik nog geen tien minuten kende, heb moeten horen over de verloving van mijn kleine zusje! Ongelooflijk!’ Deedee ijsbeerde door Reba’s keuken.

Reba zat aan tafel en keek naar buiten naar de maan die gestaag boven de bergkam opkwam en wou dat ze zelf ook daarboven zat.

‘Dat is die vent zeker?’ Deedee wees naar de keukenla. ‘Waarom heb je niet gezegd dat hij je verloofde is?’

‘Ex,’ verduidelijkte Reba.

‘Hoe dan ook. Je was van plan met iemand te gaan trouwen en je hebt niet de moeite genomen het je familie te vertellen – het mij te vertellen!’ Ze sloeg theatraal op haar borst. ‘Je zuster!’

Reba pulkte aan het donkere randje achter haar duimnagel – roggebrood.

Deedee nam een hap adem. ‘Ben je zwanger?’

Reba ging met een ruk rechtop zitten. ‘Hallo zeg. Deedee, dit is niet *The Jerry Springer Show*, hoor.’

‘Nou ja, ik probeer te verklaren waarom je zoiets zou doen.’ Ze legde haar handen op haar slapen, wreef over de drukpunten en trok haar ogen tot spleetjes.

'Ik wist dat je het niet zou begrijpen,' bromde Reba. 'Daarom vertel ik je niets.'

Deedee ging naast haar zitten, met haar kin op haar vuist. 'Wat valt er te begrijpen? Je hoeft alleen maar te zeggen dat je verliefd bent geworden en dan snap ik het. Maar je hebt helemaal niets gezegd!' Ze keek Reba hoopvol aan. 'Hou je van die vent?'

Reba duwde haar neus in haar handen. Ze roken naar Zwitserse kaas. Ze wist niet hoe ze moest antwoorden. Het was ingewikkeld. Ze hield van Riki, maar misschien niet genoeg. Het was net als kwarktaart. Ze dacht dat ze ervan hield, maar misschien kwam dat doordat ze het had afgezworen. Zou ze, juist nu ze het weer openlijk kon eten, al die dingen die ze heeft moeten missen niet willen proeven: broodjes cheddar, slagroomsoezen, hamburgers en rundersaté, gevulde pannenkoeken en alles waar slagroom op zat? De wereld lag aan haar verhemelte. Dan kon ze toch niet weer oudbakken kwarktaart gaan eten, ook al verlangde ze er hevig naar, ook al vond ze die het lekkerst van alles? En hoe kon ze dat Deedee aan haar verstand brengen?

Ze verplaatste haar handen op haar gezicht om het helemaal te bedekken en fluisterde door haar handen: 'Hij is kwarktaart.'

'Hè? – wat? Kwarktaart?' Deedee snoof. 'En dat is ook weer zoiets. Ik dacht dat je dat niet meer at. Je hebt me een koe laten adopteren, God nog aan toe!'

Reba kreunde. Ze kon het niet allemaal tegelijk hebben. Ze begroef haar hoofd in haar armen zoals ze vroeger op de lagere school deed tijdens de pauze.

'Zeg wat, Reba.' Deedee legde een vertrouwde hand op haar rug.

Het was stil in de beschutting van Reba's armen, met als enig geluid haar regelmatige ademhaling. 'Ik eet nu wel zuivel.' Ze moest toch ergens beginnen.

'Oké. Daar zal mama blij mee zijn. Ze vond het vreselijk dat je haar kaaskroketjes niet wilde eten. Je weet dat ze een paar recepten heeft waarvan ze zelf vindt dat ze een prijs verdienen, en die zijn allemaal met room, kaas of een flink stuk rundvlees.' Deedees stem werd warmer. 'Hoe ben je Riki eigenlijk tegengekomen?'

Reba legde haar kin op haar arm. 'Ik werkte aan een artikel

over immigratie in de grensstreek. Ik interviewde hem op het bureau waar hij werkt. Hij was zo anders dan de jongens bij ons. Hij droeg cowboylaarzen en een Stetson en niet zomaar een uit een catalogus. Op deze zat echte modder en paardenstront.'

Deedee moest lachen en Reba ook.

'En hij behandelde me alsof ik... klasse had, omdat ik van de oostkust kwam en bereisd was. Hij kon niet geloven dat we na twee uur rijden al aan zee waren, wanneer we maar zin hadden. Hij was gefascineerd door mijn foto's van Sandbridge Beach, bijna niemand is onder de indruk van dat gezapige Sandbridge! Maar hij woont hier al zijn hele leven. Omgeven door woestijn. Hij heeft nog nooit de zee gezien. Kun je je dat voorstellen?'

Deedee schudde haar hoofd.

'En het belangrijkste is dat hij zo veel van me leek te houden. Er heeft nog nooit iemand op die manier van me gehouden. Zo heftig, snap je?'

'Nee. Ik zal je maar niet vertellen over met hoeveel monsterlijke kerels ik ben uitgeweest. Voor het geval je het niet wist, er lopen een hoop mafkezen rond op zoek naar een leuk koppie en een pleziertje.' Deedee leek alle boze lucht uit haar longen te zuchten. 'Om je de waarheid te zeggen, ik ben jaloers.'

Reba ging rechtop zitten. 'Niet jaloers zijn! Het is doodeng, hoor.'

'Jammer dan. Ik zie al groen. Ik heb de foto gezien. Wat een lekker ding.' Deedee gniffelde. 'Ik snap echt niet waarom je niet gezegd hebt dat hij je ten huwelijk heeft gevraagd. Vond je het gênant?'

'Nee, niet gênant.' Reba staarde strak naar de volle maan, die inmiddels hoog boven de rotsige bergtop stond. 'Het was eerder onzekerheid. Ik wilde het niemand vertellen tot ik het ook voelde. Dat soort grote liefde.'

Reba haalde haar kettinkje uit zijn schuilplaats onder haar shirt vandaan en slingerde met de ring.

'Hij is prachtig,' zei Deedee.

'Ik heb hem nooit gedragen.'

'Waarom niet joh? Met zo'n diamanten ring zou ik de hele stad door lopen bling-blingen.'

'Het voelde nooit goed,' zei Reba.

Deedee knikte. 'Heb je het daarom uitgemaakt?'

'Ik denk het. Technisch gezien hebben we het niet uitgemaakt. We kregen ruzie en toen is hij vertrokken. Ik heb al een maand niets meer van hem gehoord.' Ze kreeg een brok in haar keel. Haar ogen prikten.

'Dat maakt het makkelijker, hè?' zei Deedee.

Reba wendde zich af om haar opwellende tranen te verbergen. Ze kon ze niet tegenhouden.

'Ooit geprobeerd hem te bellen?'

Reba haalde haar schouders op. Hoe vaak had ze niet zijn nummer ingetoetst op het laatste cijfer na? Ze bad dat hij haar zou bellen, maar dat deed hij niet, dus zij ook niet, en de dagen werden geleidelijk weken van stilte. Ze miste hem. Veel meer dan ze ooit had voorzien.

Deedee pakte Reba's hand en ging met haar vingers langs de botjes die van haar pols naar haar vingertoppen waaierden. 'Weet je nog wat mama altijd zei toen we klein waren? Als je oprecht van iemand houdt, volg je die tot het einde van de wereld; je geeft alles op wat je hebt, zelfs je leven – maar dat wil niet zeggen dat je je polsen moet doorsnijden omdat een of andere flierefluiter je vlinders in je buik bezorgt.' Ze viel even stil.

Reba wist dat ze allebei hetzelfde dachten: dat was precies wat hun moeder had gedaan. Niet letterlijk natuurlijk, maar ze hadden haar hun hele leven zien bloeden, iedere dag een beetje zien sterven, om de eer van de familie voor de buitenwereld op te houden en binnenshuis de schijn van normaliteit. Mama probeerde de onverkwikkelijke waarheden voor iedereen verborgen te houden, zelfs voor zichzelf, maar zij waren zich er van bewust. Ze waren zich er altijd van bewust.

'Wat ik bedoel is, als je met iemand gaat trouwen, moet je weten waar je aan begint.'

En daar werd die oude splinter zichtbaar. Reba wilde hem niet meer voelen. Hij moest eruit, hoe dan ook.

'Denk je dat mama wist waar ze aan begon met papa?' vroeg ze.

Deedee knipperde met haar ogen. En nog een keer. Haar mondhoek aan de rechterkant trilde. Het was een onderwerp dat hun beiden pijn deed.

'Papa was te teergevoelig. De oorlog heeft hem kapotgemaakt en niemand, noch wij, noch mama, kon hem repareren.' Ze zuchtte. 'Ik denk dat je zelfs daarop voorbereid moet zijn – dat de persoon van wie je houdt je verlaat, geestelijk of lichamelijk. De dood komt in allerlei vermommingen.'

'Een hongerige wolf,' fluisterde Reba.

Deedee streek met haar hand door haar pony en vervolgde: 'Ik heb er geen seconde aan getwijfeld dat mama van hem hield. Wat er verder ook aan de hand mag zijn geweest, dat veinsden ze niet.'

Reba had het niet over de relatie tussen haar vader en moeder. Ze wist nog wel wat zij samen hadden. Ze herinnerde zich de goede dagen die haar vader had. Hij en mama die een ommetje maakten door het bos achter het huis: mama met een esdoornblad zo groot als een berenklauw als waaier; papa's arm om haar middel. De manier waarop mama hem over de eettafel aankeek alsof ze muziek hoorde als hij lachte. Mama's glimlach als hij met fleurige boeketten zonnebloemen thuiskwam. Toen Reba net naar El Paso was verhuisd, vond ze het merkwaardig dat zonnebloemen in het wild groeiden, vastgeklampt aan de randen van alfalfavelden. Onkruid. Ze vroeg zich af of in andere delen van de wereld rozen net zo'n dubbelleven leidden.

'Misschien niet, maar op andere gebieden werd er flink geacteerd, mama verdiende een Oscar.' Reba beet op haar onderlip om hem in bedwang te houden. 'Ik stel me voor hoe we als kind waren, en ik weet niet wat echt is en wat niet. Het voelt alsof je een kronkel in je geest hebt. Ik begrijp hoe papa zich gevoeld moet hebben.'

Deedee ging verzitten in haar stoel. 'Het was… lastig voor papa.'

'Lastig?' Reba lachte. 'Jezus Deedee, alsof het gewoon een beetje tegenzat!' De jarenlange wrevel had zich als aanmaakhout in haar opgehoopt en Deedee had zojuist een lucifer aangestoken. 'Dat deed je altijd al. Toen je naar kostschool ging, deed je net alsof er geen vuiltje aan de lucht was thuis – nou, zo was het niet. Verre van dat. Papa was zwaar gedeprimeerd. Ik heb zijn medisch dossier gevonden. Hij heeft elektroshocktherapie gehad. Weet je wat dat is?' Ze prikte met haar vinger tegen haar slaap. 'Elektriciteitsschokken door je hersens. Ik weet niet wat jij onder lastig verstaat, maar ik zou het wel als iets meer dan lastig omschrijven. En hij heeft dingen gedaan in Vietnam, Deedee. Verschrikkelijke dingen. Ik heb een van zijn therapieverslagen gelezen. Daar zat een heel ander persoon, die wij nooit gekend hebben.' Haar geest racete sneller dan haar lippen woorden konden vormen. 'Weet je nog – weet je nog toen ik je vertelde dat hij mama had geslagen? Toen zei jij dat het een droom was. Een droom! Jij was degene die droomde! Doen alsof alles goed was thuis terwijl papa duidelijk hulp nodig had die niet uit een fles whiskey kwam. Maar nee, iedereen vond het wel best om te doen alsof er niets aan de hand was, of te vertrekken. Ik ben blij voor je. Blij dat je daar weg kon – om het keurige tutje uit te hangen op school, maar het ging helemaal niet goed thuis, en je hoefde geen geleerde te zijn om dat door te hebben. Jij wist het. Ik weet dat je het wist!' Haar gezicht gloeide. 'Hij heeft zichzelf van kant gemaakt, Deedee!' Haar snikken verstikte haar. 'Mama had het touw al losgesneden toen ik thuiskwam van school. Ze zat aan de telefoon met de politie. Jij was er niet bij. Jij hebt het niet gezien. En het ergste was dat hij er niet eens dood uitzag. Hij zag eruit alsof hij van zijn stokje was gegaan.' Ze had nooit eerder iets over die avond gezegd. Ze voelde zich als een vuur dat niet meer onder controle was, met vlammen tot aan de hemel. 'Toen de ambulance kwam en ze zeiden dat hij dood was,' ze bedekte haar ogen met haar hand, 'was ik opgelucht. Opgelucht, Deedee! Ik hield zo veel van hem, maar ik was ook bang voor hem. Hoe kan dat nou – je kunt niet houden van waar je bang voor bent, toch?'

De tranen stroomden over Deedees wangen, maar Reba kon niet huilen. De pijn vanbinnen was te groot.

'We hebben het nooit over al die dingen gehad,' ging Reba door. 'Het beangstigt me nog steeds omdat ik nog steeds zo veel van papa in mij voel.'

'O Reba.' Deedee nam Reba's handen in de hare. 'Het spijt me.'

De twee zussen keken elkaar in de ogen. De hartslag van Reba ging van koken naar sudderen.

'Ik wilde je niet in de steek laten.' Deedee beet op haar onderlip. 'Maar ik moest daar weg. Ik wilde vrij zijn van al die droefheid. Ik was zo bang en wanhopig.'

Reba voelde een vlaag van begrip door haar heen gaan. ‘Waarom heb je niets tegen me gezegd?’

‘Je was nog een klein meisje.’ Deedee snufte. ‘Ik dacht te helpen door het voor je te verzwijgen. Steeds als papa almaar door bleef gaan over zijn angsten, zijn demonen, was je zo van slag. Ik wilde niet dat je je nog meer zorgen maakte dan je al deed. Ik wilde dat je dacht dat alles in orde was, maar toen werd het allemaal te veel. Ik moest weg daar – voor mijn eigen geestelijke gezondheid. Ik wilde je ook tegen mijn pijn in bescherming nemen.’

‘En mama dan? Hij deed haar pijn.’

‘Mama begreep papa veel beter dan wij.’ Deedee veegde haar uitgelopen mascara weg en wreef het uit tussen haar vingers. ‘Door mijn rechtenstudie heb ik geleerd dat ondanks alles wat we denken te weten, het ontzettend moeilijk is grip op de waarheid te krijgen. Ze wordt vertroebeld door tijd en door mensen en hoe ieder van ons die ervaart.’

‘Waarheid is waarheid,’ fluisterde Reba.

‘Dat is zo, maar ook weer niet,’ zei Deedee. ‘Iedere dag loop ik de rechtszaal binnen met mijn waarheid onder de arm en het blijft mij verbazen dat die andere advocaat hetzelfde doet. Wie heeft er gelijk?’ Ze haalde haar schouders op. ‘Ik ben dankbaar dat ik geen rechter ben.’

‘Dus jij zegt dat we anarchie moeten accepteren? We heffen de armen in wanhoop en leven in een waan, zonder de werkelijkheid onder ogen te zien? Kijk maar hoe dat papa heeft geholpen.’

‘Nee,’ zei Deedee. ‘Het betekent dat we het aan God overlaten. Het is een te groot karwei voor jou of voor mij. We moeten ophouden bang te zijn voor de schaduwen en beseffen dat de wereld bestaat uit verschillende tinten grijs, licht en duisternis. Het een kan niet zonder het ander.’ Ze kneep in Reba’s handen. ‘Papa maakte een fout door een meedogenloos oordeel te vellen over zijn eigen verleden en dat oordeel toe te staan zijn heden te veroordelen. Er was niets dat iemand van ons voor hem had kunnen doen, behalve van hem houden, zo goed als we konden. Je kunt een ander jouw waarheid niet doen geloven, of vergeving afdwingen. We kunnen alleen verantwoordelijk zijn voor onszelf.’ Deedee trok Reba tegen zich aan. ‘Het spijt me dat ik er niet was toen je me nodig had. Het spijt me dat het zo lang heeft geduurd voor we over papa's dood konden praten.'

Reba kroop dichter tegen haar aan. 'Het spijt mij ook.' En voor het eerst in wat een eeuwigheid leek, waren ze open en eerlijk tegen elkaar. En dat bracht een rust met zich mee waar Reba haar hele leven naar had verlangd.

'Deedee.' Ze liet haar hoofd vol op haar zusters schouder rusten. 'Ik wil niet zoals papa zijn.'

Deedee liet haar eigen hoofd zwaar op dat van Reba rusten. 'Zijn grootste fout was dat hij niet zag hoe groot onze liefde voor hem was.'

Reba dacht aan Riki, en ze kreeg pijn midden op haar borst. 'Riki is de meest oprechte man die ik ooit ben tegengekomen... en ik ben echt gek op kwarktaart.'

'Aha,' fluisterde Deedee. 'Kwarktaart.' Ze knikte. 'Misschien is hij wel geen kwarktaart. Misschien is hij de melkboer.'

Ze giechelden zachtjes in elkaars armen.

'Ik heb die hele zuivelvrije periode van jou nooit begrepen. Het paste helemaal niet bij je.'

Deedee kuste Reba's voorhoofd.

'Ik probeerde iets te zijn wat ik niet was,' zei Reba en ze glimlachte, ze voelde de leugen omhoogkomen, opgestuwd door de waarheid.

# *Zevenentwintig*

SCHMIDT BÄCKEREI
LUDWIGSTRASSE 56
GARMISCH, DUITSLAND
23 MAART 1945

Het zonlicht was zo slap als de paardenbloemthee die Mutti had gezet van de jonge scheuten die ze die ochtend had geplukt. Door de storm hingen hun kopjes slap naar beneden als terneergeslagen schoolkinderen. Nu was de wind guur en nat en droeg de geur met zich mee van regenwormen die kronkelden onder de overwinterende aardbeienplanten. Elsie voelde de ijzige wind op haar nek, hoeveel sjaals ze ook om had of hoe snel ze ook werkte. De mensen stonden zoals gewoonlijk alweer in de rij, mompelend over de aankomende werkdag, met knorrende magen, de geur van brood en geruchten over een Duitse nederlaag.

Elsie deed oude broodjes en broden in broodzakken en papier in ruil voor snuisterijen, munten of beloften. Ze waren er alweer bijna doorheen. Het schap met Brötchen was bijna leeg en Frau Rattelmüller was haar gebruikelijke boodschappen niet komen ophalen.

'Ik heb voor drie betaald,' zei een man met een nette gleufhoed. 'En u gaf er twee.' Hij prikte met zijn wijsvinger tegen de broodjes in het bruine papier.

'Het spijt me.' Elsie gaf hem er nog een en hij vertrok nijdig, terwijl hij zachtjes murmelend zijn sjaal strak om zijn nek trok.

De volgende klant bestelde, maar Elsie hoorde het niet. De afwezigheid van Frau Rattelmüller had haar van haar stuk gebracht. Ze was ongerust; haar gedachten dwaalden voorbij de mallemolen van de ochtendklanten naar het weggetje dat naar de voordeur van de Frau leidde. Ze vroeg zich af wat haar had opgehouden.

Er zat een seizoenswisseling in de lucht, en het was meer dan alleen de lente. De Gestapo patrouilleerde dag en nacht door de straten met geweren los over hun schouder; bij stukjes en beetjes drong het nieuws door dat de geallieerden bij de Rijn waren en die binnen afzienbare tijd zouden oversteken; op de *Volksempfänger* werd gezegd dat de Amerikanen, de Britten en de Russen ze kwamen verkrachten en vermoorden, maar Elsie vroeg zich af hoeveel erger dan hun eigen soldaten ze konden zijn. Na de moord op Achim Thalberg waren er nog vele anderen in quarantaine geplaatst, gearresteerd of eenvoudig doodgeschoten. Het feit dat ze Tobias in huis had was al een reden om haar en haar familie stante pede om te brengen; en met Julius constant voor haar voeten kostte het haar iedere dag weer moeite om Tobias' aanwezigheid geheim te houden.

Aanvankelijk had Mutti voorgesteld dat Julius een kamer zou delen met Elsie. Alleen het idee al had de eerste aanval van Julius, waarvan zij al spoedig merkten dat die regelmatig voorkwamen, op gang gebracht. Hij weigerde in de nabijheid van het andere geslacht te slapen en zette zijn stekels op als Mutti en Papa genegenheid voor elkaar toonden, of het nu het vasthouden van elkaars hand was, of een kus op de wang. Het was verbijsterend, het lieve karakter van Hazel in aanmerking genomen. Mutti verontschuldigde zich voor hem: 'Hij is opgegroeid met de strakke moraal van het Reich. Misschien hebben we allemaal een lesje in fatsoen nodig.' Papa had geknikt, maar met een frons.

In een poging Julius te bedaren had Mutti een matras gemaakt van oude tafelkleden en stro en had ze de kleine restjes die nog over waren uit de provisiekast in de keuken gehaald. Die zou zijn slaapkamer worden. Hij was er niet blij mee, maar accepteerde het aangezien dit de enige beschikbare ruimte was. Nukkig en humeurig in zijn nieuwe omgeving, bracht hij er het grootste deel van zijn tijd door, bezig met zijn speelgoedsoldaatjes op te stellen in de groeven en gaten van de houten vloer. Als geschifte melk leek hij verzuurd door een grote bedroefdheid die niemand kon verlichten.

Elsie nam het hem niet helemaal kwalijk. Hij kende ze niet. Hazel was naar Steinhöring verhuisd toen ze nog zwanger was, en zij waren alleen maar op bezoek geweest toen hij nog een baby was. Het Lebensbornprogramma was zijn familie. Hij praatte onophoudelijk over zijn instructeurs, over nazigebruiken en over hoe erg hij vreemdelingen haatte. Allemaal dingen waar niemand het zelfs maar over durfde te hebben, en dat soort ruwe taal door een zevenjarige vond iedereen onaangenaam. Julius wist alles over autoriteit en discipline en niets over familie en mededogen.

Ook al waren ze ongeveer even oud en hadden ze dezelfde lichtblauwe ogen, Julius en Tobias verschilden van elkaar als dag en nacht. Julius bleef ongevoelig en emotieloos, zelfs toen Mutti hem foto's van zijn moeder Hazel liet zien en met de achterkant van haar hand over zijn wang streek. Het bracht niet de minste wederzijdse affectie of waardering teweeg. Hij weigerde de truien die Mutti breide te dragen, omdat hij vond dat die naar schapenmest roken, net als het matras waar hij op sliep. Het leek alsof eten het enige was waar hij moeizaam plezier aan beleefde, hoewel hij kritiek had op alles wat hem werd aangeboden; hij stribbelde tegen als hij groente kreeg en mopperde dat de *Spaetzle*, nota bene gemaakt van zijn eigen ss-meel en eierpoeder, naar schoenveters smaakte. Nooit was het goed, niets was goed genoeg.

Desondanks was Mutti dol op hem, maar Papa was terughoudend. Elsie kende hem goed. Hij keurde het af dat het joch zich zo verheven voelde boven hen, bakkers. Maar het was tenslotte de zoon van zijn dochter, zijn eigen bloed, dus zette hij het joch in de eerste week aan het werk. Julius zeurde en klaagde bij ieder baksel Brötchen en taartjes. Hij bracht een bitterheid in de bakkerij waarvan zij allen bang waren dat die in het brood terecht zou komen. Na een week vroeg Mutti aan Papa hem met rust te laten, daarna speelde hij verder alleen nog maar oorlogsspelletjes in de provisiekast in de keuken.

Voor zonsopgang, terwijl Papa de oven aanstak en Mutti Julius eten gaf, had Elsie de hele bovenverdieping vaak voor zichzelf, wat haar tijd gaf zich op Tobias te richten voordat ze zich bij Papa in de keuken voegde.

Na alles wat hij eerder van haar over Julius had gehoord, was Tobias nieuwsgierig naar de komst van haar neefje. Toch kwam het als een verrassing toen hij op een ochtend fluisterde: 'Ik heb geluisterd of ik zijn muziek kon horen.'

Elsie wilde hem vlug de wollen sokken geven die Mutti voor Julius had gebreid, en die Julius op de grond had gegooid omdat ze kriebelden. Hij zou ze nooit dragen en Mutti zou gekwetst worden omdat alweer een geschenk werd afgewezen. Tobias kon ze goed gebruiken en dat leek Elsie een goede oplossing.

'Ik heb met mijn oor tegen de vloer gelegen, maar ik hoorde alleen maar potten en pannen en klanten,' Tobias praatte door terwijl Elsie de sokken tot aan zijn knieën optrok. 'Wat voor liedjes zingt hij voor jou?'

'Zingen? Wie?'

'Julius. Je zei dat hij zong. Aangezien ik nu zelf niet kan zingen, dacht ik dat ik misschien naar hem kon luisteren.' Hij knipperde met zijn ogen.

Elsie gaf hem het ontbijt dat Mutti haar had gebracht: een misvormde pretzel, gewikkeld in een servet van mousseline.

'Hij heeft nog geen kans gehad,' zei ze en trok zijn nachtmuts over zijn oren om te voorkomen dat hij kou zou vatten. 'En nu eten.'

Tobias knikte. 'Ik heb ook al lang niet meer gezongen – niet echt. Ik moest zingen van de agenten, maar hun liedjes zijn niet zo mooi. Niet zoals die mijn vader schreef en die mijn moeder en mijn zus en ik samen zongen.' Hij legde het servet in zijn schoot. 'Soms ben ik bang dat ik ze zal vergeten. Soms denk ik dat ik mijn stem al vergeten ben.'

Elsie huiverde en haalde haar hand door zijn haar. 'Ik zal je stem nooit vergeten,' zei ze troostend. 'En jij bent hem ook niet vergeten. Hij zit nog steeds in je, en dat zal altijd zo blijven. Geloof me.'

Hij knikte en schoof weer terug in zijn nest van dekens en spulletjes in de kruipruimte. *A Boy's Will* lag open bij 'De proeftijd van het leven'.

'Die is goed,' zei Elsie. '"En de geest tolt en het hart zingt, en een schreeuw begroet de dappere"' reciteerde ze uit haar geheugen.

'"Maar op het eind spreekt altijd God,"' fluisterde Tobias terug terwijl Elsie de ruimte weer met de plank afsloot.

Papa was blij geweest met Elsies succes toen ze in Steinhöring waren en vertrouwde haar nog veel meer familierecepten toe. Elsie genoot van haar nieuwe verantwoordelijkheden in de keuken en was gewend geraakt om Frau Rattelmüller aan de achterdeur te begroeten voordat ze opengingen. Ze deed dat nu al zo lang dat Papa en Mutti er geen probleem in zagen. Haar dagelijkse bestelling werd een soort onuitgesproken code. Tien Brötchen betekende dat alles goed ging. Haar afwezigheid vandaag betekende narigheid.

De rij was korter geworden. Elsie was dankbaar. Het zuurdesembrood van Papa kwam pas over een half uur uit de oven.

Julius kwam uit de provisiekast met frisgewassen gezicht en de kamsporen nog steeds in het haar. Mutti had zijn broek en hemd voor hem gestreken, net zoals de Organisatie dat had gedaan.

'Je ziet er heel leuk uit,' zei Mutti. Ze pakte zijn hand en schudde zijn arm. 'Zeg eens goedemorgen tegen tante Elsie.'

Zijn blik ging dwars door haar heen. 'Ik wil Lebkuchen als ontbijt.'

'Kom kom, je mag geen zoetigheid als ontbijt. Dat kreeg je in Steinhöring toch ook niet als ontbijt, of wel?'

'Nein.' Julius rolde met zijn ogen. 'We kregen zachtgekookt ei met worst, witbrood met verse boter, abrikozenjam en vruchten uit de verste hoeken van het Duitse rijk. Maar dat zie ik hier niet.' Hij trok zijn hand los en deed zijn armen over elkaar.

Mutti knikte. '*Das stimmt.*' Ze wrong in haar handen. 'Elsie, geef Julius een Lebkuchen – en een glas melk.'

Elsie had geen tijd om haar verwende neefje van voedsel te voorzien. Ze pakte de laatste peperkoek, die al sinds Kerstmis in de vorm van een groot heksenhuis aan het broodrek hing, brak hem doormidden en gaf hem aan Mutti.

'Elsie!' bitste Mutti.

'Rozijnenroggebrood?' vroeg de volgende klant met een kind op haar heup. Het kind sliep, wang tegen het borstbeen van de vrouw, mond open.

'Geen rozijnen. Alleen roggebrood,' antwoordde Elsie.

De vrouw haalde een gouden doopkruis uit haar zak tevoorschijn.

'Meer heb ik niet.'

Elsie was in de tussentijd de scherp afgetekende jukbeenderen en asgrauwe lippen van de jonge moeder opgevallen. 'Laat maar.' Ze gaf een klopje op haar hand en pakte het donkere brood.

Er stonden tranen in de ogen van de vrouw en ze kuste haar slapende kindje. 'Heel hartelijk bedankt.'

'Elsie, de melk?' vroeg Mutti.

Elsie pufte. 'Het spijt me, maar je zult het zelf moeten pakken, Mutti. Ik ben bezig.'

De ijzige boze blik van Julius prikte achter in haar nek. Mutti leidde hem weg, waarschijnlijk om de melk te pakken, maar Elsie wist dat ze geen melk zouden vinden. Ze hadden al weken geen melk gehad. Papa had provisorisch de room met water verdund en bij de kaasmaker afgedongen op de resten wei.

'Wie volgt?' riep Elsie, en de volgende klant stapte naar voren.

'Kan ik je even spreken?'

Elsie herkende de gedaante niet meteen, met een trenchcoat tot aan de enkels en een zwarte, met kant afgezette hoed. Frau Rattelmüller tilde de rand van haar sluier op, die een zakelijke uitdrukking en diepliggende ogen onthulde. De vaste klanten achter haar gromden afkeurend en ongeduldig.

'Geef me een paar minuten, dan zien we elkaar bij de houtstapel achter,' fluisterde Elsie. Ze wikkelde een dun plakje stol in bruin papier en reikte het haar over de toonbank aan. 'Dank u.'

Frau Rattelmüller vertrok met het pakketje.

'Mutti,' riep Elsie. 'Wilt u de winkel even overnemen? Ik ben vergeten brandhout te halen.' Het was niet helemaal onwaar. Er lag nog maar een kleine stapel.

Mutti kwam van achter en knikte naar de volgende klant. 'Grüss Gott, Herr Baumhauer.'

Elsie verdween naar de keuken, langs Papa die donker *Schwarzbrot* aan het kneden was en langs Julius, die lui op de kruk zijn behekste brosse Lebkuchen zat te eten. Ze stapte in haar laarzen, wierp een sjaal om haar schouders en liep naar buiten de druilerige maartse dag in.

Frau Rattelmüller wachtte aan het einde van de houtstapel. Elsie moest stevig doorlopen, met zelfverzekerde pas, voor het geval dat ze bespied werd. Als de Frau haar toch had aangegeven, wilde ze op zijn minst onschuldig overkomen. Misschien zouden ze een arme bakkersdochter gratie verlenen. Maar als Frau Rattelmüller degene was die ontmaskerd was, dan zou ze door deze ontmoeting beticht worden van medeplichtigheid. Ze vertraagde haar pas en ging aan de andere kant van de keurig kruislings opgestapelde houtstapel staan.

'Ja?' vroeg ze, op koudere toon dan bij haar paste. 'Waar wilde u mij over spreken?'

Frau Rattelmüller voelde de vijandigheid. 'Ik ben alleen gekomen en heb geen kwade bedoelingen,' verzekerde ze. 'Ik zou hier niet zijn als ik een andere keuze had.' Ze leunde zwaar op haar stok. 'Ik ken een paar mensen binnen het kamp Dachau. Ze zeggen dat de nazi's een uitzetting van de Joden plannen. De Russen en Amerikanen zijn dichtbij. Ze zijn van plan de Joden binnenkort te voet naar het Tegernmeer te sturen.'

'Nu?' De maartse regen was veranderd in scherpe ijsnaalden, die op haar neus en voorhoofd hagelden. 'Dan vriezen ze dood.'

'Ik weet zeker dat dat de bedoeling is. Op kogels besparen voor de soldaten in Berlijn.'

'Maar Josef,' Elsies hart klopte snel, 'die zit in Dachau.'

'Ja.' het gezicht van Frau Rattelmüller draaide weg onder haar sluier. 'Hij is een van de dienstdoende officiers.'

'Die verantwoordelijk is voor deze dodenmars?'

Josef had het nooit over zijn werk gehad met haar. Ze was er altijd van uitgegaan dat het iets met de bergbrigade te maken had, niet met Joodse kampen. Er gingen al jaren geruchten over geweld en massagraven in Dachau. Zo gruwelijk dat de meeste mensen ervoor kozen ze niet te geloven. Dit waren wel hun landgenoten. Elsie was niet bereid zich voor te stellen dat Josef een leidende rol had bij dergelijke wreedheden. De snijdende regen beet in haar wangen.

Frau Rattelmüller boog zich dichter naar haar toe. 'Ik ken een man die de bewaking kan omkopen om een oogje dicht te knijpen als de Joodse vrouwen zich van de werkhuisbarakken naar de slaapzalen verplaatsen. Er zijn twee meisjes – familie van mijn...' Gekraak in een boom. Ze draaide zich snel om. Een jonge mus vloog van een tak. Ze ging op fluistertoon verder: 'Zodra ik ze heb, gaan ze meteen door naar Zwitserland waar ze opgewacht worden door betrouwbare vrienden.'

'Gaat u ook?'

'Ik ben te oud. Ik zou ze alleen maar vertragen.' De Frau slikte even. 'Ik ben gekomen omdat ik je hulp nodig heb – met het smeergeld. Ik heb gegeven wat ik kon missen, maar het is niet genoeg.'

Elsie deed een stap naar achteren. Daar ging het dus om. De oude vrouw wilde geld. Was dit de manier waarop ze in haar dagelijks brood voorzag: met geld dat ze onder het mom van liefdadigheid stal? Elsie keek Frau Rattelmüller eens goed aan. Haar sluier was rafelig aan de randen; de zoom van haar jurk hing rond haar hielen; ze had geen kousen aan haar voeten ondanks het weer; en haar graatmagere handen waren ruw en rood ontstoken. Dit was niet een vrouw die broodjes en snoep opschrokte.

Maar Elsie had niets om te geven. Er zat maar een klein bedrag in de kassa van de Bäckerei, dat kon er niet ongemerkt uitgehaald worden. Ze wreef over haar voorhoofd in een poging haar huid te verwarmen tegen de kloppende vorst, toen ze het zag: rode schittering onder het gesmolten ijs. Hoe gemakkelijk was ze haar belofte aan Josef vergeten, verdwenen zonder iets te schrijven, zoals hij had beloofd.

'Hier.' Ze haalde hem van haar vinger. 'Dit zou genoeg moeten zijn.'

'Je verlovingsring?' Frau Rattelmüller nam hem aan, maar achter haar donkere sluier fronste ze. 'Wat ga je tegen Josef en je familie zeggen als ze ernaar vragen?'

Elsie wreef haar handen, plotseling warmer dan ze daarvoor waren. 'Dan zeg ik dat ik hem heb weggegeven om het vaderland te redden.'

De Frau knikte. 'Je zuster Hazel was moedig, maar jij hebt het hart van de profeet Daniël, Elsie.'

Elsie huiverde toen er over Hazel werd gesproken in de verleden tijd. Ze keek weg en schudde haar hoofd. 'Die ring is nooit echt van mij geweest.'

Frau Rattelmüller greep Elsies hand. 'Er zijn nog steeds mensen die niet zijn vergeten dat Gods wet boven de mensen staat.' Haar stem stokte. 'Deze mannen zullen ons niet de vernietiging in helpen. Ik heb al vroeg in mijn leven geleerd dat de doden de levenden niet kunnen redden. Allen wij kunnen dat. Zolang er leven is, is er hoop.' Ze draaide zich om, om te vertrekken.

Elsie hield haar tegen. Dit was haar kans. 'Ik wil je in ruil om een gunst vragen.'

Elsie ademde diep in; de ijzige lucht verstikte haar. De takken knisperden onder de rijp. Elk gefluister was een gevaar. Elke beweging was verdacht, maar Tobias was te belangrijk geworden voor Elsie. Ieder uur dat hij doorbracht in haar slaapkamer was een uur dichter bij ontmaskering en vernietiging. Als dit een kans was om hem te redden, moest ze hem grijpen.

'Toen u Tobias ontdekte in onze keuken, bood u aan hem mee te nemen met de anderen. Wilt u dat nu nog doen – wilt u hem Duitsland uit helpen?' vroeg ze.

Frau Rattelmüller greep het handvat van haar stok met twee handen vast en zei nauwelijks hoorbaar: 'Het is te gevaarlijk nu, Elsie. Als ik hem van de bakkerij naar mijn huis meeneem, liggen we misschien straks allemaal in ons graf.'

Door de wind wervelden vlagen sneeuwvlokjes omhoog.

'En met dit weer – hij is zo klein en zwak.' De Frau schudde haar hoofd.

Elsie stelde zich de knokige ellebogen en knieën van Tobias voor, zijn kleine oorlelletjes onder zijn lange gebreide muts. Zijn gezondheid was slecht. Ze had gelijk. Er bestond een grote kans dat hij de elementen niet zou overleven.

'Het spijt me,' zei Frau Rattelmüller. 'Geloof me alsjeblieft, als er een manier zou zijn om hem veilig te vervoeren, zou ik het doen. De Gestapo patrouilleert dag en nacht bij de bakkerij. Ook al valt die misschien onder Josefs bescherming; ze zijn toch aanwezig… en houden de boel in de gaten. Ik moet in de eerste plaats aan mijn vrienden denken.'

Elsie knikte. Ze had de koplampen van de auto's wel voorbij zien komen, laat op de avond, maar nam aan dat elke straat in Garmisch zo zorgvuldig werd bewaakt. Haar knieën werden slap toen ze hoorde dat het alleen haar straat was.

'Ik zal je op alle mogelijke manieren helpen,' vervolgde Frau Rattelmüller, 'maar dit kan ik niet doen.'

Elsie kon de oude vrouw niet bekritiseren omdat ze voorzichtig was. Je moest wel uiterst voorzichtig zijn. Impulsief handelen kost levens. Dus voorlopig zou Tobias ondergedoken blijven in haar slaapkamer.

Toen herinnerde Elsie zich: 'Er zit een zus van hem in het kamp. Ze heet Cecile. Ze werkt bij de naaisters. Zou je haar naar buiten kunnen krijgen samen met de anderen?'

Dit was wel iets wat ze voor Tobias kon doen.

'Ja.' Frau Rattelmüller bonkte met haar stok op de met ijs bedekte straatkeien. 'Als ze er nog steeds is, brengen we haar naar Zwitserland.'

Elsie knikte. Zeg haar dat het goed gaat met haar broer en dat hij altijd met veel liefde over haar praat. Zeg haar dat hij belooft haar weer te komen bezoeken.' Ze zuchtte en er kwam een witte pluim uit haar mond. 'Hij zal haar met blauwe linten staan opwachten.'

'Blauwe linten?' vroeg Frau Rattelmüller.

Elsie knikte. 'Zij begrijpt het wel.'

Er blafte een hond en de vrouwen schrokken allebei.

'Ga nu.' De vrouw draaide zich om en strompelde over het gladde weggetje.

Aangedaan pakte Elsie een armvol brandhout. De splinters prikten. Binnen had Julius de Lebkuchen opgegeten en was nu aan de Brötchen begonnen met het laatste beetje boter en jam. Elsie legde het hout onder het fornuis en schraapte haar keel om haar emoties weg te kuchen. De aard van Julius kennende, kon ze het risico niet nemen haar ware gevoelens te tonen.

'Heeft je oma gegeten?' vroeg ze.

De jongen knaagde aan de zijkant van zijn broodje en schudde zijn hoofd.

'Je zou haar ook wat kunnen brengen voordat je alles zelf opeet.'

Papa keek op van de stapels sponzige roggebroden.

Julius ging door met kauwen.

'Hoorde je wat tante Elsie zei, knul?'

Julius vermande zich. 'Ik ben geen knul.'

Papa kneep met witte knokkels in de deegroller. 'Elsie.' Zijn stem bulderde door de keuken en weergalmde tegen de potten en pannen. 'Breng Mutti ontbijt. Ik moet even een woordje spreken met deze knul.'

Mutti had de laatste pot van haar kersenjam voor Julius opengemaakt. Elsie schepte een theelepeltje jam op een bord, pakte een heet Brötchen uit het rek en liep de winkel in, blij dat haar neef eindelijk eens echt straf zou krijgen – van het soort dat alleen een vader kan geven.

De ontbijtdrukte was weggeëbd. Mutti was koekjes in de lengte in een schaal aan het leggen, zodat het minder opviel dat er zo weinig waren.

'Ach ja, wat ziet dat er mooi uit,' zei ze zachtjes tegen zichzelf.

Elsie hield het bord voor haar neus. 'Ik heb wat te eten voor je meegebracht.'

Mutti wuifde het weg. 'Gooi het maar bij het andere brood. We hebben het geld nodig. Ik heb geen honger.'

Elsie zette het bord naast de kassa. 'Eet, Mutti. Het helpt ons niets als u ziek en bedlegerig wordt.'

Mutti nam het broodje in haar handen, maar brak de korst niet.

'Kersen. Je lievelingsjam.' Elsie reikte haar het mes aan. Mutti was minder gaan eten sinds ze terug was uit Steinhöring. Elsie maakte zich daar zorgen over.

Mutti bekeek de gekonfijte vruchten op het bordje aandachtig. 'Altijd als ik dit proef, moet ik denken aan die kersenboom in je oma's tuin.'

'Die herinner ik me goed. Hazel en ik deden menige zomerdag net alsof het een sprookjeskasteel met tovervruchten was. Dan deden we een spelletje. Bij iedere kers die we aten mochten we een wens doen. Ik geloofde echt dat al mijn wensen zouden uitkomen. Sommige zijn ook uitgekomen. Ooit heeft Hazel een fles lavendelparfum gewenst, en ik wilde rozenshampoo en toen we de week daarop bij oma op bezoek gingen, was het er.' Elsie glimlachte en haalde zich de geur van haar geheime flesje met rozenparfum voor de geest.

'Oma was een goede moeder,' zei Mutti. 'Ik mis haar heel erg in deze tijden.' Ze wreef in haar ooghoeken. 'Wat een dwaas ben ik. Een oude vrouw die praat als een kind.'

'Nein,' zei Elsie. 'Een vrouw die praat als een dochter.'

Mutti streek met haar duim over Elsies wang. 'Je bent een fijn mens geworden. Mooi en wijs. Dat is een geschenk van God, lieverd.'

Elsie legde haar hand op die van haar moeder en voelde zich opbloeien. Mutti had haar nog nooit zo gecomplimenteerd.

'U moet iets eten!' Elsie hield het bord weer voor haar neus. 'Alstublieft?

Mutti haalde haar hand onder die van Elsie vandaan en deelde het broodje in tweeën. 'Oma zei altijd dat brood dat in gezelschap wordt gebroken, het lekkerst is.' Ze verspreidde de kersen tussen de helften. 'Jij moet ook eten.'

Dat was ook zo. Elsie had haar pretzel aan Tobias gegeven. Ze had een knoop in haar maag van de honger.

Mutti gaf haar de helft van het broodje en likte het mes schoon. Elsie at en dacht aan alle tovervruchten die ze samen met haar zus, haar oma en haar Mutti had gegeten. Aan alle dromen die ze nog steeds deelden. Ook al was het niet veel, het was het lekkerste maal in maanden, dat meer dan haar lege maag vulde.

# *Achtentwintig*

3168 FRANKLIN RIDGE DRIVE
EL PASO, TEXAS

-----Oorspronkelijk bericht-----
Van: Leigh.goldman@sanfranmonthly.com
Verzonden: 3 januari, 2008 8:52
Aan: reba.adams@hotmail.com
Onderwerp: San Francisco Monthly – Vacature redacteur

Beste mevrouw Adams,
De uitgever en ik hebben uw cv en publicaties opnieuw bekeken. We waren vooral onder de indruk van uw recente verhaal 'Kerstliederen in de oorlog'. Onze huidige redacteur van het plaatselijke nieuws verhuist in februari naar New York, waardoor er een vacature is ontstaan. Derhalve willen wij u deze betrekking graag aanbieden en volgende week een telefonisch sollicitatiegesprek inplannen. Mocht u deel gaan uitmaken van ons redactieteam, dan ben ik u graag van dienst bij het realiseren van een gemakkelijke en snelle overgang naar San Francisco Bay Area. Wilt u zo spoedig mogelijk per e-mail of telefoon contact met mij opnemen? Ik hoor graag van u.
Vriendelijke groet,
Leigh Goldman

Hoofdredacteur
San Francisco Monthly
122 Vallejo Street
San Francisco, CA 94111

-----Oorspronkelijk bericht-----
Van: reba.adams@hotmail.com
Verzonden: 3 januari, 2008 19:08
Aan: deedee.adams@gmail.com
Onderwerp: FW: San Francisco Monthly – Vacature redacteur

Deedee,
Zie onderstaand doorgestuurd bericht. Vandaag wat gehoord van Leigh Goldman. NB: *De* Leigh Goldman van de bekroonde *San Francisco Monthly*. Ja, ik weet het, ik ging zowat van mijn stokje toen ik het mailtje opende. Ze willen me, Deedee. Kun je je voorstellen? San Francisco, Californië!
Weet je nog toen we klein waren en papa's oude singletjes draaiden, verkleed in mama's lange zijden nachtjaponnen en '*San Francisco (be sure to wear some flowers in your hair*)' zongen? Daar werd hij altijd zo blij van. Ik ben het nu aan het neuriën.
Ik voel me hier erg goed over, D. Dit is de kans waar ik al op wacht sinds ik uit huis ben. Ik kan het niet aan me laten voorbijgaan.
Ik heb nog steeds niets van Riki gehoord. Het is alweer zo lang geleden, en nu met dit aanbod op tafel, weet ik niet wat ik zou moeten zeggen als ik hem zou bellen: 'Hoi, ik vertrek.' Ik mis hem, maar ik zie dit baantje als een teken. Ik moet door met mijn leven.
Hou van je, Reba

-----Oorspronkelijk bericht-----
Van: deedee.adams@gmail.com
Verzonden: 4 januari, 2008 11:11
Aan: reba.adams@hotmail.com
Onderwerp: RE: FW: San Francisco Monthly – Vacature redacteur

Gefeliciteerd, Reba! Dat is het beste nieuws dat ik in maanden heb gehoord. Stuur me het contract voordat je iets tekent. Dan kijk ik er even naar.
Ik moest hardop lachen toen ik aan onze muzikale voorstellingen terugdacht. Wat een giller. Het was dé manier om papa een glimlach te bezorgen. Wees gelukkig, Reba. Beloof me dat je dat jezelf

toestaat. Ik ben helemaal enthousiast voor je. Ik kan niet wachten om het aan mama te vertellen. Wat zal ze trots zijn.
Over mama gesproken: ik heb er veel over nagedacht en ik denk dat we het met haar moeten hebben over wat jij in papa's medisch dossier hebt gevonden en ook over zijn dood. We moeten het als gezin bespreken. Het is al meer dan tien jaar geleden dat hij overleed. De dingen zijn veranderd. We zijn geen kleine meisjes meer. Het verleden kan ons schaden. De wolf van papa is niet meer dan een droevige oude jachthond die al zijn tanden kwijt is. Mama mist je. Ik ook. Denk er eens over om binnenkort weer eens langs huis te komen.
Ik ben blij te horen dat je je leven oppakt, maar zorg dat wat je denkt dat vooruitgang is, niet door angst wordt aangedreven. Dan is het een vlucht die je mooi hebt aangekleed. Geloof me, ik ken het. Als de 'melkboer' geen contact met je opneemt, is het misschien wel de bedoeling dat je wat Californische kaas probeert. Ik heb gehoord dat de cheddar daar zalig is.

Hou ook van jou,
Deedee

# *Negenentwintig*

SCHMIDT BÄCKEREI
LUDWIGSTRASSE 56
GARMISCH, DUITSLAND
29 APRIL 1945

Het was griezelig stil in de straten. Vogels zaten in paren op de dakranden met elkaar te tjirpen over een seizoen dat leeg en verstild aanvoelde. Hun gekwetter weerkaatste op de straatkeien en vakwerkhuizen.

De Gestapo was gestopt met het bevoorraden van de bakkerij sinds Josefs vertrek, en langzamerhand raakten ze door de voorraad heen. Tegen de eerste week van april was de suiker op. Elsie had haar toevlucht genomen tot het smelten van marsepein. Dat heeft een tijdje gewerkt, maar nu was er helemaal niets meer, niet eens een lepeltje honing of stroop. De vlassige meelzak was tot op de bodem leeg. De molens maalden niet meer. Papa had Julius de taak gegeven hazelnoten en kastanjes in het bos te zoeken, een taak die hij met tegenzin uitvoerde nadat de Ritter Sport-chocolade die Elsie had verstopt, hem in het vooruitzicht was gesteld. Papa maalde de noten tot meel voor de Brötchen. Zijn handen waren eeltig en bruin gevlekt; toch stak hij iedere ochtend de oven weer aan en lukte het hem om brood te bakken dat net zo goudglanzend en voedzaam was als anders.

Maar op deze manier konden ze niet veel langer doorgaan. Ze zouden binnenkort moeten gaan sluiten. De kassa was toch leeg. Ze hadden wekenlang ruilhandel gepleegd met de klanten.

Toen Elsie bij de slager kwam om Brötchen te ruilen voor kaantjes had hij geantwoord: ‘Mijn gezin eet gekookte rat en verrotte knollen. Wij zijn geen koning van een bakkerij, zoals jullie.’

Koning van een bakkerij? Het hele idee was belachelijk. Het was wel heel makkelijk om aan te nemen dat het elders oneindig veel beter was dan waar jij zat. Soms droomde ze 's nachts van een advertentie uit het TEXAS U.S.A.-tijdschrift, waarin een land werd beschreven waar het ene schap na het andere was gevuld met dikke broden, afgeladen met gekonfijte vruchten; stukken brood in een dikke saus van lamsvlees; zoete broodjes met poedersuiker, gemberkoekjes, en grote punten chocoladetaart doordrenkt met *Kirschwasser*. Dan werd ze wakker met het koude kwijl op haar kin.

Ongeacht het gebrek aan middelen, had de beroemde *Schwarzwälderkirschtorte* van Papa wonderbaarlijk gezegevierd. Bedekt met een laag bitterzoete chocoladeschilfers en in likeur gedrenkte kersen was hij te duur geweest om verkocht te raken. Dus bleef hij, terwijl alle andere zoetigheden werden uitgedeeld, volmaakt en onaangeroerd in de vitrine staan. Elsie betrapte zichzelf erop dat ze ernaar staarde met een soort verlangen dat honger ontsteeg. Ze kende elk kuiltje in iedere kers, elke prachtige chocoladekrul. Voor haar was de taart een herinnering aan alles wat geweest was en een plechtige belofte voor alles wat ze weer zou hebben. Ergens in de wereld was er echte boter en suiker, meel en eieren en lachende mensen met glimmende munten in hun zakken. Binnenkort zou Papa het mes in de taart zetten voor hongerige klanten en hun gezinnen.

Door de etalageruit kwam een reepje late aprilzon waardoor de kersen er glanzend en stralend uitzagen. De zon schijnt nog steeds, dacht Elsie.

Mutti en Papa kwamen uit de keuken in hun zondagse jas en handschoenen.

'Julius gaat niet mee,' kondigde Papa aan.

Ze gingen naar de lutherse Kerk. Elsie had hoofdpijn geveinsd en zei dat ze bang was dat ze ziek zou worden als ze naar buiten ging. God vergaf een leugentje om bestwil als die een ander ten goede kwam, leek haar.

Ze wilde alleen thuisblijven bij Tobias. Zijn haar was uitgegroeid tot een korte stekelkop en ze had hem beloofd dat ze het met warm water voor hem zou wassen.

'Echt warm water?' Had Tobias gevraagd.

Hij had nog nooit in een warm bad gezeten. In de Joodse wijk gebruikten ze regenwater om te baden en in het kamp werd een tuinslang gebruikt. Het deed haar pijn over Dachau te horen, omdat Tobias daar zo slecht werd behandeld, maar ook omdat ze wist dat Josef daarmee te maken had.

Een lauw bad leek maar een kleinigheid. Als ze een pot thee kon zetten, kon ze zeker ook water opwarmen om het haar en de nek van een kleine jongen te wassen. Ze had er eerder aan moeten denken en ze was van plan het restje rozenshampoo te gebruiken om te compenseren voor alles wat hem was ontzegd.

Elsie had Tobias niet over Frau Rattelmüller of Cecile verteld en was dat ook niet van plan. Aangezien ze niet zeker kon zijn of het zou lukken, had ze besloten het voor zichzelf te houden. Ze was zich ernstig bewust dat valse hoop de wreedste pijn was. Ze dacht wel eens dat het een opluchting zou zijn als ze wist dat Hazel dood was, in plaats van jezelf steeds maar te kwellen of het nu wel of niet zo was. Ze schaamde zich zo vreselijk voor dat soort gedachten dat ze hoofdpijnen kreeg die haar ontroostbaar maakten.

'Hij voelt zich ook niet lekker. Meidoornbessen en moerasspireathee. Ik zet wel een pot als ik thuiskom,' zei Mutti.

Julius was maar een paar keer naar de kerk geweest sinds zijn aankomst. De eerste keer had hij de hele dienst zitten klagen over de kou in de kapel en riep dat hij daardoor in zijn graf zou eindigen net als zijn vader... en moeder. Een bittere opmerking, bedoeld om hen te kwetsen, en dat deed hij ook, tot Papa zei: 'Je kunt beter in deugdzaamheid sterven dan leven in zielloosheid. Dat is je moeders overtuiging. Dat is de basis van de *Volksgemeinschaft*.'

Daar had Julius niet van terug. Hij wist wel beter dan het oneens te zijn met het nazidogma en hij had ook al snel geleerd dat hij Papa niet moest uitdagen. Hij heeft Hazels naam nooit meer op een wraakzuchtige manier gebruikt, maar het gevecht over de kerk was moeizaam. Mutti drong er niet langer op aan dat hij meekwam, al een paar weken voordat Julius had geëist dat hij zijn Hitlerjugenduniform mocht dragen, ook al was het nog steeds koud buiten en waren de korte Lederhosen volkomen ongeschikt.

Hij had zijn zin gekregen en was thuisgebleven om met zijn speelgoedsoldaatjes te spelen in zijn kast.

Deze zondag hoopte Elsie dat Papa zich ermee zou bemoeien en de jongen zou dwingen een geschikte leren broek aan te trekken en mee te gaan. Dat ging helaas niet door.

'Maar papa,' begon Elsie.

Hij hief zijn hand naar haar op. 'Ik heb weer noten nodig de komende week. Ik wil dat als we terug zijn Julius er minstens twintig bij elkaar heeft gezocht.'

'Als zijn gezondheid nog steeds te wensen over laat, zou hij niet naar buiten moeten,' zei Mutti.

Papa snoof en zette zijn Trenker-hoed op. 'We moeten gaan, Luana. Anders komen we te laat.'

'Houd de ramen en deuren gesloten,' riep Papa over zijn schouder. Er is een westerstorm op komst.'

Elsie keek taxerend in de lucht. De zon brandde aan een heldere hemel. Ze ging terug naar de keuken om Julius aan zijn taak te zetten. Ze hoopte dat ze in zijn afwezigheid Tobias' haar kon wassen.

Julius lag uitgestrekt op de grond met zijn tinnen mannetjes voor zich. 'Ja,' zei hij zonder op te kijken.

'Had opa je niet gevraagd om noten te gaan zoeken?'

'Ja.'

'Het gaat misschien regenen. Je moet nu gaan,' zei Elsie.

Julius zag het zonlicht door het keukenraam en rolde op zijn rug.

'We hebben noten nodig voor het brood volgende week,' drong ze aan.

Hij gaapte. 'Er komt toch niemand meer, dus wat maakt het uit?'

Elsie stampte met haar voet, waarbij ze een rij soldaatjes omverschopte. 'Wil jij eten?'

Hij keek haar aan. 'Ik ga wanneer ik zin heb, en nu heb ik geen zin, dus verdwijn uit mijn kamer.' Hij schopte de deur van de provisiekast dicht, die met een klap tegen Elsies voorhoofd aankwam.

Nu was het welletjes. Ze had er genoeg van. Hij woonde nu al drie maanden bij hem en ze was het beu hoe iedereen hem met fluwelen handschoenen aanpakte, terwijl hij geen enkele betrokkenheid toonde voor hen of zijn afwezige moeder. In een opwelling stoof ze door de deur, pakte Julius bij de kraag en tilde hem op, zijn gezicht vlak bij het hare.

'Luister jij eens goed, jochie!' gromde ze. 'Jouw moeder, mijn zuster, zou dit soort stijfkoppigheid nooit hebben toegestaan! En je papa, God hebbe zijn ziel, had je allang naar de houtschuur meegenomen, vergezeld van een stevige riem. Daar kun je van op aan, ik heb hem goed gekend. Hij was er de man niet naar onbeschoftheid te tolereren. En wat je dierbare Organisatie betreft:' ze schudde haar hoofd, 'kijk maar eens wat verder dan dat kastje van je! Heb je al van de bombardementen in Wenen gehoord, en in Berlijn? Dwaas jongetje. Het Derde Rijk valt. Het valt definitief en al je kameraden en leraren worden door de Russen in hun flikker geschoten.'

Zijn ogen werden zo groot als eieren.

'Het. Is. Voorbij. De Organisatie bestaat niet meer en ik ben het zat om honger te hebben. Ik ben het zat om Mutti en Papa te zien lijden. Ik ben het zat om goede Duitsers vernederd te zien worden, en vanwege wat?' Ze schudde hem nog eens goed door elkaar. 'Omdat hun geboorterecht niet zuiver genoeg is! Nou, jij bent de zoon van een doodgewone bakkersdochter die net zo veel recht op een goed leven heeft als – als Isaac Grün!'

Net zo veel recht als Tobias. Ze plofte bijna uit elkaar. Haar vuisten trilden door zijn gewicht.

'Ik ben moe van al die haat en angst en lelijkheid, en waar ik vooral moe van ben, zijn onnozele jongetjes die te egoïstisch zijn om te zien dat er mensen om hem heen sterven voor hem en door hem! Ik ben moe!'

De onderlip van Julius begon te trillen; zijn nek werd rood waar zijn linnen shirt hard tegen zijn huid werd getrokken.

Ze liet hem los. Hij stortte voor haar voeten neer. Ze kneep haar handen ineen en plaatste ze tegen haar bonkende hoofd.

Julius jankte en toen ze omlaag keek zag ze niet het hatelijke kind, maar haar zus Hazel. Wat miste ze haar. Na al maanden geen brief meer te hebben ontvangen, kon Elsie zich alleen nog maar het ergste voorstellen. Julius was de zoon van Hazel, hij was familie en een bang jongetje. Ze streek met haar handen over zijn zachte blonde kruin.

'Vergeef me Julius.'

Hij rukte zich los. Boze tranen stroomden over zijn wangen. 'Ik haat je!' Schreeuwde hij. 'Ik haat jullie allemaal!' Hij graaide naar zijn bruine jasje met Hitlerjugendinsignes en rende de achterdeur uit.

Elsies hand werd gevoelloos; het beeld rondom haar blikveld trilde. Het bonken werd heviger. Ze strompelde de keuken uit en de trap op. Ze moest haar bed bereiken, anders stortte ze ter plekke in.

Ze slaakte een zachte kreet toen haar slaap het kussen raakte.

'Elsie?' Tobias fluisterde achter de muur. 'Elsie, wat is er gebeurd?'

Ze zag allemaal vlekken in de kamer, walmende zwarte en grijze stippen.

'Ik voel me niet goed,' kreunde ze. Ze uitte de woorden met haar laatste krachten.

De plank schraapte open en voeten trippelden over de vloer. Net als met Kerstmis, toen zij koorts had, klom Tobias bij haar in bed en neuriede in haar oor. De lieflijke melodie verzachtte de pijnscheuten. Hij rook heerlijk naar lamswol en pretzeldeeg.

'Dank je, Tobias.' Ze lag met haar wang tegen hem aan. Eventjes wilde ze iedereen vergeten: Julius, Hazel, Peter, Frau Rattelmüller, Cecile, Josef, Mutti en Papa, zelfs zichzelf. Ze wilde dat alleen Tobias nog bestond, met zijn prachtige stem in de duisternis.

'Ik wist dat u een verraadster was!'

Elsie werd wakker door het gedreun van laarzen. Ze had niet lang geslapen, maar haar waarnemingsvermogen was beneveld en haar geest gedesoriënteerd. Voordat ze haar blik kon focussen, had iemand haar bij de haren; hij sleurde haar uit bed naar beneden, naar het gezelschap van de gewapende Gestapo.

'Verraadster!' bulderde de stem achter haar.

Boven stampten laarzen, viel er een lamp, werden met veel gebonk meubels omgegooid wat het stof van de vloer deed opwaaien.

Tobias, dacht ze. Ze hebben Tobias! Haar hart ging tekeer als een havik in een strop. Ze kon door de hartkloppingen nauwelijks ademen.

De Gestapoagent die haar bij haar hoofd vasthield gaf het een draai zodat ze haar aanklager kon zien.

'Kremer!' hijgde ze.

'Fräulein,' grinnikte hij zelfvoldaan.

De Gestapo liet haar los en ze viel op handen en voeten voor Kremers laarzen.

'Josef zal zo teleurgesteld zijn dat zijn bakkertje een Judas blijkt te zijn.' Hij haalde zijn schouders op. 'Maar ik wist het. Ik wist het.' Hij trok zijn lederen handschoenen uit, vinger na vinger, en wierp ze op de houten bakkerstafel.

Een agent richtte zijn geweer op Elsies hoofd, zo dichtbij dat ze het roet op de loop kon zien zitten.

Kremer streek langs zijn beginnende snor. 'Wij zijn geautoriseerd om ons in stilte van verraders te ontdoen, maar ik geloof sterk in de kracht van het spektakel. U niet? Zij die hun land verraden moeten tot voorbeeld gesteld worden, dus wat zullen we eens doen, hm...? Kogel of touw? Als Duitser geef ik je de keus.'

Voor haarzelf maakte het haar niet uit. Ze haatte deze man en als haar bloed aan zijn handen kwam, bad ze om Gods wraak. Maar wat hadden ze met Tobias gedaan? Ze kon de gedachte niet verdragen dat hij gemarteld zou worden.

'Het is nog maar een jongetje!' riep ze uit.

'Dat verandert niets aan je verraad,' zei Kremer. 'Het is zonde. Herr Schmidt maakt de beste Lebkuchen in Beieren.'

Papa en Mutti? Nee, zij zou hen niet opofferen voor haar daden.

Er stond een kleine kom hazelnoten met een notenkraker op tafel. Kremer pikte een nootje, plaatste het tussen de metalen handgrepen en kneep. Stukjes van de dop vielen op de grond en de zoete kern werd zichtbaar. Hij mikte hem in zijn mond.

'Alstublieft, spaar mijn familie. Ze zijn onschuldig.' Ze plooide haar rok in haar handen. 'Ik geef u alles wat u wilt. Wat u maar wilt.'

Hij spuugde de noot terug in de kom en zei spottend: 'Wormstekig.'

Er klonk een schreeuw van boven en de gewapende man naast haar draaide zich snel om.

Kremer gaf een knik naar boven. 'Ga.' Hij klikte het holster open, pakte zijn pistool en richtte het op Elsie. 'Nu komt het op ons aan, Fräulein.'

De agent gehoorzaamde en liet ze alleen in de keuken achter.

'Alstublieft majoor Kremer,' smeekte Elsie. 'Het is één Jood. Wat maakt het nog uit?' Haar stem stokte in haar keel.

De oorlog was bijna voorbij. Iedereen wist het. Hitler hield zich schuil in een bunker in Berlijn in afwachting van de capitulatie. Waarom nog meer bloedvergieten? Zelfs een man als hij had toch een geweten dat in staat was onnodige gewelddadigheden te herkennen? De hemel en de hel kenden geen ras of credo. De dood kwam net zo goed voor hem als voor haar of Tobias. Maar de keuze die hij nu maakte bepaalde door welke poort hij zou gaan.

Kremer keek haar aan met een demonische blik. 'Jood?'

'Als u in God gelooft, alstublieft.'

'Breng die jongen hier!' Schreeuwde Kremer over zijn schouder, en knielde toen naast Elsie neer.

'"Volkeren, die zich verbasteren of laten verbasteren, zondigen tegen de wil van de eeuwige Voorzienigheid". Aldus onze Führer.' Hij knipoogde naar haar. 'Hij is de enige God in wie ik geloof.'

'Laat me los! Ik heb je al verteld wat ze gezegd heeft – zij is de verraadster!' Julius kronkelde en spartelde in de greep van de Gestapoagent.

Kremer bekeek hem aandachtig en brieste als een paard. 'Verbazingwekkend. Je kunt het soms zo moeilijk zien. Hij ziet er niet eens uit als een knaagdier.' Hij spande zijn nek. 'Misschien de tanden. De gewiekste ogen, wellicht.'

'Ik? Ik ben geen Jood!' gilde Julius.

Kremer hief zijn pistool. De soldaat stapte opzij.

'Nein!' Elsie ging voor Julius staan om hem af te schermen. 'Hij is de zoon van mijn zuster Hazel en uw kameraad Peter Abend. Hij is zuiver Arisch – geboren en getogen in het Lebensbornprogramma.'

Kremer richtte het pistool in zijn rechterhand recht voor zich uit. 'Ik zei niet dat hij een Jood was, maar u.' Met zijn linkerpink pulkte hij een stukje noot weg achter zijn snijtand.

'Leugenaar!' Julius stompte Elsie in haar onderrug. 'Verraadster!'

Ze kromp ineen.

Kremer grinnikte. 'Ik geloof je, jongen. Je hebt veel te veel pit om inferieur te zijn.'

De Gestapoagent die haar kamer had doorzocht, kwam beneden verslag uitbrengen. 'Niets, meneer.'

Elsie keek omhoog. Was Tobias veilig? Toen haar blik weer omlaagging, bleef Kremer haar strak aankijken.

Hij keek vervolgens naar het plafond en klakte met zijn tong. 'Ik geloof toch dat daar iets zit.' Hij glimlachte naar Elsie. 'Een muis op zolder?'

Elsies hart haperde, stond stil en begon weer te kloppen. Ze schudde haar hoofd.

De twee soldaten maakten aanstalten om weer naar boven te gaan, maar Kremer hield ze tegen. 'Stop!' Hij wees naar Elsie. 'Jij gaat ons de Jood brengen.'

Elsie vermande zich. 'Er is hier niemand behalve mijn neef en ik. Mijn ouders zijn naar de kerk.'

'Voorwaar, een verraadster en een leugenaarster,' zei Kremer. Hij duwde haar op de grond en gaf Julius een paar klappen in zijn gezicht, zijn hand over de mond van de jongen en de loop van zijn pistool hard tegen zijn slaap aangedrukt.

'Hij is Duits!' riep Elsie huilend.

De Gestapo in de keuken stond onrustig te wiebelen.

'Kom, kom, kom,' zei hij sarrend. 'Dit is de bastaardzoon van een hoer. Een goede hoer, dat wel. Ik was nogal op haar gesteld, maar ons ras heeft echt geen behoefte aan dit soort verdorvenheid. Het is misschien wel humaner om dit kind uit zijn lijden te helpen dan hem te laten opgroeien in een familie van abnormale mensen als jullie: verraders en snollen.' Hij haalde zijn schouders op.

De ogen van Julius, rood van het huilen, puilden uit van de druk en paniek; zijn armen hingen stijf langs zijn lichaam; zijn suède broek werd donker en nat aan de voorkant.

Kremer dreef de spot met hem. 'Dit is geen zoon van het vaderland. Hij is niet eens zindelijk.' Hij ging vlak bij het oor van Julius staan. 'Achterlijk, wellicht. Je weet wat de Organisatie doet met de achterlijken: cyaankali door de ontbijtmelk of,' hij kneep in het pistool, 'snel een kogel door de hersens. Dat is je broer overkomen.'

Julius' tranen stroomden over zijn wangen.

Elsie probeerde grip op zichzelf te krijgen op de koude vloer. Haar blik was vertroebeld, alsof het heelal implodeerde.

'Ik zal jullie vertellen wat ik ga doen,' Kremer liet Julius los en gaf hem een zet zodat hij naast Elsie op de grond terechtkwam. 'Jij brengt me de Jood en ik laat de hoerenzoon leven. Dat geldt natuurlijk niet voor jou, Fräulein, maar ik beloof dat ik het vonnis snel zal uitvoeren.'

Julius lag zwaar tegen Elsies zij aangedrukt, een suffe, catatonische lappenpop. Was zijn leven dat van Tobias waard? Was haar leven dat? Tobias had haar alleen maar vertrouwd en van haar gehouden. Hij verdiende het niet om als een soort wisselgeld te worden gebruikt in een immoreel handeltje. Maar haar familie uitleveren? Ze kon leven noch sterven met zo'n soort schuld. Ze geloofde in het hiernamaals en wilde God niet onder ogen komen met zoiets op haar geweten.

Elsie sloot haar ogen; uitbarstingen van sterren vlamden achter haar oogleden. De nachtmerrie was zo dicht bij een einde gekomen. Er werd gezegd dat de Amerikanen en de Russen al op de weilanden buiten de stad waren. Je kunt beter door hen worden omgebracht dan deze keuze te moeten maken.

'Wat gaat het worden?' vroeg Kremer.

Haar gedachten zaten op de wip, haar geest werd in tweeën gedeeld. Ze kon niet naar een oplossing toe denken. Logica werkte hier niet. Ze kon alleen maar hopen op goddelijke leiding en bidden dat dat genoeg was om vergiffenis te krijgen. Heel langzaam kwam ze overeind.

'Ik zal hem u brengen.' Haar stem trilde als een ziekelijk vogeltje. 'Maar u moet mij alleen laten gaan. Als ik niet alleen ben komt hij niet tevoorschijn.'

De Gestapoagenten keken naar Kremer.

Hij zoog op zijn tanden. 'Je hebt vijf minuten, en dan schiet ik je neef neer en zoek ik de Jood zelf en schiet hem ook neer. Jou schiet ik als laatste neer, zo dat je de anderen kunt zien bloeden.'

# *Dertig*

DE WEG TUSSEN HET TEGERNMEER
EN GARMISCH
29 APRIL 1945

Josef Hub was nog maar een zwakke afspiegeling van de officier die hij ooit was. De mars van Dachau naar het Tegernmeer was zowel voor de gevangenen als voor de ss niet goed verlopen. In het daglicht zag hij dingen die hem hevig schokten en zijn migraineaanvallen werden erger. Ergens tijdens de driedaagse tocht was hij gestopt met slapen en eten; in plaats daarvan injecteerde hij zichzelf zo vaak mogelijk met methamfetamine. Bij Percha pakte hij een bejaarde Duitse schaapherder zijn wollen jas af. Die hing over zijn botten als een zware berenhuid en hij voelde zich net zo beestachtig als hij eruitzag. Hij had zich al weken niet geschoren of een bad genomen. Zijn roodblonde baard verborg zijn gelaat. Door zijn opgezwollen ogen en tremors bleven de meesten op afstand en hij vond anonieme vrijheid in zijn degradatie.

Reizigers die hij soms tegenkwam gingen aan de overkant van de weg lopen als hij eraan kwam. En dat is maar goed ook, zei hij tegen zichzelf, als ze wisten wat ik heb gedaan. De meeste reizigers waren Arische gezinnen; vrouwen met baby's in de armen, kinderen met wollen sokken en een zak van kaasdoek aan een stok, vaders gewapend met harken en zeisen ter bescherming. Was dit wat er van Duitsland was geworden: een land van zwervers?

Ongeacht waar deze mensen zich waagden, ze zouden altijd Duits blijven. Hijzelf zou altijd Duits blijven. Dus waar moest je heen als je thuis niet langer veilig was – als je geen peil meer kon trekken op de wereld? Wanneer besloot je of je zou blijven of vertrekken?

Voor Josef was dat toen hij een jonge Joodse gevangene haar dode moeder meer dan een kilometer lang zag meeslepen. De benen van de oude vrouw, blauw en stijf bevroren, trokken skisporen in de modder. Toen een bewaker de dochter opdroeg het lichaam achter te laten, weigerde ze en werd ze ter plekke doodgeschoten; het bloed spatte op de berijpte wangen van haar moeder.

Op dat moment had Josef zijn paard omgedraaid en de Joden en zijn post verlaten. Hij daagde eenieder uit hem in de rug te schieten. Toen hij weg galoppeerde, bad hij dat iemand dat daadwerkelijk zou doen. Zijn paard bezweek halverwege aan uitputting. Hij liet het uitgeput en stervend achter aan de kant van de weg en ging te voet verder, hij hoorde nog steeds de voetstappen van de Joodse gevangenen achter zich. De cadans versnelde toen hij harder ging lopen. Hij begon te rennen, maar zij haalden hem in. 'Moordenaar, verrader!' Zij sloegen hem op zijn rug. Toen struikelde hij over het karkas van een roofvogel en viel; het magere hoofd van het beest lag opzij gedraaid in de modder. Hij trok een pistool van onder de berenhuid vandaan en loste een schot recht de lucht in.

'Ga weg!' schreeuwde hij.

Maar toen hij keek, was er niemand. De lange verlaten weg strekte zich uit tot aan de horizon. Het enige geluid was de bijtende wind die om zijn oren floot. Er fladderde een vink tegen de wind op en ging toen met de stroom mee de gestreepte lucht in. De pijn aan zijn hoofd hield hem aan de grond verankerd. Hij lag naast het dode dier en keek naar de larven die zich tegoed deden aan zijn ingewanden. Hij rook het rottende vlees en zag de massagraven in concentratiekamp Dachau weer voor zich.

In al zijn jaren als ss-officier had hij na Peter Abend nooit meer iemand omgebracht, maar hij wist er alles van. Hij had de dood overal om zich heen gezien en het bevel tot doden gegeven uit naam van zijn functie. Hij was ondergedompeld in hun bloed, schuldiger dan de eenvoudige soldaat die een kogel afschoot. Hij sloot zijn ogen, maar de verzameling lijken maakte zijn geest alleen maar helderder.

Hij was ervan overtuigd dat de wraakzuchtige geesten op Duitse grond zouden blijven. Kon hij maar weg, dan zou hij van hen en de gruwelen van deze oorlog bevrijd zijn. Günther Kremer en zijn kameraden hadden een vluchtroute. In Brunsbüttel wachtte er een boot naar Venezuela. Daar moest hij zien te komen. Maar hij moest kunnen betalen. Hij had een voorraad goud en juwelen verstopt in zijn appartement in Garmisch. Die zou hij tegelijk met Elsie ophalen. Ze konden opnieuw beginnen in Zuid-Amerika. Zij zou hem helpen het geluk te vinden. Zo trouw en oprecht als zij was, zou zij hem wel kunnen helpen vergeving te vinden.

Met dat in gedachten, zette hij zijn tanden op elkaar en hielp zichzelf overeind. In de verte kwamen er uit de schoorstenen van Garmisch grijze aspluimen. Hij wist dat een ervan de bakkerij van de familie Schmidt was.

# *Eenendertig*

BAKKERIJ SCHMIDT
LUDWIGSTRASSE 56
GARMISCH, DUITSLAND
29 APRIL 1945

Elsie liep treetje voor treetje de trap op. Iedere trede was een onoverkomelijke klim. Zo moest de kruisweg naar Golgotha hebben aangevoeld, stelde ze zich voor. Ze bad voor enige vorm van verlossing, maar in tegenstelling tot Christus, was ze niet begiftigd met bovennatuurlijke krachten die de hel overstegen. Als ze drie dagen dood lag, zou ze stinken als wormenvoer.

Ze hoefde zich niet om te draaien; de blik van Kremer priemde in haar nek.

De slaapkamerdeur stond op een kier, met iets ertegenaan geschoven. Haar omgekantelde nachtkastje blokkeerde de doorgang. Ze duwde zich erdoorheen en liep naar de muur. Ze gleed met haar hand langs de lange plank.

'Tobias,' riep ze.

Ook al was er niet de minste beweging, ze voelde de warmte van zijn adem als een enkele vlam in een kerkklooster.

Ze legde haar wang tegen het ruwe hout. 'Je moet eruit komen.' Ze wist dat hij aan de andere kant tegen haar aanleunde – een vingerdikte tussen hen.

De plank schraapte een centimeter open. 'Zijn ze weg?'

De warmte verdampte in de ondersteboven gehaalde kamer en er maakte zich een kilte van Elsie meester, waar haar botten tegenaan leken te rammelen. Ze sloeg haar armen om zichzelf heen.

Tobias kroop uit zijn schuilplaats. 'Wat wilden ze?'

Elsie trok hem tegen haar borst. 'Luister goed, Tobias,' fluisterde ze. 'Er zijn mannen die je willen meenemen.' Hij deinsde terug. 'Het spijt me.' Haar knieën knikten en ze wankelde.

Tobias greep haar steviger vast en trok haar terug. 'Wees maar niet bedroefd,' zei hij troostend. 'Ik ga mijn familie weer zien.'

'Vergeef me,' smeekte Elsie. 'Vergeef me alsjeblieft.'

Ze trok zijn lange gebreide muts af en kuste hem boven op zijn hoofd. Voordat ze de muts weer kon opzetten ging de deur met een klap open; het nachtkastje lag in splinters; laarzen bonkten de kamer binnen. Ze sloot haar ogen en opende ze niet toen Tobias in stilte uit haar armen werd gesjord.

*En zo moet de keuze nu weer zijn, maar de laatste keuze blijft gelijk,* reciteerde ze. Haar handen waren nog warm van hem. Ze sloeg ze stevig ineen en drukte ze tegen haar borst. *En God pakte een bloem van goud en knakte die.* Ze leunde met haar voorhoofd tegen de muur, aangemeerd aan de schuilplaats van Tobias.

Het gestamp verdween via de trap naar buiten.

'Wij houden ons wel met de Jood bezig,' zei Kremer, die achter haar stond. 'Jij en je familie staan onder huisarrest.'

Toen draaide ze zich om, 'Maar u zei...'

Kremer had Julius nog steeds vast; zijn engelenkopje was rood opgeblazen.

'Er is altijd meer dan een rat in een nest.' Kremer kwam op haar af en deed een losse lok terug onder haar haarband. 'Bovendien ben ik niet zeker of ik er al aan toe ben je te doden. Je zuster was mooier en erg goed in haar vak, maar jij... jij hebt een gezond Duits karakter. We werden onderbroken op kerstavond.' Hij greep haar bij haar nek en slingerde haar op het bed. 'En ik maak altijd af wat ik begonnen ben.'

Julius jammerde zacht en kroop weg in de hoek.

Kremers hand voelde dik en warm aan rond Elsies nek. Ze staarde naar de katoenen lakens, elk draadje duidelijk zichtbaar verbonden met dat ernaast. Haar lichaam was zo verstijfd als de dennenbomen tegen de vensterruiten. De zoom van haar rok, met Mutti's stiksels zo netjes en gelijkmatig, fladderde om haar oren. De huid van Kremer drukte ruw tegen haar dijen. Wat er vervolgens gebeurde ging buiten haar om. Haar geest zweefde ergens boven. Geen tranen. Die hoorden te veel bij de levenden. Alleen maar duisternis.

Toen klonk er een schot. En nog twee, gevolgd door het geratel van machinegeweren.

'Majoor!' Er stormde een soldaat de kamer binnen. 'Hij is ontsnapt!'

De neusgaten van Kremer sperden zich open. 'Wat?!' Hij was witheet en in een vloeiende beweging gaf hij de soldaat een klap en deed hij zijn gulp dicht. 'Hoe kan een kind nu ontsnappen aan vier SiPo's?'

De bewaker begroef zijn kin in zijn boord. Zijn wangen waren rood. Hij bloosde bij de aanblik van Elsie, op haar knieën op het bed. 'Hij heeft luitenant Loringhoven gebeten en is toen weggerend.' Hij keek naar de grond terwijl hij sprak. 'We gingen achter hem aan, maar toen meende ik te zien dat… ik zou het niet met zekerheid kunnen zeggen, maar het leek alsof… hij in rook was opgegaan, majoor.'

'In rook opgegaan?'

'Ja.' De jonge bewaker was zichtbaar van de wijs, door zowel de klap als door alles waar hij getuige van was geweest. 'Er kwam plotseling een mist opzetten, een storm, en toen klonk er een geluid als ik nog nooit in mijn leven gehoord heb en… toen was hij verdwenen.' Zijn adem stokte. 'Een poltergeist,' fluisterde hij.

'Ik heb niets gehoord. Welke kant ging hij op?' Kremer spande de haan van zijn pistool.

'Oostwaarts. In de richting van het bos van de Kramerberg.'

'Idioten! Verslagen door de gebroeders Grimm!' Hij rende de trap af met de bewaker op zijn hielen.

Minuten gingen voorbij; door de vensterruiten klonk geschreeuw op straat; Julius zat te snotteren in de hoek; ergens in de verte klonk de stoomfluit van een trein; het begon te regenen en het stopte weer; de wereld buiten ging door.

Elsie voelde een scherpe pijn in haar benen en ze besefte dat de metalen randen van het bed haar knieën had geschaafd. De lakens zaten onder de bloedvlekken.

'Elsie! Julius!' riepen Papa en Mutti van beneden.

Julius stond op en rende naar ze toe.

Papa en Mutti hapten naar lucht toen ze binnenkwamen.

'O, Elsie... Elsie!' snikte Mutti. 'Wat hebben ze met je gedaan, kind?' Ze hield haar handen boven de bebloede lakens als een priester boven het sacrament. 'Niet mijn dochter.'

Papa wendde zich af met Julius. Mutti hield Elsie in haar armen als een baby en wiegde haar.

'Het is mijn schuld. Ik heb ons allemaal verraden,' zei Elsie. Ze lag nog steeds in de standvastige armen van Mutti en voelde zich weer als een kind, veilig en beschermd.

'Stil maar... ik ben er.' Ze wiegde haar en veegde het zweet van Elsies voorhoofd. 'Toen we het nieuws hoorden zijn we meteen naar huis gekomen,' zei Mutti. 'Iedereen vertrekt uit de stad.'

Papa pakte het nachtkastje bij de uitstekende rand op, draaide het versplinterde meubel om, en zette het weer neer. Julius verborg zich in zijn jas, terwijl hij zijn gezicht bedekte en jammerde.

'Het is het einde van de wereld,' zei Mutti. 'De Amerikanen hebben Dachau ingenomen. Binnen een paar uur kunnen ze hier zijn.'

Josef, dacht Elsie, en koesterde zich in de boterachtige geur van haar moeders omhelzing.

'Iedere ss-soldaat heeft het bevel gekregen te evacueren en de vijand onderweg tegemoet te treden,' ging Papa verder.

'Ze laten ons aan ons lot over,' zei Mutti.

Pas op dat moment brandden Elsies ogen van de tranen.

'Niet huilen, liefje,' suste moeder.

'Dank u, God,' fluisterde Elsie.

Mutti hield op met wiegen.

'We zijn gered!' zei Elsie, niet in staat haar tranen nog langer in bedwang te houden. 'Wij allemaal! Het is voorbij.'

Papa keek haar streng aan. 'God is niet verantwoordelijk voor het einde van het vaderland. Dat is het toedoen van de mens.' Zijn ogen stonden donker en bedroefd.

'"Wat een mens zaait, zal hij oogsten,"' citeerde Elsie.

Papa stak zijn kin naar voren.

'Ze is in shock, Max,' hielp Mutti hem herinneren.

'Wie heeft je dit aangedaan?' zei Papa streng.

Nazilandgenoten; een officier die bevriend is met Josef; mannen die in staat waren tot gruwelijkheden die ze niet kon uitspreken in het bijzijn van haar Papa – omdat ze een Joods kind verborgen hield, omdat ze niet geloofde in de man die Papa citeerde, omdat ze het niet meer eens was met dit land. Elsie wist niet hoe ze moest beginnen of het, alles in aanmerking genomen, wijs was om er over te beginnen. Ze trok haar knieën op tot haar borst en draaide zich van hem af.

'Moeten wij ook weg?' vroeg Mutti.

Papa slaakte een diepe zucht. 'Dit is onze bakkerij, ons thuis. Ik ga het niet achterlaten om het vervolgens te laten plunderen en vernietigen. We zullen de deuren sluiten en bidden om Gods genade.'

Mutti gaf korte, nerveuze kneepjes in Elsies hand. 'Ik zal maar even een emmer water binnen zetten. We moeten je wonden zo snel mogelijk verzorgen.' Ze richtte zich tot Papa. 'De kachel is uit. Maak een vuurtje, Max.'

'Kom, Julius,' zei Papa.

Op dat moment keek Julius op, zijn ogen gleden via Elsie en Mutti naar de bebloede beddenlakens. Zijn broek was nog steeds nat van de urine, zijn ogen bloeddoorlopen rood als ingemaakte kersen. Zijn schouders hingen naar voren van schaamte. Papa legde zijn arm om hem heen en geleidde hem rustig naar buiten.

Misschien ging hij haar geheim verklappen, maar niet vandaag. Vandaag begreep hij eindelijk dat de wereld niet alleen maar de waan van zijn volmaakte spiegelbeeld was.

Vandaag betekende het einde van zijn jeugd.

De volgende dag en nacht regende het pijpenstelen, de keien in de straten werden schoongespoeld als de bedding van een bergstroom. Op de eerste meidag rook de hele stad naar ontdooide modder en natte dennennaalden die van de smeltende bergtoppen de vallei in waaiden.

Hoewel Elsie alle steegjes en straten rond de bakkerij had afgezocht, was er geen spoor van Tobias. Het was precies zoals de soldaat had beweerd: hij was gewoon in rook opgegaan. In de ochtendnevel toen de mist in de straten optrok, als ontwakende geesten, overtuigde ze zichzelf bijna dat het echt zo gebeurd was:

weggetoverd naar de hemel op paarden van vuur zoals Elias in de bijbel.

Ze stond voor de bakkerij te kijken naar de Amerikaanse tanks die de stad in reden. Door de zwaaiende vlaggen met kleurige sterren en zuurstokstrepen leek het net een feestoptocht, op de reusachtige rupsbanden na, die zich brommend en piepend een weg baanden over puin en auto's en alles wat er verder in de weg lag. Niet in staat om ze tegen te houden of Tobias te vinden, kon ze niet veel meer doen dan bidden – maar niet voor vrede en begrip. Ze wist dat dat soort dingen alleen in het hiernamaals bestonden. Ze bad gewoon om gratie.

Hitler was dood. In minder dan een dag had het nieuws zich van de ene hoek van het Duitse Rijk naar de andere verspreid. Door het hoofd geschoten met een Walther-pistool. Tegelijk met de onomstotelijke nederlaag en de vernietiging van het naziregime was de algemene reactie verdeeld. De ene helft van de stad huilde om hem en vond het een bewonderenswaardig einde. De andere helft vond hem een lafaard en een deserteur. Zij waren tenslotte gebleven om zijn tegenstanders tegemoet te treden; en hoewel de Amerikanen met gerichte wapens en een onverbiddelijke uitdrukking op het gezicht binnenreden, ontdekte Elsie snel dat zij lang niet zo angstaanjagend waren als de nazipropaganda hen had afgeschilderd, lang niet zo angstaanjagend als haar eigen Gestapo.

De dag ervoor waren Amerikaanse soldaten de Bäckerei binnengestormd en hadden de schappen leeggehaald. Mutti had zich met Julius in de slaapkamer opgesloten, maar er was meer voor nodig dan een pistool of een buitenlands accent om Elsie nog bang te maken. Ze wilde per se de vijand onder ogen komen. De mannen waren inderdaad niet zoals de nazipropaganda ze had beschreven. Hun plagerijtjes klonken een beetje als de vrolijke liedjes die ze zich herinnerde van de films die ze als kind had aanbeden.

Een jonge soldaat liet een glimlach over zijn lippen gaan toen hij Papa's Schwarzwälderkirschtorte ontdekte, oudbakken en verzakt in de vitrine. Ondanks dat hij oud was en de kanten afbrokkelden, lichtte zijn gezicht op waardoor er kuiltjes in zijn wangen zichtbaar werden. Ze moest wel naar hem glimlachen, of ze wilde of niet. En toen gebeurde het: zijn makkers zagen hen glimlachen en begonnen zelf ook te glimlachen; toen zeiden ze iets tegen een andere soldaat die hardop moest lachen en de vrolijkheid leek zich te verspreiden als boter op een warm broodje. Al gauw waren de mannen van de eenheid bezig alsof het kerstochtend was, compacte taartpunten werden afgesneden en in papier gepakt. Het beviel Elsie. Het was te lang geleden dat ze zo'n aanstekelijke vreugde had gevoeld, al was het maar even, en een deel van haar was blij dat de taart op die manier opging.

Papa bleef streng en gepikeerd tijdens de invasie. 'Ik hoop dat ze het zwaar aan hun maag krijgen,' mompelde hij fluisterend. Het was zijn taart, zijn brood, zijn domein, dat gestolen werd door vijandelijke soldaten. Mutti begroef haar trouwring in de pot met de dilleplant bij het raam uit angst dat hij zou worden geconfisqueerd. Maar de mannen vertrokken zonder veel schade aan te richten – behalve aan de taart – of familie-eigendommen mee te nemen. Toen ze naar buiten liepen had de soldaat die de taart als eerste zag geknikt en '*Danke schön*' gezegd. Elsie had vanzelfsprekend geantwoord met '*Bitte schön*'.

Toen ze waren vertrokken zei Papa haar onomwonden de waarheid. Dit waren buitenlanders die het ene moment lachend taart met je eten en je vervolgens net zo makkelijk verkrachten en vermoorden, zei hij. Maar dat had zij haar landgenoten al zien doen. Ze had aan de poort van de dood gestaan met de verdorvenheid op haar hielen. Ze had ervaren wat haar Papa zich nooit zou kunnen voorstellen en nooit zou geloven. Daarbij vergeleken zat er weinig boosaardigheid in de glimlach van de vreemdeling. Papa kwam van een oude generatie die aan het verdorren was. Hitler was verdwenen, de naziregering lag in puin, en Duitsland was in handen van de geallieerden. Elsie had begrepen dat ze om te overleven vriendschap moesten sluiten met deze nieuwe gezichten, deze buitenlanders. En zij zou de enige van haar familie zijn die dat zou doen.

Vandaag was de Bäckerei leeg en stil. Papa had genoeg notenmeel en gedroogde proviand om Brötchen te bakken, maar er kwam niemand. De mensen in de stad bleven binnen achter gesloten deuren, uit angst voor de tanks en de mannen en de onzekerheid over hun toekomst.

'Wat zullen ze met ons gaan doen?' vroeg moeder aan iedereen en aan niemand in het bijzonder.

Ze verzamelden zich met zijn vieren in de lege bakkerij en staarden door de etalageruit naar de onherkenbare straten, vol met brokstukken van huizen en vuil en vreemde gezichten. Het deed Elsie denken aan het oude *Fasching*-carnaval, een praalvertoning van vrolijkheid. Maar nu waren ze geremde toeschouwers, geen deelnemers.

'Max?' Mutti verlangde een antwoord.

Papa las *Das brüderliche Jahr* van Möller. 'Ik denk dat ze dat niet weten.' Hij keek niet op van zijn boek.

Mutti mompelde een gebed en nipte koude kamillethee. Julius had zich verstopt achter de dilleplant en richtte een denkbeeldig pistool op elk hoofd dat passeerde. Elsie stond bij de deur, niet in staat haar ogen van het chaotische straattafereel te houden.

Bij de kleine openbare waterpomp hadden zich Amerikaanse soldaten verzameld. Ze lieten een pakje sigaretten rondgaan. Hun stemmen kwamen door de geslepen ruiten, sprankelend en opgewekt. Een soldaat met pikzwart haar klopte het pakje tegen zijn pols en flipte in één beweging een sigaret tussen zijn lippen. Hij deed Elsie denken aan William Powell, en zo voelde het precies: alsof je naar acteurs in een film keek. Uiterst fascinerend.

De blik van de soldaat kruiste de hare en hield die vast. Opwinding steeg op uit haar borst en wervelde naar haar wangen. Ze draaide haar rug naar hem toe. Dat had Powell nooit gedaan.

Buiten lachte de soldaat. 'We hebben publiek!'

Elsie bleef omlaag kijken zodat Mutti en Papa haar niet zagen blozen. Aan haar voeten lag een klein wit stukje papier onder de deur door geschoven, smerig en onopvallend behalve de vorm; het was te nadrukkelijk vierkant om afval te zijn. Ze pakte het op en vouwde het open. Ze herkende het handschrift van Josef meteen.

'Wat is dat?' vroeg Mutti.

'Niets. Straatvuil dat onder de deur door gewaaid is.' Elsie maakte er een prop van. 'Als niemand anders ons brood wil, kan ik net zo goed wat nemen. Papa?'

Hij bromde wat boven zijn boek toen ze naar de keuken liep.

Achter in de hoek bij de oven streek ze het briefje glad.

Elsie,

Wij hebben vrienden die ons in warmere oorden uitnodigen. Wees niet bang. We zullen samen een nieuw leven beginnen. Ik weet dat het moeilijk zal zijn je familie te verlaten, maar zij hebben geen connecties bij de partij. Zij zullen veilig zijn. Wij moeten echter zo snel mogelijk Duitsland verlaten. Ik wacht op je op het *Bahnhof*, zes uur. Breng alleen het uiterst noodzakelijke mee. We hebben een lange reis voor de boeg.

Je echtgenoot, Josef

Je echtgenoot? Ze balde haar linkervuist. Belachelijk. Ze kende hem nauwelijks. Luitenant-kolonel Josef Hub, van kamp Dachau. Hoeveel mannen had hij vermoord? Hoeveel vrouwen en kinderen? Elsie vroeg zich af of hij op kerstavond het bevel aan de Gestapo had gegeven om Tobias op te sporen, of hij de beestachtige acties van Kremer goedkeurde. Er kwam een zure smaak in haar keel. Ze scheurde het briefje in stukjes en gooide die in de as van de oven. Nee, ze zou Josef niet op het *Bahnhof* ontmoeten. Ze zou blijven. Ondanks alles wat haar ouders gezien en niet gedaan hadden, ondanks de harde opvoeding van haar neef en de opoffering van haar zus, waren ze familie. Josef niet. Ook al had ze zijn ring gedragen, ze had hem nooit haar hart gegeven. Ze boog haar hoofd, beschaamd voor alle leugens, grote en kleine, die ze had gekoesterd. Ze had er genoeg van te doen alsof ze iets geloofde wat ze niet geloofde en te zijn wat ze niet was.

Op het rek lag een handvol broodkorsten af te koelen, geurig, bruin en glanzend. Elsie scheurde er een open en at de zoete, walmende binnenkant. Morgen zou ze Papa helpen met het zoeken naar echte melk, meel en eieren. Dan zouden ze de oven aansteken en brood bakken.

# *Tweeëndertig*

3168 FRANKLIN RIDGE DRIVE
EL PASO, TEXAS
7 JANUARI 2008

Reba was verrast toen ze JANE MERIWETHER over het scherm van haar mobiele telefoon zag flitsen. Ze had Jane maanden daarvoor haar nummer gegeven, maar dit was de eerste keer dat ze belde.

Reba zette het geluid van de televisie af. Het was half negen 's avonds. Anthony Bourdain ging net gebraden varkensrectum eten in Namibië. Ze had de hele avond naar reality-tv gekeken in een poging haar gedachten af te leiden. Ze had die ochtend een sollicitatiegesprek van drie kwartier gehad met Leigh. Het was goed verlopen dacht Reba, totdat Leigh zei dat ze nog een gegadigde overwogen. Reba werd paranoïde door de onbekende rivaal. Leigh beloofde binnen vierentwintig uur terug te mailen met de uiteindelijke beslissing. Reba werd door het vooruitzicht zo nerveus als een puppy dat bedelt om een hondenkoekje.

'Jane!' riep ze, dankbaar voor een nieuwe afleiding.

'Reba, het spijt me dat ik je zo laat nog lastigval.' Janes stem klonk gespannen. 'Er is een probleem. Ik dacht dat jij misschien kon helpen.'

Reba ging rechtop op de bank zitten. 'Is er iets met Elsie?' Haar hart begon sneller te kloppen.

'Nee, met mama is alles goed. Ik wil niet dat ze dit weet. Het gaat om Sergio.' Haar stem stokte in haar keel. 'Ze hebben hem gearresteerd.'

'Gearresteerd? Waarvoor?' Reba kon zich niet voorstellen dat Sergio ook maar iets kon doen waar iemand last van zou hebben, behalve misschien dat hij zijn broodjes langzaam smeerde.

'Hij is hier illegaal. Hij had een visum, maar dat is al jaren verlopen omdat hij het nooit heeft laten verlengen. Ze gaan hem over de grens zetten en hij mag de komende tien jaar niet terugkomen!'

Het werd stil op de lijn. Reba vroeg zich af of de verbinding verbroken was, maar net toen ze wat wilde zeggen ging Jane weer verder: 'Ik heb je over hem verteld. Die man met wie ik was. Hij houdt van me en hij had me zó kunnen vragen om met hem te trouwen om staatsburger te worden, maar dat heeft hij niet gedaan. Hij wist hoe dat zou overkomen – er trouwen er zo veel voor een verblijfsvergunning. Hij respecteerde dat ik gelukkig was zoals het was. Maar ik was gewoon stom, ik had het voor hem moeten doen,' haar stem stokte in haar keel. 'Reba, ik kan niet leven zonder Sergio.'

Reba beet op haar nagelriemen, onzeker over wat ze moest zeggen of doen. 'Waar is hij?'

'Dat is het hem juist – hij zit vast op het bureau.'

Reba beet te diep. Er welde een beetje bloed op in haar nagelbed.

'Je had ooit gezegd dat je ex bij de grenspolitie zat. Ik dacht dat misschien...'

'Ik kan het proberen.' Reba zoog het bloed op en slikte de ijzersmaak door. 'Ik bel zo terug.'

Ze hing op. Op tv vertrok Anthony Bourdains gezicht van walging. Reba voelde zich net zo. Ze belde het nummer van Riki.

Nadat hij twee keer was overgegaan nam hij op. 'Hallo?'

Haar adem stokte toen ze zijn stem hoorde.

'Hallo?' herhaalde hij. 'Reba?'

'Ja, met mij. Hoi – sorry.' Ze vermande zich. Nu moest ze even haar gevoelens opzij zetten en vertellen wat er gaande was. 'Riki, een vriend van mij zit in de problemen. Hij heet Sergio Rodriguez. Hij is opgepakt door de grenspatrouille. Hij is illegaal, maar hij is hier al meer dan tien jaar.'

Er viel een lange stilte. Reba drukte de telefoon dicht tegen zich aan en luisterde naar zijn ademhaling die fluisterend doorkwam. God, wat miste ze hem.

'We hebben hem in hechtenis,' zei Riki uiteindelijk.

'Is er een mogelijkheid om hem vrij te laten? Hij hoeft alleen maar een nieuw visum.' Ze verstrengelde haar vingers, omdat ze beefden. 'We kunnen hem niet voorgoed het land uit laten gooien.'

'Reba, we hebben een dagvaarding, en jij weet als geen ander dat ik geen loopje met de wet kan nemen. Zelfs niet voor jou. Ik…' Zijn stem stokte. Hij kuchte.

Hoe moeilijk het ook was voor Reba om zijn stem te horen, ze besefte dat het voor hem net zo moeilijk was om die van haar te horen.

'Riki, ik zou nooit hebben gebeld, maar jij bent de enige die ik vertrouw. Ik hoopte dat je kon helpen.'

'Wat is er zo bijzonder aan die kerel? Wat maakt hem anders dan de anderen?'

Zijn bittere toon sneed in haar ziel en bracht haar van haar stuk. 'Jane, mijn vriendin, houdt van hem.' Ze zoog opnieuw het bloed van haar vinger. Het deed pijn.

'Ik kan hierdoor zwaar in de problemen komen.' Hij zuchtte. 'Maar er is wel vaker een administratieve fout gemaakt. Het zal hem niet meer dan een paar dagen speling geven.'

'Alle beetjes helpen,' zei Reba.

'Geef me een uur, dan staat hij buiten voor het bureau.'

Reba duwde haar wang tegen de warmte van de telefoon, probeerde hem door wilskracht naar zich toe te halen, dwars door de bedrading en de geluiden van de centrale. 'Dank je wel.'

Weer een lange stilte.

'Ik kan nu beter…' begon Riki.

'Ik mis je.' Reba wist niet waar het vandaan kwam. Ze bedekte haar mond en luisterde naar de ruis op de lijn.

'Ja,' zei hij kortaf.

'Ik zat fout.' Reba slikte. 'In veel opzichten. Ik was… bang.'

Ze hoorde geklik op de achtergrond. Een pen, dacht ze.

'Ik zat ook fout.' Riki zuchtte. 'Ik vroeg dingen die ik zelf niet kon bieden. Ik moet veranderen.'

Reba haalde zo diep adem als haar longen aankonden en plofte vervolgens van blijdschap en opluchting en liefde.

Op de televisie flitste een reisreclame: Vind uzelf in Californië.

De volgende ochtend vroeg bevond Reba zich samen met Jane, Sergio en Riki in het stadhuis van El Paso. Ze hadden twee getuigen nodig gehad. Reba was een voor de hand liggende keuze geweest, maar een tweede was moeilijker te vinden op korte termijn. Jane had geweigerd Elsie te bellen. Om dit alles bij zonsopgang te moeten uitleggen was niet de goede manier geweest om haar nieuwe schoonzoon aan haar voor te stellen. Daar was Reba het mee eens, dus had ze Riki nog een keer gebeld. Hij had toegestemd en gezegd dat het ook hielp om Sergio's status te verifiëren. Reba hoopte dat het meer was dan dat.

Jane droeg een gaasachtige, witte blouse en een wijde rok met korenbloemmotief. Haar haar zat mooi opgestoken in een wrong, zodat het blond werd geaccentueerd en het grijs geminimaliseerd. Ze gloeide en leek sprekend op de jonge Elsie op de zwart-witfoto.

Voor tweeënveertig dollar leidde de ambtenaar een beknopte maar ernstige ceremonie en overhandigde hun een akte. 'Ik verklaar u nu tot man en vrouw.'

Reba vermande zich. Naast haar straalde Riki een voelbare verhitte spanning uit.

'Ik had nooit gedacht dat het ooit zover zou komen.' Jane kuste Sergio.

'Gefeliciteerd,' zei Reba.

'Ik wil je heel erg hartelijk bedanken voor alles wat je hebt gedaan.' Sergio schudde haar hand en toen die van Riki, zo oprecht dat Reba bloosde. Ze had alleen maar een telefoontje gepleegd. Riki was de enige die het echt toekwam.

'Tijd voor de receptie!' riep Jane uit. 'Ik ga een dik stuk taart afsnijden en lik de laatste kruimel chocola van het bord.' Plotseling viel ze stil en wreef over haar voorhoofd. 'Althans, nadat ik het mam heb verteld. God help ons.'

Sergio legde zijn arm om haar schouder.

'Ze zal het gewoon onder ogen moeten zien.' Jane kroop dichter tegen hem aan. 'Reba, Riki, jullie gaan toch mee, hè?'

'Ik kan beter terug naar het bureau gaan. Straks gaat Bert iemand vermoorden omdat hij Sergio heeft laten ontglippen. Ik moet het even rechtzetten,' zei Riki.

Reba was niet op haar gemak. Het was zo lang geleden dat ze

hem had gezien, en het voelde zo fijn om dicht bij hem te zijn. Ze wilde niet dat hij wegging.

Jane kwam tussenbeide: 'Alsjeblieft, jullie krijgen Schwarzwälderkirschtorte van het huis. Ik sta erop. Ik moet je bedanken voor alles wat je voor ons hebt gedaan. Weet je dat ik mezelf steeds moet inprenten dat we elkaar nog maar net kennen? Maar het voelt echt aan alsof het al langer is; waarschijnlijk omdat Reba het zo vaak over je heeft gehad.'

Reba en Riki keken elkaar aan.

'Het kan wel even, denk ik.' Hij wreef over zijn buik. 'Ik heb nog niet ontbeten en ik heb gehoord dat jullie de beste taart van de stad hebben.'

Jane knipoogde. 'Reken maar van yes.'

Toen ze de parkeerplaats van de bakkerij op reden, wisten ze dat er problemen waren. Het was kwart over negen en het bordje GESLOTEN hing nog aan de deur, terwijl het licht binnen al aan was.

Een klant liep tegen de harde wind in terug naar zijn auto. 'Niet open vandaag,' riep hij ze toe.

Jane opende met rammelende sleutels de voordeur en ging naar binnen. 'Mam!'

'Waar heb jij gezeten?' klonk de stem van Elsie van achter het keukengordijn.

Ze zuchtten alle vier tegelijk.

'Ik ben ook niet zo jong meer. Ik kan niet tegelijk mixen, bakken, glazuren *en* klanten helpen. Ooit ja, maar nu niet meer.' Een pan werd met een klap neergezet. 'Ik word wakker en jij bent *verschwunden*. Ik dacht: jij bent vroeg vertrokken voor de pretzels, dus ik rijd hier zelf heen, maar in de keuken: niemand. Het deeg is uit de pan gerezen!' Weer een klap. 'Die hele ochtend kloppen klanten op de deur. Ik haast me, maar... Die *verdammte* oude handen! Verdammte nieuwe ovens! Gas is niets vergeleken bij een ouderwets houtvuur.' Ze kwam uit de keuken tevoorschijn met twee broden, haar gezicht zo bleek als haar handen, die onder het meel zaten. 'O, je bent met vrienden uitgeweest. Wat attent.' Ze wierp de broden op de plank en streek haar dunne witte lokken achter haar oren.

'Mam, het was een noodgeval,' legde Jane uit.

'Een noodgeval? Ja ja. Zo *schlimm* dat je Mutti niet even kunt wekken om het haar te vertellen?' Plotseling vertrok haar gezicht, en bedekte ze haar mond.

'Mam, het spijt me.' Jane ging naast haar staan en trok haar dicht naar zich toe. 'Ik ben er nu.'

Voor het eerst sinds Reba haar kende, zag Elsie eruit als haar leeftijd. Getekend door de dagen en nachten, weken en jaren. Reba moest haar blik afwenden, naar de grond, naar haar schoenen, naar die van Riki. Ze dacht aan haar eigen moeder en aan wat zij allemaal had doorgemaakt. Elsie herstelde zich snel, schudde de boze geesten af en rechtte haar rug. 'Neem me niet kwalijk. Het was een moeilijke ochtend. Leg het later maar uit.' Ze kuchte en ging weer aan het werk. '*Mach Schnell!* Reba, draai het bordje even om. We zijn open. Jane, geef Sergio wat hij altijd neemt en...' Ze richtte zich tot Riki. 'Ik geloof niet dat wij elkaar kennen.'

'Riki Chavez.' Hij stak zijn hand uit.

Elsie trok een wenkbrauw op. 'Reba's Riki?'

Riki veranderde van houding.

'Ja,' zei Reba.

Hij keek haar aan alsof hij iets wilde vragen, maar richtte zich toen weer tot Elsie en knikte.

'Aangenaam eindelijk kennis te maken. Sorry voor mijn handen. Ik was deeg aan het kneden.' Elsie veegde haar handen aan haar schort af en streek haar haar naar achteren.

'Je bent hier voor het eerst, dan moet je iets speciaals hebben – wat denk je van Lebkuchen? Peperkoek. Vanmorgen gebakken.'

Riki knikte. 'Klinkt heerlijk, maar Jane had het over iets van een feesttaart.'

'Feesttaart? Ben je jarig?'

Reba kromp ineen.

'Nee, eh...' Riki keek naar Reba en vervolgens naar Jane.

'Het heeft te maken met waar ik het over had,' zei Jane. 'Het noodgeval, mam.' Ze balde haar vuisten en maakte zich sterk. 'Sergio en ik zijn vanmorgen getrouwd. Hij werd gisteren aangehouden omdat hij zijn visum niet had verlengd, en Reba en Riki hebben toen geholpen hem vrij te krijgen. We hebben al jaren iets samen en ik vond dat het hoog tijd werd dat ik eens ophield met alles maar als vanzelfsprekend te nemen. Ik ben tenslotte een vrouw van vijfenveertig.' Ze stak haar hand uit naar Sergio en nam een hap lucht, ze was buiten adem.

Elsie stond volkomen stil. Reba maakte zich zorgen om haar gezondheid.

'Mevrouw Meriwether.' Sergio verraste iedereen. Hij deed een stap naar voren. 'Ik weet dat ik niet ben wat u voor uw dochter gehoopt had, maar ik heb veel respect voor u. U bent al sinds mijn eerste stukje brood vriendelijk voor me geweest en ik zou vereerd zijn u mijn familie te mogen noemen. Ik houd van Jane. Alstublieft, wij vragen om uw zegen.'

Jane beet op haar onderlip. Reba slikte. Er viel een pijnlijke stilte die niemand durfde te verbreken. Ze wachtten op Elsie. Langzaam liet ze haar kin op haar borst zakken en begon te snotteren.

'Mam,' fluisterde Jane.

Elsie keek op met een brede glimlach. 'Dank u, Jezus! Ik dacht dat je lesbisch was.'

'Wat?!' Jane zette haar vuisten op haar heupen.

Elsie bette haar vreugdetranen. 'Zoals je al zei, je bent een vrouw van vijfenveertig, ongetrouwd, die altijd met de jongens meedeed. Nooit aangetrokken tot de vrouwelijke kant, en toen kwam Miss Reba.'

'Huh?' zei Reba. 'Ik?'

Elsa ging verder: 'Ze is zo stijfkoppig en dan geen beslissing nemen over... nou ja, je weet wel. Ik ben geen *dummkopf*... dat soort dingen bestaat al jaren. Kijk naar Marlene Dietrich.' Ze legde haar handen op Sergio's wangen. 'Dank je, dank je.' Ze gaf hem een kus op beide wangen.

'Ha!' knalde Riki eruit.

Jane fronste. 'Mam, meen je dat nu echt? Ik ben al jaren op zoek naar de perfecte man, voor jou!'

'Die is dood en begraven.' Ze haalde haar schouders op en gooide haar armen in de lucht. 'Als je op vrouwen was gevallen ging mij dat niets aan, zolang je maar gelukkig was. Maar je leek helemaal niet gelukkig – en ik wilde graag kleinkinderen!'

'Mijn goeie god!' De rode vlekken stonden in Jane's nek.

'En over je leeftijd hoef je je ook geen zorgen te maken. Ik heb op de computer over een vrouw gelezen die op haar zestigste nog een kind heeft gekregen. Jij bent vergeleken bij haar nog een – hoe heet dat ook alweer – een piepkuiken.' Elsie boog zich voorover en pakte een grote zwart-witgekleurde taart uit de vitrine. 'Ach ja, een feest!' Ze sneed met een kartelmes door de krullen van vanilleglazuur en de chocoladeflinters en maakte perfecte punten met ieder zijn eigen kers. 'Kom, eet.' Ze legde de punten op gebakschoteltjes die vlakbij stonden opgestapeld.

'Lesbisch... werkelijk mam, je moet niet zo veel op internet kijken,' snoof Jane.

'En jij bent je kop al jaren in de modder aan het steken, maar heb ik er wat van gezegd?'

'Zand, mam,' corrigeerde Jane.

'Zand wat?'

'Het is je kop in het zand.'

'Precies!' knikte Elsie. 'Ik heb altijd al gedacht dat jij en Sergio een leuk stel zouden zijn. Hij glimlachte altijd zo leuk naar je.' Ze gaf Jane een paar tikjes op haar wang.

Jane grinnikte geïrriteerd, nam een stuk taart en ging naast Sergio zitten die ze stukjes taart voerde.

'Een voor jou.' Elsie gaf Riki een stuk en sneed een volgende af. Reba hield haar tegen.

'Ik deel wel met Riki.' Ze draaide zich naar hem toe. 'Ik eet tegenwoordig zuivel.'

'O ja?' zei hij. 'Wat is er nog meer aan je veranderd sinds ik weg ben?'

'Er moest een hoop veranderen,' zei ze.

Hij nam een vork van Elsie aan en gebaarde naar een tafeltje. 'Wil je het me vertellen?'

Na de laatste hap taart liet Jane Sergio de kassa bedienen terwijl zij en Elsie hard aan de slag gingen in de keuken. Riki en Reba bleven heel lang aan het tafeltje zitten en aten samen hun stuk taart tot aan het laatste stukje chocola, terwijl de klanten langzaam een voor een naar binnen kwamen.

# *Drieëndertig*

GARMISCH, DUITSLAND
1 MEI 1945

De trein van 18.00 uur vertrok zonder Elsie of Josef. Josef was bang dat Elsie het briefje dat hij onder de deur had geschoven niet had ontvangen, dus sjokte hij terug naar de Bäckerei, zich beperkend tot de stegen. Hij klopte op de achterdeur. Er werd niet opengedaan. Er klonken stemmen rond het gebouw en die volgde hij naar de voorkant waar enkele vijandelijke *Ami's* rondhingen. Hij verborg zich in de schaduwen, die door de ondergaande zon steeds langer werden.

'Heel vriendelijk van u, Miss,' zei een stevige soldaat met een flink kogelgat in zijn helm. 'We hebben wekenlang op scheepsbeschuit, sigaretten en chocolade geleefd. Goed om weer iets vers te eten.' Hij schoof een broodje naar binnen, trok het aan stukken met zijn tanden en kauwde. 'Je zou onze kok moeten ontmoeten. Hem een paar dingen leren,' mummelde hij en slikte. 'Hé Robbie!'

Een donkerharige man met een sigaret bungelend aan zijn lip, draaide zich om.

'Je moet eens leren om zoiets te bakken – iets lekkers voor de verandering.'

'Als jij voor de ingrediënten zorgt, dan doe ik dat misschien wel,' schimpte Robbie.

'Jullie hebben een mooi stadje hier,' zei een slanke Ami met een vriendelijke stem. Hij zag er Arisch uit op het eerste gezicht. 'Het klimaat doet me aan thuis denken. Ik kom van Gaylord, Michigan... ooit van gehoord? Ten noorden van Detroit.'

'Kop dicht, Sam. Het is niet de bedoeling dat we ons met deze mensen verbroederen *of* praten. Of ze nou een woord verstaat van wat je zegt of niet,' zei iemand anders.

Josef stak zijn hoofd om de hoek om te zien over wie ze het hadden. Daar stond Elsie, met een mand op haar heup.

'De dame gaf ons eten dat niet uit een koud blik komt. Ze verdient op zijn minst een bedankje,' Sam mompelde wat en hing zijn geweer weer goed op zijn rug. 'Trouwens, iedereen kent Detroit.'

'Niet als je Duitse bent en het verschil tussen *hello* en *goodbye* niet kent, laat staan New York en Hollywood.' De gezette soldaat pulkte aan zijn tanden met een vieze duimnagel en nam nog een hap.

'Hollywood,' zei Elsie. 'Jean Harlow?' Ze zette haar hand op haar heup, stak haar kin omhoog en reciteerde in bijna perfect Engels: '"*You don't know the tenth of it. You wouldn't believe the things I've stood for. The first night I met the guy he stood me up for two hours. For what? A woman in Jer-zee had quad-ruplets, and it's been that way ever since*"'

De groep viel stil en barstte vervolgens in lachen uit.

Josef stond met zijn rug tegen het koude gebouw. Een brandende pijn spleet zijn schedel. Wat haalde Elsie in haar hoofd hun brood te geven? Met ze te praten – in een vreemde taal! Hij vroeg zich af of hij weer aan het hallucineren was.

'Het lijkt erop dat je je hebt vergist, Potter,' zei Robbie. Hij doofde zijn sigaret op de straatkeien en stopte de peuk achter zijn oor. 'Ze weet meer dan je denkt. Helemaal goed, Jean Harlow.' Knikte hij. 'Maar ik zou je eerder als Lana Turner bestempelen.'

Iemand floot. Potter zette zijn borst op en knipperde met zijn ogen. De mannen lachten. Elsie lachte. Josef hield zich vast aan de stenen muur achter zich om te voorkomen dat hij omviel van het gebonk in zijn hoofd.

'*Libeled Lady*?' zei Elsie.

'Dat kun je wel zeggen.' Robbie knipoogde.

Elsie glimlachte en gaf hem een broodje.

Hij pakte het aan. 'Misschien word ik als landverrader bestempeld als ik dit tegen je zeg, maar... wat maakt het uit. Dank je. Danke schön.'

'Bitte schön,' antwoordde ze.

'Wat een gretig grietje zeg. Anders dan die andere Duitse meiden,' zei Potter.

'Gretig grietje?' herhaalde Elsie.

'Ha!' Potter gaf een klap op Sams rug, waardoor het brood uit zijn hand vloog. 'Die leert snel.'

Sam raapte het op en veegde het af aan zijn mouw. 'Misschien moeten we haar wat geven. Geld voor het eten?'

'Goed idee.' Robbie haalde een langwerpige reep uit zijn zijtas. 'Als bakker moet ze wel gek zijn op chocola.' Hij gaf het aan Elsie.

Ze draaide de reep om en scheurde de wikkel open. Haar ogen begonnen te schitteren. 'Schokolade!' Ze nam een hapje van de zijkant. '*Ist gut!*'

'Zo mag ik het horen,' zei Robbie. 'Wat hebben jullie nog meer, mannen?'

'Saffies,' zei Sam.

Robbie nam het pakje en bood er haar een aan. 'Roken?'

Ze nam een van de dunne stokjes. Iemand wierp Robbie een aansteker toe en hij stak hem voor haar aan. Ze zoog en blies een kringel rook uit met het gemak en raffinement van een filmster.

Josef kon zijn ogen niet geloven. Elsie was een totaal andere vrouw. Zelfs haar houding, zo zelfverzekerd en schaamteloos. Helemaal niet dat verfijnde meisje dat zich aan hem vastklampte op het Weihnachtenbal.

Plotseling stikte ze in de rook en de mannen gingen rond de proestende Elsie staan.

'Alles oké?' vroeg Sam.

Elsie haalde een paar keer diep adem. 'O-kie, o-kie?' herhaalde ze als een krassende gaai en gaf de sigaret aan Robbie. 'Nein.' Ze nam nog een hap van de chocoladereep, deed het pakje weer dicht en liet hem in haar mand glijden. 'Bedankt.'

De mannen begonnen weer hard te lachen.

'Ze staat haar mannetje.' Potter krabde aan zijn buik en hing zijn geweer weer goed over zijn schouder.

'*Wie ist je naam?*' vroeg Robbie.

'Elsie Schmidt,' zei Elsie. '*Und sie?*'

'Sergeant Robbie Lee.' Hij maakte een buiging.

'Kok extraordinaire,' voegde Potter toe. 'Ik moet toegeven: gezien de beschikbare tijd en rantsoenen maakt deze jongen een geweldig stuk gegrild varken klaar.'

'North Carolina, geboren en getogen.' Hij nam een trek van Elsies sigaret.

'Het zit in m'n bloed. Mijn moeder at alleen maar gegrild vlees toen ze in verwachting was van mij. Maar ik ben niet meer zo heel goed in bakken.'

Elsie hield een broodje omhoog. 'Brötchen.'

De twee keken elkaar aan en zelfs vanuit de schaduw in de steeg voelde Josef de opgewondenheid tussen hen. Er ging een scheut pijn door hem heen. Ze had geen ring om. Hoe kon ze hem en hun land zo snel afvallen, na alles wat hij voor haar had gedaan? Verraadster, dacht hij en plotseling was de stem die zijn hoofd in tweeën spleet niet langer de zijne, maar die van de zoon van Herr Hochschild. Zijn spieren spanden zich van top tot teen; zijn adem stokte. Hij sloot zijn ogen, niet in staat om zijn spasmen en duizelingen onder controle te houden.

# *Vierendertig*

ARMED FORCES R&R CENTER
GERNACKERSTRASSE 19
GARMISCH, DUITSLAND
26 JUNI 1945

'Voeg Kirschwasser toe aan de room,' instrueerde Elsie in het Engels. 'Stijfkloppen.'

Robbie knikte. 'Begrepen.' Hij klopte.

'Meer oempf!' Ze gebaarde met haar arm dat hij sneller moest kloppen.

Hij versnelde zijn slag. De biceps onder zijn grijsbruine uniformhemd bewogen in de maat met de zoete vulling, almaar rond in de kom. Elsie probeerde er niet op te letten, zich geen voorstelling te maken van het vertrouwde lijf eronder. Dus concentreerde ze zich op het schaven van chocolade met een wortelschilmesje.

Ze had al honderd keer Schwarzwälderkirschtorte gemaakt, maar nog nooit was het zeven van meel en het ontpitten van kersen zo uitdagend geweest. Het was irrationeel en absurd – dit was een normale keuken met een oven en potten en pannen. Niets verleidelijks of gewaagds, behalve dat het een Amerikaanse keuken was, met Robbie Lee er in.

'Wat vind je ervan?' Robbie hield de kom van de eierklopper op zijn kop. De room bleef in een perfecte spiraal in de kom hangen.

Elsie haalde een vinger door het puntje van de spiraal en likte hem af. 'Gut. Proef.'

In plaats van de vulling te proeven legde hij zijn hand achter haar nek en kuste haar plakkerige lippen.

'Zeker lekker,' zei hij.

Elsie duwde hem met haar elleboog terug naar zijn kom. 'We moeten een taart bakken,' zei ze in het Duits.

'*Ein kuchen. Jawohl, Fräulein.*' Robbie lachte en salueerde.

Elsie ging al vanaf het begin naar het *Armed Forces Rest and Recreational Center.* Binnen een week na de bezetting hadden de Amerikanen het nazicomplex aan de andere kant van de stad, waar ze op het Weihnachtenbal was geweest, veranderd in een speelplaats voor de soldaten. Uit heel Europa kwamen ze met verlof, om te skiën, te wandelen, te kaarten en iets anders te eten dan voorgekookt en ingeblikt rantsoenvoer. De stad wemelde van de lachende mannen die een dag of twee de loopgraven uit wilden.

Toen de oorlog was afgelopen hoopte de hele familie iets te horen van Hazel. Elsie verwachtte dat ze ieder moment de deur van de bakkerij zou binnenlopen, maar dat gebeurde niet; en naarmate de dagen verstreken voelden ze in hun hart wat hun geest zich weigerde voor te stellen. Er deden geruchten de ronde dat mannen, vrouwen, zelfs hele gezinnen door buitenlandse kogels gedood waren of de hand aan zichzelf hadden geslagen. Het Lebensborn-programma en al haar leden waren van de ene op de andere dag verdwenen. Zelfs degenen die er een paar maanden eerder nog met veel achting over spraken schudden nu het hoofd en haalden de schouders op. Het maakte Elsie woest. Zij zag het als weer een daad van verraad. Als Papa over Josef begon, beet ze op haar tong.

'Is er nog nieuws? Heb je gekeken of er post was?' vroeg hij dagelijks, alsof er niets was veranderd en de post gewoon op schema was. 'Misschien heeft Josef wel geschreven.'

Ze had sinds dat briefje niets meer van Josef gehoord en ze veronderstelde dat hij ergens aan de kust van Argentinië of Brazilië zou zijn, ergens ver van Duitsland. Hij zou zijn belofte om Hazel te vinden wel niet nakomen. Hij had geen gezag meer. Er was geen Duits gezag. Berlijn was vernietigd. Wat er misschien nog aan archieven over was, was een berg stof.

Van Frau Rattelmüller had ze ook niets meer gehoord sinds die ijzige dag bij de houtstapel, nog voor de invasie van de geallieerden. De Amerikanen hadden het huis van de Frau geconfisqueerd en er tijdelijk officiersvertrekken in gevestigd. Eerst vreesde Elsie voor het leven van de vrouw en dat van haar onderduikers, maar het huis was niet, zoals de bakkerij, door de Gestapo doorzocht. Elsie was poolshoogte gaan nemen en had door de open ramen gegluurd. Er lag niet één kruimel op de vloer, niet één kattenhaar. De kussens op de bank in de salon lagen knus op hun gebruikelijke plek; de Hummel-beeldjes stonden ook keurig op hun plek. Het huis was doelbewust verlaten.

Elsie hoopte dat Frau Rattelmüller zich uiteindelijk toch bij haar Joodse vrienden had gevoegd, en het idee dat Cecile onder de hoede was van zo veel goedheid, gaf haar grote rust. Het zou Tobias ook goed hebben gedaan, dacht ze. Ze miste hem vreselijk. Haar kamer voelde aan alsof het hart er was uit gehaald, verstoken van het zachte kloppen dat een vanzelfsprekend ritme was geworden. Haar troost was dat, ondanks de grondige zoektochten in de stad en de bossen, de Amerikanen geen lichaam van een jongetje hadden gerapporteerd. Hij was ontkomen. Daar twijfelde ze niet aan en ze kon alleen maar hopen dat ze ooit nog iets van hem zou horen.

Julius sprak nooit over Tobias of de aanslag van Kremer. Hij sprak nooit over die akelige aprildagen. Er was iets in hem veranderd. Hij was nog steeds een zwartgallig joch, maar hij was aanzienlijk minder ingenomen met zijn oude zelf. Hij deed zonder tegenstribbelen wat hem gezegd werd en leek een natuurlijke aanleg voor cijfers te hebben. Hij hielp Mutti met het geld in de kassa tellen en was bijzonder goed in het afmeten van precies de juiste porties deeg voor de broodjes. Iedereen was blij dat hij wat meer interesses begon te ontwikkelen; zijn speelgoedsoldaatjes lagen verlaten opgeslagen in een melkbus.

In een poging de normale gang van zaken weer in te luiden, had Mutti, zodra de plaatselijke lagere school weer openging, Julius ingeschreven op de *Grundschule*; maar die leek in de verste verte niet op zijn Lebensborn-opleiding. Hij was twee dagen aan het mokken omdat de leraar hem naast een meisje met een donkerroze moedervlek op haar onderarm had gezet. Papa legde uit dat een verkleuring op je huid niets te maken had met je karakter. Dat lesje werd ontkracht toen Papa twee Ami's weigerde te helpen in de winkel.

Elsie vond het dwaas om inkomsten te laten lopen. Een volle kassa betekende een volle maag voor de klanten en voor henzelf. De bakkerij had te lijden van het gemis aan klandizie van de nazi's. Weken nadat de Amerikaanse bezetting begon was er nog steeds geen constante stroom van oude of nieuwe klanten. Ook al had Papa er geen woord over gezegd, Elsie kon aan zijn norse gedrag merken dat er iets moest gebeuren. Aangezien er niemand ontvankelijk voor was, vroeg ze Robbie of ze een ervaren bakker konden gebruiken in de keuken van het R&R Center, het recreatiecentrum.

De militaire reglementen waren echter strikt en Duitse burgers waren verdacht. Robbies commandant zei dat hij niet het risico kon lopen dat infiltranten in de keuken een massavergiftiging zouden beramen; maar Robbie overtuigde hem dat ze ongevaarlijk was en dat ze het recreatiegebeuren van de mannen zelfs misschien wel wat recreatiever zou kunnen maken. Een zeventienjarige die eruitzag als een pin-upmeisje was makkelijk te propageren, maar zijn meerdere waarschuwde hem dat hij niet al te vriendschappelijk moest doen. Het was militairen verboden te 'verbroederen' met de bevolking. Een soldaat die buiten dienst omging met een Duitser kon beschuldigd worden van aanstichting tot gezagsondermijning. Gelukkig zat het ministerie van Oorlog van de VS aan de andere kant van de oceaan. Robbie knikte en gaf zijn commandant een knipoog en ontving drie dagen later een goedgekeurde, semiofficiële werkvergunning voor Elsie om als serveerster in dienst te treden.

Ze bediende in de eetzaal, maar zei tegen Mutti en Papa dat ze een baantje als bordenwasser in restaurant Von Steuben had. Papa mopperde daarover. Het Von Steuben had al snel de reputatie ruwe Amerikaanse soldaten over de vloer te hebben die binnen kwamen vallen om sterk bier uit stenen kruiken en braadworst te nuttigen en naar hoempamuziek te luisteren. Het was een onaangenaam idee: Elsie te midden van die klanten, maar hij werd al snel milder, gezien haar salaris en het feit dat ze alleen maar bordenwasser was. De waarheid zou voor hem moeilijker te accepteren zijn, en ze had nu gewoonweg niet de energie om er ruzie over te gaan maken. Het bracht geld in het laatje en dat hadden ze nodig. Uiteindelijk zou ze het hem wel vertellen. Ondertussen hoopte ze dat hij zich niet zou afvragen waarom haar handen niet ruw werden, of waarom ze altijd naar stroop, ui en tomaat rook. Robbies barbecue was de wekelijkse dagschotel in het centrum.

Ze hield er niet van bestellingen op te nemen en dienbladen rond te zeulen met hamburgers, gebakken aardappelen, macaroni met kaas en andere gerechten die als 'Specialiteit van het Huis' te boek stonden, maar in de keuken had ze het naar haar zin. Na sluitingstijd leerde Robbie haar meer zinnetjes dan in de hele *Libeled Lady*, en ook nog Amerikaans koken. In ruil leerde zij hem Duitse recepten.

Het eerste wat ze van Robbie leerde maken was Amerikaanse appeltaart, die met een paar ingrediënten meer of minder hetzelfde was als de *versunkener Apfelkuchen* van Papa. Zij liet hem zien hoe je *Bienenstich*, bijensteektaart maakt. Hij zei dat hij zoiets nog nooit geproefd had, en daar was Elsie blij om. En daarna: tolhuiskoekjes. Robbie zei dat ze niet hetzelfde smaakten, omdat ze legerchocolade hadden gebruikt in plaats van die van Nestlé, zijn lievelingschocolade. Elsie vond de koekjes niet erg bijzonder. Suikerdeeg, willekeurig gemengd met stukjes chocolade. Te zoet naar haar smaak.

En zo verliepen de dagen: vroege ochtenden in de bakkerij en lange nachten in de R&R-keuken. Ze bracht graag tijd door met Robbie, en het duurde niet lang voor hun boter en suiker mengden, en niet alleen in de deegkom.

De chocoladetaarten waren gebakken en afgekoeld. Elsie sneed ze overlangs doormidden. 'Kirschwasser.' Ze besprenkelde de vier manen met kersenlikeur.

'Dit spul zou net zo goed Duits wijwater kunnen zijn.' Robbie sloeg zijn armen rond haar middel en kuste de achterkant van haar hals. Haar armen en benen werden slap, en ze liet de fles in het zachte binnenste leegklokken.

Voor de oorlogen verkondigde de lutherse kerk dat seks buiten het huwelijk een zonde was. Maagden werden in het leven en in mythen verdedigd; meisjes van een mindere reputatie werden te schande en belachelijk gemaakt; onwettige kinderen werden als bastaards gemeden. Maar dat was allemaal veranderd. Hazel werd beschouwd als een nazifokmerrie; geprezen, vereerd en nu zonder meer genegeerd als een onooglijk artefact uit de oorlog. Natuurlijk, iedereen in Duitsland had spijt; dingen gedaan die geen mens kon rechtvaardigen of een geestelijke kon vergeven. Piëteit was uit de mode, en Elsie had snel begrepen dat haar jeugd en schoonheid het lot van een ander zou dienen, of dat van haarzelf. Nooit meer zou ze machteloos zijn. Wat ze met Robbie deed had niets met hem te maken, en alles met haarzelf.

Ze zette de fles met Kirschwasser neer. 'Zo verpest je de kuchen,' waarschuwde ze en greep Robbie bij de schouders en trok hem met een ruk naar zich toe.

'Wat is de volgende stap?' fluisterde hij in haar omklemming.

'Smeer de lagen in *mit creme*,' gebood Elsie en knikte naar de kom met geklopt eiwit.

'En dan?' Hij streek zijn vingers langs haar sleutelbeen.

Haar wangen waren warm, haar jurk te strak. 'Suikerglazuur.'

'En dan?' Hij maakte de knoopjes van haar lijfje los.

Ze kon zo veel beter ademhalen als haar jurk van voren open was, de koele lucht op haar naakte huid. De warmte van haar wangen schoot door haar heen als gesmolten chocolade en stilde ongeremd haar honger.

'*Schokolade und...*' Hij kuste het boordje boven haar borsten. Ze kreeg kippenvel. 'Kersen.'

Ze schoof de kom en de taarten opzij terwijl Robbie haar op het werkblad tilde.

# *Vijfendertig*

ELSIE'S GERMAN BAKERY
2032 TRAWOOD DRIVE
EL PASO, TEXAS
30 JANUARI 2008

'Lang zal ze leven, lang zal ze leven...,' zongen ze Elsie toe.

Elsie zat aan het cafétafeltje, haar gezicht gloeide in het kaarslicht van de grootst mogelijke taart die Jane in het geheim had kunnen bakken.

Reba en Riki waren samen gekomen. Ze hadden zich verzoend na Janes trouwdag, maar hadden besloten het rustig aan te doen. Hij verbleef in zijn appartement in de stad, maar Reba hoefde zich niet meer af te vragen in welk gebouw hij woonde. Ze ging er vaak heen, met gerechten die ze thuis had klaargemaakt en die ze uiteindelijk samen opaten.

Jane en Elsie gaven een spoedcursus 'Bakken voor beginners'. Haar kreppels met kaneel en suiker waren een hit. Riki zei dat het hem deed denken aan de *churros* die zijn vader voor hem kocht bij straatventers in Juárez. Het boerenbrood van Reba was minder succesvol. Het deeg was niet gerezen en het was zo hard en plat als karton geworden. Riki prees haar inspanningen en zei dat ze net konden doen alsof het een grote rechthoekige tortilla was. Iedereen lachte en ze aten het brood met zelfgemaakte salsa en *queso fresco*. Reba had zich haar hele leven niet zo licht gevoeld.

Elsie blies de kaarsen uit en het werd donker in de kamer. 'Ik ben blij dat ik het tot zover heb gehaald!'

Sergio knipte het licht aan terwijl Jane de taart in grote vierkante stukken sneed.

‘Ik heb een van je lievelingstaarten gemaakt, Mam: kruidige kruimeltaart.’

‘Kruidige kruimeltaart?’ vroeg Reba. ‘Dat maakte mijn oma altijd. Is dat Duits?’

‘Nee.’ Elsie gaf iedereen een vorkje. ‘Ik heb het recept van een vriend, een chef uit North Carolina. Hij was in Garmisch gestationeerd toen de oorlog was afgelopen.’

‘Dat heb je me nooit verteld,’ zei Jane. ‘Ik dacht dat het een eigen versie van een Duitse taart was.’ Ze nam een hap.

‘Het bewijs dat ik nog geheimen heb, zelfs op mijn leeftijd.’ Elsie nam een grote hap van de gekaramelliseerde glazuurlaag. Ze kauwde bedachtzaam en slikte. ‘Heerlijk. Ik had het zelf niet beter kunnen maken.’ Ze knipoogde naar Jane en nam nog een hap.

Jane glimlachte. Sergio kuste haar wang.

‘Dus je bakt volgens Duitse en Amerikaanse recepten, heb je wel eens overwogen Mexicaanse te leren? Dat zou winstgevend kunnen zijn, hier in de omstreek,’ zei Riki.

Sergio knikte instemmend.

Jane zwaaide met haar vinger. ‘Je kunt hier op iedere straathoek *flan* of *tres leches* krijgen, maar niemand verkoopt authentiek Duits brood. Dat maakt ons uniek. We hebben er het monopolie op.’

‘Eigenlijk wil ik het wel leren,’ zei Elsie.

Janes taart viel van haar vork.

Elsie haalde haar schouders op. ‘Waarom niet? Je bent nooit te oud om een nieuw kunstje te leren. Het zal niet de kwaliteit van die van mijn buurvrouw Maria Sanchez hebben, maar ik verwacht niet dat ik een Mexicaanse bakkerij zal beginnen.’ Ze richtte zich tot Riki. ‘Kun jij bakken?’

Riki slikte. ‘Niet echt. Mijn repertoire bestaat uit één recept: pan de muertos, brood van de doden. Ik hielp mijn moeder altijd als zij het voor el Día de Los Muertos maakte.’

‘Brood van de doden,’ Elsie articuleerde elk woord. ‘Hoe toepasselijk!’ Ze was de enige die lachte.

‘Doe niet zo morbide,’ zei Jane.

‘Ach was! Het is mijn tachtigste verjaardag. Ik heb lang genoeg geleefd om te weten dat je je eigen sterfelijkheid niet zo serieus moet nemen. In Duitsland hebben we een gezegde: *Alles grau in grau malen*, schilder niet alles zwart. We hebben het recht niet, als anderen het zo veel slechter hebben.'

Reba glimlachte bemoedigend naar Jane.

'Het brood is eigenlijk een herbevestiging van het leven,' legde Riki uit. 'Mexicanen zien de dood volkomen anders dan de mensen in de westerse cultuur. Wij vieren leven en dood als een continuüm, een soort co-existentie. Wij verheerlijken hem zelfs als een bevallige vrouw.'

'Catrina – Vrouw van de doden,' zei Sergio. 'Een prachtige vleesloze vrouw met een hoed vol bloemen.' Hij grijnsde; er zat kaneelsuiker op zijn onderlip.

Jane veegde het weg met haar duim. 'Wat opbeurend.'

Elsie negeerde haar. 'Ik ben gek op hoeden die met bloemen zijn versierd. Toen de oorlog voorbij was, ben ik naar een *Strassenfest* in München geweest en toen droeg ik een hoed met rode geraniums. Ik heb jaren niet meer aan die zomer gedacht.' Ze gaf klopjes op Riki's arm. 'Die Vrouw van de doden klinkt als mijn soort vrouw. Leer mij maar hoe ik het brood van de doden moet maken. Als verjaardagscadeau. Dan doen Jane en Reba mee.'

'Wij?' Jane keek Reba aan.

Elsie knikte. 'Je moet je kinderen hun cultuur bijbrengen. Duits en Mexicaans. Geldt ook voor jou, Reba.'

Reba verslikte zich in haar sponzige kruidentaart.

Riki glimlachte. 'Afgesproken.'

'*Prost!*' Elsie hief haar glas *Apfelsaftschorle*, half appelsap en half mineraalwater. 'Op nieuwe vrienden en familie! En met Gods wil, nog een jaar in deze idiote wereld.'

Er klonk een langzaam nummer op de autoradio. Reba en Riki parkeerden voor het appartement van Reba aan de Franklin Ridge. Ze moest hem nu echt over San Francisco gaan vertellen.

Leigh had gebeld en een boodschap achtergelaten toen Reba nog in de bakkerij op het huwelijksfeest van Jane en Sergio was. Ze had de baan. Ze was helemaal verdoofd toen ze het nieuws hoorde. Te veel geluk op een dag; het weerzien met Riki, de trouwerij van Jane en Sergio, en dan haar droombaan. Het was alles wat ze had gewild. Dus waarom voelde ze zich dan alsof de zon was uitgedoofd? Ze herinnerde zich wat Reba had gezegd: Wees gelukkig Reba, beloof dat je dat jezelf toestaat.

Reba had Leigh teruggebeld, de baan geaccepteerd, en de uiterste datum gevraagd waarop ze kon beginnen. Leigh was niet erg flexibel geweest. 'De eerste maandag van februari,' had ze gezegd. Reba stelde de redactie van de *Sun City* op de hoogte en zette haar appartement te koop via een plaatselijke makelaar. Ze pakte zo veel mogelijk spullen in dozen en bood de rest aan de buren aan, betaalde gas, licht en water, zegde haar abonnement op de *El Paso Times* op en ruimde de kasten leeg. Ze had bijna iedereen verteld over haar vertrek, behalve Riki. Het ging allemaal zo goed. Ze wilde de zeepbel niet uiteen laten spatten.

Toen ze de datum op Elsies verjaardagskaart zag, besefte ze dat ze dit weekend naar Californië moest. De verjaardag van Elsie was niet het geschikte moment om het hem te vertellen; maar nu voelde het ook niet goed. Dit was haar grote kans om het te gaan maken in de journalistiek. Dat moest ze hem duidelijk maken, en toen ze de moed had verzameld om erover te beginnen zette hij de radio zacht.

'Kun je je voorstellen hoe het is om tachtig te zijn?' Hij krabde aan zijn eind-van-de-middag-baard. 'Ze heeft zo veel meegemaakt.'

Reba knikte, en zocht een manier om het gesprek naadloos op San Francisco te laten overgaan. 'Een echte avonturierster. Niet bang voor het onbekende.' Iets beters kon ze niet bedenken.

Riki knikte.

'Wat ik wil zeggen is – haar leven lang is ze ervoor gegaan, wat dat dan ook geweest mocht zijn.'

Hij ging wat meer rechtop zitten.

Zij was aan het rondcirkelen en moest spijkers met koppen slaan. 'Het is inspirerend. Je krijgt gewoon zin om... de koe bij de horens te vatten, vind je niet?'

Tijdens de stiltes die vielen klonk er een zacht deuntje op de radio.

Uiteindelijk flapte Reba het eruit: 'Riki, de *San Francisco Monthly* heeft me een baan als redactrice aangeboden. Het is een eersteklas tijdschrift. Een droombaan! Ik kan meteen beginnen.'

Ze bleef strak naar het display van de radio kijken: 93.1. De stationair draaiende motor klonk hard. Ze durfde hem niet aan te kijken.

'Ga je het doen?' vroeg hij.

'Het is wat ik altijd gewild heb.'

'Ja.' De autoverwarming maakte fluitende en ploffende geluiden. 'San Francisco. Dan zit je aan het water.'

Reba knikte. 'De baai. Je zou mee kunnen gaan.' Het was een zwak aanbod, maar ze wilde dat hij wist dat ze het had overwogen.

Hij ademde diep in. 'Mijn leven is hier. Ik kan niet zomaar weg.' Hij ademde weer uit. 'Ik ben blij voor je, Reba. Werkelijk waar.' Hij legde zijn hand op de hare.

Ze zag dat hij het meende. Zijn ogen stonden zacht en pijnlijk ernstig, en in plaats van dat ze opluchting voelde, welde er droefheid in haar op.

# Zesendertig

STRASSENFEST
LEOPOLDSTRASSE IN SCHWABING
MÜNCHEN, DUITSLAND
28 JULI 1945

'Ze hebben hier pretzels met mosterd!' schreeuwde Robbie over de hoempaband heen. Hij danste en zigzagde door de menigte en trok Elsie mee. Sam en Potter kwamen erachteraan met grote pullen schuimend pils.

Elsie kreeg een galsmaak in haar mond bij de gedachte aan scherpe mosterd. Ze had zich al een paar weken niet lekker gevoeld. Aan het eind van haar nachtdiensten had ze nauwelijks de kracht om vanuit de legerkeuken naar Robbie te zwaaien en naar huis te fietsen. Ze voelde zich van zonsopgang tot zonsondergang uitgeput en haar gebrek aan eetlust hielp niet mee. De slager had een nieuwe zending varkensvlees binnen, dankzij de Amerikanen, en Mutti had de mogelijkheid een lange sliert salieworst te kopen – waar Elsie altijd zo dol op was – maar ze werd misselijk van de geur van vet uit de keuken en hoefde er niets van. Mutti wuifde het weg en zei dat het kwam doordat ze te hard werkte, iets wat ze allemaal deden; maar na zo veel maanden van schaarste, was het vreemd dat ze nu geen trek had in juist dat eten dat ze ooit het lekkerst vond.

Ze had gewoon een vrije dag nodig. De R&R-keuken was die zaterdag gesloten omdat er een lekkende pijp in de waterleiding vervangen moest worden. Elsie vroeg Papa of ze die dag ook van de Bäckerei vrij kon krijgen. Robbie zou met een paar vrienden met de trein naar München gaan, voor een zomerstraatfeest. Aangezien de nazi's een verbod hadden gelegd op vieringen die niets met de partij te maken hadden, had al jaren geen stad haar traditionele feesten kunnen vieren. Diep vanbinnen miste Papa de oude gewoonten net zo als iedereen. Hij stemde erin toe dat ze met een vriendin van het Von Steuben ging, hoewel die vriendin niet bestond.

De ochtend van het festival had ze langer geslapen dan normaal, en dat hielp. Ze werd wakker met nieuwe energie en ogenschijnlijk hersteld. Ze nam zelfs een bord gekookte ham als ontbijt, ook al smaakte die bedorven.

Mutti verraste haar met een nieuwe Dirndl, prachtig geborduurd met tere klaprozen en afgezet met bijpassend rood. Het was de stof die Hazel had opgestuurd.

'Je moet toch wat aan naar het feest,' had Mutti gezegd terwijl ze de plooien gladstreek met haar vingers. 'Ik weet dat rood je zusters lievelingskleur was, maar ze zou gewild hebben dat jij hem kreeg. Bij jouw ogen staat iedere kleur prachtig.'

Het was de eerste keer dat Mutti haar schoonheid meer had geprezen dan die van Hazel, en Elsie begreep het maar al te goed: Mutti dacht niet dat Hazel ooit nog thuiskwam.

'Alsjeblieft, lieverd.' Mutti gaf haar de jurk. 'Pak aan, voordat hij helemaal onder het meel zit,' zei ze, hoewel ze nog met bakken moest beginnen. 'Beloof me dat je even komt laten zien hoe hij je staat voordat je gaat.' Mutti trok de slaapkamerdeur achter zich dicht.

Elsie legde de jurk zo op het bed dat de bruine rok als een pauwenveer lag uitgespreid. Hij zou Hazel prachtig hebben gestaan. Een markant kledingstuk; het was alsof Mutti haar hart en ziel in elke mouw en zoom had geregen. Elsie had sinds die japon van Josef op kerstavond nooit meer zoiets schitterends aangehad. Deze was echter veel dierbaarder dan al het chiffon uit Parijs, al de zijde uit Sjanghai, al de wol uit Castilië, door alles wat hij had overleefd – alles wat zij hadden overleefd. Ze deed haar katoenen japon uit en maakte de knoopjes van de taille van de jurk los. De statische elektriciteit knetterde tussen haar gaasachtige onderjurk en de koperen knoopjes.

Ze bewonderde zichzelf in de spiegel, verbaasd dat de jurk die voor Hazel was gemaakt, haar precies paste. Haar figuur was de laatste paar maanden tot bloei gekomen. Zelfs met het gebrek aan eetlust van de laatste tijd, waren haar borsten en heupen ronder en voller dan ooit tevoren. Ze knoopte de Dirndl dicht, depte haar polsen met rozenshampoo, trok een bijpassende hoed uit de kast en keek nog een keer of alles goed zat. Ze was er klaar voor. Bijna.

Het had nog wat nodig. Iets pittigs, zoals de Amerikaanse meiden op de posters in het R&R Center. In de buitenvitrine fladderde er iets roods. Geraniums in de zomerbries. Ze plukte de grootste tros ertussenuit en stak hem in de rand van de hoed.

Iemand in de carnavalsmenigte stootte tegen haar hoed. De bloem viel op de grond en werd door klompen vertrapt. Elsie had zich hersteld toen ze bij Johanns Bäckerei-stalletje kwamen. De kunstig gerangschikte pretzels zagen eruit alsof ze te kort in de baksodaoplossing hadden gelegen en te lang in de zon, vond ze.

'Twee.' Tommy maakte het vredesteken met zijn vingers.

'Nein,' protesteerde Elsie.

'Je moet iets eten,' fronste Robbie. 'Ben je eropuit om lazarus te worden?'

Ze had in haar eentje een hele stenen bierpul leeggedronken. De mout had haar maag wonderbaarlijk tot bedaren gebracht. Ze wilde er dolgraag nog een, maar wist dat dat niet slim zou zijn. Ze voelde zich al zalig zorgeloos in haar hoofd. Papa had haar verteld dat donker lagerbier die uitwerking had, net als pure chocolade.

'Ze hebben kreppels. Wil je die?' drong Robbie aan.

Gefrituurde gesuikerde deegbolletjes lagen op rozetten van bruin papier. Steeds als er een werd weggehaald bleef er een vetvlekje achter.

Ze watertandde. 'Ja.'

Robbie bestelde een pretzel en een kreppel. Sam en Potter waren tevreden met hun bier en vermaakten zich met twee rondborstige meiden in laag uitgesneden Dirndls met veel tierelantijnen.

De kreppel voelde nog warm. Vol verwachting nam ze een hap, maar vond het weeïg smaken. Ze slikte de hap door en gaf het overgebleven stuk aan Robbie. 'Neem.' Ze trok haar neus op en maakte en wegwuivend gebaar.

'Niet de kwaliteit van Schmidt?' plaagde hij.

‘Schmidt?’ onderbrak een vrouw ze in de rij achter hen. Ze had een ronde buik en een vergelijkbare zwangere puist op de punt van haar neus. ‘Hazel Schmidt?’

Elsie probeerde niet naar de puist te kijken. ‘Mijn zus,’ verklaarde ze.

‘O! Maar dan moet u Josef Hub kennen?’

De kreppel kwam bijna weer naar boven. Ze probeerde weg te lopen, maar de vrouw liep achter haar aan.

‘Hij was op zoek naar uw zuster. Heeft hij haar ooit gevonden? Hij was commandant in de eenheid van haar verloofde, in München. Peter Abend?’

Elsie draaide zich om zodat ze met haar rug naar Robbie stond. De vrouw deed dat ook en praatte verder: ‘Ik was vroeger een naz… secretaresse op het archief in München. Ik vergeet nooit een naam.’ Ze wreef over haar buik. ‘Josef en ik waren kennissen voordat ik mijn man ontmoette.’ Ze wees over haar schouder naar een corpulente man die in de rij stond te wachten. ‘Josef vroeg me om het dossier van Hazel Schmidt, wat ik natuurlijk nooit zou geven. Dat was in die tijd vertrouwelijke informatie.’ Ze rechtte haar schouders defensief. ‘We zijn elkaar uit het oog verloren. Ik vroeg me af of hij haar ooit had gevonden.’

‘Wanneer was dit?’ Haar hart fladderde, ze kreeg weer hoop.

‘Hm…’ Ze klopte met haar vingers op haar opgebolde buik. ‘1941-42. Ik weet het niet meer. Lijkt wel eeuwen geleden, vind je niet?’

Inderdaad. Elsie herinnerde zich de eerste keer dat Josef de Bäckerei kwam binnenwandelen in zijn gesteven uniform, lang en waardig; het was net een scène in een donkere filmzaal, onscherp langs de randen.

‘Er was zo veel chaos toen het Reich viel. Ik heb al maanden niets van Josef gehoord,’ zei Elsie.

‘Dus u kende hem toch. Een goede man.’ Ze kuchte. ‘Zo zonde.’

De zomerzon gloeide, ondanks Elsies hoed.

‘Zonde?’

‘Hebt u het nieuws niet gehoord?’

Ze schudde haar hoofd, haar oren brandden.

De vrouw keek naar haar man en boog zich vervolgens naar

haar toe. 'Ze hebben hem en een groep ss-officieren op een afgemeerde boot in Brunsbüttel gevonden. Massazelfmoord.'

Elsie knipperde met haar ogen. Ze duizelde.

'Iedereen was doodgeschoten – een bloederige zooi. Maar Josef niet. Ze zeggen dat hij een dodelijke injectie heeft gehad,' fluisterde ze.

Elsie zoog lucht naar binnen, maar het hielp niet. Het zuur kwam naar boven geborreld en voordat ze zich kon omdraaien, braakte ze over de klompen van de vrouw.

Robbie kwam aangesneld. 'Elsie?'

Ze knielde op de grond en greep zich vast aan het gras om zichzelf in evenwicht te houden.

'Het spijt me, het komt door de drank,' zei Robbie tegen de vrouw. 'Ze is de hele week al misselijk. Kon niet veel naar binnen krijgen.'

De vrouw stampte de brij van gefrituurd deeg van de neus van haar klomp. 'Geeft niet. Doet me aan mezelf denken, nog niet zo lang geleden – ik had last van vreselijke zwangerschapsmisselijkheid.'

Elsie concentreerde zich op een felgekleurde paardenbloem, de gele knop stond wijd open. Ze was nog steeds draaierig, maar het kabaal van de menigte verminderde. Ze legde een hand op haar buik. Onmogelijk.

# *Zevenendertig*

GRENSPATROUILLEPOST EL PASO
8935 MONTANA AVENUE
EL PASO, TEXAS

-----Oorspronkelijk bericht-----
Van: reba.adams@hotmail.com
Verzonden: 14 februari 2008 18:52
Aan: ricardo.m.chavez@cbp.dhs.gov
Onderwerp: Denk aan je

14 februari 2008

Gelukkige Valentijnsdag, Riki!

Ik heb je mobieltje geprobeerd, maar je zal wel aan het afsluiten zijn op je werk. Het spijt me dat ik er niet was om te kijken hoe de zon de lucht veranderde in de kleuren van onze lievelingssorbets. Hoeveel telden we er die ene keer – drieëndertig verschillende? Dat zijn er twee meer dan de ijssalon heeft. Mijn favoriet is nog altijd passievrucht, ananas, marshmallow met slagroom. Die ene precies boven Sunland Park in Nieuw-Mexico. Dus als je die vanavond ziet, neem dan een hapje voor mij.
Hier aan de baai is de zonsondergang heel anders. Een beetje verwaterd wat mij betreft. Maar het appartement is prachtig. Mijn redactrice Leigh heeft me geholpen het te krijgen, helemaal gemeubileerd ook nog. Er was een lange wachtlijst voor dit appartementencomplex, maar ze hoefde maar te kikken en ik stond bovenaan. Je zou het mooi vinden. Vanaf mijn balkon kun je het water zien. Leigh is een keiharde tante op kantoor. Een soort Elsie

met een biologisch Napa Valleywijn-locavoor-randje. Ik hoop dat dit gewoon een slechte week is en dat ze wat minder streng wordt als ik ben ingewijd.
Ik ga als eerste opdracht een artikel doen over een nieuwe trend: nachtclubrestaurants. Interessant. Leigh zegt dat ze wil dat ik me een beetje in het stadsleven stort, maar dat het merendeel van mijn werk zich in de redactiekamer zal afspelen, niet in het veld. Ik vraag me af wat dat precies betekent.
San Francisco is een stuk groter dan El Paso, dat is zeker. Ook een stuk groter dan Richmond. Ik heb gisteren door de stad gewandeld. Ik had zin om wat van de bezienswaardigheden van de stad te bezoeken – de Fisherman's Wharf, de Ghirardelli-chocoladefabriek, de Boudin-bakkerij. Ik heb een broodje in de vorm van een schildpad gekocht. Het leek er precies op, serieus. En het smaakte ongeveer net zo. Een flauwe hap. Zeg maar tegen Elsie dat er niets boven haar Brötchen gaat – zelfs niet die van beroemde bakkerijen in de grote steden.
Ben je onlangs nog in de bakkerij geweest? Ik heb een paar keer gebeld, maar kreeg het antwoordapparaat (verbaast me niets). Elsie zou echt eens een e-mailaccount moeten aanmaken. Het spamfilter houdt alle porno- en viagrareclames tegen. Zeg dat maar tegen haar.

Mis je,
Liefs, Reba

# *Achtendertig*

SCHMIDT BÄCKEREI
LUDWIGSTRASSE 56
GARMISCH, DUITSLAND
2 AUGUSTUS 1945

Elsie ging naar boven om zich om te kleden voor haar avonddienst. Het American R&R Center bereidde zich voor op een drukke tijd; een volledig eskader van de luchtmacht kwam een week met verlof. De ploeg kwam per bus uit Fritzlar. Robbie vroeg Elsie om naast haar werk voor de bakkerij in de bediening mee te helpen in de keuken; ze had met tegenzin ingestemd. Ze zag erg op tegen de drukke avond. Het was al een lange dag geweest in de Bäckerei. Papa was naar Partenkirchen, waar een nieuwe graanmolen weer werkte, dus Elsie was hoofdbakker. Ze was volkomen uitgeput en had maar een uur om zich om te kleden en naar het recreatiecentrum te fietsen.

Ze had meteen na het Strassenfest op de kalender gekeken. Het was mogelijk dat ze zwanger was. Ze had al maanden niet gemenstrueerd; volgens haar het gevolg van te lang op de been zijn en te weinig eten. Tijdens de oorlog werd ze wel vaker niet ongesteld, dus ze keek er niet van op. Ze had geen tijd om zwanger te zijn, zei ze tegen zichzelf, terwijl de maandag en een nieuwe week begon. Overdag was ze druk met mixen, deegrollen en bestellingen opnemen. Maar 's nachts lag ze wakker van de angst dat ze een onwettig kind droeg.

Door haar slapeloosheid en vermoeidheid werd zelfs de trap op lopen een afschrikwekkende opdracht. En nu stopte ze halverwege en leunde tegen de muur, in een poging de neiging te weerstaan om aan de zwaartekracht toe te geven en zich door het gewicht van haar lijf naar beneden te laten trekken. Ze ondersteunde zichzelf met uitgestrekte armen tegen de wanden, en liep verder naar boven.

In haar kamer ging ze volledig aangekleed op het bed liggen, eventjes maar, alsof ze sliep en zo haar lichaam kon wijsmaken dat het weer fit was, maar het kussen was warm. Haar oor brandde van de wrijving. Ze ging rechtop zitten, wreef over haar voorhoofd en bad om kracht, waarvan ze zeker was dat ze die niet verdiende.

'Je ziet er slecht uit.' Mutti stond in de deuropening. 'Je houdt niet veel binnen.' Ze knikte naar de wasbak.

Elsie had hem steeds na iedere aanval van misselijkheid angstvallig schoongemaakt en was ervan uitgegaan dat Mutti het te druk had en te veel in beslag werd genomen door Julius om het te merken.

'Ik heb iets,' legde ze uit.

'Ja.' Mutti kwam de kamer binnen en sloot de deur achter zich. 'Inderdaad.'

De haren op Elsies armen gingen rechtovereind staan. 'Is Julius al terug uit school?'

Ze veranderde van onderwerp.

'Hij vroeg of hij bij een vriendje mocht spelen. Rory Schneider, de oudste zoon van Bitsy Schneider.'

Elsie kon ze zich nog goed herinneren. Bitsy en Hazel waren vriendinnen op school. Bitsy kwam uit een armer gezin en trouwde met de smid, Henri Schneider, een vriend van haar vader en twintig jaar ouder dan zij. Indertijd had iedereen medelijden met haar: haar echtgenoot was te oud voor de feestjes van de Hitlerjugend en ook voor de ss. En nu, drie kinderen verder met een vierde op komst en een man die veilig thuis zat, werd ze door veel mensen benijd om haar bloeiende huwelijk.

Elsies voeten waren verkleumd in haar schoenen. 'Goed dat hij vriendjes krijgt.'

'Ja, ik heb hem gember en rozenbottels meegegeven naar Bitsy. Ze zegt dat de baby de hele nacht tegen haar ribben schopt. Een teken dat het een sterke jongen is, heb ik haar gezegd. Een zegen in deze moeilijke tijden.'

Elsie knikte snel.

Mutti ging naast haar zitten. 'Wat naar dat het zo slecht met je gaat. Dat is normaal in het begin.'

Elsie werd slap in haar armen en benen. 'Ik begrijp niet wat je bedoelt, Mutti. Ik heb bedorven kaas gegeten.'

Mutti legde haar hand tegen de onderkant van Elsies buik. 'Ik ben bang dat het heel wat meer is.'

Elsie kon staan, noch bewegen noch praten.

'Je bent in verwachting.'

Ze versteende door de directheid van Mutti's woorden. Ook al dacht ze het al weken, nu het hardop werd gezegd werd het echt. Maar nee, het kon toch niet? Ze kon toch geen kind hebben; ze wilde geen kind, nu niet, niet op deze manier. Haar schouders zakten naar voren, daarna haar borst totdat haar hele lijf als een hoopje klei op de grond lag. Ze was te moe om te huilen. Ze had niet het uithoudingsvermogen om tranen te produceren of om te jammeren of groot misbaar van verdriet te maken. Ze kon alleen maar stil zijn.

'God help me,' fluisterde ze.

Mutti ging op haar knieën op de grond zitten en sloeg haar arm om Elsie heen. 'Wil je dit?'

Elsie sloot haar ogen. 'Het spijt me, Mutti.'

Ze wist dat het een zonde was om haar kind niet te willen, een zonde tegen God en alles wat natuurlijk en heilig was. Ze dacht aan Hazel: de trots die ze ontleende aan haar kinderen; het rauwe hartzeer in haar laatste paar brieven. Die waren een week geleden gekomen. Ovidia had ze pas kortgeleden kunnen posten. Elsie las wat ze nog kon onderscheiden tussen de modder- en watervlekken, terwijl ze haar gehuil midden in de nacht dempte en zich afvroeg waar Hazel gebleven kon zijn. Ze liet de gedachte niet toe dat ze dood was; dat kon ze niet. Alles bij elkaar was haar verdriet te heftig en nog zo vers als een open wond. Als ze door bleef gaan met zo diep verdrietig te zijn, was ze bang dat ze zichzelf er helemaal in zou verliezen. Ze zou de brieven niet aan Mutti en Papa laten lezen. Dat was een belofte aan Hazel die ze wél kon nakomen. Uiteindelijk leek het erop dat ze haar was tekortgeschoten – en Tobias ook, en nu haar eigen kind.

'Stil maar, het is niet jouw schuld.' Mutti aaide de tranen van

Elsies wang. 'Dood of gevlucht, Josef is weg. Hij heeft je onbeschermd achtergelaten tegen...' Ze kuchte. 'Je bent te jong om je leven te laten verpesten.'

Elsies kin viel op haar borst. Ze wist dat ze Mutti over Robbie zou moeten vertellen, maar ze heeft nooit met haar over dat soort dingen kunnen praten.

Mutti staarde voor zich uit. 'Je bent nu waarschijnlijk drie maanden onderweg. We zijn er tijdig genoeg achtergekomen om het nog te kunnen stoppen.'

Elsie had over vrouwen gehoord die bijna dood waren gegaan, door het in de baarmoeder inbrengen van ijspriemen, breipennen, of scheermesjes vastgemaakt aan sigarettenpijpjes.

Ze huiverde.

'Ik heb een speciaal soort thee.' Mutti bleef voor zich uit staren met haar ogen wijd open. 'Een mengsel van polei en zilverkaars. Vijf dagen lang zes koppen per dag. Op de zesde dag begint het bloeden. Gewoon zoals je maandelijkse bloeding.'

Elsie vatte moed. Thee? Het leek zo'n alledaags en zacht middel. 'Hebt u het gebruikt?'

Mutti tuitte haar lippen. 'Zoals ik al tegen je zuster zei: mannen en oorlog veranderen niet. Soms loopt het uit de hand. Dat betekent niet dat wij niets in de hand kunnen houden. Je vader was niet de eerste man met wie ik geweest ben.' Ze beet op haar onderlip. 'Wat jou nu overkomt, is mij ook overkomen. In de eerste oorlog kwamen er Russische soldaten naar ons huis.' Ze frommelde aan haar schort. 'Ik was nog nooit met een man geweest en dat hebben ze mij afgenomen. Er was niets tegen te beginnen. Ik heb het je Papa nooit verteld. Alleen jou en Hazel. Toen Peter stierf en Hazel in verwachting bleek te zijn van Julius, had ze een keus. Haar baby kwam voort uit liefde. Maar die van jou en mij...' Haar stem stokte in haar keel. 'Was ik maar eerder thuisgekomen. Ik had je beter moeten beschermen. Ik heb gezworen dat mijn kinderen nooit zo zouden lijden.'

Elsie was hevig geroerd. Na dertig jaar voelde Mutti nog schuld. Zou haar hetzelfde lot beschoren zijn?

'Je hebt gedaan wat je kon,' stelde Elsie haar gerust en kruiste haar armen over haar buik.

Mutti antwoordde snotterend en depte haar ogen met haar schort. 'Het is zomer. De polei bloeit.' Ze kuste Elsies kruin. 'We zullen er niet meer over praten. Niemand hoeft het te weten. We zullen bidden om Gods genade. Meer kunnen we niet doen.'

Elsie leunde tegen Mutti's arm. Ze rook zoet, naar gedroogde kruiden en honingmelk. Elsie wenste dat het over en door haar heen zou spoelen. Ze knikte langzaam.

# *Negenendertig*

GRENSPATROUILLEPOST EL PASO
8935 MONTANA AVENUE
EL PASO, TEXAS
5 MAART 2008

Riki kwam vroeg aan op het bureau, met wallen onder zijn ogen van slapeloze nachten. Dromen. Van die dromen die hem ongerust en ongemakkelijk maakten ondanks het zachte vallen van de avond en de wollige lakens. Het appartement voelde niet als thuis. Hij kon zich niet precies herinneren wat hij gedroomd had. Zodra hij wakker werd, verdwenen de beelden in de gepleisterde muren.

Zijn moeder vertelde hem altijd dat in dromen de geestenwereld en de levenden communiceerden. Dat had hij als kind altijd geloofd, totdat hij een keer droomde dat zijn moeder was omgekomen bij een vliegtuigongeluk. Hij besloot dat er maar drie grondgedachten konden zijn: (1) de geestenwereld zat vol leugenaars, (2) deze bestond niet, of (3) dromen waren verzinsels van het onderbewuste. De laatste was het meest praktisch, aangezien zijn moeder nooit in een vliegtuig had gezeten. Tien jaar later stierf ze aan tbc, en daarna zijn vader. Vlak na hun overlijden wenste hij dat hij nog steeds geloofde. Hij had ze graag teruggezien, al was het maar in zijn dromen.

Hij wenste nog meer dat Reba nu bij hem was. Hij was niet het type dat zichzelf voor de gek hield. Hij miste haar. Haar slapende lichaam en de wirwar van haar lange haren waren ooit een troost, en altijd als hij naast haar lag, sliep hij diep en droomde hij niet. Hij had geprobeerd zich in te beelden dat zij naast hem lag, om rustig te worden, maar haar kant van het bed was leeg en bitter koud.

Riki had met opzet haar telefoontjes en e-mails niet beantwoord. Hij had gehoopt dat de weken na Janes bruiloft een nieuw begin zouden zijn, maar het was overduidelijk dat Reba haar toekomst niet met hem zag. Hij zou het niet afdwingen, dat zou niet nodig moeten zijn. Maar zijn hoofd was in conflict met zijn hart. Door zijn werk had hij iets omhanden, maar zelfs dat was niet meer dan een plicht die hij gedachteloos vervulde.

Om vijf uur 's ochtends stond hij op, at een kom Corn Pops, ging zich douchen en scheren en begaf zich naar zijn werk.

Bert zat al aan zijn bureau met een grote kop koffie.

'Heb je het rapport?' vroeg Bert.

Riki liet zich in zijn stoel vallen. Te zware botten en te weinig energie.

'Rapport?' Hij klikte zijn computer aan en moest wegkijken van het flitsende opstartscherm. Zijn ogen brandden.

'Yep,' Bert slurpte zijn koffie. 'Gisteravond om elf uur kreeg ik het telefoontje. Jij niet?'

Riki's mobieltje stond uit. Hij had de batterij 's nachts laten opladen en was vergeten hem weer aan te zetten toen hij wakker werd.

'Nope, de telefoon was aan het opladen.'

Bert boog zich naar het faxapparaat naast zijn bureau. 'Je moet de telefoon en de radio's echt 24/7 aan laten staan, man. Technisch gezien zijn ze eigendom van de overheid. Ik begrijp dat je hem moet opladen, maar...' Hij snoof en wierp een handvol faxberichten op Riki's bureau.

'Wat gaat het over?' Riki wreef in zijn ogen.

'Dat joch uit Juárez is doodgeschoten,' zei Bert.

Op de bovenste fax stond het nieuwsbericht.

'De *El Paso Times* vroeg om een commentaar voor de ochtendkrant,' zei Bert. 'Verdomde reporters. Ze ruiken bloed in het water – eerder bloed in de Rio, of niet?' Hij gaapte en krabde aan zijn nek. 'Ik heb "geen commentaar" gezegd tot we meer info uit Chihuahua hebben. Ze blijven eraan vasthouden dat het joch en zijn gezin door ons bureau zouden zijn gedeporteerd afgelopen november. Reken maar dat ze het zo draaien dat wij net zo schuldig zijn als die gast die de trekker heeft overgehaald.' Hij pakte een potje maagzuurtabletten en tikte er twee uit. 'Verdomde linkse media. Weten ze niet wat het woord "illegaal" betekent? Het is gewoon Engels. Ze hebben geen respect voor de mensen die hen proberen te beschermen.' Hij wierp de twee krijtachtige schijfjes naar binnen.

Riki pakte de krant op:

EL PASO, Texas – Ingezetenen aan beide kanten betreuren het dat zij hun onschuld vandaag zijn kwijtgeraakt. Een negenjarige jongen kwam tussen twee vuren van agenten van de grenspolitie en een groep Mexicaanse staatsburgers, die illegaal de grens met de VS probeerde over te gaan, zo verklaarden de bestuurders.
Maandagavond om zeven uur werden agenten van de grenspolitie in de buurt van de Paso del Norte Bridge met stenen bekogeld door mensen die deel uitmaakten van een groep die via een opening in de grensafscheiding de VS probeerde binnen te komen, aldus supervisor speciale operaties, Adrian Rodriguez.
'Ze hebben stenen gegooid naar Amerikaanse agenten,' zei Rodriguez. 'Wij trainen onze mannen uit zelfverdediging te reageren.'
Een agent van de grenspolitie heeft zijn pistool meerdere keren afgevuurd. Terwijl de kogels hun bedoelde slachtoffers misten en de groep Mexicaanse staatsburgers tegenhielden, vond een verdwaalde kogel zijn weg over de grens en doodde daarbij de negenjarige Victor Garcia die aan de Mexicaanse kant van de brug de plaats van handeling gadesloeg.
'Wij gebruiken vuurwapens als afschrikkingtactiek,' verklaarde FBI-agent Marsha Jenkins, woordvoerster van de FBI in El Paso. 'Dit is een zeer betreurenswaardig ongeluk.'
De grenspolitie heeft de identiteit van de agent die geschoten heeft niet prijsgegeven. Hij is op betaald verlof gestuurd, zei Rodriguez.
De Mexicaanse minister van Buitenlandse Zaken heeft zijn afkeuring uitgesproken over de dood van de jongen. Mexicaanse functionarissen eisen dat er een volledig onderzoek door de VS wordt ingesteld naar de gebeurtenissen die hebben geleid tot de schietpartij.
Het gebruik van vuurwapens als reactie op een aanval van stenen-

gooiers is 'disproportioneel machtsgebruik', aldus Mexicaanse functionarissen.

Carmen, de moeder van Garcia, inwoonster van het Barreales District en gedeporteerd in november 2007, was niet bereikbaar voor commentaar. Zijn vader Felipe zit momenteel vast in Juárez wegens beschuldiging van drugsgerelateerde activiteiten.

De Customs and Border Protection Agency heeft in 2007 melding gemaakt van driehonderdachtennegentig doden aan de grens. De dood van Garcia voegt weer een verontrustend geval toe aan het totale aantal dodelijke slachtoffers in de voortdurende grensoorlogen.

Riki ging met zijn vinger langs iedere regel: Carmen en Victor Garcia; Barreales District. Zijn hart begon sneller te kloppen. Hij bladerde op zijn computer door de dossiers van de deportaties tot november, en daar waren ze. Carmen, Victor en Olivia Garcia, gedeporteerd op 12 november 2007. Zij hoofd tolde. Hij werd misselijk en probeerde op te staan om naar het toilet te gaan. Zijn knieën knikten.

'Gaat het Rik?' vroeg Bert.

Hij schudde zijn hoofd. Had hij het maar anders aangepakt, dacht hij. Was het maar zo. In tegenstelling tot de inval, was hier geen schuldige aan te wijzen. Geen aanval of verdediging. Geen juist of onjuist, goed of slecht. De feiten stonden zwart op wit voor zijn neus: Victor was dood, en hij was degene geweest die de jongen in gevaar had gebracht. Ondenkbaar; ongelooflijk; het kon niet waar zijn. Zijn hoofd zakte in zijn handen. Het was niet zijn schuld, maar op de een of andere manier, toch wel.

# *Veertig*

EL CAMINO VILLAGE
APARTMENTS
2048 EL CAMINO REAL
SAN FRANCISCO, CA

-----Oorspronkelijk bericht-----
Van: reba.adams@hotmail.com
Verzonden: 12 april, 2008 12:18
Aan: deedee.adams@gmail.com
Onderwerp: Het regent hier... ALWEER

Deedee,
Toen wij huppelend naar het concert van The Mamas and the Papas gingen, had ik nooit kunnen denken dat de bloemen in mijn haar zouden verzuipen in de regen. Ze hadden kennelijk iets van een plantje gerookt, want het is hier niet de zomerse *love-in* die beloofd werd.
Ik heb je al over het werk geschreven. Het is wat het is. De verhalen zijn slaapverwekkend. Hoeveel essays over de bordeaux van de week kun je lezen voordat je een fles stukslaat op je hoofd. S.A.A.I. Je zou toch op zijn minst denken dat ze wel wat proefmonsters zouden meesturen naar het tijdschrift. Misschien drinken de verslaggevers ze zelf wel op voordat ze bij mij terecht komen. Redacteur zijn is weer heel wat anders dan een hoofdartikel schrijven. Je zou mijn bureau moeten zien: een moesson van papier! Past goed bij dit weer en mijn humeur.
En nee, ik ben het niet vergeten. Ik kijk in mijn agenda wanneer ik een weekend naar huis kan vliegen, maar het ziet er niet best uit. Ik heb zo goed als geen doorbetaalde vakantie en het kost

bijna een hele dag om naar de oostkust te komen. Ik probeer een lang weekend te vinden dat ik kan aansluiten op de vakantie van het tijdschrift, maar ik moet als redacteur beschikbaar zijn op de Memorial Day-manifestaties. Ik zou op 4 juli kunnen komen, maar zei je niet dat mama op Onafhankelijkheidsdag naar het vuurwerk bij het Capitool zou gaan met de vrijwilligersvereniging? Laat het me weten, zodat ik geen energie verspil aan planning.

Met Riki gaat het goed, neem ik aan. Ik heb hem vorige week gebeld, maar hij was net ergens mee bezig op het bureau. Hij klonk afwezig. Ik weet niet wat er allemaal met hem of ons is gebeurd de afgelopen maand. Ik weet alleen dat het voelt alsof hij... heel ver weg is. Heb ik de verkeerde beslissing genomen, D? Dat vraag ik mezelf af, minstens drie keer per dag, net als bij maaltijden.

Dat was het waardeloze nieuws van de week, vanaf de Stille Oceaan. Hoe ziet het eruit aan de Atlantische?

Mis je.

Liefs, Reba

In de schemering zag Reba een schip de haven binnenvaren. De woeste regenwolken waren tot rust gekomen en de temperatuur was voldoende aangenaam om buiten op het balkon te kunnen zitten; maar er kwam een gruwelijke mist van onder opzetten, die almaar hoger kwam totdat de zon en de maan volkomen onzichtbaar waren.

Zo weinig zon had Reba niet meegemaakt sinds Virginia, waar ze van januari tot april al de neiging had om te huilen. Op de universiteit had Sasha gevraagd of ze last had van SAD, *seasonal affective disorder*, oftewel winterdepressie. Reba dacht dat het een grap was, totdat ze een introductiecursus psychologie volgde en haar leraar een hele collegedag besteedde aan de symptomen en de behandeling ervan. Aangezien het te veel op de depressie van haar vader leek, had ze iedere overeenkomst ontkend en hield ze haar tranen op afstand als Sasha in de buurt was. Met een gemiddelde van driehonderdtwee dagen zon per jaar, was El Paso therapeutisch geweest zonder dat ze het wist.

Nu voelde ze de bekende pijn tien keer zo sterk. Haar lippen trilden; haar ogen brandden om de drukkende bedroefdheid te verdrijven, die haar vulde zoals de regen de lege bloempotten op haar balkon. Ze kon het niet helemaal aan het slechte weer wijten. Het gevoel bleef, zelfs nu de Californische zon op de baai schitterde en de lucht boven Crissy Field strak blauw was. Nu leek het nog erger, en er ontsnapten een paar traantjes.

In de haven beneden leek het schip niet groter dan een speelgoedbootje, met een rollende strook antracietkleurige golven in zijn kielzog. Er stond een man op het lege dek, een miniatuursoldaatje van tin, met een houtsplinter tussen hem en de diepe zee. Door zijn kleine afmeting voelde Reba zich ook klein.

Het tijdschrift was groter dan ze had verwacht; zo veel naamregels, zo veel deadlines en woordtellingen. Ze zag bijna nooit dezelfde mensen twee keer in de koffiekamer. In tegenstelling tot de *Sun City*, verwachtte de *San Francisco Monthly* dat ze uitsluitend op kantoor werkte, nooit thuis. Vele lange nachten at ze *kungpao*garnalen op haar werkplek. De zure geur van knoflook was het enige wat doordrong in de met grijze stof beklede muren. Ze wist niet wat erger was: alleen in haar kantoor, of alleen in haar appartement. Als ze thuis naar herhalingen van *Sex and the City* zat te kijken, werd het des te duidelijker dat er in haar stad geen seks was, geen glamoureus leven met martini's waar zij als columniste werd geroemd. Het tragische was dat ze daar ook niet echt naar verlangde. In plaats daarvan dagdroomde ze over Riki, Elsie en Jane. Ze had Jane een paar weken eerder kort gesproken en er ging een golf van heimwee door haar heen toen ze de pannen op de achtergrond hoorde kletteren.

Riki werd steeds gereserveerder in hun spaarzame telefoongesprekken. E-mails stuurde hij niet. Sinds maart voelde ze hoe de afstand hen steeds verder wegduwde van de koers die ze hoopte in te zetten. Ze wilde vragen of hij een ander had, maar was bang voor het antwoord. Iedereen leek verder te komen, behalve zij. Het was vreemd. Eindelijk had ze haar droom over de grote stad verwezenlijkt, maar ze voelde zich meer belemmerd in haar groei dan ooit.

De scheepshoorn van het schip klonk lang en somber. Reba zou willen dat ze mee kon huilen, en dat had ze misschien ook gedaan als er niet plotseling een enorm gekef op het balkon naast haar had geklonken. Aan het smeedijzeren cafétafeltje van de buren zat een zwarte chihuahua vastgebonden.

'Ik hoor je wel, kereltje,' zei Reba.

De driehoekige oren van het hondje draaiden in haar richting. Ze deed een stap naar voren en hij sprong op haar af, waarbij de riem steeds zijn geblaf smoorde.

'Stil maar. Ik doe niks.'

Riki had toen ze pas samenwoonden een verdwaalde chihuahua mee naar huis genomen. Hij noemde hem Nacho en had een minisombrero voor hem gekocht. Als de eigenaren niet waren gekomen een week later, had hij hem gehouden. Toentertijd zat Reba met een deadline en ze had zich geërgerd aan Riki die met het logeetje en zijn krabbelpootjes door hun keuken liep te springen. Maar Riki had graag samen een huisdier opgevoed. Ze moest glimlachen bij de herinnering, ook al zat er nog zo veel pijnlijk verdriet.

Ze ging naar binnen en pakte het restje van de Chinese afhaalmaaltijd. 'Hou je van garnaal?' Ze hield een krulstaart omhoog.

Het hondje zat op zijn achterpootjes en hield zijn kop schuin. 'Braaf,' zei Reba en wierp de garnaal over de vijftien centimeter hoge afscheiding. Hij ving hem op in de lucht.

Reba pakte nog een verleidelijke garnaal en stopte hem in haar eigen mond. 'Ik kom net uit jouw buurtje, weet je dat?' mummelde ze. 'Ben je wel eens in Chihuahua geweest?'

Plotseling realiseerde ze zich dat ze met een hond aan het converseren was, dus leunde ze even over het balkon om er zeker van te zijn dat de buren zich niet rotlachten om haar in hun woonkamer. De lichten waren uit, de deur veilig dicht.

Het hondje stond op zijn achterpoten en deed zijn pootjes over elkaar; duidelijk een aangeleerde eigenschap.

'Heel goed!' Reba wierp hem nog een garnaal toe, en het hondje schrokte gretig zijn beloning op. 'Heb jij ook een naam?' Ze keek of er een naamplaatje aan zijn halsband zat, maar nee.

'Geeft niet. Hoe zal ik je eens noemen?' Ze pakte nog een garnaal uit het bakje, diep in gedachten verzonken. Het was geen Rover of Max.

Het hondje stond weer op zijn achterpoten, met zijn potloodstaartje zwiepend tegen het houten balkon.

Ze hield het voedsel omhoog. 'Garnaaltje?'

Hij ging opgewonden met zijn pootjes op en neer, alsof hij goud aan het zeven was.

'Hé, dat is geen slecht idee. Wat zeg je er van, Garnaaltje?' Het paste wel. Ze gooide hem de staart toe en likte de *hoisin* saus van haar vingers.

De scheepshoorn van het schip klonk weer tijdens het afmeren, maar het geluid leek minder na te galmen dan eerst. De matroos op het dek was weg.

'Houd je van kreppels?' vroeg Reba. 'Sommige mensen vinden dat ze op churros lijken. Misschien maak ik wel een portie voor ons.'

Garnaaltje likte zijn lippen en liet zijn tong als in een soort glimlach uit zijn bek hangen.

-----Oorspronkelijk bericht-----
Van: deedee.adams@gmail.com
Verzonden: 14 april 2008 17:43
Aan: reba.adams@hotmail.com
Onderwerp: Re: Het regent hier... ALWEER

Reba,

Vergeet die bloemen, je klinkt als een verzopen kat! Ik houd er niet van als je zo pessimistisch doet. Het is niet gezond. Kom uit die put. Onthoud wat ik heb gezegd: kijk omhoog poesje, anders mis je de regenboog! Ik zou willen dat je Reba even kon zien zoals ik je zie. Je bent een vechtster, sterk en vastberaden. Dat heb ik altijd zo in jou bewonderd. Laat jezelf niet verschrompelen vanbinnen.

Mama gaat inderdaad met de vrijwilligersvereniging uit Richmond naar Washington om Onafhankelijkheidsdag te vieren. De dames gaan eer bewijzen aan de Vietnamveteranen met rode, witte en blauwe guirlandes gemaakt van gerecyclede kleding. (Vraag het niet aan mij; er was een grote inzamelingsactie van textiel voor

onze 'dappere mannen in uniform' een maand geleden. Sindsdien is het een en al Amerikaanse vlag bij ze.) Dus het heeft geen zin dat je overkomt. Ze wil het toch nergens anders over hebben dan appeltaart en marsmuziek. Kun je niet op een ander moment in de zomer? Of misschien in de herfst: de Dag van de Arbeid of Columbusdag? Probeer het, Reba. Alsjeblieft.
Jammer dat jij en Riki alweer in een moeilijke periode zitten. Langeafstandsrelaties zijn moeilijk. Niet dat ik het weet, maar geen van mijn vriendinnen heeft ze in stand kunnen houden. Maar ik geloof helemaal in Riki. Als jij en hij er iets van willen maken, hadden jullie elkaar allang weer moeten zien. Nog een goede reden om het vliegtuig te pakken. Dit is je grote zus aan het woord: geen uitvluchten meer. Neem Riki met je mee naar huis. Misschien moeten jullie er samen eens uit. Maken we van het weekend één grote therapiesessie. ;)
Lach, zusje van me. Of we nou aan de Stille of aan de Atlantische Oceaan staan, het is hetzelfde water.

Hou van je,
Deedee

# *Eenenveertig*

AMERICAN ARMED FORCES R&R CENTER
GERNACKERSTRASSE 19
GARMISCH, DUITSLAND
7 AUGUSTUS 1945

Elsie liep met zware borden gehaktbrood op het dienblad. Het recreatiecentrum was opvallend stil nadat het negende eskader van de luchtmacht was vertrokken. Robbie gunde het keukenpersoneel een kleine onderbreking, dus werd 'Moeders Gehaktbrood Special' de dagschotel. De vorige avond hadden ze als voorbereiding nog laat twintig vlezige broden gemengd, gebakken en ingevroren. Door de enorme kom rundvleesgehakt moest Elsie bijna naar de wc hollen, maar ze durfde het risico niet te nemen dat ze Mutti's thee zou uitbraken.

De hele week had Mutti iedere ochtend een hoeveelheid laten trekken en voor 's avonds had ze de kruiden in sierlijke zakjes van kaasdoek gebonden, zodat Elsie die mee naar haar werk kon nemen. Paarse bolletjes polei en blaadjes van de zilverkaars hingen aan het keukenraam te drogen. Papa had bijna een kopje voor zichzelf gezet, hij had de polei voor lavendel aangezien, dus bond Mutti rood garen om de steeltjes om ze te merken.

Dit was Elsies vijfde en laatste dag dat ze de tinctuur gebruikte. Tot dusver leek de thee niet veel meer te doen dan haar een gele huid en een volle blaas bezorgen.

'Laatste bestelling voor tafel twee hier!' riep de chef de partie. Hij overhandigde Elsie een bord met een grote hoeveelheid extra ketchup en verschrompelde uien, en ze zette de afgeladen schaal op haar schouder.

Aan de tafel zaten vijf soldaten uit schuimende bierkruiken te drinken. Hongerige ogen begonnen te schitteren toen ze aan kwam lopen, maar voordat ze bij ze was, bewoog er iets tussen haar ribben en haar bekken en trok daarna keihard samen. Ze sloeg dubbel. De borden gleden naar voren en vielen stuk op de grond.

Niet in staat zichzelf weer onder controle te krijgen van de pijn, tilden twee van de mannen haar van de grond. Een derde veegde glibberige groenten en tomatensaus van haar schort terwijl het overgebleven stel de gebroken borden oppakte. Hun gezichten waren vertrokken; hun monden bewogen, maar ze hoorde weinig. Het kabaal van de brekende borden klonk nog na. De knoop vanbinnen werd strakker. Ze greep naar haar buik en sloot haar ogen. Toen ze ze weer opende, hield Robbie haar kin vast en probeerde de pijn te zien waar Elsie hem niet over kon en wilde vertellen. Hij praatte tegen iemand achter hem, en toen begon alles te draaien, als kaneel in cakebeslag. Ze moest overgeven, maar dacht aan de thee en leunde met haar hoofd achterover om het allemaal binnen te houden. Opeens besefte ze dat de kamer niet draaide. Ze bewoog zelf, ze werd door de keuken de eetzaal uitgedragen, naar de linnenkamer achter.

Robbie maakte een lang bed van stapeltjes roomgele tafellakens en een kussen van opgevouwen servetten. Ze trok haar knieën op tot haar borst en smeekte of ze haar Dirndl losmaakten. Robbie joeg de mannen de kamer uit en deed wat zij vroeg.

'Elsie, we moeten een dokter bellen,' zei hij.

Ze greep zijn arm en begroef haar nagels in zijn pols. Een dokter zou hem attent maken op haar zwangerschap. 'Nein.' Ze begreep wat er aan de hand was. Ze wilde alleen dat Mutti hier was om de symptomen te bevestigen. 'Mijn moeder,' fluisterde ze, maar toen herinnerde ze zich waar ze was en waar ze zou moeten zijn. Ze had haar ouders nog steeds niet verteld van haar baan bij de Amerikanen. 'Nee, laat maar.'

Er kwam weer een zo hevige krampscheut, dat ze zeker wist dat het alleen maar de baby kon zijn die daarbinnen kronkelde.

Robbie legde zijn hand op haar buik. 'Doet het hier pijn?'

De druk van zijn hand verzachtte de pijn een beetje en ze vroeg zich af of het kind zijn hartslag door haar huid voelde. Haar ogen prikten en werden wazig, en ze bad om vergiffenis.

‘Er was iemand bij de nieuwkomers. Hij kwam laatst een potje rugby spelen. Zei dat hij dokter was. Ik zou hem kunnen halen. Niemand die het te weten komt,’ zei Robbie.

Hij was weg voordat ze nee kon zeggen en ze was alleen. Het peertje in de linnenkamer bungelde aan zijn snoer. Een dikke mot vloog eromheen, raakte af en toe het hete wit en fladderde vervolgens weg, aanraken en fladderen, aanraken en fladderen, wanhopig een duik naar het licht nemen. Zijn poeierige vleugels ratelden tegen de ronde glazen barrière. Elsie had hem wel in haar handen willen nemen en hem buiten willen vrijlaten, zodat het echte maanlicht hem weer op de goede weg zou helpen. Haar krampen namen af per minuut.

Er werd geklopt en de deur ging open, ook al had ze geen toestemming gegeven. Een lange man, met roodbruin haar dat over zijn voorhoofd viel, kwam binnen. Hij onderscheidde zich van de andere soldaten met hun verplichte, strakke stekeltjeshaar; zijn gezicht was ouder, maar door de omlijsting zachter.

‘Dit is Doc Meriwether. Ik heb hem verteld dat je je al weken slecht voelt. Hij gaat je beter maken,’ zei Robbie.

‘Fräulein Schmidt,’ knikte dokter Meriwether, en hij knielde naast haar geïmproviseerde bed en opende zijn Rode Kruisrugzak.

‘Nein.’ Ze deinsde terug en probeerde op te staan, maar de pijn kwam terug.

Dokter Meriwether voelde aan haar voorhoofd. Zijn vingers waren zo teder en voorzichtig, dat ze meteen weer achterover ging liggen.

‘Een beetje verhoging.’ Hij richtte zich tot Robbie. ‘Wil je ons even alleen laten, terwijl ik mevrouw onderzoek?’

Robbie verplaatste zijn gewicht van de ene voet op de andere. ‘Elsie?’

Ze knikte en hij vertrok.

‘Zeg eens waar het pijn doet,’ zei dokter Meriwether.

Elsie kon niet precies onderscheiden wat er anders was aan zijn stem. Zijn Engels klonk een beetje traag nasaal, als honing die van de raat droop.

‘Vrouwenzaken.’ Ze hoopte dat hij het daarbij zou laten. In

plaats daarvan legde hij zijn hand onder aan haar buik en drukte stevig. Ze snakte naar adem terwijl er iets loskwam vanbinnen. Warmte verspreidde zich tussen haar dijen.

'Ja.' Hij tuurde in haar oog dat hij wijd openhield met zijn vingers. 'Kijk me eens recht aan.' Ze keek hem aan.

Elsie kon zich eigenlijk niet meer herinneren wanneer ze voor het laatst zo van dichtbij in iemands ogen had gekeken. Ze keek de mensen met wie ze sprak natuurlijk wel aan, en soms herinnerde ze zich ook wel of hun ogen heel licht of heel donker waren, maar meer viel haar ook niet op, tot dokter Meriwether. Zijn ogen waren niet alleen bruin; ze hadden gouden vlekjes en werden aan de randen een beetje groen en geel. Zijn pupillen waren ook niet gewoon donker; ze glinsterden in het midden en reflecteerden een geheel andere wereld. Ze zou er zo in vliegen, als het kon. Haar hart klopte snel.

'Sergeant Lee zegt dat u chronisch moest overgeven, gebrek aan eetlust had, en vermoeid was.' Hij wachtte tot zij antwoordde.

Elsie knikte.

'Wanneer heeft u voor het laatst gemenstrueerd?' hij wendde zijn gezicht af toen hij het vroeg, en ze wist dat hij het wist.

Ze beet op haar lip om haar tranen tegen te houden.

Hij ging aan het eind van het bed zitten. 'Neemt u mij niet kwalijk, mevrouw Schmidt, als u mij toestaat?' Hij gebaarde naar haar rok.

Ze sloot haar ogen en trok hem op tot haar knieën. Het duurde maar even voordat hij hem weer omlaag trok.

'U heeft een miskraam gehad. Heeft u iets bij uzelf gedaan?' Zijn stem klonk vriendelijk. 'Ik vraag het alleen maar omdat ik moet weten of er geen wond is ontstaan. Als u gaat bloeden of een infectie ontwikkelt, gaat u dood.'

'Ik heb thee gedronken,' zei Elsie.

Hij fronste zorgelijk.

'Polei en zilverkaars.' Haar stem stokte in haar keel. Ze kreeg weer een krampscheut en ze trok haar knieën weer op.

'Blijf liggen.' Hij ging even de kamer uit en kwam terug met een snee brood en twee glazen water, een helder en een grijs.

'Drink eerst deze leeg.' Hij gaf haar het grijze water.

Elsie nam een teugje en spuugde het terug in het glas. Het water was zanderig en smaakte naar verkoold hout.

'Wat is het?'

'Koolstof. Het doet echt geen pijn. Het smaakt niet lekker, maar je moet het helemaal opdrinken. Polei is gemeen spul als je het verkeerd gebruikt. Dit helpt om het gif uit je lichaam te werken.'

'Gif?' Elsie klokte het bittere drankje naar binnen. 'Ik dacht dat ik de baby verloor.'

'Dat is ook gebeurd.' Hij gebaarde met zijn kin dat ze het zanderige restje in haar glas moest opdrinken.

Ze zette zich schrap. De stukjes houtskool schuurden langs haar achterste kiezen en dat gaf haar kippenvel.

'De kruiden hebben jullie allebei vergiftigd.' Hij nam haar glas weg. 'Voor het kind kan ik niets meer doen, maar jou kan ik helpen.' Hij zette het glas weg en pakte een pillendoos uit zijn rugzak. 'Deze helpt tegen de pijn en de kramp.' Hij gaf haar een kalkachtig tablet en het heldere glas.

Ze nam de pil en dronk het glas leeg. Water had nog nooit zo zoet gesmaakt.

'Nu moet je iets eten, anders brandt het een gat in je maag.' Hij gaf haar het brood.

Het smolt in haar mond, en ze was dankbaar voor de troost van de vertrouwde smaken.

'Over een paar minuten zal de pijn wat afnemen, maar het bloeden zal nog wel even doorgaan.' Hij zat op de grond naast het geïmproviseerde bed en bestudeerde haar aandachtig. 'Hoe oud ben je?'

'Zeventien.'

'Aha.' Hij krabde op zijn hoofd. 'Nog maar een kind.'

'Ik ben geen kind,' protesteerde ze en ging zo goed mogelijk rechtop zitten.

Dokter Meriwether haalde een hand door zijn golvende haar, dat terugviel als blaadjes van een appelboom in de wind. 'Toen ik zeventien was, mestte ik de stallen in mijn vaders schuur uit, nog nat achter de oren met een vlassig snorretje. Je bent te jong om verwikkeld te zijn in dit soort dingen, oorlog en deze kerels,' zei hij, wat Elsie eraan herinnerde dat Robbie buiten stond te wachten.

Het zweet sijpelde tussen haar borsten. 'Met alle respect dokter, ik heb meer meegemaakt dan u zich ooit zou kunnen voorstellen. Ik dank u voor uw hulp, en als ik u nog om een vriendelijke gunst mag verzoeken: vertel het niet aan hem. Alstublieft.' Ze keek naar de deur.

Dokter Meriwether volgde haar blik. 'O. Ik begrijp het.'

'Niemand mag het weten.'

Hun blikken ontmoetten elkaar en ze bleven elkaar aankijken. De mot ratelde tegen het peertje boven hen. Hij glimlachte welwillend en ze wist dat hij haar geheim zou bewaren.

'Hij zal wel benieuwd zijn om te weten hoe het met je gaat.' Hij was opgestaan.

Tot hun beider verrassing, greep Elsie zijn hand. 'Dank u.' Ze wilde niet loslaten, en hij liet ook niet los. Zijn vingers in de hare voelden zo natuurlijk aan als haar eigen lichaam. Ze liet los voordat ze te gewend raakte aan zijn regelmatige hartslag.

Dokter Meriwether opende de deur. 'Springlevend,' zei hij.

Robbie veegde het zweet van zijn slapen toen hij naar binnen liep. 'Alles goed met haar?'

Elsie vertrok geen spier. Ze had vertrouwen in het antwoord voordat het kwam.

'Deze dame moet gewoon rust nemen en goed eten. Jullie zullen het een week zonder haar mooie koppie moeten stellen,' zei dokter Meriwether.

Robbie klopte hem op de schouder. 'Bedankt Doc, ik ga meteen een stevige kippensoep maken. En eh...' Hij leidde hem weg van Elsie, zodat ze met hun rug naar haar toe stonden. 'De leiding krijgt misschien een verkeerde indruk dus... hoopte ik dat dit tussen ons kon blijven. Vertrouwelijkheid tussen arts en patiënt en zo.'

Dokter Meriwether gooide zijn rugzak over zijn schouder. 'Ik ben mij geheel bewust van de regels, sergeant.' Hij richtte zich tot Elsie. 'Niet overeind komen tot de krampaanvallen over zijn. Vanavond en morgen, rust,' instrueerde hij. 'Je zult haar naar huis moeten rijden nadat je de keuken hebt afgesloten,' zei hij tegen Robbie. 'Ik ben in de buurt als je me nodig hebt.'

Zijn ogen glinsterden, en haar adem stokte. Ze wilde met hem mee. Het maakte niet uit waarheen. Maar haar gevoelige buik en haar natte rok deden haar zwijgen in schaamte.

# *Tweeënveertig*

EL CAMINO VILLAGE
APARTMENTS
2048 EL CAMINO REAL
SAN FRANCISCO, CA
5 MEI 2008

Na een lange maandag zat Reba op haar balkon met een vol glas goedkope witte wijn, een blik tonijn en twee karnemelkkoeken die ze de dag ervoor zelf had gebakken. Het recept kwam uit een van mama's oude damesbladen en Deedee had het doorgemaild en erbij geschreven: *Ik moet altijd glimlachen als ik deze eet, kan er niets aan doen. Moest het even met je delen. Hou het licht, lieverd.*

Reba was tot alles bereid. De dipjes van april waren in mei volwassen depressies geworden.

Ze nipte aan haar wijn. 'Freelancers moeten begrijpen dat een deadline een deadline is,' legde ze uit. 'Als ze een dag te laat zijn, betekent het dat ik al mijn werk moet proppen in de week voordat het naar de drukker gaat, dus dan kun je erop wachten dat er vergissingen gemaakt worden.' Ze haalde de knapperige bovenkant van de koek en gooide het over de balkonafscheiding naar Garnaaltje. 'Ik ben Superwoman niet! En waar was Leigh? Moet ze ons werk niet twee-, driedubbel checken voor het ter perse gaat? Is dat niet het werk van een hoofdredactrice? Nee hoor, zij heeft het te druk met handen schudden en lunches in het Chez Panisse Café. Ondertussen zit ik die achterlijke, onnozele stukjes te redigeren over sterrendiëten, schoenenmode en restaurants die biologische boter gebruiken! Waar blijven de echte verhalen over echte mensen?' Ze zette haar tanden in de onderste helft van de koek en trok hem los. 'Hm… niet erg luchtig. Wat vond jij ervan?'

Garnaaltje had de koek al op en was nu de grond aan het besnuffelen, op zoek naar gevallen kruimels.

'Natuurlijk vind je het lekker. Je likt ook aan je ballen.' Ze scheurde nog een stuk af en wierp het over de afscheiding. 'Waar was ik ook alweer?'

Het was haar vierde glas wijn. Vooral vandaag was een moeilijke dag geweest: Leigh had haar ten overstaan van het hele kantoor een berisping gegeven, omdat ze de mei-editie had laten verschijnen terwijl de naam van de sterrenkok over wie ze een artikel hadden, verkeerd was gespeld; Riki had na een week nog niet teruggebeld; Deedee mailde dat ze een advocaat die Davison heette had ontmoet, en dat ze, hoewel ze daar nooit iets mee had, nu geloofde in liefde op het eerste gezicht; en daar kwam ook nog bij dat de gootsteen lekte, waardoor er een paar centimeter water op het linoleum stond. Ze was ervan overtuigd dat iedereen haar moest hebben, dus had ze zichzelf een fles wijn voorgeschreven en was naar het balkon gevlucht.

'En de boodschap voor jou, mijn kleine vriend, is dat werken waardeloos is, liefde is waardeloos en het leven is waardeloos. Ik was beter af in El Paso.' Ze zette haar glas neer en prikte met haar vork wat tonijn uit het blik. 'Trouwens, waar zijn *jouw* mensen? Woon je hier alleen? Nee, iemand moet de boel schoonhouden. God weet dat ik je te eten geef.' Ze pakte haar glas om de vissmaak weg te spoelen. 'God, ik hoop dat ik niet aangeklaagd wordt omdat ik de hond van de buren voer. Hé, als jij nou eens een paar rondjes op het balkon maakt. Die koekjes eraf loopt. Je mag niet dik worden – zoals die vent die McDonald's had aangeklaagd omdat hij door hen dik was geworden. Ik ben McDonald's niet.' Ze knikte in zichzelf.

De lucht was koperkleurig door de stadsverlichting. Kunstmatige witte, gele en oranje sterren vormden een boog rond de baai. Ze miste de maan, en nog zo veel andere dingen in El Paso.

'Hier.' Ze gooide de rest van de koek naar Garnaaltje en luisterde naar hoe hij likte en kauwde. 'Blij dat iemand het lekker vindt. Ik weet niet wat ik verkeerd heb gedaan. Misschien heb ik ergens te veel van in gedaan, of juist te weinig. Wie zal het zeggen!'

Plotseling ging Garnaaltje in de houding staan, oren gespitst, staart omhoog als een radioantenne. De glazen schuifdeur van het balkon gleed open en er stapte een man uit het donkere appartement. Garnaaltje dribbelde naar hem toe en draaide achtjes rond zijn benen.

Hé, Jerry-G, zo te zien heb jij al gegeten.' De man had een kom hondenbrokken in zijn hand. Naast zijn gaatjesschoen lag een half opgegeten korst.

'Shit,' fluisterde Reba tegen zichzelf en sloeg het laatste restje wijn achterover. 'Eh... hoi,' zei ze toen ze van haar gammele tuinstoel opstond. 'Ik ben Reba. Ik ben hier pas komen wonen – nou ja, in februari – dus ik kan niet echt *pas* zeggen. Maar aangezien we er op de een of andere manier tot nu toe niet in zijn geslaagd elkaar tegen te komen, had ik hier net zo goed pas kunnen zijn ingetrokken. Maar je hond en ik zijn oude bekenden. Ik kreeg de indruk dat hij ook veel alleen zit, dus ik dacht, laten we elkaar gezelschap houden. In ieder geval...'

Ze ademde diep in. 'Dag buurman!' Ze stak haar hand uit over de afscheiding. Hij leek meer op een wiebelig slagersmes dan op een uitnodigende hand.

Hij lachte, zette de hondenbrokken op de grond en deed zijn balkonlicht aan. 'Reba, zei je?' Hij schudde haar hand. 'Jase DeLuca.'

Van Dean en DeLuca, de delicatessenwinkel? Vroeg ze bijna, maar het stukje in haar dat nog halfnuchter was hield haar tegen.

Jase zag er uit als iets wat je op de cover van *GQ magazine* zag. Hij zal ongeveer even oud zijn geweest als zij, misschien een stukje ouder. Zijn overhemd en gedistingeerde pantalon zagen er zelfs op dit late uur nog keurig uit, alsof ze pas gestreken waren; zijn opgerolde mouwen toonden een paar gebruinde, stevige onderarmen; op zijn gebeeldhouwde kaak was geen spoor van stoppels te zien; en zijn rossige haar had een perfecte nonchalante slag. Hij was lang en hoffelijk als een filmster. Een crème brûlée voor haar deur!

Reba stond te zwaaien op haar benen, en ze vroeg zich af of flauwvallen zo aanvoelde. Misschien hadden Jane en Deedee gelijk en kwam de liefde als een blikseminslag – BOEM – hallo liefste.

'Ik ben hier ook pas. We zijn hier waarschijnlijk tegelijkertijd komen wonen.' Jase tilde Garnaaltje met een hand op. 'Dit is Jerry Garcia. Maar jullie hebben elkaar al ontmoet.'

Ze moest lachen vanbinnen. Een chihuahua die Jerry Garcia heet?

'Afgekort Jerry-G.' Het hondje had het laatste stukje korst weer te pakken en was er woest op aan het knagen.

'O! Dat had ik hem niet eh, moeten geven.' Ze vermande zich.

Jase tilde Jerry-G op en keek hem recht in zijn kraaloogjes. 'Dus daarom loop jij dus de hele week zo te stinken, hè?' Toen richtte hij zich tot Reba. 'Als je maar weet dat je bij me in het krijt staat.'

'Het spijt me echt vreselijk.' Ze bloosde en ze rook de drank in haar zweet. 'Wat je maar wilt – ik bedoel als hij door mijn schuld misselijk is geworden of zo.'

'Een luchtverfrisser.' Jase glimlachte.

Reba veegde het vocht van haar bovenlip. 'Die in het stopcontact moet, of wil je spuiten?'

'Of ik wil spuiten? Toe maar.' Jase lachte. 'Weet je wat? Ik neem het terug. Het is een lange dag geweest. Als jij mij nu ook een glas inschenkt dan staan we quitte.' Hij zette Jerry-G weer op de grond.

'Eh...' Reba keek naar de fles. Ze schaamde zich dat hij leeg was. 'Ik heb nog wat in de koelkast. Zin om hierheen te komen?'

Ze was even vergeten dat ze lekkage had. Toen ze door de glazen deur een glimp opving van haar ondergelopen keuken, vroeg ze zich af of ze hem moest zeggen overschoenen aan te trekken. Zou dat plat kunnen overkomen? Ze voelde zich doezelig. Ze zou eigenlijk geen wijn meer moeten drinken, maar ze stond bij hem in het krijt. Het was zoals een goede buur betaamt. Bovendien sloeg haar hart op hol van hem. Het was de eerste keer in maanden dat ze zich blij voelde. Dat wilde ze nog even vasthouden.

Jase haalde zijn hand door zijn lange haar. 'Dat zou ik graag willen, maar ik heb net een pizza besteld, heb jij al gegeten?'

De onderste helft van de koek lag als een hockeypuck naast haar stoel en daarnaast het blik tonijn.

'Niet echt...,' zei ze.

'Ik heb de Coit Tower genomen: champignons, worst, salami en peperoni. Je bent toch geen vega, of van *rawfood* of een van die duizenden Californische dieetfreaks, hè?'

'Pfff… echt niet! Nee, nee, nee.' Ze zwaaide met haar vinger als een flirterige schoolfrik. 'Tegenwoordig eet ik alles wat me wordt voorgezet. Ik sta helemaal… ik sta overal voor open, bedoel ik.' Ze wreef in haar ogen om scherper te zien.

'Prima, pak de wijn en kom hiernaartoe.' Jase schoof de deur naar zijn appartement open en Jerry-G probeerde te volgen. Jase duwde hem met zijn voet terug.

'Je weet dat je niet binnen mag, makker.'

Het hondje piepte zachtjes.

Reba vroeg zich even af wat luchtverfrisser buiten voor nut had, maar toen zei Jase: 'Zie je over vijf minuten?'

'*Cinco minutos*,' riep ze terug terwijl Jerry-G kleine rondjes maakte op het balkon.

Toen Reba de volgende ochtend wakker werd in het appartement van Jase, was hij al weg. Het was kwart voor twaalf. In paniek en met een niet te evenaren kater leek het een onmogelijke opdracht om met haar trillende vingers de telefoon naast het bed te pakken en Leigh te bellen.

'Ik ben ziek,' sprak ze, en dat was niet gelogen.

Nadat ze had opgehangen strompelde ze naar de wc en braakte kruidige stukjes salami en kaas uit. Toen ze haar mond ging spoelen, moest ze weer kokhalzen van de confetti van roodbruine haartjes rondom de wasbak.

'O mijn god,' zwoer ze. 'Nooit meer.'

Trillend van top tot teen liep ze behoedzaam door de slaapkamer van Jase, met een handdoek onder haar kin uit voorzorg om haar naaktheid te bedekken.

Ze had alleen haar ondergoed aan: wat deels bijdroeg aan haar misselijkheid. Haar hoofd bonsde als een tikkende klok. Het aftellen tot… Ze durfde het zich niet voor te stellen. Ze vond haar broek verstrengeld in de lakens over de rand van Jase' bed; haar hemd over een stoel met kussens; een enkele flamingoroze slipper midden op de vloer. Ze pakte haar spullen zo snel mogelijk bij elkaar zodat haar maag niet van streek raakte, trok haar tuttige blouse aan en besloot zich zonder broek snel uit de voeten te maken.

Ze deed de deur voorzichtig open. Alles voelde die ochtend aan alsof ze een overtreding beging en niet gesnapt wilde worden, ook al wist ze dat hij er niet was. Ze had zelf nog nooit de studentikoze *walk of shame* gedaan – stiekem 's ochtends naar je eigen kamer terugsluipen, omdat je de nacht clandestien elders had doorgebracht – en ze was ook altijd verbaasd als mensen dat deden. En nu, meer dan tien jaar later, was zijzelf degene die op haar tenen door de gang liep in de hoop dat niemand het zou zien.

Buiten op het balkon lag Jerry-G met zijn hoofd op zijn voorpoten, als een kind dat aan het dagdromen was. Hij merkte haar niet op achter de spiegelende glazen deur. De lege wijnfles stond op de mahoniehouten koffietafel naast de pizzadoos waarin nog een laatste punt met gestolde kaas en blokjes vlees lag. Ze keek de andere kant op en beeldde zich de geur van pepermunt in, om maar niet te kokhalzen. Haar andere slipper lag ergens onder de tafel. Die moest ze hebben, anders liep ze het risico dat Jase hem kwam langsbrengen. Zo'n gesprek was wel het laatste wat ze wilde, hoewel op dit ogenblik ieder gesprek gênant zou zijn. Om de aandacht van Jerry-G niet te trekken door een plotselinge beweging, reikte ze voorzichtig onder de tafel, pakte het bandje van de slipper tussen duim en wijsvinger en maakte een vloeiende pirouette naar achteren, waarbij ze bijna tegen het boekenrek aanviel: een biografie van Bobby Kennedy, een versleten exemplaar van *Zo maakt u vrienden en goede relaties*, een blauwe vaas met namaakkersenbloesemtakjes en een foto van Jase die twee kleine meisjes omarmt. De foto was te klein voor het lijstje van tien bij vijftien, omdat hij in een rechthoek om het trio heen was afgeknipt.

Reba pakte de foto en bekeek hem nog eens. Een zilveren ring aan zijn linkerhand. Ze huiverde van de blije lach van de meisjes en de strikken die blonde lokken bij elkaar hielden. Ze leken op hem; als kindermodellen uit de catalogus van een postorderbedrijf voor dameskleding. Een echtgenoot. Een vader. Haar maag speelde op.

'O god,' fluisterde ze en zette het lijstje terug op de plank.

Er kwamen vage herinneringen naar boven: Jase die haar voor pizza uitnodigde; zij die een fles gekoelde pinot grigio pakte; gelach boven bedauwde glazen; de geur van gebakken brood en kaas; de smaak van uitdagende kussen; zijn handen over haar naakte rug; de beddenlakens om haar enkels gedraaid.

'O god, o god, o god.' Met haar spullen nog steeds krampachtig in haar handen, ging ze aan de koffietafel zitten en stootte de lege fles om, die via het jute kleed kinkelend op de eiken vloer terechtkwam. Jerry-G sprong op en kefte woest naar de glazen schuifdeur.

Het tafelblad plakte aan haar dijen, kleverig van de restanten. Ze dacht dat ze weer moest overgeven, dus drukte ze haar gezicht in de verfrommelde plooien van haar broek. Hij rook naar thuis, naar het wasmiddel dat Riki graag gebruikte in de lente: *altijd* met bleek. Ze miste hem vreselijk. Zelfs nu, terwijl ze hem bedroog, wilde ze hem bij zich hebben; om haar vast te houden en te zeggen dat hij nog steeds van haar houdt, ondanks al haar tekortkomingen, toen en nu.

'Riki,' fluisterde ze. 'Het spijt me.' Onwillekeurig greep ze naar de ring op haar borst, maar haar vingers gingen zoekend langs haar sleutelbeen. Ze had hem gisteren afgedaan en in het flesje met blauw schoonmaakspul te weken gezet. Hij zal ongetwijfeld wel weer fonkelen als een ster. Ze hield het onzichtbare vast, en drukte haar vuist tegen haar sleutelbeen.

Onverwacht zwaaide de voordeur open.

'O, hoi, ik dacht dat je ondertussen...' Jase keek op zijn horloge, en ademde diep in. 'Je zal wel niet naar je werk zijn gegaan.' Hij lachte nerveus. 'Ik heb het zelf nauwelijks gered. Ik ben even tijdens de lunch naar huis gekomen om een paar dingen te pakken die ik vanochtend in de haast ben vergeten. Wat een nacht, hè?' Hij kuchte en rinkelde met zijn sleutels.

Het enige binnen handbereik was haar kleding en de pizza, en reken maar dat ze haar Tommy Hilfiger-slippers niet ging opofferen voor hem. Dus ze gaf de afhaalpizzadoos een slinger, zo goed als ze kon. Het karton flapte futloos door de lucht met net genoeg wilskracht om de pizzapunt omgekeerd op zijn schoenen terecht te laten komen. Reba voelde zich zeer voldaan.

Ziedend kwam ze overeind. Ze kon wat er dan ook tussen hen gebeurd mocht zijn niet meer terugdraaien, maar voor dit moment kon ze wel de verantwoordelijkheid nemen. Met elk greintje zelfbeheersing dat ze bijeen kon rapen, liep ze vastberaden naar de deur.

'Wa-wacht heel even!' Hij hief zijn handen voor haar neus zonder haar aan te raken. 'Er is niets gebeurd, Reba. Je was al helemaal van je stokje voordat...' Hij grijnsde.

Ze stak haar kin in de lucht. 'Je bent een enorme eikel.'

Hij schudde zijn kapsel. 'Schatje, als je gaat schelden kun je maar beter tegen Señorita Vino beginnen.'

Het was als grapje bedoeld. Reba vond het niet grappig. Ze gaf hem een stomp recht in zijn maag. Hij strompelde naar voren.

'Jij' – ze wees naar de foto – 'zou je moeten schamen! Vertel op. Is dat je vrouw? Zijn dat je kinderen?'

'Het is ingewikkeld,' zei hij al hoestend, nog steeds negentig graden dubbelgeklapt.

'Het is wat? Ingewik...' Ze liet haar kleren vallen en bewerkte zijn ribben met haar beide vuisten. 'Ingewikkeld me reet! Ja of nee!'

'We liggen in scheiding,' hij greep haar polsen en hield ze op afstand. 'Daarom ben ik hiernaartoe verhuisd.'

'Ik mag dan een dronken lor zijn, een waardeloze vriendin, een nalatige zuster en een tweederangs dochter,' raasde ze en wrong zich los, 'ik ben misschien een rottige buurvrouw, maar ik weet tenminste precies wie ik ben en wie ik niet ben! Ik ben Reba Williams, godverdomme!' De woorden deden pijn aan haar lippen. 'En ik zou hier niet moeten zijn.' Haar ogen schoten vol. 'Jij... jij bent' – ze wees weer naar de foto achter zich – 'niet het soort man dat ik verdien.'

Jase fronste.

'Ik heb beter gehad!' Ze zakte op haar hurken en griste haar broek en schoenen van de grond, terwijl ze de emoties en de tranen die ze ook niet wilde, inslikte. Jerry-G stond met zijn pootjes tegen het glas, zijn oren gespitst. 'En Garnaaltje verdient ook beter! Je kunt hem niet buitensluiten omdat het je leven makkelijker maakt. Het is wreed!'

Ze bonsde op de glazen deur en schoof hem open. Als een opgewonden tol schoot Jerry naar binnen, stuiterend over het kleed in de woonkamer, pijlsnel door de houten gang.

'Hé, dat is mijn hond!'

'Gedraag je er dan naar!'

Ze liet Jase achter Jerry-G aanjagen en sloeg de deur van haar appartement met een klap achter haar dicht. Door de muur klonken een reeks vloeken en gebonk van meubels. Reba zette een cd van James Taylor op, liet de douche lopen en zong uit volle borst mee met 'Fire and Rain'.

Toen ze daarna weer een beetje tot zichzelf was gekomen deed ze Riki's ring weer om haar hals, trok een oude spijkerbroek aan en een versleten trui van het honkbalteam 'Richmond Flying Squirrels'. Ze dweilde de keuken aan, ruimde het appartement op en belde de huismeester voor een onderhoudsafspraak. Ze voelde zich beter. Binnen was alles netjes en ordelijk. Buiten op het balkon lag het zure blik tonijn en de oudbakken koek. Ze liet ze liggen.

'Voor de vliegen,' fluisterde ze. Ze gooide twee Aleve's naar binnen en nestelde zich op de bank met een glas komkommerwater en *Gone with the Wind* op tv.

Net toen Scarlett de vaas naar Rhett gooide, rinkelde haar mobieltje in haar tas. Ze graaide door muntgeld en pepermuntjes, lippenstiften en pennen, oude visitekaartjes en verkruimelde rolletjes maagzuurtabletten totdat ze het vertrouwde rechthoekje voelde trillen en zingen. Een gemiste oproep van Jane Meriwether. Ze zette het geluid van de tv af en belde het nummer.

Na drie keer overgaan nam Jane op. 'Reba?'

Reba had de hele dag niet kunnen eten, en ze werd licht in haar hoofd toen ze het vertrouwde geluid van Janes stem hoorde. Ze ging onderuit op de bank liggen.

'O Jane, ik ben zo blij dat je belt.' Ze wreef over haar voorhoofd en probeerde de dagen en weken te tellen dat ze elkaar voor het laatst hadden gesproken. Het liep allemaal door elkaar, dus ze gaf het op. 'Ik heb je gemist; ik heb jullie allemaal zo vreselijk gemist.'

'Mam ligt in coma.'

Alles viel stil, alsof elk woord een blikseminslag was.

'Ze ligt in het ziekenhuis,' vervolgde Jane. 'Ik wilde haar afgelopen vrijdag al brengen toen haar handen trilden, maar ze wilde pas na *Cinco de Mayo*. Ze wilde Sergio verrassen met *conchas*. Koppig mens.'

Reba hoorde Jane door de telefoon ademhalen en besefte dat zij dat zelf niet deed.

'En vanochtend viel ze op de grond toen ze aan het deegrollen was. Zomaar. Toen ik haar omhoog wilde helpen, was ze net een lappenpop die Duits aan het brabbelen was. Ik schrok zo dat ik direct de bakkerij heb gesloten en haar naar de eerste hulp van het Thomasonziekenhuis heb gebracht. De dokter zegt dat ze een beroerte heeft gehad.'

Reba draaide zich op haar zij en begroef haar gezicht in de kussens. 'Ik had meteen moeten gaan toen ik haar trillende handen zag. Ik had haar moeten dwingen. Ik had meer moeten doen,' klaagde Jane.

'Het is jouw schuld niet,' mompelde Reba, en ging rechtop op de bank zitten. 'Je kunt iemand niet dwingen, zelfs niet als je denkt dat het voor haar bestwil is.' Haar adem stokte. 'Je bent een goede dochter. Je houdt van haar. Daar gaat het om.'

Reba sprak zowel Jane als zichzelf toe.

'Sergio en Riki zijn hier bij mij,' zei Jane. 'De dokter denkt niet dat ze...'

Reba trok haar knieën op, en wou dat ze daar was en niet hier, ze wou dat ze helemaal nooit vertrokken was. Nadat Jane had opgehangen kon ze de telefoon niet wegleggen. Ze scrolde door het adresboek tot ze haar moeders nummer zag, en belde.

'Hallo?' klonk mama's zangerige accent.

Wat had Reba haar ondanks alles gemist. Ze slaakte een lange zucht in het toestel. Ze had zo veel te vertellen, maar kon het niet onder woorden brengen.

'Reba lieverd, ben jij dat?'

Reba knikte en drukte de telefoon dicht tegen zich aan, liefde en hoop strekte zich samengebundeld over kilometers uit.

-----Oorspronkelijk bericht-----
Van: reba.adams@hotmail.com
Verzonden: 6 mei, 2008 23:50
Aan: deedee.adams@gmail.com
Onderwerp: vertrek naar El Paso

Deedee,

Elsie heeft een beroerte gehad. Ze ligt in coma en de dokters denken dat ze het niet zal halen. Ik wou dat ik niet zo ver van huis was. Riki is nu bij Jane, en ik hou alleen maar nog meer van hem omdat hij altijd betrokken is gebleven, ook al heb ik hem dat nooit gevraagd, of van hem verwacht. Hij is er zelfs als ik denk dat hij er niet is. Je had gelijk toen je zei dat je iemand niet kon dwingen de waarheid te zien. Ik nam aan dat je het over papa had, maar ik was het zelf die nodig mijn ogen moest openen. Ik heb zo veel fouten gemaakt. Ik had nooit moeten weggaan. Ik heb mama gebeld. Ze zei dat ik meteen een ticket terug naar El Paso moest boeken.
Ik vertrek over zes uur, maar ik kan niet slapen. Mijn koffers zijn gepakt en als ik zo mijn appartement rondkijk, zou ik voorgoed kunnen vertrekken zonder ook maar iets te missen. Ik dacht dat mijn droom eindelijk uitkwam in San Francisco, maar dat was mijn hoofd dat loog tegen mijn hart. Ik weet waar ik moet zijn, bij wie ik moet zijn. Mama zegt dat liefde alles vergeeft. Ik denk dat ik haar geloof, dat wil ik tenminste, en dat is een begin.
Ik weet dat jij bidt, zou je voor Elsie willen bidden? En voor mij ook.

Liefs, Reba

# *Drieënveertig*

AMERICAN ARMED FORCES R&R CENTER
GERNACKERSTRASSE 19
GARMISCH, DUITSLAND
13 AUGUSTUS 1945

Het was haar eerste avond terug op het werk, en ook al voelde ze zich lichamelijk weer goed, ze sloeg Robbies aanbod om hem te helpen bij het bakken van Moravische Liefdesfeest-broodjes af. Ze was er niet voor in de stemming. Bovendien was ze nooit echt gecharmeerd geweest van zijn recepten; te machtig om vaak te eten. Dus zei ze dat ze het op doktersadvies rustig aan deed, wat voor een deel waar was.

De zomeravond was helder genoeg om iedere knipoog in de Melkweg te kunnen onderscheiden en getuige te zijn van elke ster die als een maiskorrel uit zijn kern barst. In het maanlicht schoot zijn staart door het firmament, en Elsie vroeg zich af of nog iemand zijn hemelse vlucht had gezien. Ze liep met haar ogen naar boven gericht, naar het levendige gesternte. Ze voelde zich voor het eerst sinds maanden licht en vrij van pijn. Het gevoel was zo zuiver en nieuw, dat ze geloofde dat ze op ieder moment op verborgen vleugels kon opstijgen naar de engelen. Wat fijn zou dat zijn, dacht ze. Ze zuchtte zacht, in de wetenschap dat er nog maar weinig avonden als deze zouden zijn voordat de winter weer begon. Ze vertraagde haar pas en genoot van de warmte op haar huid.

Haar fiets stond naast een stapel door de regen vervormde melkkratten op het parkeerterrein van het keukenpersoneel. Ze reed hem achteruit van zijn plek, maar stopte toen het wiel ergens tegen aanbotste, of liever gezegd: tegen iemand aanbotste. Dokter Meriwether.

'O! neem me niet kwalijk.' Ze liep rood aan.

'Nee, het is mijn fout. Ik had niet zo op u moeten toesluipen.' Hij was in burger: een wit overhemd met open boord en een wijde plooibroek. Elsie had nog nooit van haar leven zo'n knappe man gezien, bedacht ze.

'Ik was aan het wandelen. Prachtige avond. De maan schijnt.' Hij wees naar boven.

De maan stond krachtig en blinkend als een zilveren munt aan de hemel.

'Ik was toch in de buurt...' Hij krabde aan zijn hoofd. 'Dus ik dacht, ik kijk even hoe het met u gaat. Sergeant Lee zei dat u weer aan het werk was.'

Elsie knikte. Voor zover zij zich kon herinneren was ze voor het eerst verlegen zonder dat het met angst te maken had.

'Dus hoe voelt u zich?'

'Beter.'

'Geen complicaties na ons bezoek? Is het bloeden gestopt?'

Elsie knikte en keek de andere kant op, vanwege zijn ernstige toon en de nog steeds pijnlijke herinnering aan de miskraam, zowel in haar lichaam als in haar geest.

'Ik ben blij het te horen.' Hij kwam een stap dichterbij.

Haar hartslag versnelde.

'U ziet er een stuk beter uit, zeg. Niet dat u er eerder niet mooi uitzag.' Zijn adamsappel ging op en neer. 'Gaat u naar huis?' Hij gebaarde naar haar fiets.

'Ja.'

'Als uw dokter denk ik niet dat ik u zich al zo mag laten inspannen.'

'Het is vlakbij,' zei ze.

'Dat kan wel zo zijn, maar toch. Als ik u nu eens een lift geef? De artsenjeep staat daar, en ik heb de sleutels.' Hij rinkelde met zijn broekzak. 'Uw fiets kan achterin, geen probleem.'

De jeep stond aan de voorkant van het gebouw, op de parkeerplaats voor gasten van het recreatiecentrum. In de tijd die het kostte om daar te komen en de fiets in te laden, kon ze al naar huis zijn gefietst, maar dat gaf niet. Het ritje zou haar voeten ontlasten, en ze was graag in het gezelschap van de knappe dokter

Meriwether. Hij rook fris naar pepermunt en stijfsel, geuren die van betere tijden fluisterden.

Hun handen overlapten elkaar toen hij het stuur vastpakte. Elsie glimlachte.

'Dus,' begon dokter Meriwether terwijl hij de fiets in de jeep tilde. 'Hoe hebben sergeant Lee en u elkaar ontmoet?'

Elsie streek een losse lok terug onder haar haarband. 'Toen de Ami's, de Amerikanen, kwamen. Hij stond voor onze bakkerij. We hadden nog brood dat anders toch maar oudbakken zou worden.' Ze haalde haar schouders op. 'Ik heb het aan hen gegeven.'

'Heel nobel van u.' Hij zwaaide het portier open en ze klom naar binnen. 'De meeste mensen hier zouden het eerder aan de varkens geven dan aan een Amerikaan.'

'Wij hebben geen varkens,' grapte Elsie.

Dokter Meriwether liep om naar de bestuurdersstoel. 'Oké!' Hij knipoogde en de auto startte sputterend. 'Dus u bent een bakkersdochter?'

'Ja, en ik ben zelf ook bakker,' corrigeerde ze.

Ze reden weg. 'Ik moet eens wat van u proeven. Waar ik vandaan kom heb je alleen maar maisbrood uit de pan.'

Daar had Elsie nooit van gehoord, maar dacht dat het misschien taalverwarring was. 'Waar in Amerika komt u vandaan?'

'Uit een kleine staat, Texas.'

Er ging een schok van haar navel tot haar kin. 'Van de Texaanse bonen uit de oven?'

'Ja, kent u die?'

Toen ze de kruipruimte van Tobias uitruimde, had ze haar geheime spulletjes zorgzaam langs de wanden opgesteld aangetroffen. Dit soort alledaagse herinneringen uit haar jeugd kregen daardoor een betekenis die ver voorbij het materiële ging; omdat Tobias erover had gewaakt, ernaast had geslapen, er deelgenoot van was geweest. Ze had alle spullen, inclusief de Amerikaanse advertentie, in een verroest cacaoblik onder haar bed gestopt. Het enige wat ontbrak, was het boek van Robert Frost. Ze was met haar handen door alle hoeken van de kruipruimte gegaan, maar het was nergens te vinden. God is een dichter, had Tobias een keer tegen haar gezegd, en zij geloofde het.

'*Made in the USA*,' declameerde ze. '*You must be a Texas cowboy.*'

'Ik denk van wel,' zei hij en lachte zo oprecht en tomeloos, dat ze niet anders kon dan meelachen.

Ze reden sneller over het landweggetje. De wind striemde over hun gezicht, met de geur van nabije kamperfoelie en gletsjerwater. Hij nam een verkeerde afslag, maar Elsie hield haar mond. Ze zouden toch wel thuis komen uiteindelijk. Ze vond het prettig, zo naast hem. Hij gaf haar het gevoel meer te zijn dan ze was, meer dan Amerika of Duitsland of de hele oorlog.

Toen ze eindelijk in haar straat aankwamen, liet Elsie hem voor de deur van de Bäckerei stoppen.

'Dokter Meriwether,' begon ze.

'... Albert. Al.' zei hij.

'Al.' Hij klonk zelfs prettig, als een muzieknoot. 'Ik waardeer u zeer...'

'Graag gedaan,' zei hij en tilde haar fiets uit de jeep.

'Niet alleen vanwege de lift.' Elsie keek naar haar schoenen. 'Ik dank u voor alles.'

'Elsie.' Het was voor het eerst dat hij haar bij haar voornaam noemde. Het rolde van zijn tong, langzaam en lyrisch. 'Jij en eh... sergeant Lee. Is hij je... Ik bedoel, zijn jullie...' Hij zweeg en schopte zacht met de neus van zijn schoen tegen haar fietsband. 'Ach, laat maar.'

Elsie keek hem aan. Zijn ogen sprankelden in het maanlicht. '*No*,' zei ze. 'Het buitenlandse woord had een klank met een open einde. 'We waren...' Ze schudde haar hoofd. 'Het is moeilijk uit te leggen.'

Robbie belichaamde onafhankelijkheid: ongewoon, jeugdig en opwekkend. Maar in de vele maanden dat ze hem kende, had ze zich nog nooit zo gevoeld als ze zich nu voelde, na vijf minuten met dokter Meriwether. Bij Al voelde ze vrijheid, en dat was een groot verschil met alles wat er daarvoor was geweest.

Een lome wind blies tegen het uithangbord van de Bäckerei. Het piepte aan zijn hengsels en ze keken allebei omhoog.

'Is het goed als ik morgen langskom: even wat eten en voor een kort bezoekje?' vroeg Al.

Ze wist dat haar vader nooit zijn goedkeuring zou geven aan

deze Amerikaan met donkere ogen, maar het kon haar helemaal niets schelen. Ze was trouw aan zichzelf. De tijd van je verstoppen was voorbij.

Het gezicht van Al stak geduldig en ernstig af tegen de sterrenhemel.

'Dat zou ik heel fijn vinden,' zei ze en besloot dat ze dan broodjes met zonnebloempitten voor hem zou maken. De eerste nieuwe oogst was net binnen.

# *Vierenveertig*

FORT BLISS
ELPASO, TEXAS
10 FEBRUARI 1947

Lieve Mutti,

Texas is een eigenaardige plek. Anders dan Garmisch. De bergen verrijzen naakt tegen het blauw en als de zon ondergaat, verandert de hemel in iedere kleur die je je maar kunt voorstellen en vele die je je niet eens kunt voorstellen. Het is nooit koud of donker. Zelfs 's nachts is de maan zo vol en helder dat je zou denken dat je het gezicht van God ziet. Ik vind het fijn, hoewel ik u en Papa wanhopig mis.

We wonen in ons huis op het militair terrein. Het heet Fort Bliss. Ik hoop dat het zijn naam eer aan doet. De mensen zijn vriendelijk en helpen me zo goed ze kunnen mijn weg te vinden. Er zijn hier geen Bäckereien of *Metzgereien*. De eerste twee weken heb ik elke avond bonen uit blik opgewarmd, maar op bonen alleen kun je niet leven! Mijn buurvrouw komt uit een plaats die *Merry*-land heet en zij zegt dat de vrouwen hier hun vlees en etenswaren bij The Commissary kopen. Morgen neemt ze me mee, dan kan ik meel, boter en gist kopen. Ik ga zo gauw mogelijk broodjes bakken. Mijn maag begint al te knorren als ik eraan denk.

Ik ben vandaag bij de belastingvrije winkel geweest om houten kommen, pollepels en een bakplaat te kopen ter voorbereiding. We hebben helemaal niets van onszelf. Toen ik ging afrekenen, zei de man achter de kassa: 'Dank u, Mrs. Meriwether.' Ik was even vergeten dat ik dat was. Mevrouw Meriwether. Het klinkt leuk, als begroeting. Vindt u niet? Het klinkt naar nieuwigheid,

en ik kan niet wachten tot ik mezelf zo voorstel.
Hoe is het thuis? Zeker nog niets van Hazel gehoord. Een week geleden waren Al en ik in de stoffenwinkel om stof voor de gordijnen uit te zoeken, en ik zou zweren dat ik achter de rollen gordijnstof Hazels stem hoorde. Ik snelde erheen in de verwachting haar te vinden, maar ze was het natuurlijk niet. Mijn teleurstelling was zo groot, dat ik ter plekke begon te trillen. Ik heb uitgebreid mijn verontschuldigingen aan de vrouw aangeboden en zo snel als mijn benen me konden dragen Al mee naar buiten gesleept. Ik heb het nog niet opgegeven, dat we elkaar ooit weer zullen zien.
Hoe is het met Papa? Ik heb diepe spijt van ons wrange afscheid. Ik bid dat hij ons vergeeft en accepteert. Ik mis hem en hoop dat hij heeft begrepen dat de wereld is veranderd en Duitsland ook. Niemand is goed of slecht door geboorte of afkomst of geloof. Vanbinnen zijn we allemaal meester en slaaf, rijk en arm, perfect en onvolmaakt. Ik weet het van mezelf, en van hem ook. We hebben lief, in weerwil van onszelf. Ons hart verraadt onze geest. Al is een goed mens en ik hou van hem, Mutti. Dat is een geschenk dat ik niet als vanzelfsprekend beschouw.
Ik zal zo vaak mogelijk schrijven. Ik hoop dat u antwoordt, hoewel ik geen wrok zal koesteren als u dat niet doet. Ik begrijp het. Maar u bent nog steeds mijn Mutti. Ik hou van u, dus ik blijf mijn pen op papier zetten.

Voor eeuwig de uwe, Elsie

**SCHMIDT BÄCKEREI**
**LUDWIGSTRASSE 56**
**GARMISCH, DUITSLAND**
**27 FEBRUARI 1947**

Mijn lieve Elsie,

Ik heb een foto van ons bijgesloten. Papa heeft een oud filmpje laten ontwikkelen. Deze moest ik van hem weggooien, hij is nog steeds verbitterd, maar weggooien, dat kon ik niet. Je bent mijn

kind, en ik wil niet allebei mijn dochters verliezen. Dat is te veel in een leven. Dus stuur ik hem naar jou.
Ik was blij met je brief uit Texas. Dezelfde dag kregen we een bericht van Hazels vriendin, Ovidia. Ze beweert dat Hazels dochter naar het *Waisenhaus*, het weeshuis in München is gebracht. Ze noemen haar Lillian. Papa en ik gaan er zaterdag naartoe, hoewel ik niet zeker ben over wat er uitkomt. De verblijfplaats van het tweelingbroertje en Hazel blijft een mysterie.
Lieverd, ik weet dat de liefde ons dingen laat doen die we niet kunnen uitleggen of rechtvaardigen. Dus schrijf ik je en hoop dat je op een dag weer naar ons terugkomt. Ik denk vaak aan hoe jij en Hazel als meisjes geheimpjes fluisterden en verkleedpartijtjes hielden op jouw kamer. Die tijden zijn veel te snel voorbij gegaan. Pas in de hemel zullen we weer met zijn allen samen zijn. Dat is zeker.

Heel veel liefs, Mutti

SCHMIDT BÄCKEREI
LUDWIGSTRASSE 56
GARMISCH, DUITSLAND
8 MAART 1947

Lieve Elsie,

We hebben Hazels dochter Lillian uit het Waisenhaus opgehaald. Ze lijkt heel erg op jou en Hazel toen jullie jong waren. Het is vreemd om nu weer opnieuw twee jonge kinderen onder onze hoede te hebben. Het geeft me veel plezier om haar bij ons te hebben. Zelfs papa is opgeknapt sinds zij hier is. Het is een plezierig kind, sterk en met een opgeruimde natuur.
We hebben besloten Lillian niet te vertellen over wie haar vader is, aangezien we geen documentatie hebben over de identiteit van de man. Hoewel bekend is dat Peter Abend de vader van Julius is, heeft de Organisatie hem onder Hazels achternaam geregistreerd. Zodoende heten beide kinderen Schmidt. Dat is wel zo makkelijk.

De waarheid is veel te omslachtig. Terwijl Julius de leeftijd heeft om het zich te herinneren, bid ik dat Lillian het nooit zal weten. Het is onherstelbaar en er kan niets goeds van komen door het op te rakelen. Het duizendjarig rijk was een fantasie waar papa zich nog steeds aan vasthoudt. Ik zie het nu helderder en ik schaam me voor mijn dwaasheid in het verleden. Waar papa en ik het wel over eens zijn, is dat dit geen kinderen van het vaderland zijn, maar de onze.

Heel veel liefs,
Mutti

# *Vierenvijftig*

SCHMIDT BÄCKEREI
LUDWIGSTRASSE 56
GARMISCH, DUITSLAND
2 DECEMBER 1955

Lillian zat *De reisgenoten* van J.R.R. Tolkien te lezen. Die had ze gekregen van een Engelse piloot op wintervakantie. Hij had het twee keer gelezen en wilde ruimte maken in zijn rugzak voor hij terugging naar Londen. Lillian was een eeuwige boekenwurm en wilde het boek heel graag als vroeg kerstcadeau. Haar opa stemde in, maar alleen uit educatief oogpunt: zodat Lillian haar Engels kon verbeteren. Zij was de enige van de familie die behoorlijk kon communiceren met de Amerikaanse en Engelse klanten die de deur van de Bäckerei platliepen.

'Lillian, leg dat boek weg en help opa met afsluiten.' zei Oma streng. 'Hij kan een paar sterke, jonge handen vast goed gebruiken.'

Lillian zuchtte en sloot het boek. Frodo en zijn vrienden waren net naar Rivendel vertrokken. Ze voelde zich triest nu ze het grote avontuur moest verlaten en naar haar afgezaagde wereld van rijzend gistdeeg en brood van gisteren moest terugkeren.

Oma bedekte de marsepeinen suikerpruimen met delicate strookjes perkamentpapier zodat ze de volgende ochtend niet bezaaid waren met dode fruitvliegjes. Opa was nog bij schemerig kaarslicht aan het werk in de keuken; er zaten spatjes kaarsvet aan de binnenkant van het glazen kapje, waardoor het nog minder licht gaf. Ze gleed met haar hand over de muur naar het lichtknopje om de plafondlamp aan te doen, maar ze bedacht zich en liet het voor wat het was.

Ze keek vanuit de schaduw hoe hij het stroperige deeg tot een gladde dikke plak op de deegplank uitrolde. Hij nam een gigantische hartvormige koekvorm, zette hem op precies de juiste plaats en drukte hem in het deeg.

Ze hadden voor de lastminutekerstklanten al meer dan tien Lebkuchen, met tierelantijntjes van suikerglazuur en versierd met een kerstwens. Maar die hij nu aan het maken was, waren niet voor iedereen die wat Duitse marken op zak had. Dit waren speciale harten: de peperkoek die Opa iedere kerst maakte, met daarop hun namen in suikerglazuur.

Opa neuriede 'Stille nacht' terwijl hij de koeken uitsneed en ze op de bakplaat legde. De namen van de familie: Max, Luana, Julius, Lillian, Hazel, Peter, Elsie en Albert. Hij maakte er altijd acht, maar de laatste vier bleven altijd hoog in de boom achter, niet opgegeten en zo hard als leisteen.

Haar ouders, Hazel en Peter waren omgekomen in de oorlog, dat zei Oma tenminste. Maar kinderen praten zoals kinderen nu eenmaal doen, vooral in kleine stadjes als Garmisch. Al toen ze klein was, werd er op de speelplaats gepraat over wie de vader was. Het was uiteindelijk haar schoolvriendinnetje Richelle Spreckels, de dochter van Trudi Abend-Spreckels, die het haar vertelde in een vlaag van woede toen ze *Fangen* speelden en ze af was.

'Het is niet eerlijk!' jammerde Richelle. 'Jij hoort hier helemaal niet! Ze weten nog geeneens wie je vader is!'

De kinderen stonden zwijgend rond Lillian. Er was een abrupt einde gekomen aan het krijgertje spelen.

'Mijn vader is Peter en mijn moeder is Hazel!' riep Lillian in verdediging.

'Je moeder is wel Hazel Schmidt, maar mijn mama zegt dat Peter Abend jouw papa niet is! Zij weet het. Zij is zijn zus!' En met die woorden had Richelle een handvol blubber gepakt en het naar Lillian gegooid. Haar roze gesmokte jurk zat onder. Een paar kinderen die erbij stonden hadden gegiecheld.

Ze liep bevuild en beschaamd naar huis en ook al veegde Oma de jurk zo goed als ze kon schoon, de vlekken gingen er niet uit.

'Wie heeft dit gedaan, en waarom?' had Oma gevraagd, maar Lillian weigerde het te zeggen, omdat ze Oma niet voor leugenaar wilde uitmaken en omdat ze bang was de waarheid uit haar mond te horen. Het stak haar diep vanbinnen, zoals dat gaat met de waarheid, en ze wilde niets geloven voordat er bewijs was.

Maar vanaf die dag bleef de beschuldiging van Richelle in haar hoofd zitten: 'Jij hoort hier niet.' Dit werd haar zoektocht: erachter komen wie ze precies was en waar ze dan wel hoorde. Lillian had niet veel vrienden op school, ze prefereerde het gezelschap van haar Oma en Opa, de vriendelijke klanten van de bakkerij, de verre personages in haar verhalenboeken, en de brieven van haar tante Elsie.

Elsie en Albert woonden in de Verenigde Staten, in Texas, waar cowboys op witte hengsten reden en indianen met bessensap gekleurde bonte sjaals maakten. Dat waren de verhalen in Elsies brieven. Ze zaten vol avontuur en beeldende beschrijvingen: de woestijnzon die als een gigantisch gebakken ei uitloopt over de horizon; hagedissen met iriserende groene schubben, die lui in de schaduw van een egelcactus liggen; de Rio Grande die als een slang door de zandduinen kronkelt, krioelend van de reptielen en watervogels die hun dorst komen lessen in het enige waterreservoir in de wijde omtrek. Toen ze nog heel klein was, smeekte Lillian Oma of ze haar voor het slapengaan uit de brieven wilde voorlezen. In de zachte betovering van het voorleesuurtje droomde ze van Elsie en vroeg ze zich af hoe de kleine maan die boven haar Zugspitze stond als een *Vanillekipferl*, in hemelsnaam dezelfde kon zijn als die grote schijnwerper boven Texas.

Alles wat Elsie beschreef klonk groter en wonderlijker dan alles wat ze ooit in Duitsland had gezien. Soms kon Lillian haar opwinding nauwelijks beheersen wanneer Elsie schreef dat ze op een paard over de prairie galoppeerde, met achter haar een stofstorm en met donderslagen boven haar. Dan gilde ze het uit onder haar donzen dekbed en Oma suste haar dan om Opa niet wakker te maken. Oma had haar meteen al gewaarschuwd dat ze met niemand over de brieven mocht praten. 'Sommige dingen zijn geheim,' legde ze uit en Lillian was het daarmee eens. Ze koesterde dit onderlinge vertrouwen.

Opa sprak nooit over Elsie, en voordat haar broer Julius naar kostschool ging, had hij tegen Lillian gezegd dat hij betwijfelde of Elsie ooit nog een voet in Duitsland zou zetten. Ze durfde nooit tegen hem in te gaan, omdat hij altijd zo streng deed. Hij kwam bijna nooit meer thuis uit München, en Lillian miste hem niet, ook al zei ze het nooit hardop. Maar Elsie miste ze des te meer. Een tante die ze nooit in het echt had gezien. Ze bekende aan Oma dat ze soms in haar avondgebed wenste dat Elsie de deur van de Bäckerei kwam binnenlopen. Oma zei dat ze om hetzelfde bad.

Elke keer als er een onbekende vrouw de winkel binnenkwam, begon het hart van Lillian sneller te kloppen, zodat ze nauwelijks de bestelling kon opnemen; natuurlijk moest de klant dan lachen om haar wispelturigheid, en rekende vervolgens gewoon af en vertrok. Lillian wou dat ze wist hoe de volwassen Elsie er uitzag, zodat ze deze crescendo's van hoop kon vermijden. Oma had thuis maar een enkele foto van haar moeder en haar tante bewaard: de twee meisjes zittend onder de takken van een kersenboom. Lillian had het plaatje zo grondig bestudeerd, dat ze precies wist hoeveel sproeten er op de wangen van haar moeder zaten en precies hoeveel tanden in Elsies glimlach. Verder verliet ze zich op de brieven.

Daarin was Elsie vriendelijk, liefhebbend en onverschrokken; ze kende meer verhalen over haar moeder dan wie dan ook. Ze schreef over de foto met de kersenboom, en over de geheime wensen van Hazel en hoe ze tot stand kwamen; over Hazels liefde voor muziek en mooie jurken; over hoe ze de elegantste vrouw van heel Garmisch was en de loyaalste zus. Het deed Lillian verlangen naar een eigen zus, en ze deed vaak net alsof de Toni-pop die Elsie haar uit Amerika had gestuurd haar jonge zusje was. Oma zei dat ze dankbaar moest zijn voor haar broer Julius, en dat had ze makkelijk gekund, als hij ook maar iets van broederlijke genegenheid had getoond. Dus hield ze zich vast aan wat ze zeker wist: ze was in ieder geval een halve Schmidt.

Opa dekte de uitgesneden koekjes af met kaasdoek en zette de bakplaat opzij. Ook al sprak hij hun namen nooit uit, toch verschenen Elsie en Albert ieder jaar aan de takken, zodat Elsie en alle anderen eraan herinnerd werden dat ze ondanks alles familie waren.

Opa draaide zich om. 'Ach, Lillian! Je overvalt me.'

'Sorry opa. Oma zei dat ik je moest komen helpen.'

'Doch!' Hij klapte in zijn handen. 'Zoals je ziet, ben ik klaar.

We hoeven alleen maar deze restjes weg te werken.' Hij kneedde de overblijfsels van de peperkoek tot een bal. 'Kom, help me maar.'

Lillian ging naast hem staan. Hij rook naar kaneel, gember en kardemom en ze ging dicht tegen hem aan staan; hij rook naar Kerstmis.

'Hier, proef maar.' Hij pakte een stukje deeg tussen duim en wijsvinger en stopte het in haar mond.

Zoet, kruidig en stroperig. Lillian liet het smelten op haar tong en in haar keel glijden. 'Het is lekker.'

Hij kuste haar voorhoofd. 'Niets tegen Oma zeggen. Anders wordt ze boos dat ik je snoep geef voor je gaat slapen.'

Ze glimlachte. Ze kon goed een geheim bewaren.

Die avond zat Oma in Lillians kamer haar wollen sokken te stoppen. Lillian had koude voeten onder de dekens, en ze wilde een verhaaltje horen.

'Komt u even bij me liggen, oma? Ik kan nog niet slapen,' vroeg Lillian smekend. Ze wist dat ze te oud was om nog een verhaaltje voor het slapen gaan te willen, maar ze hoopte dat Oma zich zou laten vermurwen.

Oma zuchtte, legde haar naald en draad opzij, en kwam onder de dekens liggen.

Lillian strengelde haar voeten in de hare.

'Je bent ijskoud, kind!' Oma schudde de dekens op.

'Verheugt u zich op Kerstmis?'

'Ja,' zei Oma. 'En jij?'

Lillian trok de dekens onder haar kin en knikte. 'Denkt u dat er nog een brief van tante Elsie komt?'

Oma trok Lillian naar zich toe. 'Ze schrijft altijd met de kerst.'

Dat wist Lillian wel, maar ze wilde gerustgesteld worden door Oma.

'Ik heb vandaag karper gekocht. Vet als een reuzendennenappel. Heb je hem gezien?'

Lillian schudde haar hoofd. 'Maar ik heb opa wel onze peperkoekharten zien maken.' Ze giechelde en begroef haar gezicht in Oma's arm.

'Toe maar.' Oma ademde diep in, haar borst bewoog zwaar op en neer.

'Denkt u dat Julius het erg vindt als ik die van hem opeet, nu hij dit jaar op school blijft?

'Dat zul je aan opa moeten vragen,' antwoordde Oma. 'Nou, je bent weer helemaal opgewarmd. Tijd om te gaan slapen.' Ze boog voorover om op te staan, maar Lillian hield haar tegen.

'Blijf nog even, alstublieft. Wilt u me nog een keer voorlezen – de brief over die keer dat Tante Elsie Onkel Albert had geholpen in het ziekenhuis? Toen ze een zuurstok aan dat jongetje met die gebroken arm had gegeven?'

'Nee, als je in Amerika de dokter helpt krijg je een jasje aan met gekleurde strepen, en dat is net een zuurstok.' Ze voelde onder het matras of het pakje brieven er lag. 'Van wanneer was hij?'

'Het was zomer,' zei Lillian. 'Want ze zei dat ze de eerste zomerstorm hadden met vlammende ijspegels die door de lucht flitsten.' Haar hartslag versnelde toen ze de woorden van Elsie reciteerde. 'Het jongetje was zo bang geworden dat hij van zijn stoel was gevallen en zijn arm had gebroken.'

'Ach ja,' zei Oma. 'Het was in augustus, geloof ik.' Ze bladerde door de enveloppen tot ze hem tegenkwam. 'Drie augustus.' De blaadjes ritselden tegen haar vingers. 'Lieve Mutti en Lillian,' begon ze.

Lilian sloot haar ogen, kroop dicht tegen haar aan, en liet haar fantasie wegzweven over de oceaan.

# *Zesenveertig*

LUDWIGSTRASSE 56
GARMISCH, DUITSLAND
5 OKTOBER 1967

Lieve tante Elsie,

Nogmaals hartelijk dank voor het jurkpatroon van McCall en de Beatlesplaat die u heeft opgestuurd. We hebben hier een nieuwe radiozender, de British Broadcasting Corporation. Heeft u die in Amerika? Ze draaien alle goede muziek, zelfs Jim Morrison. Vandaag had Tony Blackburn (de discjockey van Radio 1) het over wat er daar bij u allemaal aan de hand is. Klopt het dat de Amerikanen uit protest de straat zijn opgegaan? Je kunt het je moeilijk voorstellen, maar Oma zegt dat het nu eenmaal bij de oorlog hoort. Ze maakt zich zorgen over u. Ik heb uitgelegd dat Vietnam ver van Texas ligt. Ze zegt dat ik moet schrijven dat u baby Jane en Onkel Albert bij u in de buurt moet houden en de deuren goed op slot moet doen.
Ze zou u ook hebben geschreven, maar ze is al naar bed. De laatste maanden slaapt ze meer dan gewoonlijk. Ze wilde eerst niet dat ik het tegen u zei – ze beweert dat het een allergie is vanwege de seizoenswisseling, en ze drinkt haar theetjes tegen van alles – maar het is nu al lang herfst en ze lijkt vermoeider dan ooit. Ze wil niet naar de dokter als ik dat zeg. Ik vertel haar dat ze tegenwoordig bijna overal pillen voor hebben, maar ze weigert. Misschien kunt u met haar praten en Onkel Albert vragen wat hij ervan vindt. Verder gaat alles goed hier. Met opa gaat het goed. Hij staat er nog steeds op dat hij de eerste lading broodjes zelf bakt, ook al hebben we twee geschoolde bakkers en een chocolatier in dienst.

Hugo is pas aangenomen en is de beste van de drie. Hij is in de leer geweest bij een chef-pasteibakker in het bisdom Luik in België en hij heeft wafels aan ons assortiment toegevoegd. Ik ben vijf pond aangekomen sinds hij er is, en elk pondje was even lekker! Het liefst stuurde ik een van Hugo's wafels mee met deze brief. Ik weet zeker dat u ze net zo lekker zou vinden als wij. De omzet is met twintig procent gestegen, en opa is helemaal verzot op hem. Hij houdt van hem als de zoon die hij nooit heeft gehad.
Hiernaast is een Italiaanse ijssalon geopend – de Amerikaanse toeristen en de militairen zijn gek op dat spul. En nu maken Hugo en Opa plannen om ijshoorntjes aan de ijssalon te verkopen. De zaak bloeit en daar zijn we allemaal blij mee.
Ik heb opa gisteren gevraagd of ik, als we dit jaar goed gedraaid hebben, in het voorjaar misschien naar de universiteit mag. Ik geloof dat ik wel geschiedenis of literatuur zou willen studeren. Ik weet nog niet welke van de twee. Hoe dan ook, ik heb het al veel te lang uitgesteld. Het liefst zou ik naar de Verenigde Staten komen. Er zijn daar zo veel geweldige universiteiten, maar ik zou opa en oma niet in de steek kunnen laten. Ik ga me waarschijnlijk aanmelden aan de LMU in München. Opa vond dat een goed idee. Dus nu hoef ik alleen maar toegelaten te worden. Bid voor me. Ik wil dit meer dan zo ongeveer wat dan ook.
Ik ga nu stoppen. Ik moet de keuken nog aanvegen voor ik ga slapen. Het is minder erg nu ik de radio erbij kan aanzetten!
Veel liefs voor jou, Jane en Onkel Albert,

Lillian

P.S. Bijna vergeten! Julius is eindelijk getrouwd! Hij schreef ons vorige maand. Ze heet Klara en ze komt uit Lübeck. Haar vader is bankier, dus ze zijn naar Hamburg verhuisd en Julius is nu directeur van een bank in Hamburg. Meer heeft hij niet geschreven. U kent Julius.

LUDWIGSTRASSE 56
GARMISCH, DUITSLAND
19 OKTOBER 1967

Lieve Tante Elsie,

Er is zo veel gebeurd in korte tijd, ik weet niet waar ik moet beginnen. Opa laat me geen telegram sturen of interlokaal bellen. Dus ik stuur u dit en ik bid dat u het zo snel als maar enigszins mogelijk is zult ontvangen. Oma is erg achteruitgegaan. Ze heeft drie dagen zonder iets te eten of zelfs maar een slokje thee te nemen in bed gelegen. Ik was zo bang dat ik de nooddienst van de *Krankentransporte* heb gebeld.
Ze zeggen dat het kanker is. O, Tante Elsie, had ik maanden geleden al maar iets gedaan! Als we er eerder bij waren geweest dan... maar nu is het te laat. Ze hebben haar naar huis gestuurd en opa en ik zitten constant aan haar bed.
Ik ben ontroostbaar en ik zou dit nooit vragen als het niet zo uiterst dringend was. Kom alstublieft naar huis. De dokter zegt dat ze misschien nog weken onder ons is, maar het kan ook een paar dagen zijn. Opa weigert de ernst van haar toestand in te zien. Ik denk dat hij zich zijn leven zonder haar niet kan voorstellen – of zichzelf dat toestaat. Het zal zijn hart breken, en dat van mij. Ik kan dit niet alleen aan. Kom naar ons terug.

Hoogachtend,
Lillian

# *Zevenenveertig*

SCHMIDT BÄCKEREI
LUDWIGSTRASSE 56
GARMISCH, DUITSLAND
2 NOVEMBER 1967

Twee uur eerder dan gepland had Elsie een taxi genomen vanaf het Bahnhof en zich laten afzetten op de Ludwigstrasse. Het was meer dan twintig jaar geleden dat zij daar voet op de bodem had gezet. Haar lichaam nam instinctief de cadans van het klikken van haar hakken op de straatkeien over. De herfstlucht rook fris en helder als dennentakken en ze ademde zo diep mogelijk in. De lucht was grijs gevlekt met dikke wolken die de Zugspitze omhulden. Er viel een spatje regen op haar wang, maar meer niet. Het zou wel snel opklaren en ze was blij dat ze een trein eerder uit München had genomen.

Er kwam een jong stel de bakkerij uit, met een groot roggebrood verpakt in bruin papier. Het vertrouwde uithangbord boven de deur, SCHMIDT BÄCKEREI, wiegde zacht in de bergwind.

'*Guten Abend*.' De taxichauffeur overhandigde haar bagage.

'Guten Abend,' antwoordde Elsie. De woorden klonken lomp en hard in haar oren. Het was al een tijdje geleden dat ze Duits had gesproken, behalve gefluisterde slaapliedjes voor baby Jane.

Er klonk een bel toen ze de winkeldeur opende, maar de geur begroette haar al ver voor de drempel. Een geurige deken van gistige lekkernijen. Papa's recept. Alleen zijn brood kon zo'n decadente en bevredigende geur verspreiden. Ze had het jaren geprobeerd te reproduceren in haar eigen bakkerij, maar was daar nooit echt in geslaagd; het smaakte altijd te veel naar vanille en kaneel.

Ondanks de vervlogen jaren en een paar moderne aanpassingen, was de bakkerij Schmidt nog precies zoals ze hem zich herinnerde. De dille was overgeplant in een nieuwe pot, maar stond nog steeds in de etalage. De broodmanden stonden nog steeds net zo op de plank als zij ze had neergezet. In plaats van de twee houten tafels stonden er nu formica tafels, maar nog steeds op dezelfde krappe plek. Zo was het dus. Net een gerestaureerde droom, en toch weer niet.

'Kan ik u helpen?' vroeg een jongeman achter de kassa.

Plotseling voelde ze zich opgelaten, en buitenlands. Haar indigo blouse met madeliefjespatroon en haar Lesley Gore-kapsel pasten hier niet. Het deel in haar dat vroeger Elsie Schmidt was, herinnerde zich deze plek met gevoelens van liefde en verdriet, maar dat meisje was een personage uit een sprookjesboek van Grimm. Nu was ze Elsie Meriwether met een liefhebbende man, een prachtig dochtertje en haar eigen bakkerij in de zonnige woestijn van West-Texas. Dit was haar thuis niet meer, en tot haar verrassing gaf dat haar een aangenaam gevoel en kracht.

'Bent u Hugo?'

'Nein. Ik ben Moritz. Hugo staat achter.' Hij was een blad lekkernijen aan het herschikken, die Elsie herkende als *Mandelkekse*, amandelkoekjes.

'Is Lillian er?'

Moritz zweeg even en schoof het blad weer terug in de vitrine. 'Bent u bevriend met de familie?'

Ze voelde een steek. 'Ik ben Elsie. De dochter van Max en Luana.'

De ogen van Moritz werden zo groot als de uitgestalde bonbons. 'Ach ja! U bent vroeg! Kom binnen, kom binnen.' Hij kwam achter de kassa vandaan. 'Ik ben Moritz Schneider.' Hij stak zijn hand uit.

'Schneider?' Elsie schudde zijn hand en glimlachte. 'Familie van Bitsy Schneider?'

'Mijn moeder!' Hij ging met zijn duim naar zijn borst. 'Ik ben haar jongste zoon.'

'Ik heb haar goed gekend,' zei Elsie. 'Jij schopte nogal, weet ik nog.' Ze klopte met haar hand op haar buik, en Moritz lachte.

'Dat zegt Frau Schmidt ook.' Toen hij Mutti noemde betrok zijn gezicht. 'Goed dat u gekomen bent.'

Elsies hart haperde achter haar ribben.

'Geef maar,' zei hij en nam haar koffer. 'Ze zitten bij haar.'

Hij begeleidde haar naar een deuropening die ze niet herkende; er was een nieuwe muur opgetrokken die een officiële afscheiding vormde tussen de winkel en de keuken en het trappenhuis naar hun woning. De tweede verdieping was gerenoveerd. De muur van de slaapkamer, waarachter ze Tobias verstopte, was afgebroken en nu was er een gemeenschappelijke ruimte met een grote televisie. De slaapkamer van Mutti en Papa was hetzelfde gebleven, maar er was een stukje aan het andere eind van de verdieping aangebouwd. Een houten opstapje leidde naar twee deuren tegenover elkaar. De slaapkamers van Lillian en Julius, vermoedde ze.

Ze stond naast de flikkerende zwart-witbeelden en dacht: *Hier heb ik geslapen en verkleedpartijtjes gehouden met Hazel.* Ze ging een trede omhoog: *Waar ik mijn zeventiende verjaardag heb gevierd met Tobias.* En nog een: *Waar Mutti mij haar geheimen heeft verteld.* Op deze plek zaten zo veel momenten die ze nooit kon vergeten en toch was niets zoals het was.

Moritz zette haar bagage naast een sofa waar eens de boog van de deur naar haar slaapkamer zat. Hij liep naar de deur van Mutti en Papa. 'Lillian?' Hij klopte aan.

De deur kraakte open en het gezicht van Lillian kwam tevoorschijn.

'Ze is er,' zei Moritz.

'Tante Elsie?' fluisterde Lillian en glipte naar buiten. 'Tante!' Ze omhelsde Elsie alsof ze hun hele leven samen hadden doorgebracht. Haar schouders trilden. 'Ik ben zo dankbaar dat u hier bent.'

'Stil maar,' troostte Elsie. 'Hoe is het met haar?

'Niet beter, maar u bent nog op tijd.' Lillian veegde met de rug van haar hand haar tranen weg.

Lillian had in de loop van de jaren wel wat foto's opgestuurd, maar dit was de eerste keer dat ze haar nicht in levenden lijve zag. De gelijkenis met Hazel was zo buitengewoon dat de geheelde wonden in Elsies hart bijna weer opensprongen. Haar ogen deden pijn bij het visioen van haar herboren zus.

'Je lijkt heel erg op je moeder.' Ze greep Lillian vast om zich ervan te overtuigen dat ze geen geestverschijning was.

Lillian boog haar hoofd. 'Ik ben maar een zwakke afspiegeling van haar.'

'Nein,' zei Elsie. 'Jij bent het meest stralende deel van haar!' Ze omarmde Lillian nog een keer om haar opkomende tranen te verbergen.

Lillian nam Elsies hand in de hare. 'Kom. Ze hebben op u gewacht.'

De gordijnen in Mutti's kamer waren potdicht. Een lampje op het nachtkastje wierp een roze gloed over het bed.

'Elsie is hier,' kondigde Lillian aan.

Mutti's fijne vingers bewogen over de met edelweiss geborduurde sprei. 'Elsie?'

Elsie werd met iedere stap slapper in de knieën, tot ze niet meer kon staan. Ze knielde naast het bed.

'Lieverd, laat me naar je kijken.' Mutti boog uit de schaduw naar voren en deed haar hand onder Elsies kin.

Haar lippen waren vaalgeel, haar gezicht uitgemergeld en haar ogen zo donker en moe, dat het Elsie pijn deed om haar te blijven aankijken; maar de aanraking van Mutti was teder en de geur van haar boterachtige huid nog altijd dezelfde.

'Mijn prachtige dochter,' zei ze.

Elsie draaide haar lippen naar haar handpalm en kuste hem.

'Vind je niet, Max?'

Papa zat met gebogen hoofd aan de andere kant van het bed.

'Ja, Luana. Mijn meisjes... de mooisten van Duitsland.' Hij vermande zich en kneep zijn handen samen.

'Hoe is het met mijn kleindochter Jane?'

'Goed.' Elsies stem stokte.

'Sterk en gezond?'

Elsie knikte. 'Ze eet zich een ongeluk aan Lebkuchen.'

Mutti liet een tevreden 'mmm' horen en zei: 'Het spijt me dat je haar en Albert voor mij hebt moeten achterlaten.'

'Dat is geen probleem. Ik wilde graag komen. Al ook, maar we waren bang dat...' Ze beet op haar lip en keek naar Papa.

Hij kuchte en ging staan, hij was zo veel kleiner dan in haar herinnering. 'Ik zal wat soep halen. Lillian help me even als je wilt.'

Lillian gehoorzaamde en liep met hem mee.

Nu ze alleen waren, streek ze over Elsies haar. 'Ik vind het mooi, zo steil,' zei ze. Het doet me denken aan toen jij en Hazel jong waren en ik jullie haren kamde voor het slapengaan, weet je nog?'

'Ik moet het föhnen om het zo te krijgen,' snotterde Elsie. 'Anders gaat het golven en krullen. Hazel had van dat fijne haar, steil en zacht als zijde.'

'Jij hebt je vaders haar. Als het 's ochtends besluit om rechtop te staan, dan krijg je het de rest van de dag niet meer plat. Levenskracht.' Ze grinnikte. 'Hazel had mijn haar, en moet je nu zien,' ze raakte zachtjes haar slaap aan, 'slap en levenloos. Het enige wat ik kan doen is het achteroverkammen en de kale plekken bedekken.'

Ze ademde met korte stootjes, ook al probeerde ze het gelijkmatig te doen.

'Dat was niet grappig, ik weet het, ik weet het,' zei Mutti geruststellend en ze deed de lakens een beetje opzij. 'Kom even naast me liggen.'

Elsie deed haar bijpassende blauwe pumps uit en ging als een lepeltje tegen Mutti aan liggen. Haar lichaam was hoekig, zo dun als een riet en kouder dan het zou moeten zijn onder het wollen dekbed. Elsie drukte zich tegen Mutti aan en wreef met haar kousenvoeten tegen haar blote voeten.

'Ik heb mijn meisjes gemist,' fluisterde Mutti en kuste Elsie op haar hoofd.

Elsie telde iedere hartslag tegen haar borst en bad voor de volgende, en de volgende, en de volgende. Ze kon haar verdriet niet langer binnenhouden.

'Het spijt me dat ik zo lang ben weggebleven,' zei Elsie.

'Stil maar, lieverd. Ik heb je nooit kwalijk genomen dat je deed wat je dacht dat juist en het beste was. Dat heb ik altijd in je bewonderd. Ik zou willen dat ik iets van jouw moed had. Dan was het misschien anders gelopen in ons gezin.'

'U bent de sterkste vrouw die ik ooit heb gekend.'

'Doch, kijk in de spiegel, dan zie je de sterkste Schmidt.' En dicht bij haar oor: 'En dat zijn je vaders woorden.'

Elsie gaf haar een dikke knuffel en wenste dat dit moment eeuwig zou duren.

'Voordat ik heenga,' zei Mutti, 'zijn er dingen die je moet weten.' Ze tilde Elsies kin omhoog zodat ze elkaar aankeken. 'Je vader houdt veel van je. Maak het goed met hem. Hij begrijpt dat hij het wat Albert en de oorlog betreft bij het verkeerde eind had. Zijn trots weerhield hem ervan het toe te geven, maar hij weet het.'

Het verdriet welde in Elsie op en stroomde naar buiten. 'Ik zat ook fout, Mutti. Ik heb gelogen omdat ik dacht dat ik je beschermde. Er was zo veel dat ik je had moeten vertellen... zo veel.'

'Het verleden is een donker en zwaar iets. Het zal ongemerkt onze geest verstikken, als we dat toelaten. Je moet er vrede mee sluiten en verder gaan met je leven. Beloof je dat?'

Elsie knikte.

'En verder...' Mutti nam een diepe teug adem. Elsie voelde haar ribben bewegen onder haar omhelzing. 'Je moet weten dat je zus Hazel dood is, net als haar zoon, Friedhelm.'

'Dat is zeker?'

'Van binnen wisten we dat al jaren, toch?' Haar bemoedigende glimlach was bedroefd. 'Ik heb contact gehouden met Ovidia. Tijdens haar zoektocht naar haar vermiste zoon stuitte ze op het geboorte- en overlijdensregister voor de Steinhöring-vrouwen van het Lebensborn-project.' Mutti ademde scherp in, duwde haar vingers op een onzichtbare lage pijn en ging verder. 'Hazels tweelingzoon. Hij stond als gehandicapt geregistreerd en als onderdeel van iets wat Operatie T4 heette.' Haar ogen knipperden snel. 'Een euthanasieprogramma van de nazi's. Was kennelijk heel normaal.'

Er ging een koude tocht door de kamer. Elsie wreef haar voeten tegen die van Mutti.

'In dat document stonden ook de overlijdensgegevens van de moeders van het project.'

Het lamplicht werd zwakker. Een golf van regen sloeg tegen het dak. Door de vloer klonken mannenstemmen van beneden.

'Hoe?' vroeg Elsie.

'Zelfmoord,' fluisterde Mutti.

'Ach Hazel.' Elsie kneep haar ogen stijf dicht.

'Ik heb het je vader nooit verteld. We dragen ieder onze schatkist met geheimen met ons mee. Sommige kunnen maar het best mee het graf in. Zij brengen de levenden niets goeds.' Ze greep

Elsies hand. 'Op ons familiegraf op de begraafplaats van St.-Sebastiaan staat een kale grafsteen. Wil jij er voor zorgen dat Hazels naam erin wordt gegraveerd?'

Elsie knikte.

'Ik zal haar spoedig zien. Dat is mijn troost. God is rechtvaardig en genadig in alles.'

Elsie bad dat Mutti gelijk had. Er was zo veel waar ze gerechtigheid voor wilde en zo veel waar ze genade voor wilde.

'Het laatste is een geheim waarvan ik tot mijn schaamte moet zeggen dat ik het heb bewaard, ook al was het niet mijn geheim.'

Ze hadden allebei hun geheimen, sommige gedeeld, andere niet, maar Elsie kon niet bedenken welk geheim Mutti nu moest bekennen.

'Voel eens onder het bed,' instrueerde Mutti.

Elsie deed wat haar gezegd werd tot ze een pakje samengebonden papier voelde, bladderend van ouderdom. Ze hield ze tegen het licht en herkende haar eigen handschrift.

'Mijn brieven aan jou?'

'De laatste twee niet,' zei Mutti.

Elsie draaide het stapeltje om en haalde de twee onderste blaadjes uit de verzameling; het briefpapier was dun en brozer dan de rest. Ze opende het voorzichtig en las eindelijk de woorden van Frau Rattelmüller:

> Elsie, ik hoorde dat de Gestapo bij jou thuis was, dus ben ik zelf gaan kijken. Het was Gods voorzienigheid, want ik was bij de bakkerij toen de soldaten met Tobias naar buiten kwamen. Toen hij mij zag, slaakte de jongen een kreet, zo krachtig als de aartsengel Gabriel. In de verwarring van de storm en de paniek in de straten kon ik hem snel onopgemerkt naar mijn huis brengen. Hij is hier nu. Ik heb mijn koffers gepakt en zal tegen het vallen van de avond samen met hem vertrekken en met allen die de stad ontvluchten. Ik denk dat hij wel kan doorgaan voor een zoon van Duitsland, op weg naar de Zwitserse grens. Ik ga het wel redden, met mijn oude botten. Ik heb beloofd te doen wat ik kan om je te helpen. Die belofte kom ik nu na. Voordat we vertrekken wilde ik je laten weten dat de jongen in veilige handen is. Maak je geen zorgen.

Ik zal hem met mijn leven beschermen. Ik hoop dat deze brief je bereikt zonder dat het gevolgen heeft. Ik leg hem bij je achterdeur en bid dat jij de eerste bent die over de drempel gaat. Moge God jou en je familie zegenen en beschermen, lieve Elsie. Ik probeer weer contact met je op te nemen als alles veilig is.

Frau R.

VAN: PLATTENSTRASSE 30
ZÜRICH, ZWITSERLAND
POSTSTEMPEL: 25 JUNI 1945

Elsie, ik hoop dat deze brief goed bij jou terechtkomt. Tobias en ik zitten bij goede vrienden in Zürich. Het nieuws van de invasie van de geallieerden in Garmisch is bitterzoet. Hoewel wij Duits zijn is ons vaderland niet langer een uitnodigende plek voor ons. De Joodse gezinnen die een jaar lang bij me waren ondergedoken – de families Mailer en Zuckermann – zijn bijna hun hele familie kwijtgeraakt in de loop van die ellendige jaren. Dankzij jouw verlovingsring waren we in staat de ss-bewakers om te kopen en Nanette Mailer en haar vriend en Tabita, het nichtje van Zuckermann, Dachau uit te smokkelen voor de mars. Cecile, het zusje van Tobias is half januari helaas bezweken onder de zware omstandigheden in het kamp. Ik heb hem het nieuws verteld en ben zeer bedroefd dat we haar en zo vele anderen niet hebben kunnen helpen.
De families Mailer en Zuckermann hebben besloten Europa te verlaten. De Mailers gaan naar Israël. De familie Zuckermann naar de Verenigde Staten van Amerika. Ikzelf ben te oud om zo'n uitgebreide pelgrimstocht te ondernemen. In plaats daarvan ga ik naar mijn schoonzuster in Luzern, en ik heb Tobias aangeboden daar ook te komen wonen met mij, mocht hij dat verkiezen. Hij heeft echter een sterke affiniteit met de familie Zuckermann ontwikkeld. Tobias is een grote troost voor hen, nu ze hun negenjarige zoon in het concentratiekamp Dachau hebben verloren. Ze hebben hem gevraagd mee te gaan naar hun familie in Amerika. Het voorstel

bracht een glimlach op zijn gezicht – de eerste die ik heb gezien sinds het nieuws over de dood van Cecile –, dus ik bid dat het een teken is dat hij het zal accepteren. Ik denk dat hij gelukkig zal zijn bij de familie Zuckermann. Zij behoren tot de meest hoogstaande mensen die ik heb mogen leren kennen. Zij zullen altijd van Tobias houden en voor hem zorgen. Hij is nog zo jong met een heel leven voor zich. Ik hoop dat je troost vindt in deze wetenschap.
Tobias en ik zullen tot de tweede week van juli op dit adres zijn, daarna vertrekken we allemaal uit Zürich. Hij verheugt zich van je te horen en je te schrijven, maar tot we zeker weten dat je deze brieven ontvangt, is het veiliger dat ik de correspondentie doe. Ik bid elke dag voor je veiligheid en de veiligheid van je familie.

Frau R.

Elsie schoot vol en haar tranen bleven stromen. Tobias leefde! Ze had hem toch gered. Ze nam de woorden in zich op als een uitgehongerde krijgsgevangene en drukte ze zo dicht tegen zich aan dat er roze lippenstift op het tere papier kwam. Tobias zat in Amerika, net als zij. Misschien was ze hem wel voorbijgelopen in de supermarkt zonder het ooit te hebben geweten. Zuckermann? Had ze die naam wel eens gehoord, de afgelopen jaren? Ook al was dat niet het geval, ze was zo blij dat ze bijna van het bed af zweefde.

Maar Mutti's blik was nog somber en droevig. 'Het spijt me dat ik ze voor je heb achtergehouden.' Ze klemde haar handen in elkaar. Haar trouwring bewoog aan haar vinger. 'Ik was bang. Ik vond de eerste brief bij de achterdeur die avond dat de Gestapo...' Ze slikte. 'Ik wilde niet dat ze terugkwamen om je weer pijn te doen. Ik wilde ook niet dat ze Frau Rattelmüller wat aandeden. Toen de tweede brief kwam en de Amerikanen hier waren, vreesde ik nog steeds voor ons. Ik kon de enige dochter die ik nog had niet op het spel zetten.' Ze legde haar fragiele hand op Elsies wang. 'Ik heb de brieven verstopt en gebeden dat Frau Rattelmüller niet meer zou schrijven. Het leek me het beste als we die moeilijke jaren zouden vergeten. Wat je ook deed, waar je ook in betrokken was geraakt, ik wilde het niet weten.' Haar vingers waren klam geworden tegen Elsies huid. 'Ik wilde gewoon verder. En jij bent verder gegaan, al was het niet zoals Papa en ik het ons hadden voorgesteld.’ Haar voorhoofd glinsterde van het koortszweet. ‘Hij was zo boos op je, dat je met een Amerikaan was getrouwd. Ik wilde niet nog meer strijd in huis halen door de brieven te laten zien. Dus hield ik ze verstopt en verhuisde jij naar Amerika. En ieder jaar leken ze minder belangrijk, minder relevant voor ons.’ Haar hand viel op het bed. ‘Maar ik had ongelijk. Het was verkeerd om ze je niet te laten zien, om bang te zijn voor wat erin stond. Ik had trots moeten zijn.’ Ze draaide zich om. Haar gezichtsuitdrukking was sterker en doortastender dan toen Elsie net was aangekomen. ‘Ik ben ook trots: op alles wat je hebt gedaan om dat Joodse kind te helpen. Ik ben trots op alles wat je hebt gedaan in je leven,’ zei ze. Haar lichaam trok in een stuip door de kracht van wat ze zei.

Er klonken voetstappen op de trap; er viel een streep licht over de slaapkamervloer gevolgd door het pittige aroma van ui en karwijzaad.

‘*Schwarzbrotsuppe*,’ zei Papa. Hij en Lillian droegen ieder twee kommen.

Mutti kneep in Elsies handen die nog steeds om de bundel brieven zaten geklemd. ‘Die zijn van jou en dat zijn ze altijd geweest,’ fluisterde ze.

‘Broodsoep verwarmt de ziel,’ zei Lillian. ‘Dat zegt u toch altijd, opa?’

Mutti streek haar hand over zijn arm. ‘Mijn Max. Een vrouw had zich geen betere man kunnen wensen. Dank je.’

Papa kuchte twee keer, maar zijn stem liet hem in de steek.

‘Eet, Elsie, beval ze. ‘Je hebt een lange reis achter de rug en ik wil alles horen over Jane en Albert en je bakkerij. Het is toch niet te geloven, Max? Onze dochter is bakker en zakenvrouw. Die meiden van tegenwoordig.’ Ze lachte naar Elsie en knipoogde naar Lillian. ‘De wereld houdt zo veel belofte voor ze in.’

Papa bekeek ze alle drie; zijn borst zwol op van instemming.

Ze zaten samen rond het bed, met lepels die rinkelden in hun soepkommen, te lachen en te luisteren naar Elsies verhalen van thuis. Maar terwijl zij hun magen warm aten, at Mutti niets. Haar soep stond koud te worden op het nachtkastje.

# *Achtenveertig*

SUNSET BEGRAFENISSEN
9400 NORTH LOOP
EL PASO, TEXAS
11 MEI 2008

Het was druk in de rouwkamer en klam van te veel lichamen die tegen elkaar aangedrukt stonden. Middenin stond een urn met de as van Elsie, en daarnaast een sierlijke gouden gedenkplaat met de inscriptie: TER NAGEDACHTENIS AAN ELSIE SCHMIDT MERIWETHER, GELIEFDE VROUW EN MOEDER, GOEDE VRIENDIN EN BAKKER. 30 JANUARI 1928 – 7 MEI 2008. De eenvoud van de urn en de weelderigheid van de gedenkplaat contrasteerden. Reba nam aan dat de begrafenisonderneming voor de laatste had gezorgd. Hij paste bij de gordijnen van gouddraad en het tapijt van goudbrokaat.

Reba had de eerste vlucht uit San Francisco naar El Paso genomen, maar het had weinig uitgemaakt. Tegen de tijd dat ze de Franklin Mountains uit het vliegtuigraam zag, was Elsie overleden.

Terwijl Jane de crematie en de uitvaart regelde, schreef Reba het overlijdensbericht en stuurde het naar alle kranten in Texas. Ze wist dat het alleen maar in de lokale kranten hoefde, maar op de een of andere manier leek dat niet voldoende; bovendien had ze dan iets te doen, in tegenstelling tot nu. Ze liep heen en weer tussen de gedenkmuur en de urn, botste tegen ellebogen en heupen en had vreemde gesprekken met onbekenden.

Toen ze Riki op de bordeauxrode bank van de begrafenisonderneming zag zitten, liep ze regelrecht op hem af.

‘Gaat het een beetje?’ vroeg hij.

Ze plofte neer in de kussens. ‘Zo veel mensen. Ik ken helemaal niemand.’ Er stond een kom met boterbabbelaars op de bijzettafel.

Ze boog zich over Riki om er een te pakken en ademde een vleug van zijn kruidige aftershave in. Haar hart sprong op. Ze miste alles aan hem.

Hij speurde de menigte af. 'Zijn al die mensen klanten?'

'Misschien.' Ze pelde een amberkleurig snoepje uit zijn wikkel en stopte hem in haar mond. 'Best mooi om te bedenken dat iets zo eenvoudig als brood zo veel voor mensen kan betekenen.'

Een vlasblonde vrouw kwam naar ze toe en gebaarde naar de bank. 'Hallo, mag ik erbij komen zitten?'

'Natuurlijk,' zei Reba. Het snoepje danste op haar tong.

De vrouw haalde een programma uit haar tas. De begrafenisonderneming had er genereus tien in het Duits laten drukken en de rest in het Engels. Ze las de Duitse.

'Hoe kende u Elsie?' vroeg Riki langs zijn neus weg.

'Ik ben haar nicht, Lillian.'

'Haar nicht?' Reba kauwde het snoepje stuk en slikte de scherpe stukjes door. 'Ik heb altijd gedacht dat Elsie enig kind was.'

'Nee,' zei Lillian. 'Mijn *Mutter* – Elsies zus, Hazel – is in de oorlog in Duitsland omgekomen. Tante Elsie was op een bepaalde manier de moeder die ik nooit heb gehad.'

'Bent u helemaal uit Duitsland gekomen?' vroeg Riki.

'Nee, Vietsjita.'

'Wichita, Kansas?' vroeg Reba.

Ze lachte. 'Ja, een Duitse Fräulein in het hart van Amerika. Ik ben naar de VS verhuisd om aan de universiteit te studeren en heb mijn man ontmoet toen ik aan mijn proefschrift over het Lebensborn-programma werkte. Hij geeft Duitse geschiedenis. Ik ben dankzij tante Elsie naar Amerika gekomen. Mijn opa is negen maanden na mijn oma overleden. Onze familiebakkerij was nagelaten aan Elsie, maar zij heeft me gevraagd hem aan onze hoofdbakker te verkopen en het geld te gebruiken voor een opleiding. Zonder haar generositeit was het niet mogelijk geweest. Dan had ik mijn man niet ontmoet en mijn kinderen niet gehad. Dankzij haar ben ik wie ik ben.'

'Ik begrijp het,' zei Reba.

Er kwam een oudere man met zijn vrouw binnen. Ze keken de kamer rond en lieten hun blik op Lillian rusten.

'Neem me niet kwalijk, ik zoek Miss Meriwether, de dochter van Elsie. Bent u dat misschien?' vroeg de man.

'Nee, helaas niet,' zei Lillian.

'Dit is haar nicht,' verklaarde Reba.

'Ze lijkt sprekend op haar.'

Midden in de menigte dobberde het hoofd van Jane. 'Dat is Elsies dochter.' Reba wees haar aan en het stel liep erheen.

Lillian glimlachte. 'Ik kan geen mooier compliment krijgen dan dit.' Ze stond op. 'Wilt u me alstublieft excuseren? Ik ga even naar de gedenkplaat.'

'Natuurlijk,' zei Reba. 'Het was leuk je te ontmoeten. Ik beschouw Elsie en Jane als mijn familie, dus daar hoor jij dan ook bij. Ik hoop dat we elkaar weer zien.'

Lillian knikte erkentelijk en ging. Weer alleen nu, leunde Reba tegen Riki's schouder en bekeek de menigte. Mensen lachten en glimlachten, vertelden verhalen over Elsie en herinnerden zich haar als meer dan een vriendin, als familie.

'De enige begrafenis waar ik ook ben geweest is die van mijn vader. Dat was heel anders. Het was alsof je in een brandend huis in de kast zat opgesloten. Niet zoals dit.' Ze haalde haar schouders op. 'Dit voelt... prettig.'

Riki nam haar hand in de zijne. 'Ze had dit leuk gevonden, zo. Zij maakte het leven leuker voor mensen.'

Reba knikte en maakte het kettinkje om haar hals los. 'Een tijdje geleden heeft Elsie tegen me gezegd dat ik je ring of moest dragen of hem teruggeven.' Ze betastte de gouden ring.

Riki fronste en stak zijn hand uit, maar Reba hield de ring stevig vast.

'Ze had me vanaf het begin door. Ze keek dwars door mijn praatjes heen.' Ze kreeg een brok in haar keel. Ze liet haar kin op haar borst zakken. 'Ik heb zo veel fouten gemaakt, Riki. Ik weet niet of je ze me ooit kunt vergeven, maar ik hoop van wel.' Ze moest het er nu uit gooien, nu ze de moed had. 'San Francisco was vreselijk. Ik was zo eenzaam, en toen was er die vent. Een hele stomme vent.' Ze schudde haar hoofd. 'Maar ik ga niet meer terug. Ik weet nu echt wat ik wil. Ik zie mezelf helderder dan ooit.'

Jane onderbrak ze door te fluiten. 'Luister, mensen! Mam zou het niet kunnen hebben als iedereen staat te huilen en te snikken om haar graf. Dus ik wil jullie allemaal uitnodigen mee te gaan naar de bakkerij. Dan kunnen we mams leven vieren zoals het hoort: met een hap eten!' Ze lachte, droogde haar tranen en pakte Elsies urn.

Het duurde niet lang voor de ruimte leeg was, op Reba en Riki na.

'Ik weet dat het veel gevraagd is, maar ik zou het graag nog een kans geven.' Reba beet op haar lip en bleef de ring maar ronddraaien. 'Driemaal is scheepsrecht?'

Riki pakte langzaam de ring uit haar handen. 'Ik heb ontslag genomen.' Hij deed zijn hand om de hare. 'Alles was fout.'

Reba probeerde adem te halen, maar haar longen zaten dichtgeknepen. Ze wist dat de mogelijkheid bestond dat hij haar niet zou vergeven, dat hij door was gegaan met zijn leven. 'Fout,' herhaalde ze. Ze spande haar onderarmen. Ze wist niet wat ze zou doen als hij haar afwees.

'Ik zie mijn leven nu ook helderder, en ik wil iets anders. Iets wat goed is.' Hij kneep in haar hand.

'Oké, dus...' ze liep van top tot teen rood aan, 'wat voelt goed? Ik begrijp dat wat ik je over San Francisco vertelde waarschijnlijk een schok voor je is. Maar ik ben verliefd op je en ik wil de rest van mijn leven bij je blijven, als jij dat ook wilt. Nog steeds. Maar als dat niet goed...' ze slikte, '... voor je voelt, dan...' Haar stem ging omhoog, en ze moest stoppen voordat ze zichzelf aan het huilen maakte.

Zijn frons verzachtte. 'Ik zei niet dat *jij* niet goed voor me was. Ik zei dat mijn baan niet goed voor me was.'

'O,' zei ze en ze besefte dat ze haar hand had teruggetrokken en in haar handen zat te wrijven. Ze legde ze op haar schoot. 'Sorry, ik lig helemaal overhoop.'

'We hebben allebei dingen gedaan waar we niet trots op zijn, Reba. Jij zegt dat je grote fouten hebt gemaakt? Nou, ik ook. Door mij hebben mensen pijn geleden. Het is moeilijk voor me om daarmee te leven.'

Dat begreep ze. Haar vader droeg een soortgelijke last. Alleen zou ze deze keer niet aan de zijlijn blijven staan en doen alsof het niet bestond. Ze konden samen vergeving vinden, en die gedachte deed haar hart opbloeien.

'Wil je nog steeds met me trouwen? Want ik wil nog steeds met jou trouwen,' zei ze vastberaden.

Hij bekeek haar gezicht, streek een golvende lok achter haar oor glad en deed de ring om haar vinger. 'Als je een werkeloze *chicano* wilt.'

De breuklijn in haar hart transformeerde en zij stortte zich voorover op zijn borst en begroef haar gezicht in zijn nek en zijn vertrouwde geur. 'Ja,' fluisterde ze en trok zichzelf dichter tegen hem aan. 'Voor honderd procent, ja.'

Riki duwde haar teder naar achteren zodat ze elkaar direct aankeken. 'We hebben een lange weg te gaan. Wij allebei.'

Reba knikte. 'Jij zegt het.'

Hij graaide in zijn broekzak en haalde een versleten koperen munt tevoorschijn.

'Die kreeg ik van een jongetje dat Victor heet. Hij kwam uit een familie die we in hechtenis hadden en vervolgens naar Juárez gedeporteerd hebben.' Hij ging met zijn duim over het oppervlak. 'Ze hebben hem doodgeschoten – *wij* hebben hem doodgeschoten. Hij is dood omdat hij op het verkeerde moment op de verkeerde plaats was. Hij is dood omdat niemand iets heeft gedaan om hem te redden toen hij verdronk in geweld. *Ik* heb niets gedaan, behalve tegenstribbelen in de stroom.'

Toen vertelde Riki haar het verhaal, zoals hij het zag. Het verhaal dat de rest van de wereld niet kende of niet wilde kennen, of misschien een beetje van allebei. Reba vlocht haar vingers in die van hem. De witte diamant aan haar hand brak het licht tot een perfecte regenboog op de muur.

# *Negenenveertig*

ST. SEBASTIAN KAPEL
BEGRAAFPLAATS
GARMISCH, DUITSLAND
6 NOVEMBER 1967

Dode bladeren lagen als een omberkleurige lappendeken over de begraafplaats. Kort onderbroken door spadesteken met daarbovenuit het gehuil van rouwende mensen, keerden de slapende huurders spoedig weer tot rust, was het terrein weer opnieuw stil en verlaten, klonk de verse aardhoop langzaam in, centimeter na centimeter, uur na uur, terwijl de levenden onverbiddelijk doorgingen, onverbiddelijk doorgaan.

Tijdens de begrafenis had Elsie Papa's hand in de hare genomen. Het eelt op hun handen van het deegrollen sloot perfect aan.

'Ik hou van je,' had ze gefluisterd.

Hij had haar met trillende arm dicht naar zich toegetrokken en haar slaap gekust. 'Mijn Elsie, vergeef me.'

Ze had alleen nog maar kracht gehad om te knikken en net zo lang te huilen tot de verspilde tijd en het berouw afbrokkelde onder het gewicht van zijn omhelzing.

'Ik breng opa wel naar huis,' had Lillian aangeboden toen de begrafenis voorbij was. 'Blijf jij maar zo lang als je wilt.'

En dat had Elsie gedaan; nog lang nadat de priester weer naar binnen was gegaan, met rauwe handen van de winterse wind.

De klok van de kapel sloeg vijf keer. De zon ging langzaam onder, en loste op in de afgetekende bergkam van het Zwarte Woud. In minder dan een uur zou het donker zijn en zou zij deze plek moeten verlaten. De nacht zou komen en weer gaan, en ze zou 's ochtends in het vliegtuig stappen, een halve wereld verder van hier vliegen, terug naar de lach van haar dochter en de kus van haar echtgenoot, en overmorgen zou weer volgen op morgen, en dit moment en alles wat daarbij hoort achter zich laten.

Dus ze bleef zo lang mogelijk, en las steeds weer opnieuw de granieten grafsteen in een poging het gevoel op te wekken zoals zij dacht dat het moest zijn, zodat het in haar geheugen gegrift stond. LUANA SCHMIDT, GELIEFDE VROUW EN MOEDER, 1897 – 1967. LUANA SCHMIDT, GELIEFDE VROUW EN MOEDER. LUANA SCHMIDT, GELIEFDE. LUANA SCHMIDT. LUANA. Mutti.

Het was een bescheiden grafschrift. Zoals Mutti het gewild had. Maar toch zo klein in vergelijking met het leven dat het loofde. In de lente zouden het gras en de wilde bloemen weer opnieuw tot bloei komen, zonder ooit het leven te kennen dat ze heeft gevoed. In de jaren die kwamen, zouden zij die komen en gaan nooit beseffen hoe diep de liefde was die onder hun voetstappen lag.

Helemaal rechts lag het graf van Peter Abend, er hing een slinger van hulstbessen rond de steen. O Peter, dacht Elsie, wat heb je veel gemist.

Naast die van Mutti stond de grafsteen van Hazel. Papa was zonder vragen of uitleg akkoord gegaan om haar naam te laten graveren, en Elsie was opgelucht. HAZEL SCHMIDT, LIEFHEBBENDE DOCHTER EN ZUSTER. Elsie had de data weggelaten, niet zeker wat ze erop moest zetten en niet van plan nog meer aan Papa's pijn toe te voegen.

Elsie balde haar gehandschoende vuisten. De dood zou niet zo onopvallend moeten zijn, dacht ze. Mutti, Hazel, Friedhelm, Peter, de geborenen en de ongeborenen. Zij waren bemind geweest en verdienden meer. Niet in werelds steen, marmer of edelsteen, maar in herinnering en viering; zij verdienden het dat de hemelen even openden voor alles wat geweest was en weer verdwenen.

Een vink vloog op uit een nabije boom en zong tjiep, tjiep, tjiep in zijn vlucht. 'Rechtvaardig en genadig', had Mutti over God gezegd. De vogel steeg hoog, zijn lied verging in de wind.

De schemering gaf een amberkleurige gloed. De schaduwen van de grafstenen strekten zich uit. Het was tijd. Elsie draaide zich om om te vertrekken en terwijl ze dat deed, viel haar een kleine grafsteen op. Hij stond los van de keurige familiale rijen van de begraafplaats. Haar ogen gingen over de naam, en ze hield stil.

JOSEF HUB. Geen opschrift. Geen data.

Elsie liep erheen, trok haar handschoenen uit, en volgde de letters met haar vingers: Josef. Ze zuchtte. Hij verdiende het ook herinnerd te worden. Zijn leven was net zo goed onderdeel van haar verhaal als dat van de anderen. Ze had geen bloem om voor hem achter te laten, dus trok ze het blauwe lint uit haar haar en bond die rond de grafsteen.

Ze probeerde zich Josef te herinneren zonder naziuniform, maar ze heeft de man daaronder nooit echt gekend – de geheime last die hij droeg. Dus ze deed een gebedje voor zijn ziel: dat hij vergiffenis en liefde mocht vinden. Ze moest geloven dat het mogelijk was, zelfs voor de doden.

# *Vijftig*

PANTEÓN SAN RAFAEL
BEGRAAFPLAATS
CIUDAD JUÁREZ, MEXICO
2 NOVEMBER 2008

Reba hield haar hoed vast terwijl ze door de asgrauwe straten naar de begraafplaats Panteón San Rafael hobbelden. Ze droeg zijn Stetson, versierd met de roodste geraniums die ze in de winkel kon vinden. Het was Día de Los Muertos.

De ochtendnevel hing over de krakkemikkige gebouwen, het rook naar zwavel en het uitsmelten van koper door het kopermijnconcern ASARCO aan de VS-kant. In de voortuin van een door storm geteisterd adobehuisje lag een hoopje afval te branden; kleine chihuahuas renden rond het vuurtje, opgehitst door kinderen in pyjama. Langs de horizon wervelden rookpluimen van grijze as omhoog uit de huisjes die aan de zandachtige berghelling kleefden.

'Zijn die vuurtjes voor Día de Los Muertos?' vroeg Reba.

Riki boog zich naar voren en keek aandachtig naar de gevlekte hemel. 'Nope. De mensen van Juárez verbranden afval voor de warmte.'

Reba had er wel over gehoord, maar ze had het nog nooit gezien. De ochtend werd daardoor net zo apocalyptisch als de feestdag zelf.

Ze reden verder, voorbij de buurten, naar de zuidelijke buitenwijken van de stad waar de begraafplaats lag in lange parallelle percelen, rijen achter elkaar, als land dat is voorbewerkt om te zaaien. De looppaden tussen de grafzuilen waren al druk bezet met familieleden die de overdaad aan witte kruizen, altaars met kaarsen, voedsel en bloemen verzorgden. De oogst van graven liep ver door in de rotsachtige woestijn.

'Wat veel,' fluisterde Reba.

'Ze komen hun geliefden eren, het verleden gedenken,' zei Riki.

Maar Reba bedoelde niet de levenden; ze bedoelde de doden. Panteón San Rafael ging open in 1995. In vergelijking met de meeste begraafplaatsen nog gloednieuw. Toch lagen er al tienduizenden begraven in de heilige grond.

Riki voerde haar mee door het labyrint van rouwdragers en tombes, langs oude vrouwen in gebed voor *retablos* van de maagd Maria, jongere vrouwen die slaapliedjes zongen, mannen die namen graveerden in schedels van suikergoed en kinderen die goudsbloemen langs de omtrek van begraven kisten schikten. Ze baanden zich een weg verder de begraafplaats in, voorbij de verse graven, naar waar de heuvels al duidelijk waren ingeklonken, hun bewoners weer terug in de aarde geplant.

Riki bleef staan aan de voet van een onopgesmukte grafsteen: BETO CHAVEZ, 1933 – 1998. NATALIA CHAVEZ, 1936 – 1998. VOOR EEUWIG TROUW EN TOEGEWIJD. Zijn ouders. Reba legde haar arm om zijn middel, niet voor haarzelf, maar om hem te troosten.

Ze had ermee ingestemd om mee te gaan, maar was onzeker over wat ze kon verwachten. Nu ze daar stond, was ze verrast door de genegenheid die ze voelde voor mensen die ze nooit had gekend. Ze dacht aan het grote zwartmarmeren graf van haar vader, glanzend en omineus, midden in de keurig verzorgde doopsgezinde begraafplaats van Richmond. Ze had het verschrikkelijk gevonden – was er bang voor geweest – die zee van mistroostige familie en vrienden die waren samengekomen om hem in een donker gat te zien zakken. Maar hier was het heel anders. De zandstenen gedenktekens waren fris gewit; de zon omgaf alles met een halo; bloemen en versieringen transformeerden de catacomben in kleurrijke uitbarstingen van uitgelatenheid.

Riki vouwde een regenboogkleurige wollen rebozo open en legde die over het graf. Toen pakte hij een zakdoek uit zijn achterzak en poetste het zand van de gegraveerde steen.

'Mam, Pap,' fluisterde hij, 'dit is Reba.' Hij keek omhoog naar haar.

Reba knielde op de sjaal en haalde een madonnakaars met gebrandschilderd glasmotief en een doos met zelfgebakken churros uit haar tas – Janes eigen recept, gebaseerd op Elsies kreppels.

'Aangenaam kennis te maken,' zei Reba. 'Ik ben niet zo'n goede bakker, maar ik heb het beste proberen te maken van het beste dat ik ken.' Ze zette de doos op de grafsteen en haalde het deksel eraf; de zoete geur van kaneel en gebakken deeg steeg op. 'Riki zei dat dit uw lievelingshapje was.'

Hij glimlachte en trok haar naar zich toe. Ze bleven nog ruim een uur zitten, alsof ze aan het picknicken waren; Riki vertelde over zijn ouders, zijn jeugd, zijn verleden. Terwijl de zon verder opkwam, kwamen er steeds meer mensen, met bloemenkransen en gitaren, picknickmanden en gelach, en de begraafplaats bloeide nog meer op met zang en kruidige geuren. Reba vond het een van de mooiste gebeurtenissen die ze ooit had meegemaakt, een viering van de dood, een viering van het leven. Ze vroeg zich af of de engelen inderdaad hun vleugels over hen allen hadden uitgespreid. Dat vond ze een prettige gedachte.

Om half één pakten ze hun spullen op, maar lieten hun offerandes en twee geraniumtrossen uit Reba's hoed achter. Op de terugweg naar de geparkeerde auto bleef Riki plotseling staan voor een graf dat versierd was met een deken van goudsbloemen en kinderspeelgoed: een versleten voetbal, een plastic vliegtuigje, een speelgoedtijger met pluizige strepen. De dag ervoor was Día de los Inocentes, de herdenkingsdag voor gestorven kinderen. Riki liet Reba's hand los. Op het witte kruis stond in blokletters: VICTOR GARCIA.

De Victor van Riki, dacht Reba, en ze greep Riki's hand stevig vast. Ze wilde dat hij wist dat ze bij hem was, in voor- en tegenspoed, in vreugde en verdriet.

Jane opende de bakkerij van twee tot vijf, ook al was het zondag, zodat de klanten het altaar voor Elsie konden bekijken. Riki en Reba klopten om kwart voor twee op de glazen deur.

Jane opende de deur met een uitnodigende lach en een klingelende deurbel. 'Mam zou hier zo blij mee zijn geweest!' Ze gebaarde naar Reba's roodgebloemde hoed en ging ze voor naar binnen. 'Ik kan niet zeggen dat Sergio en ik ons ook zo mooi hebben opgedoft, maar we hebben ons steentje bijgedragen.'

Naast de kassa stond een grote bakplaat vol koffiebroodjes, waar twee gekruiste botten van glazuur op waren aangebracht.

'We hebben de hele nacht staan bakken.' Ze pakte er een en gaf hem aan Riki. 'Jij bent de deskundige. Zeg eerlijk. Zijn ze te pruimen?'

Riki nam de pan de muerto aan en bekeek hem van alle kanten. 'Ze lijken in ieder geval wel op die van ma.' Hij nam een hap. 'Smaakt net zo,' mummelde hij.

Reba gaf hem een knipoog en streek over zijn rug. Het was onverwacht dat ze op de Panteón San Rafael tegen het graf van Viktor waren aangelopen. Riki had haar toevertrouwd dat hij hoopte ooit iets te kunnen doen voor de familie Garcia. Niet dat hij iets kon veranderen, maar misschien konden zij door de erkenning van hun pijn en verlies wat verlichting vinden. Daar was Reba het mee eens. Zij had geleerd dat het verleden een onduidelijk mozaïek van goed en slecht was. Je moest jouw aandeel in ieder stukje herkennen en dat onthouden. Als je probeerde te vergeten, weg te lopen van je angsten, je berouw en overtredingen, zouden ze je uiteindelijk achterna komen en je leven wegvreten, zoals Papa's wolf dat van hem had gedaan. Reba was niet haar vader. Zij was sterker, en ze had mensen ontmoet die haar hadden laten zien hoe je moest vergeven en vergeven worden. Ze was blij dat ze aan Riki's zijde had kunnen staan bij het graf van Victor. Hij zou voor haar hetzelfde hebben gedaan.

'Mooi!' Jane klapte in haar handen. 'Daar deed ik het voor.'

Voor de gebakvitrine stond een cafétafeltje dat provisorisch was omgetoverd tot een altaar. In het midden stond een foto van Elsie en Jane in haar tienerjaren, met gezichten die op een vreemde manier gelijkenis vertoonden met de zwart-witfoto aan de muur. Daarnaast stond een foto van dokter Albert Meriwether, in zijn gala-uniform. Eromheen lagen schedels van suikergoed, kaarsen, een witte roos, een pakje brieven, samengebonden met opbindtouw, een edelweissspeld, een cowboycartoon, een verweerd boek, en twee Lebkuchenharten.

'Dat is een hele tafel vol,' zei Reba.

'Het zijn al haar lievelingsdingen,' Jane ging met haar vingers over de houten lijst van Al. ‘En die van mijn vader, natuurlijk, en nog wat dingetjes die ik in een oud blik in mama’s toilettafel heb gevonden. Deze speld, een getekende advertentie voor gebakken bonen en brieven – de meeste van mijn grootmoeder en Lillian, maar er zitten ook andere tussen.’

Reba knikte. ‘Die Lebkuchen behoeven geen uitleg. Specialiteit van het huis.’

‘Mam zou terugkeren uit de dood en mijn haren uit mijn hoofd trekken als er geen peperkoek bij zou liggen,’ glimlachte Jane.

‘En dit?’ Ze pakte het boek op, en kon vaag de versleten titel op het kaftloze boek onderscheiden. ‘*A Boy’s Will.* Frost? Dat heb ik op de middelbare school gelezen.’

‘Ik kreeg het van Lillian op de begrafenis. Ze zei dat ene Tobias Zuckermann het naar Elsie in de Schmidt bakkerij in Garmisch had gestuurd. Mam was daar natuurlijk niet. De nieuwe eigenaar heeft het toen doorgestuurd naar het enige adres dat hij kende: Lillian in Wichita. Ze was van plan het hiernaartoe te sturen, maar mam was overleden voordat ze de kans had. Ze heeft het naar de begrafenis meegenomen,’ verklaarde Jane. ‘Maar nu komt het: hij had ook een brief aan mam geschreven. Hij was een Jood die in de Tweede Wereldoorlog in Dachau had gezeten. Kennelijk had Mam hem met een van haar buren gered van de Gestapo. Mam had hem achter de muur van haar slaapkamer verstopt, en op de een of andere manier hebben ze hem uit Duitsland kunnen smokkelen. Onvoorstelbaar. Mam heeft er nooit een woord over gezegd.’ Jane schudde haar hoofd. ‘Ik denk dat ze deze dichtbundel aan hem voorlas. Hij heeft zijn lievelingsgedichten aangekruist.’

Reba opende het boek bij een omgevouwen hoekje, ‘De proeftijd van het leven’:

*Ook de dapperste die wordt gedood*
*Verbergt zijn stomme verbazing niet*
*Als hij, ontwaakt, de moed even groot*
*In’t paradijs als op aarde ziet.*

Ze wiegde het gehavende boek en voelde hoe het gewicht van tijd, hoop en angst zwaar op de bladzijden drukte.

'Tobias schreef dat hij naar Californië was geëmigreerd, was getrouwd en een stel kinderen had. Hij heeft zelfs een van zijn dochters naar mama vernoemd. Het klinkt wel goed allemaal in de brief.' Ze wees naar het bundeltje brieven dat met koord bijeen werd gehouden. 'Ik dacht dat ze vandaag vast wel haar post zou willen lezen.' Ze knipoogde.

'Ongelooflijk.' Reba bekeek het bundeltje, razend van nieuwsgierigheid.

'Je mag ze straks wel lezen, als je wilt,' zei Jane. 'Dat zou mam niet erg hebben gevonden. Ik denk dat het veel zegt over het soort vrouw dat ze was, toen en nu. Ze brak met tradities.'

'Dat deed ze zeker,' zei Reba.

'Jane... Reba,' riep Sergio. 'Willen jullie iets drinken?'

'Ja, een feestdronk! Pak jij het plengoffer, dan pakken wij het eten.' Jane klepperde met een keukentang.

Riki gaf ze een brede grijns en liep achter Sergio aan de keuken in.

'Riki heeft een goede bui,' zei Jane. 'Zijn baan bij de Amerikaanse immigratiedienst is een goede afwisseling voor hem, hè?'

Reba knikte. Dat speelde zeker een rol. 'Het is goed werk. De zwager van Bert Mosley is daar plaatsvervangend directeur. Ze wilden Riki graag, met al zijn ervaring bij de grenspolitie, en hij was blij dat hij aan de andere kant kon werken: mensen verwelkomen in plaats van ze eruit te schoppen.' Ze ging met haar vingers langs de zachte randen van het boek in haar hand. 'Er is zo veel veranderd sinds een jaar. Soms kijk ik in de spiegel en dan kan ik nauwelijks geloven hoe goed ik het heb. Riki gaat eindelijk mijn familie ontmoeten op Thanksgiving!'

'Dat is waar ook, jullie gaan een tripje maken naar het oosten.' Jane pelde voorzichtig een plakkerig broodje van de bakplaat. 'Had de *Sun City* nog bezwaren? 'Je bent nu alweer, hoeveel is het... vijf maanden hier?' Ze legde het broodje met de gekruiste botten op een tinnen schotel.

'Dat is het voordeel van hoofdredacteur zijn. Ik ben niet bepaald een nieuweling. Het is een nieuwe hoed op een oud hoofd. Bovendien ben ik maar een week weg.' Reba haalde haar vinger door de uitgelopen suikerglazuur op de bakplaat, likte hem af en ging verder. ‘Langer wil ik niet wegblijven. Riki is allerlei reisplannen aan het maken, maar ik wil zo snel mogelijk weer terug zodat we lekker samen op de veranda kunnen zitten en gaan leven. *Echt* leven.’

‘Je klinkt meer als een nieuw hoofd onder een oude hoed, als je het mij vraagt.’ Jane klakte instemmend met haar tong. ‘Ik begrijp wat je bedoelt, meid. De wind blaast uit een andere hoek tegenwoordig. Ik merk bijna niets meer van de treinen en de vliegtuigen. Ik denk dat als je gelukkig bent op je plek, het gras aan de overkant niet meer zo groen is. Misschien is het dat nooit geweest.’ Ze haalde glimlachend haar schouders op. ‘Gaan jullie met de auto of met het vliegtuig?’

‘We maken er een tochtje van.’ Reba maakte een stuntelige tekening van de omtrek van de Verenigde Staten in het glazuur. ‘Omhoog via de pannensteel’ – ze liep met haar vingers over de bakplaat – ‘via Nashville door naar Virginia.’ Ze likte haar vinger schoon. ‘Het is te lang geleden en ik moet een paar dingen bespreken met mijn familie. Ik wil dat Riki daar bij is. Het is belangrijk dat hij de hele waarheid over mij kent.’ Ze schoof de plaat opzij voor Jane. ‘De laatste stopplaats is Virginia Beach. Riki heeft nog nooit de zee gezien.’

‘Dat zal hij geweldig vinden.’ Jane knipoogde. ‘Alle onderdelen.’ Ze legde het laatste broodje boven op de stapel en zette de schaal op een cafétafeltje waar een lap met doodskoppen omheen was gedrapeerd.

Sergio kwam terug met flessen Bitburger-pils. Riki kwam er meteen achteraan. Hij bleef even staan bij Elsies altaar en voelde in zijn broekzak tot hij het muntje van Victor vond. Hij legde het naast een rood-wit-blauwe doodskopje van suiker. Reba kwam bij hem staan.

‘Het ziet ernaar uit dat we er klaar voor zijn,’ zei Jane. Ze hief haar flesje. ‘Op jou, mam. En op iedereen die ons van boven gadeslaat.’

De vlammen van de altaarkaarsen dansten in golvende trillingen.

Reba nipte aan het pils dat rook naar vers deeg dat in de hitte van de oven rees.

# *Eenenvijftig*

124 EDEN VALLEY LANE
ESCONDIDO, CA
8 MEI 2007

Lieve Elsie,

Ik ben al jaren van plan je deze brief te schrijven. In eerste instantie heb ik dat niet gedaan uit bezorgdheid en vanwege de consequenties die het voor jou en je familie zou kunnen hebben. Nu moet ik toegeven dat ik inmiddels besef dat het meer uit eigenbelang was. Als ik aan die laatste dagen in Duitsland denk, brengt dat zeer levendige herinneringen naar boven. Soms word ik wakker in het donker met het idee dat ik nog steeds achter jouw slaapkamermuur verstopt zit, weer als klein jongetje. De pistoolschoten van de Gestapo achtervolgen me. Nu nog schrik ik als er een verjaardagsballon knapt, of van het geluid van een honkbal die geslagen wordt, een rotje – kinderlijke dingen die bedoeld zijn om plezier te maken, maar dan bevriest mijn hart in mijn borst en ben ik weer terug in Garmisch, biddend voor een wonder. En dan zie ik mijn kinderen met hun kinderen spelen, en mijn vrouw die glimlachend toekijkt, en dan weet ik dat God daarvoor heeft gezorgd. En dan bedoel ik niet alleen die lentedag in 1945. Nee, hij heeft ons hele leven over ons gewaakt. Naast die moeilijke herinneringen aan die jaren zijn er die aan jou, Elsie. Telkens als ik langs een patisserie loop ergens in een stad, of een café op een vliegveld, zelfs in mijn eigen keuken, warm van mijn dochters eigengebakken koekjes, moet ik even stilstaan en kan dan nauwelijks mijn tranen bedwingen. Niet van bedroefdheid, maar van vreugde en om dank te zeggen. Ik bid de *Birkat Hagomel* voor jou, mijn beschermengel. De eerste trouwe en

betrouwbare vriend op mijn pad naar verlossing. Jij was mijn eerste. Daarna kwam Frau Rattelmüller en toen de familie Zuckermann. Frau Rattelmüller is niet lang na aankomst in Luzern overleden, en ik heb nooit geweten of haar brieven goed bij je zijn aangekomen. In die laatste dagen van de oorlog is er zo veel verloren gegaan; van zowel de levenden als de doden. Nadat ik uit jouw bakkerij aan de Gestapo was ontsnapt, had Frau Rattelmüller me onder haar cape verborgen en zijn we door de achterstraatjes naar haar huis gerend, waar ze snel heeft gepakt, mij Brötchen heeft gevoerd, *Bundhosen* en een wollen reisjas heeft aangetrokken en me vertelde dat ik moest doorgaan voor een Arisch kind. We vertrokken meteen, achter op boerenwagens en liepen lange afstanden. We sliepen niet totdat we de Zwitserse grens bereikten waar haar vrienden ons begroetten met vervoer naar Zürich en het blijde nieuws van de capitulatie van Duitsland. De oorlog was voorbij, maar niemand van ons durfde terug te keren. We hebben twee maanden in Zwitserland doorgebracht.
In juli 1945, toen de familie Zuckermann ervoor koos om naar de Verenigde Staten te reizen, ben ik met ze meegegaan. Een Joods gezin dat vele moeilijke jaren op de zolder van Frau Rattelmüller ondergedoken had gezeten, had hun zoon Johan in concentratiekamp Dachau verloren, waar ook mijn eigen ouders en zus, Cecile, zijn omgekomen. Op mijn zevende dacht ik dat mijn leven tot een einde was gekomen, maar nu weet ik dat het toen pas echt was begonnen. De Zuckermanns waren mijn nieuwe familie in Amerika: we deelden het verdriet van ons verlies en verheugden ons in iedere ademtocht die we samen beleefden. Ik ging naar school en van daaruit naar de universiteit in San Diego, waar ik mijn doctoraal in compositieleer heb behaald en les heb gegeven. Ik heb mijn belofte aan jou gehouden. Ik ben gaan zingen. Later ben ik mijn eigen arrangementen en teksten gaan schrijven. Poëzie op muziek.
Vandaag vroeg mijn kleindochter Jacquelyn mij of ik een liedje voor de Jonas Brothers kon schrijven. Ze speelt hun muziek op haar keyboard. Ik zei dat ze me aan de Monkees deden denken. Ze keek me goedgelovig aan en zei: 'Ik wist niet dat ze vroeger zingende apen hadden.' Ik moest lachen, maar realiseerde me hoe oud ik ben in de ogen van de kleintjes. Hoe vers en onwetend zij nog tegen

de wereldgeschiedenis aankijken. Ik vraag me af of het niet beter voor ze zou zijn om zo te blijven: onschuldig en naïef. Zouden we de klauwen van onze herinnering moeten begraven om ze hun ontluikende harten niet te laten openrijten? Ze zullen ongetwijfeld hun eigen tragedies beleven te zijner tijd. Of zouden we onze kinderen moeten waarschuwen dat de wereld hard is en de mens verdorven kan zijn? Ze waarschuwen om ervoor te zorgen dat ze elkaar zullen beschermen en compassie zullen nastreven? Dit zijn de vragen die me tegenwoordig erg bezighouden. Daar denk ik over als Jaquelyn haar iPod als een microfoon voor zich houdt en 'pop'-liedjes voor me zingt. De jeugd heeft een manier om zelfs een oude man als ik te hervormen. Ik heb tegen Jaquelyn gezegd dat ik wel een lied voor haar zou schrijven in plaats van voor de gebroeders Jonas. Eenmaal met pensioen om van het gezelschap van mijn vrouw, kinderen en kleinkinderen te genieten, heb ik al meer dan vijf jaar niet meer professioneel gecomponeerd of lesgegeven.

Ik ben in 1970 getrouwd met Kelly, een pianiste uit San Diego; en de eerste van onze vier kinderen is in 1971 geboren. Mijn dochter Elsie, die naar jou is vernoemd, is vorige maand bevallen van mijn achtste kleinkind. Hij heeft nu al maatgevoel, hij reageert met nieuwsgierige oogjes en opgewonden voetjes op versjes van Moeder de Gans. Hij heet Robert, naar onze lievelingsdichter. Het exemplaar van *A Boy's Will* dat ik meestuur, staat hier al zestig jaar op de plank. Ik was het aan het lezen toen je mij uit mijn onderduikplek riep, dat laatste uur dat we samen doorbrachten. Ik had het onder het koord van mijn broek gestoken, mij nog niet bewust van de gebeurtenissen die snel daarna zouden plaatsvinden. Ik heb het al die jaren bij me gehouden als het enige tastbare bewijs dat jij echt bestond en niet zomaar een door mij bedacht wezen was. Het heeft me veel troost en inspiratie gebracht.

Op deze gedenkdag van het einde van de oorlog vind ik dat het tijd wordt dat het teruggaat naar zijn rechtmatige eigenaar. Dank je, Elsie. Twijfel er nooit aan of je mij gered hebt. Twijfel nooit dat het meer dan genoeg was. Ik weet niet of je nog steeds in Garmisch, of Duitsland, of op deze aarde verblijft, maar ik hecht eraan te denken dat waar je ook bent, mijn stem je zal bereiken.

Met heel veel liefde en oprechte dank,

Tobias

# *Epiloog*

EL PASO, TEXAS
DECEMBER 2008

Reba,

Ter ere van het feit dat jij en Riki eindelijk een trouwdatum hebben vastgesteld, stuur ik je twaalf recepten van mam. Ze zijn generaties lang het geheim van de bakkerij Schmidt geweest, maar ik weet dat mam het niet erg zou vinden als ik ze met jou en Riki deel. Jullie zijn toch zo goed als familie. Ze zou de koning te rijk zijn als jij en de jouwen haar nalatenschap in de keuken zouden voortzetten. Ik weet zeker dat ze in de hemel lachend toekijkt nu je eindelijk de knoop hebt doorgehakt, en ik kan niet wachten om de grootste, allerzoetste feesttaart te gaan bakken die ik maar kan bedenken!

*Guten Appetit!*

Jane

# *Elsie Schmidt-Meriwethers Duitse Bakkerij – Recepten*

## REBA'S BROOD (ZONDER ZUIVEL)

*Ter ere van Miss Reba Adams. (De aanstaande Mrs. Reba Adams-Chavez)*

1 kopje water (2,5 dl)
1½ pakje droge gist (11 gr)
3 eetlepels kristalsuiker
½ theelepel zout
1 theelepel kaneel
2 eetlepels olie
3 kopjes bloem (375 gr)
¾ kopje rozijnen (100 gr)

Strooi de gist in het warme water. Meng suiker, kaneel en olie in een aparte kom. Voeg al roerend het gistmengsel toe. Roer de helft van de bloem erdoorheen. Voeg de rozijnen toe. Voeg al roerend de rest van de bloem toe. Strooi bloem op een houten plank en kneed het deeg tot het niet meer plakt – ongeveer tien minuten.

Vorm het deeg tot een bal en leg die in een ingevette kom, draai rond zodat hij rondom vet is. Dek af met een theedoek, zet op een warme plaats totdat hij is gerezen (twee keer het volume). Kneed opnieuw door en vorm tot een brood. Plaats in ingevette broodvorm. Dek af en laat opnieuw rijzen, slechts dertig minuten deze keer, en bak het brood op 200°C tot de korst goudbruin is. Laat afkoelen en snijd in plakken om op te dienen.

NB: Nu je weer zuivel eet, kun je er een klont boter over uitsmeren als het brood nog gloeiend heet is. Dan wordt het helemaal lekker!

## THOMASPLITZCHENBROODJES

*Mam zei altijd dat je hiermee je vijanden tot vriend kon maken en je vrienden tot vijand.*

2 kopjes bloem (250 gr)
½ theelepel zout
110 gram boter
½ kopje melk (±1 dl)
½ kopje suiker of bruine suiker (±100 gr)
2 theelepels bakpoeder

**Voor de vulling**
15 gram gesmolten boter
1 kopje krenten, rozijnen, cranberry's of andere kleine gedroogde vruchten die voorradig zijn. (±125 gr)
¼ kopje suiker (50 gr)

**Glazuur**
45 gram gesmolten boter
Een paar druppels vanille-extract
2 kopjes poedersuiker (240 gr)

Meng de ingrediënten voor de broodjes. Bestrooi de plank met bloem. Rol het deeg uit tot een plak van 2 cm. Meng de vulling: boter, gedroogde vruchten en suiker. Verspreid over het deeg. Rol op tot een dikke worst, en snijd in plakken van 2,5 cm. Leg de plakken plat op een ingevette bakplaat en bak ze af in een voorverwarmde oven op 175°C tot ze net lekker bruin worden aan de bovenkant. Ikzelf heb daar twaalf minuten zon voor nodig op een warme dag en vijftien als het koud is. Meng voor het glazuur de boter, het vanille-extract en de poedersuiker. Bestrijk de broodjes als ze uit de oven komen rijkelijk met het zoete mengsel en laat ze afkoelen.

## LEBKUCHENHARTJES

*Deze lieverdjes blijven maanden goed in de vriezer en smaken dan nog steeds hemels! Sst... niet tegen de klanten zeggen.*

½ kopje honing (1 dl)
½ kopje rietsuikerstroop (1 dl)
¾ kopje bruine suiker, stevig aangedrukt (± 165 gr)
3 eetlepels amandelolie
1 groot ei
2¾ kopje bloem (350 gr)
2 theelepels kaneelpoeder
1 theelepel bakpoeder
½ theelepel baksoda
½ theelepel zout
½ theelepel kardemompoeder
½ theelepel gemberpoeder

Kook de honing en de stroop in een pan. Laat afkoelen. Voeg bruine suiker, amandelolie en het ei toe. Meng in een andere kom meel, kaneel, bakpoeder, baksoda, zout, kardemom, en gember. Giet het natte mengsel over de ingrediënten. Zorg dat het goed is geroerd. (Soms voegen we gehakte hazelnoten of amandelen toe, maar mam vindt ze lekkerder op de ouderwetse manier.) Dek het deeg af, en laat een nacht in de koelkast staan.

Rol de volgende ochtend het deeg uit en snijd in hartvormen of maak er vierkanten van. Bakken totdat het opveert als je het indrukt. Kijk uit dat je je niet brandt! Duurt meestal een kwartier op 175°C. Verdeel het glazuur over de bovenkant (recept hieronder). Laat afkoelen tot het niet meer druipt. Snijd in vierkanten als je ze op die manier maakt, en versier met stukjes amandel of gekleurd glazuur of wat je maar wilt, eigenlijk.

**Glazuur voor Lebkuchen**
1 kopje kristalsuiker (200 gr)
½ kopje water (120 ml)
½ kopje poedersuiker (60 gr)

Kook het water met de kristalsuiker ruim vijf minuten, totdat de suiker is opgelost. Haal van het vuur en meng de poedersuiker erdoor. Strijk met een kwast op de warme Lebkuchen.

## BRÖTCHEN

*Er is niets dat Duitser is dan dit recept. Het vlaggenschip van alle echte Schmidt-bakkerijen. Ze zijn het lekkerst als ze net uit de oven komen, met boter of kersenjam. Zo maakte mam ze. Ik geef je hierbij ook het recept voor de kersenjam van Oma.*

- 2½ tot 3 kopjes bloem (310 – 375 gr)
- 1 pakje snelgist (11 gr)
- 1 theelepel suiker
- 1 kopje warm water (2,5dl)
- 1 eetlepel olie
- 1 theelepel zout
- 1 eiwit

Doe 2½ kopje bloem in een grote kom en maak een kuiltje in het midden. Giet gist, suiker en twee eetlepels van het warme water in het kuiltje, maar wacht met mengen. Dek de kom af met een doek en zet een kwartier op een warme plek tot het rijst. Voeg de rest van het water en de olie toe, en klop het met het zout en de bloem goed door elkaar. Stort het deeg uit de kom op een houten plank en kneed het. Voeg de rest van de bloem toe totdat het een glad geheel wordt. Doe het deeg in een ingevette kom, dek het af en laat het rijzen totdat het twee keer zo groot is. Ongeveer een uur op diezelfde warme plek.

Sla het plat en verdeel in twaalf stukken en vorm die tot broodjes. Leg de broodjes ongeveer 7 cm uit elkaar op een ingevette, met bloem bestrooide bakplaat. Dek die af en laat weer een uur rijzen tot ze twee keer zo groot zijn.

Snijd een kruis in elk broodje. Klop het eiwit en een theelepel water met een vork totdat het schuimt en smeer de broodjes ermee in. (O, ik ben vergeten te zeggen dat je eerst de oven op 230°C moet voorverwarmen.) Dan 15 tot 20 minuten bakken tot ze goudbruin zijn aan de bovenkant.

## OMA'S KERSENJAM

*Mam zou erop hebben gestaan dat je dit op je Brötchen smeert, zodat je niet te veel zoet en zuur binnenkrijgt. Anders verrot je gebit, beweerde ze. Maar ik heb het heel vaak stiekem recht uit de pot gelepeld toen ik klein was, en ik heb nog steeds al mijn tanden en kiezen.*

- 900 gram ontpitte kersen, fijngesneden of heel, naar keuze
- 1 kilo suiker
- ½ theelepel boter
- Een paar scheuten Kirschwasser (Duitse kersenlikeur, erg lekker!)

NB: Sommige recepten gebruiken citroensap, maar oma had vaak geen citroen bij de hand. Je kunt dit ook zonder boter en Kirschwasser maken, zo nodig. De jam smaakt net zo goed.

Doe de kersen in een grote, zware pan. Roer de suiker erdoorheen. Laat twee tot vier uur staan. Voeg dan (eventueel) de boter toe. Breng het geheel goed aan de kook, en blijf goed roeren, tot het aan de lepel blijft hangen. Haal het dan van het vuur en schuim het af. Voeg Kirschwasser toe naar smaak. Lepel de gekonfijte kersen in een gesteriliseerde weckpot van een halve liter. Schroef het deksel zo vast als je kunt. Laat vijf minuten op zijn kop staan en draai weer om. Blijft goed zo lang je wilt.

## SCHNECKEN, DUITSE SLAKKENHUISJES (KANEELBROODJES)

*Deze lijken op de Thomasplitzchenbroodjes, alleen zijn de ingrediënten duurder en is het resultaat rommeliger. Ze zijn zo decadent dat het aan het zondige grenst. Ze zorgen ervoor dat een mens wil schrokken zonder dat het ze iets uitmaakt wie het ziet! En Mam heeft hierin nooit iemand ontmoedigd.*

**Deeg**
445 gram broodmeel
3 eetlepels suiker
½ theelepel zout
7 gram snelgist of 1 eetlepel verse gist
75 gram ongezouten boter
½ kopje melk, plus twee eetlepels
2 eieren

**Vulling**
3 eetlepels kristalsuiker
100 gram bruine suiker

**Siroop**
100 + 15 gram ongezouten boter
2 eetlepels kristalsuiker
½ kopje ahornstroop
225 gram noten (walnoot of pecan: wat je in huis hebt)

**Glazuur**
1 ei
2 eetlepels melk
1 eetlepel kaneel

Vet een vorm in van 33 x 23 cm. Meng bloem, suiker, zout en gist in een grote kom. Smelt de boter in het halve kopje melk op zeer laag vuur en roer de eieren erdoorheen. Roer het melk- en botermengsel door de droge ingrediënten om het deeg te maken. Kneed tien minuten. Vorm, als het zacht maar veerkrachtig is, een bal en doe die in een ingevette kom. Draai rond zodat hij rondom vet is. Zet een uur op een warme plek tot hij twee keer zo groot is. Maak, terwijl dat rijst, alvast de siroop.

Roer de boter glad en voeg de suiker toe. Roer de ahornstroop erdoorheen en giet het zoete plakkerige goedje in de bakvorm. Strooi de noten eroverheen.

Geef het met bloem bestrooide deeg een paar stompen en rol het vervolgens tot een grote rechthoek met de lange zijde naar je toe.

Tijd om te glazuren. Klop het ei en voeg de melk toe. Gebruik een kwastje of je vingers, verspreid het glazuur over het uitgerolde deeg. Meng de kristal- en basterdsuiker en de kaneel in een kleine kom en strooi het over het geglazuurde deeg.

Rol op in de lengte, terwijl je stevig van je af drukt. Snijd in twaalf gelijke plakken en leg die op hun platte kant op de noten in de bakvorm.

Verwarm de oven voor op 175°C terwijl de broodjes twintig minuten rijzen, en schuif ze vervolgens in de hete oven. Bak 20 tot 25 minuten tot ze aan de bovenkant goudbruin zijn, maar nog klef in het midden. (O, ik vergat nog een goede tip: Mam deed er altijd bakpapier onder om de druipende suiker op te vangen, zodat je oven niet vies wordt. Verbrande suiker is lastig schoonmaken.)

Haal de broodjes eruit en laat ze even afkoelen; 5 tot 10 minuten moet meer dan genoeg zijn. Pak een bakplaat of een groot bord en zet de vorm er omgekeerd op. Stort de kaneelbroodjes voorzichtig ondersteboven op de plaat, en spatel de stroop en de noten en al het lekkers uit de vorm.

Klaar om gegeten te worden zodra ze genoeg zijn afgekoeld om je vingers niet te branden. Ik daag je uit om langer te wachten!

### MATSCHBRÖTCHEN (MODDERBROODJES)

1 Schaumkuss (negerzoen)
1 Brötchen of wit broodje

Trek of snijd het broodje in tweeën. Leg de negerzoen tussen de twee helften. Sla het plat en eet direct op. Bij voorkeur met een vriendin.

## SCHWARZWÄLDERKIRSCHTORTE (DUITSE CHOCOLADETAART MET KERSEN EN SLAGROOM)

*Mam dronk hier graag een kop sterke koffie bij. Ze zei dat de rijke chocoladesmaak dan beter uitkwam. Ik vind hem heerlijk, met of zonder!*

**Taart**
200 gram bloem
60 gram ongezoet cacaopoeder
1½ theelepel baksoda
1 theelepel zout
120 gram bakvet
300 gram kristalsuiker
2 eieren
1 theelepel vanille
1½ kopje karnemelk, of gewone, wat je in huis hebt (3 dl)
1 dl Kirschwasser

**Vulling**
1 dl volle slagroom
½ theelepel vanille
1 eetlepel Kirschwasser (verplicht)
120 gram poedersuiker
snufje zout
150 gram kersen zonder pit

**Bovenlaag**
1 blok halfzoete chocolade, of restjes
10 hele kersen (gekonfijte cocktailkersen mag ook)

Verwarm de oven voor (ik ben het niet vergeten!) op 175°C. Vet twee bakvormen van 20 cm doorsnee in, en bestrooi met bloem. Meng meel, cacao, baksoda en zout door een zeef. Zet weg voor later.

Klop het bakvet en de suiker tot het stijf is. Voeg de eieren al kloppend toe. Voeg vanille toe. Voeg het bloemmengsel toe, samen met de melk tot het een geheel is.

Giet in de vormen. Bak 35 tot 40 minuten, of test door er een cocktailprikker in te steken. Als er nog beslag aan kleeft is hij niet gaar. Laat volledig afkoelen (zeer belangrijk!). Snijd beide taarten horizontaal doormidden, zodat je in totaal vier lagen hebt. Besprenkel de lagen rijkelijk met het halve kopje Kirschwasser.

Klop de slagroom stijf in een aparte kom. Klop ½ theelepel vanille en een eetlepel Kirschwasser door de slagroom. Voeg poedersuiker toe, en een snufje zout. Opnieuw kloppen. (NB: dit recept is hard werken.) Bestrijk de eerste laag taart met ⅓ van de vulling.

Bedek dit met 1/3 van de kersen. Doe hetzelfde met de overgebleven lagen.

Versier de bovenkant en zijkant van de taart met de overgebleven crèmevulling en chocoladekrullen. Ik gebruik een dunschiller voor het chocoladeblok, of restjes chocolade. Bestrooi de taart rijkelijk. Doe tien kersen boven op de taart – makkelijk om gelijke punten te snijden.

## SONNENBLUMENKERNBROT (BROODJES MET ZONNEBLOEMPITTEN)

*Mijn vader was hier verzot op, dus behoren ze ook tot mijn favorieten. Mam kon hier heel makkelijk aan grote hoeveelheden zonnebloempitten komen, en jij ook vast wel.*

300 gram bloem
270 gram roggemeel
1½ theelepel zout
snelgist
1 pakje zuurdesemextract (eventueel)
1,6 dl lauwwarm water, verdeeld.
½ kopje geroosterde zonnebloempitten (1 pakje, plus nog wat voor decoratie)

Begin met bloem, roggemeel en zout te mengen. Los de gist op in 0,4 dl van het water. Voeg het gistwater, het zuurdesemextract (als je het gebruikt) en de rest van het water toe aan het mengsel. Roer tot het samenklontert tot een bal. Kneed vijf minuten op een met bloem bestrooide plank. Het deeg moet stevig en een beetje elastisch zijn.

Kneed de zonnebloempitten erdoorheen, vorm een bal, plaats in ingevette kom, dek af en laat ongeveer een uur rijzen op een warme plek.

Sla het plat als het twee keer zo groot is, kneed nog een minuut en verdeel in 12 broodjes. Maak de bovenkant nat met water (als je nog steeds geen zuivel zou eten) of melk (nu je weer zuivel eet!), en bedek ze met veel zonnebloempitten. Plaats de broodjes op een ingevette bakplaat en laat ze rijzen tot ze bijna weer twee keer zo groot zijn.

Verwarm de oven voor op 250°C. (Ja , ik weet dat het heel heet is, maar vertrouw maar op Mam, dan krijg je de beste korst.) Plaats een oude bakvorm op het onderste rek, tot die ook heet is. Maak, als de oven op 250°C staat, een schuine snede in de bovenkant van de broodjes, giet een kopje water in de oude bakvorm, en leg de broodjes op het rek erboven. Sluit dan bliksemsnel de oven en zet hem op 200°C. Bak 15 tot 20 minuten tot ze zo goud kleuren als de zonnebloemen in Texas in de herfst.

## KRUIDIGE KRUIMELTAART

*Mams favoriet en altijd een succes!*

Deze taart wordt in etappes gebakken.

**Stap 1**

1 kopje witte suiker (200 gr)
1 kopje bruine suiker (aangedrukt) (220 gr)
3 kopjes bloem (375 gr)
240 gram zachtgemaakte boter
1 theelepel kaneel
¼ tot ½ theelepel zout

Meng alle ingrediënten met de hand door elkaar. Vul een kopje met het mengsel, druk stevig aan, en zet opzij.

**Stap 2**

1 theelepel vanille-extract
2 losgeklopte eieren
1 dl karnemelk met een theelepel baksoda

Voeg dit alles toe aan de rest (minus het kopje dat is weggezet). Goed mengen en overgieten in een ingevette ovenschaal. Ik gebruik er een van 23 x 28 cm.

**Stap 3**

Strooi het overgebleven kruimelmengsel plus een half kopje gehakte hazelnoten (± 65 gr) over de taart.
Bak 40 minuten op 165°C. Een kind kan de was doen!

## PAN DE MUERTO, MET DANK AAN DE MAMÁ VAN RIKI CHAVEZ.

*Deze ben ik nog steeds aan het perfectioneren. Maar zoals Mam zei, we moeten de recepten van ons volk leren om ze door te kunnen geven aan de volgende generatie bakkers en hun zonen en dochters.*

120 gram echte boter
½ dl melk
½ dl water
1½ kopje bloem (190 gr)
½ kopje suiker (100 gr)
1 theelepel zout
2 pakjes snelgist
1 theelepel anijszaad
4 eieren
4½ kopje bloem (extra) (560 gr)

Verwarm boter, melk, en water op een laag vuur tot het heet is, maar nog niet kookt. Voeg, terwijl het op het vuur staat, 190 gram bloem, suiker, zout, gist en anijszaad toe. Haal het vloeibare mengsel van het vuur, roer het droge mengsel erdoorheen tot het een mooi geheel wordt. Voeg de eieren toe. Voeg een extra kopje bloem toe (125 gr). Roer. Blijf bloem toevoegen totdat het deeg wordt zoals het moet zijn: zacht, maar niet plakkerig. Kneed 10 minuten op een rijkelijk met bloem bestrooide plank.

Vet een grote kom in, doe het deeg erin, dek af en laat rijzen op warme plek. Na 1½ uur moet het gerezen zijn. Sla het plat en vorm er ronde broodjes van. Rol wat kleine stukjes uit, en vorm er botten van. Leg de botten gekruist boven op de broodjes en laat ze nog een uur rijzen.

Verwarm de oven als je eindelijk klaar bent voor op 175°C en bak ze 40 minuten. Haal ze uit de oven en glazuur ze meteen. Zie recept hieronder.

## DODENBROOD GLAZUUR

| | |
|---|---|
| ½ kopje suiker (100 gr) | 2 eetlepels geraspte sinaasappelschil |
| 3 cl vers sinaasappelsap | |

Laat 2 minuten koken en smeer over de broodjes.

## CHURROS/KREPPELS

*Zelfde als de suiker-/kaneelkreppels van Mam, alleen de vorm is anders. Maakt niet uit waar ze vandaan komen, de ingrediënten zijn hetzelfde.*

| | |
|---|---|
| Plantaardige olie om te frituren | ½ kopje suiker (100 gr) |
| 120 gram boter | 1 kopje gezeefde bloem (125 gr) |
| 1 dl water | 3 eieren |
| ¼ theelepel zout | ¼ theelepel kaneel |

NB: je hebt hier een suikerthermometer bij nodig.

Verwarm op zijn minst 5 cm olie tot 190°C. Controleer met de suikerthermometer.

Laat boter en water in een pan samen zacht koken. Voeg zout en 1 eetlepel van de suiker toe. Roer tot het is opgelost. Breng aan de kook. Voeg de bloem stevig roerend toe, zodat het goed mengt. Blijf toevoegen totdat het een deegachtige bal wordt, ongeveer 1 minuut, maar haal van het vuur na 30 seconden anders blazen ze niet mooi op. (Ik heb twee porties verpest voor ik de goede timing had gevonden.)

Voeg de eieren een voor een toe, en roer na ieder ei. Zorg dat alle eieren goed zijn opgenomen en het deeg mooi glanst. Laat ongeveer 5 minuten afkoelen. Meng de overgebleven suiker en kaneel in een papieren zak en zet opzij.

Nu wordt het lastig, dus zorg dat je je geduld niet verliest. Lepel het deegmengsel in een plastic zak (zo'n ziplockzakje is prima). Knijp het deeg in een van de hoeken van het zakje. Knip die hoek af. Knijp reepjes van 10 cm uit de zak in de hete olie, niet meer dan 3 of 4 tegelijk, anders wordt het te vol en wordt het een grote kleffe bende. Bak 2 minuten en draai ze dan om met een vork. Bak nog eens 2 minuten tot ze goudbruin en knapperig zijn. Gebruik de vork om ze eruit te vissen en leg ze op keukenpapier. Laat ze een paar minuten uitlekken, maar doe ze dan zo snel mogelijk in de papieren zak. Ze moeten heet zijn, anders blijft de suiker niet plakken. Ze zeggen dat ze warm het lekkerst zijn, maar ik heb ze van een dag oud gegeten en dan smaken ze nog steeds verrekte lekker.

# *Dankwoord*

Enorm veel dank aan mijn redactrice, Kate Kennedy, wier meesterlijke redactionele vaardigheden, grenzeloze steun en vriendschap mijn creativiteit heeft gevoed en het boek tot bloei heeft helpen komen. Ook aan mijn agent, Nora O'Malley, die met slaande trom is bijgesprongen en dat is blijven doen. Mijn familie Crown is ongeëvenaard. Dank ook aan het team van mijn agent, Doris Michaels en Delia Berrigan Fakis, voor het vanaf het begin af aan van dit verhaal te houden en het te delen met Duitse familieleden, overlevenden uit deze moeilijke periode in de geschiedenis van Duitsland. Hun enthousiasme voor het boek was de ultieme goedkeuring. Veel dank ook aan Paul Cirone en Molly Friedrich voor de vriendschap en de wijze raad. Jullie gulheid blijft mij verbazen. Dank aan het personeel van Marina's Duitse Bakkerij in El Paso, Texas, en het Duitse Community Center in Fort Bliss die me zo vriendelijk hebben toegestaan langs te komen, vragen te stellen en rond te snuffelen. Voor het onderzoek voor deze roman ben ik veel dank verschuldigd aan de talloze websites over de Tweede Wereldoorlog, waar ik nachten van heb wakker gelegen, geschokt, gefascineerd, en niet in staat om te vergeten. De overlevenden van deze oorlog wil ik danken voor de moed die ze hebben om te leven. Hun kinderen, kleinkinderen en achterkleinkinderen dank ik voor de moed om jullie geschiedenis te willen delen. Ook heb ik de grootste waardering voor mijn studenten aan de Universiteit van Texas in El Paso, die mij hun persoonlijke immigratieverhalen hebben toevertrouwd. Jullie woorden waren niet aan dovemansoren gericht. Aan mijn 'personage', Christy Fore: woorden kunnen niet beschrijven hoe ik je vriendschap koester. Bedankt dat je dit en al mijn geschrijf wilt lezen. Je inzicht en het vermogen om vriendelijk met mijn obsessief-compulsieve karakter om te gaan is vaak mijn 'balsem van Gilead' geweest.

Ik ben gezegend en mijn familie zeer verplicht. Jullie zijn mijn lichtjes in deze wereld. Hartelijk dank aan mijn ouders, Eleane en Curtis, mijn jonge broers, Jason en Andrew, de familie Norat, de familie McCoy, en alle anderen. Jullie oneindige liefde, bemoediging, gebeden, en het talent om me zo hard aan het lachen te krijgen dat ik mijn evenwicht verlies, heeft een vreugdevolle en noodzakelijke balans in mijn leven gebracht. Bedankt dat jullie mij door de slechte en goede periodes hebben geleid. Mam en pap, bedankt voor het mij helpen herinneren dat ik altijd 'thuis' mag komen.

Als laatste, maar belangrijkste, dank ik God voor mijn man, Brian Waterman. Garmisch is verweven met zowel onze jeugd als ons volwassen leven. Dank voor het onafgebroken mijn kampioen en mijn Duitse vertaler zijn; voor het mij erop te wijzen dat we allemaal soms een beetje vakantie nodig hebben (bij voorkeur in een Duitse B&B); voor het mij aanmoedigen naar de St. Martin Hütte te klimmen, ook al vond ik het te hoog, voor het mij geduldig opvrolijken op het bergpad en voor de feestdrankjes toen we de top bereikten. Dat doe je iedere dag weer. Moge wij samen oud worden en elke dageraad begroeten met: *Guten Morgen, koffie drinken?*